KB124023

남의×비서

남의 비서 2

2022년 12월 20일 초판 1쇄 인쇄
2022년 12월 23일 초판 1쇄 발행

지은이 이서한
발행인 김정수 강준규

기획 편집 정시연 이은정
마케팅 지원 배진경 임혜솔 송지유 장선영 김다운 조진숙

발행처 (주)로크미디어
출판등록 2003년 3월 24일
주소 서울시 마포구 마포대로 45 일진빌딩 6층
편집 문의 (02)6365-5170 **구입 문의** (02)3273-5135
홈페이지 rokmedia.blog.me
E-mail romance@rokmedia.com

값 10,000원

ISBN 979-11-408-0544-0 04810 (2권)
ISBN 979-11-408-0542-6 04810 (세트)

남의×비서

Person's Secretary

이서한 장편소설

2

** “ ”는 한국어, 「 」는 영어입니다.

Contnents

11

사교모임에 참석한 정훈이 재벌 3세들과 술을 마시고 있었다. 그들 중 한 명이 정훈에게 말했다.

"너 요즘 일 벌이는 것 같던데."

정훈이 그를 힐긋 쳐다봤다.

"너무 대놓고 하는 거 아니야? 소문 다 퍼졌던데."

"소문은 언젠가 잠잠해져."

짧게 말한 정훈이 술잔을 입술로 가져갔다. 옆에서 이해가 안 된다는 듯 그를 쳐다봤다.

"어차피 후계자는 너 아니었어? 이렇게 말 나오게 할 필요는 없지 않냐?"

"왜, 이서국이 너와 본격적으로 후계 자리 놓고 싸워 보겠대? 그래서 그러는 거야?"

"……."

주변에서 뒤따르는 질문에 정훈의 표정이 가라앉았다. 머릿속으로 얼마 전 서국의 말이 떠올랐다.

'너도 그 정도 계산은 할 줄 알았어야 했어.'

'지금 그 말이 앞으로 어떤 결과를 가져올지를.'

"어떤 결과를 가져올지 모른다라……."

"뭐?"

정훈이 생각에 잠긴 채 하는 말에 옆에서 물었다.

"아니야."

어깨를 으쓱인 정훈이 다시 술잔을 입술로 가져갔다.

"박태희 왔네?"

술을 마시던 정훈의 움직임이 멈췄다. 그의 시선이 한쪽으로 향했다. 우아한 드레스를 입은 태희가 대화하던 사람들과 인사하고 입구 쪽으로 걸어가는 모습이 보였다.

"……."

태희를 보는 정훈의 시선이 어둡게 빛났다. 그때 옆에서 목소리가 들렸다.

"여전히 볼 때마다 꼴리게 생겼네. 야, 이서국은 좋겠다?"

정훈의 어깨를 툭 치며 하는 말에 그가 눈썹을 꿈틀거렸다.

"이서국이 왜."

"몰라? 이서국이랑 박태희 곧 약혼식 올린다던데."

"……약혼?"

정훈의 얼굴이 충격을 받은 듯 멍해졌다. 그 얼굴을 일행이 의아하게 바라봤다.

"너네 진짜 사이 안 좋은가 보네. 모르고 있는 거 보면."

덜컹! 정훈이 굳은 얼굴로 의자에서 곧바로 몸을 일으키자 주변 시선이 그에게 향했다.

"너 왜 그래?"

턱을 단단하게 굳힌 정훈이 방금 태희가 빠져나간 입구로 빠르게 걸어가기 시작했다.

"박태희."

밖으로 나온 그녀를 부르는 목소리에 태희가 몸을 돌렸다. 저에게 다가오는 정훈을 본 그녀가 눈을 깜빡였다.

"오빠도 있었어? 몰랐는데."

태희가 우아한 미소를 지으며 그를 마주 봤다. 앞에 선 정훈이 굳은 얼굴로 그녀를 보며 목소리를 낮게 깔았다.

"이서국과 약혼한다는 말 사실이야?"

정훈의 딱딱한 음성에 태희가 멈칫거렸다.

"아아…… 그거?"

태희가 살짝 눈을 굴리고는 대수롭지 않게 웃었다.

"아직 부모님들끼리만 정한 거긴 해. 곧 기정사실이 되겠지만."

아무렇지 않게 하는 그녀의 말에 정훈의 눈이 흔들렸다. 말없이 그녀를 보고 있던 정훈이 힘겹게 입을 열었다.

"너…… 서국이랑 결혼하려고 그런 거였어?"

탁하게 흘러나오는 목소리에 태희가 예쁜 얼굴로 쓸쓸하게 웃었다.

"우리가 어디 자기 마음대로 결혼할 수 있는 사람들이야? 재산 증식을 위한 장기판의 말들이지."

짧게 한숨을 내쉰 태희가 시선을 비껴 정원을 바라봤다.

"……나도 어쩔 수 없는 일이야."

분노로 얼굴이 딱딱하게 굳어진 정훈이 태희의 팔을 세게 잡았다.

"오빠? 잠깐, 왜 이래!"

그가 험악한 얼굴로 건물 뒤편으로 끌고 가기 시작했다. 태희가 잡혀 가면서도 난처한 시선으로 주변을 빠르게 훑었다.

탁!

뒷벽에 태희를 세운 뒤 양팔을 뻗어 가둔 정훈이 그녀를 노려봤다. 태희가 눈을 치켜뜨고 그 시선을 맞받으며 소리 낮춰 말했다.

"미쳤어? 누가 보면 어쩌려고 이래!"

태희가 짜증을 부리며 그를 노려봤다. 정훈이 그 얼굴에 시선을 박고서 고개를 바짝 들이밀고 말했다.

"누가 보면 안 돼?"

"……."

그의 어둡게 일렁이는 눈을 태희가 조용히 노려봤다. 정훈이 험악한 얼굴로 그녀를 가까이에서 내려다봤다. 그의 입술이 비틀리듯 올라갔다.

"넌 미국에서도 그랬지. 나와 함께 살고 있으면서 그걸 누구에게도 말하지 않으려 했어."
분노로 낮아진 목소리가 뚝뚝 끊겨 나왔다.
"……."
태희는 대답 없이 그를 쳐다보고만 있었다. 정훈이 아름다운 그녀의 얼굴을 내려다보며 입술 끝을 비죽였다.
"왜? 나랑 결혼하고 싶다고 했으면서 그건 들키기 싫었어?"
"그게 아니야."
태희가 한숨을 내쉬었다.
"그땐 오빠나 나, 두 사람 다에게 위험하다고 판단해서였어."
"뭐가 위험한데."
위협적인 목소리가 사납게 울렸다. 그럼에도 태희는 겁을 먹은 표정은 아니었다.
"당연하잖아. 부모님이 아시면 당장 들어오라고 하실 거 같았으니까."
"과연 그랬을까?"
"뭐?"
이죽거리는 목소리에 태희의 눈썹이 찌푸려졌다.
"너네 부모님, 대놓고 나와 약혼이라도 먼저 하길 바라셨는데. 과연 같이 산다는 걸 알았다면 억지로 떼어 놓을까?"
"……."
"오히려 더 좋아하셨겠지."
싸늘하게 말한 정훈이 손가락으로 태희의 턱을 들어 올렸다.
"박태희."
그가 바로 앞에 얼굴을 들이대고 말했다.

"나와 살아 보니까 나보다 이서국이 더 탐났어?"

'이게 무슨 말이야?'

놀란 눈으로 두 사람이 서 있는 벽의 코너에 붙어 있던 은하가 침을 삼키고 뒷걸음질 쳤다. 정원이 있는 곳으로 은하가 나오자 그녀를 찾던 일행이 투덜거렸다.

"어디 있다 이제 와? 한참 찾았잖아."

"잠깐 할 게 있어서. 미안. 들어가자."

상기된 얼굴로 빠르게 말한 은하가 일행과 함께 건물 입구로 향했다.

'세상에, 내가 뭘 들은 거야?'

박태희가 이정훈과 동거하고 이서국과 약혼한다고? 방금 들은 대화로는 그게 확실한 거 같았다.

'이거 진짜 대박이잖아?'

은하의 눈에 흥분이 어렸다. 여기 들어오는데 박태희로 보이는 여자가 남자 손에 끌려가길래 호기심에 따라가 봤더니, 이런 놀라운 이야기를 듣게 될 줄이야. 은하가 차가운 미소를 지으며 그들이 있는 건물 뒤편을 쳐다봤다.

'여우 같은 년이네, 진짜.'

싸늘하게 쳐다보던 은하가 고개를 돌리곤 건물 안으로 들어섰다.

태희는 한심한 눈으로 정훈을 쳐다봤다.

"……오빠 아직도 열등감이 심하구나."

태희의 말에 정훈의 눈이 크게 흔들렸다.

"뭐?!"

사나운 목소리에도 아랑곳하지 않고 태희가 가슴 위에서 팔짱을 꼈다.

"뭐든지 서국이랑 연관 짓고 비교하잖아. 세상 쿨한 사람처럼 굴더니 왜 이서국만 얽히면 그래?"

당황으로 흔들리는 정훈의 눈을 보며 태희가 냉정한 어투로 말했다.

"그거 무척 볼품없어 보이는 거 몰라?"

정훈이 당혹스러운 눈으로 아무 말도 못 하고 있었다. 그 눈을 한심하게 보던 태희가 몸을 돌렸다.

"어쨌든 난 다시 오빠에게 돌아갈 일 없으니 포기해."

차갑게 말한 태희가 그를 비켜 빠져나갔다.

"……."

그녀가 완전히 멀어질 때까지 정훈은 온몸이 굳은 채 그 자리에 서 있었다.

"이 상무가?"

유 실장이 되묻자 회장실 비서팀의 주 비서가 고개를 끄덕였다.

"네. 재벌가 사교모임에도 소문이 돌고 있어서 확인이 필요할 것 같아요."

유 실장이 생각에 잠긴 얼굴로 대답했다.

"흠……. 그래. 그건 우선 내가 알아보지."

"알겠습니다. 실장님."

주 비서가 실장실을 나갔다.

탁.

문이 닫힌 다음에도 골똘히 생각에 잠겼던 유 실장이 휴대폰을 꺼내 들었다. 통화 버튼을 누르자 곧 상대방이 전화를 받았다.

"유 실장입니다. 잠시 시간 좀 내 주시겠습니까."

책상에서 일어선 유 실장이 문 쪽으로 빠르게 걸어갔다.

"앉으시죠."

서국은 집무실을 찾아온 유 실장에게 자리를 권했다.

유 실장이 소파에 앉은 뒤 서국도 뒤따라 앉았다. 평소처럼 서글서글한 웃음을 얼굴에 띤 유 실장이 말을 꺼냈다.

"갑자기 전화해서 놀라셨지요."

서국이 그의 미소를 표정 없이 바라보며 대답했다.

"괜찮습니다. 말씀하시죠."

본론을 얘기하라는 뜻에 유 실장이 지체 없이 입을 열었다.

"이 상무가 지금 하고 있는 일에 대한 겁니다."

"……."

서국의 눈빛이 예리해졌다.

그 눈을 미소 띤 얼굴로 마주 보며 유 실장이 말을 이었다.

"아마 알고 계실 거라 생각되는데, 설명해 줄 수 있습니까?"

서국이 잠시 유 실장을 바라보다 말했다.

"회장님께 보고드릴 생각으로 묻는 겁니까."

그건 유 실장 자신이 듣고 판단할 문제긴 했다. 아마 자신의 생각으로는 지금은 그럴 필요는 없을 것 같긴 했지만.

'역시 그게 맞는 것 같군.'

서국을 만나고 보니 그 판단에 더 확신이 들었다. 상황만 파악해 두면 될 거였다. 유 실장이 싱긋 웃었다.

"이사님께서 원하지 않는다면 함구할 테니 걱정하지 않으셔도 됩니다."

"그럼 당분간은 함구해 주시기 바랍니다."

"언제까지 하면 됩니까?"

"두 달이면 됩니다."

건조한 목소리에 순간 유 실장의 웃음 가면에도 의외의 빛이 어렸다.

'호오…… 생각 이상인데.'

어찌 됐든 후계자는 이정훈인 상황이었다. 이때 그런 일을 벌이는 상대를 두 달 안에 제압하겠다는 패기는 이천호 회장 그 자체였다. 놀라움을 숨긴 채 서국을 보던 유 실장이 말했다.

"그럼 두 달 후에 보고하도록 하겠습니다."

할 말을 다 했다는 듯 유 실장이 몸을 일으켰다.

"시간 내 주셔서 감사합니다. 다음에 뵙겠습니다."

유 실장이 깔끔하게 인사하고 돌아섰다. 문을 열고 나가던 그가 들어서려는 지유와 마주치자 묵례를 했다.

"안녕히 가세요."

고개 숙여 같이 인사한 지유가 집무실 안으로 들어왔다.
"이사님. 유 실장님은 어떤 일로 오신 거예요?"
빠르게 서국에게 다가간 지유가 걱정되는 표정으로 물었다. 유 실장은 아무 때나 찾아오는 사람이 아니었다. 지유가 이사실에 있던 8년 동안 한 번도 찾아온 적이 없었다. 그가 올 때는 뭔가 큰 문제가 있을 때였기에 지유의 표정이 심각했다.
하지만 그녀를 본 서국의 표정은 반대로 부드럽게 풀어졌다.
"별일 아닙니다."
"상무님 일 때문인가요?"
지유가 생각할 때 유 실장이 찾아올 일은 그거밖에 없었다.
"아마 그런 것 같습니다."
서국이 담담히 대답했다. 그 말에 지유가 그럴 줄 알았다는 듯 한숨을 내쉬었다.
"역시 맞네요. 회장님이 알게 되시면 어떻게 될지……."
걱정이 가득한 그녀의 얼굴을 내려다보며 그가 고개를 기울였다.
"정 실장이 걱정할 일은 없어요."
서국이 손을 뻗어 그녀의 뺨을 살짝 매만졌다. 지유가 잠시 멈칫하더니 괜히 주변을 살폈다.
"우리 둘밖에 없는데 왜 눈치를 봅니까."
"그래도 회사에선…… 흠, 흠."
지유는 공연히 헛기침을 하면서도 물러나진 않았다. 가만히 뺨을 내어 주고 있는 그녀를 서국이 귀엽다는 듯 내려다보고 있었다.

"잠시 이러고 있어요. 기운을 좀 받고 싶으니까."

"유 실장님이 뭔가 심각한 이야기라도 하신 거죠?"

서국이 기운이 필요한 이유가 조금 전 일 때문이라고 생각한 지유의 표정이 다시 심각해졌다.

"아닙니다."

"그럼요……?"

지유가 불안한 눈빛을 풀지 않고 물었다. 서국이 그녀의 뺨을 부드럽게 매만지며 말했다.

"다음 주에 독일에 가야 할 것 같습니다."

독일이라는 말에 지유가 멈칫했다.

"혹시 BX 건 진행하시려는 거예요?"

"맞아요."

지유의 표정에 의외감이 어렸다. 작년부터 세계적으로 유명한 독일 기업인 BX에서 바이오 부문 신기술 협약 제안을 해 왔다. 바이오 쪽은 서국이 8년 전부터 미래를 위해 공들여 온 사업이었다. 이미 연구소에서 성과도 상당히 보이고 있었지만 국내 기술로는 한계가 있었다. 그걸 BX에서 작년부터 기술협약 요청을 해 온 것이다. 구체적인 논의 후 계약을 위해 이제 거의 마무리 단계인 연구의 결과만 기다리고 있는 상태였다.

'그걸 지금?'

지유는 머릿속이 복잡해졌다. 서국 성격상 연구 결과가 완벽히 나오기 전까진 기술 제휴나 사업 제안을 받아들일 사람이 아니었다.

"괜찮을까요? 아직 준비가 끝나지 않은 상태에서 무리하게 진행시키는 건 위험할 수 있어요."

지유 역시 신중한 성격인 터라 걱정을 표하는데 서국이 진지하게 말했다.

"우선 직접 가서 설득해 볼 겁니다. 완벽하진 않더라도 70%는 완료된 상황이니, 나머지는 나에 대한 신뢰로 계약하게 만들 겁니다."

"……."

단호함이 실린 눈을 말없이 보고 있던 지유가 표정을 바꿔 미소 지었다.

"네. 그럼 다음 주 독일 출장 준비하겠습니다."

"부탁합니다."

서국도 옅은 미소로 대답했다.

"단둘이 출장이라니……."

세상에, 너무 오랜만이잖아?

지유가 흥분된 얼굴로 캐리어를 활짝 펼쳐 놓고 옷을 넣었다 뺐다 하고 있었다.

"아니, 일인데 이렇게 설레면 어떡해? 게다가 무슨 속옷을 이렇게 많이!"

집에 있는 속옷 세트를 전부 쓰셔 넣을 기세로 집어넣고 있던 지유가 고개를 푸르르 흔들었다.

"정신 차려! 이번 출장이 얼마나 중요한 출장인데!"

속옷의 절반을 침대 위로 던져 버리며 지유가 숨을 크게 들이켰다. 그녀가 알기로 이서국이라는 남자는 확실하게 승리하는 게임이 아니면 하지 않는 남자였다. 그래서 지금껏 어떤 협상에서 져 본 일이 없었다. 계약을 성사시키지 못한 적도 없었고.

하지만 이정훈이 본인의 후계자 지위를 이용해서 이렇게 치사하게 나온 이상, 승부수를 띄우기로 결심한 듯했다.

"상무님이 도저히 뺏지 못할 사업을 추진하려는 생각이겠지?"

이런 거대한 스케일의 기술제휴는 이정훈이 아무리 방해해도 가능한 범위가 아니다. 그리고 만약 성공한다면 국내를 포함해서 세계적으로 봐도 놀라운 기술 혁신을 이루어 낼 만한 사업이었다.

이미 서국이 그쪽 연구에 공을 들이고 있다는 정보를 알고 있는 사람들은 바이오주에 상당히 투자를 하고 있는 상황이니까.

"잘되어야 할 텐데."

지유가 비장한 표정을 지었다. 미완성인 상태에서 계약이 성사될진 아무도 모른다.

그걸 이번 출장에 어떻게든 이뤄 내야 했다.

"어?"

정신을 차리고 보니 지유는 자신이 던져 둔 레이스 속옷 세트를 다시 캐리어에 차곡차곡 쌓고 있었다.

"어휴! 정말 뭐 하는 거야?"

지유의 눈썹이 시옷 자로 휘어졌다. 이런 진지한 결의를 다지면서 왜 손으로는 다른 기대에 찬 행동을 하는 건지.

서국과 둘이 해외 출장 가는 일이 너무 오랜만이다 보니 어지간히 설렌 모양이었다. 게다가 두 사람의 관계가 변화를 가진 후의 첫 출장이니까.

"하아."

발간 얼굴로 한숨을 내쉰 지유가 시선을 돌리다가 문득 장식장 안을 바라봤다.

"……."

작은 가필드 인형들이 쪼르륵 늘어서 있는 장식장을 잠시 바라보던 지유가 다시 캐리어로 고개를 돌렸다.

"정신 차리고 짐 싸자. 이러다 밤을 꼴딱 새우고 출장 가게 생겼어."

마음을 다잡은 그녀가 재빨리 짐을 싸기 시작했다.

다음 날 아침.

지유가 캐리어를 끌고 아파트 공동현관을 나섰다.

"어? 서국 씨?"

평소 차에서 그녀를 기다리고 있던 그가 오늘은 공동현관 앞에 서 있었다. 깔끔한 피케셔츠에 짙은 그레이 색상의 재킷을 걸친 그는 마치 모델 같았다.

'윽, 눈부셔.'

아침 햇살을 후광으로 이용하다니 정말 이 남자는…….

새삼 그의 외모에 감탄하고 있는 지유에게 서국이 걸어왔다. 성큼성큼 다가온 그가 그녀의 손에서 캐리어를 가져갔다.

"어?"

"갑시다."

자연스럽게 캐리어를 들고 앞서가자 놀란 눈으로 보고 있던 지유가 얼른 그를 뒤따랐다.

"이거 들어 주려고 여기서 기다린 거예요? 어차피 저 앞까지만 가면 되는데……."

지유가 미안한 얼굴로 서국을 올려다봤다. 좀 무겁긴 하지만 평소 그의 차가 서 있는 곳까지는 1분도 걸리지 않는 거리였다. 서국은 그대로 걸어가며 말했다.

"아닙니다."

"그럼요?"

지유가 눈을 깜빡이며 되묻자 그가 무감한 투로 말했다.

"조금이라도 더 일찍 보고 싶어서요."

두근!

아침부터 연달아 심장에 강한 충격을 받은 지유의 뺨이 붉어졌다. 잠시 멈칫거리던 그녀가 얼른 그를 따라 걸었다. 옆에 나란히 서서 보조를 맞춘 채 손가락을 꼼질거리며 수줍게 입을 열었다.

"어차피 며칠간은 내내 같이 있을 텐데……."

"그렇게 생각하니까 더 못 참겠던데요."

서국이 트렁크에 지유의 캐리어를 실으며 말했다.

'우와.'

커다란 캐리어를 가볍게 들어 트렁크에 싣는 모습을 보니 지유는 새삼 그의 강한 팔힘에 감탄했다. 엘리베이터 타고 내려오는 동안에도 좀 낑낑거렸던 자신과 달리 그는 너무나 수월하게 캐리어를 다뤘다.

탁.

트렁크를 닫은 서국이 조수석 쪽으로 걸어가 문을 열어 줬다.

"타요."

청량한 미소를 지으며 보자 지유가 마주 웃었다.

"고마워요."

매너 있는 그의 태도에 지유가 떨리는 가슴을 느끼며 올라탔다. 오랜만에 함께 떠나는 출장에 두 사람의 관계가 그 전과는 분명 달라졌다는 게 제대로 느껴졌다.

"같이 출장 가는 건 정말 오랜만이군요. 반년 만인 것 같은데."

공항으로 가는 길에 서국이 운전하며 하는 말에 지유가 그를 바라봤다.

'서국 씨도 같은 생각을 했구나.'

그의 날렵한 옆모습을 힐금거린 지유가 슬쩍 물었다.

"그동안 출장은 누구와 갔어요?"

"최 비서와 갔습니다."

"아아, 그랬구나. 남식 씨와."

지유가 고개를 끄덕였다. 남식을 떠올리며 잠시 생각하던 지유가 다시 말을 꺼냈다.

"남식 씨도 잘하죠? 아무래도 남자라서 더 편한 부분도 있고."

전방을 보던 서국이 잠시 지유에게 시선을 던졌다.

"그건 왜 묻습니까?"

"나보다 더 잘했다고 하면 질투 나서요. 내가 더 열심히 해서 남식 씨보다 잘하고 싶거든요."

지유가 승부욕에 활활 불타는 표정을 짓고 있었다. 그런 그녀를 힐긋거린 서국이 피식 웃었다.

"괜한 걱정을 하는군요. 누구도 정 실장처럼 완벽하게 해내진 못합니다."

그의 말에 지유의 얼굴에 슬며시 웃음이 어렸다.

"그냥 해 주는 말이라도 기분 좋네요."

"진심입니다."

진지한 목소리에 지유의 가슴이 다시 쿵쿵거렸다. 익숙한 심장박동을 듣고 있던 지유가 입을 열었다.

"……혼자 짝사랑할 때도 출장길은 왠지 더 떨렸어요. 그냥 회사 외의 공간에서 서국 씨와 같이 움직인다는 사실이 긴장되면서도 묘하게 설레더라고요."

지유가 웃음이 번진 얼굴로 이어 말했다.

"그런데 오늘은 일인데도 같이 여행 가는 기분처럼 더 설레요. 바보같이 잠도 설칠 정도로요."

"……."

서국의 시선이 그녀에게 향해 있었다. 지유는 그가 보는 것도 모른 채 전방에 시선을 두고 해사한 미소를 지었다.

"이번 출장 중요한데…… 빨리 마음을 다잡아야 하는데 떨려서 큰일이에요."

끼이익-

그때 서국이 갑자기 갓길에 차를 세웠다.

"어? 왜 여기……."

지유가 무슨 일인가 하고 놀란 눈으로 서국을 바라봤다. 그가 순식간에 자신의 벨트를 풀며 그녀에게 몸을 기울였다.

"!"

서로의 얼굴이 가까워지자 지유의 눈이 더 커졌다. 그런 그녀의 턱을 잡아 고정한 그가 고개를 기울여 벌어진 입술을 그대로 삼켰다.

"하읍……."

야릇하게 그녀의 입술을 빨아들인 그가 입술을 벌리고 깊숙이 들어갔다. 매끈한 혀가 아찔하게 뒤엉키자 지유는 숨이 차올랐다. 그의 거친 숨결과 그녀의 달아오른 숨결이 서로의 입안에서 바쁘게 오갔다.

"……하아."

서국이 입술을 놔주자 지유가 흐릿해진 눈망울로 그를 응시했다.

그의 눈동자가 열기로 짙게 물들어 있었다.

"마음을 다잡는 거라면, 내가 당신보다 더 힘들어."

욕망이 묻어나는 낮은 목소리에 지유가 숨을 들이켰다.

서국이 그녀의 아랫입술을 야하게 잘근거리며 시선을 맞추고 있었다. 그 야릇한 움직임에 몸이 뜨거워졌다.

"하아, 그래도 공과 사는 구분해야…… 하는데……."

지유가 눈을 도록도록 굴리며 발개진 얼굴로 말하자 그가 살짝 보풀아 오른 아랫입술을 빨고는 말했다.

"지금은 출근 전 아닌가?"

"아…… 그건 그러네요. 그, 그래도 도로에서…… 하읍."

서국이 다시 입술을 삼켰다. 그대로 진하게 키스하자 지유의 뒷말이 그의 입안으로 삼켜졌다.

열기로 몽롱해진 지유의 머릿속에는 더는 아무 생각도 떠오르지 않았다.

결국 지유는 입술이 통통하게 부어서 출국 절차를 마쳤다.

출장마다 이용하는 비즈니스석에 앉은 지유는 조금 떨어진 옆자리의 서국을 바라봤다. 그는 방금 전까지 일에 몰두해 있다가 이제 잠든 듯 보였다.

'정말 대단하긴 해.'

지유가 노트북을 켜 둔 채 서류를 확인하다 잠든 그를 조용히 바라봤다. 아마 오늘까지 모든 준비를 마치기 위해 잠도 거의 못 잤을 거였다. 지유 자신이 도울 수 있는 일은 최대한 도왔지만, 대부분의 회의 자료는 서국이 직접 준비했다. 본래 워커홀릭에 가까웠음에도 그가 이 정도로 일에 몰두하는 모습은 그녀도 처음 봤다.

"……."

서국을 보다가 조심스럽게 자리에서 일어난 지유가 그에게 다가갔다.

사락.

살짝 담요를 덮어 주는데 서국의 눈이 떠졌다.

"아, 미안해요. 깼어요?"

잠을 깨울 생각은 아니어서 지유가 미안한 얼굴로 말했다.

"……."

서국이 피로로 충혈된 눈으로 담요와 그녀를 번갈아 봤다.

"……고마워요."

잠긴 목소리로 그가 말하자 지유가 미소 지었다.

"별말씀을요."

생긋 웃으며 자리로 돌아가려는 그녀의 손목을 서국이 잡았다.

"?"

지유가 의문 어린 눈으로 돌아보니 그가 잠에서 덜 깬 듯한 눈으로 그녀를 바라봤다.

"그때도 이렇게 말했으면 좋았을 텐데……."

"네?"

지유가 눈을 깜빡이는데 그의 눈이 감기며 잡은 손에서 힘이 스르르 풀렸다.

"이렇게…… 쉬운 거였는데."

혼잣말처럼 낮게 중얼거린 서국이 다시 잠으로 빠져들었다.

툭.

지유의 손목을 잡았던 손이 아래로 떨어졌다.

"……."

잠이 든 서국의 얼굴을 보던 지유가 조심스럽게 자리로 돌아왔다.

'기억하고 있었구나.'

예전의 일을 떠올린 지유의 입술이 둥글게 휘어 올라갔다. 그에게 거절당한 뒤에도 서국이 가끔 잠에 들 때마다 굳건히 담요를 덮어 줬었는데. 그래도 그런 사소한 일들도 하나하나 잊지 않고 기억해 주고 있는 건 고마웠다. 마음에 담고 있다는 건 미안함을 느끼고 있는 증거니까.

혼자 가만히 웃던 지유가 다시 서류를 점검하기 시작했다.

독일에 도착하자마자 곧바로 강도 높은 회의가 진행됐다. 통상 몇 달 전부터 잡아 놓는 스케줄과 달리 급작스럽게 잡은 회의였기 때문에 몇 시간씩 이어진 마라톤 회의였다. 결국 서국이 원하는 바를 끌어낸 뒤에야 회의가 종료됐다.

시차와 오랜 회의로 인해 피로가 누적되어 두 사람은 지친 모습으로 호텔로 돌아왔다. 서국이 엘리베이터로 향하며 지유 얼굴을 들여다봤다.

"피곤하지 않습니까?"

"전 괜찮아요. 이사님이 더 피곤하시죠."

지유가 생긋 웃으며 대답했다. 그도 그럴 것이 지금 서국의 얼굴은 정말 피곤해 보이긴 했다. 그새 좀 야윈 것같이 턱선이 날카로워져서 더 날렵한 분위기를 풍기고 있었다.

'그런 서국 씨에 비하면 내 고생은 고생도 아니지.'

계속 긴장하고 있던 탓에 지유 역시 피로 누적이 심했지만, 그런 생각을 하며 일부러 밝은 목소리를 냈다.

"그래도 가장 중요한 단계가 끝나서 다행이네요. 여기서 막혔으면 이번 출장 내내 좀 힘들었을 텐데."

"안 돼도 어떻게든 되게 만들 생각이었습니다."

"……."

서국이 엘리베이터에 오르며 담담하게 말하자 따라 타던 지유가 잠시 그를 올려다봤다. 그녀의 표정을 본 서국이 층수를 누르고 물었다.

"왜 그렇게 봅니까?"

"멋있어서요."

지유가 입술 끝을 말아 올리며 생긋 웃었다. 서국의 눈이 의아함을 담고 살짝 커졌다. 그 눈을 보며 지유가 미소를 머금고 말을 이었다.

"이사님이 이번처럼 어려운 일도 강하게 추진해서 성사시키는 모습 보니까 참 멋져 보여요. 사실 대단한 일이잖아요."

"……."

말간 미소를 지으며 말하는 그녀를 내려다보던 서국이 순간 미간을 찌푸렸다.

"후."

"이사님?"

그가 미간을 찡그린 채 제 머리칼을 성마르게 쓸어 올리는 모습을 지유가 올려다봤다.

표정을 굳힌 서국이 말했다.

"지금부터 퇴근으로 하죠"

"네? 아……."

그가 지유의 허리를 거칠게 끌어당겼다.

"!"

욕망으로 사납게 일렁이는 짙은 눈동자가 그녀의 앞에 바짝 다가왔다.

"더 못 참겠어."

허스키하게 말한 서국이 그녀의 두 뺨을 감싸고서 곧장 입술을 삼켰다.

쿵!

거친 키스에 엘리베이터 벽에 지유의 등이 닿았다. 사납게 입술을 벌리며 혀를 밀어 넣은 그가 촉촉한 혀를 끌어당겨 강하게 얽었다. 타액을 모조리 들이마실 것처럼 그가 사납게 모든 것을 빨아들였다.

머릿속이 완전히 새하얘질 만큼 강렬한 키스에 지유가 숨을 헐떡였다.

"서, 서국 씨, 방으로 가서……하읍."

할딱이는 지유의 입술이 다시 뜨거운 입술에 포박됐다. 야릇하게 물고 당기는 통에 지유는 다리에 힘이 풀릴 정도였다.

지잉—

엘리베이터 문이 열리자마자 서국이 그녀의 입술을 놔줬다. 숨을 몰아쉬는 지유의 눈앞에 뜨겁게 일렁이는 눈동자가 보였다. 그 눈과 마주치자 지유의 심장이 세차게 뛰었다.

'하아, 떨려…….'

강렬한 눈빛만으로 다리 사이가 조여드는 것 같았다. 욕망으로 새카맣게 어두워진 눈으로 내려다본 서국이 그녀의 손을 잡고 내렸다.

빠르게 카드키를 대고 문을 연 그가 지유를 안으로 밀어 넣었다.

탁!

세게 문을 닫자마자 서국이 지유를 벽으로 몰아붙였다.

"앗, 서국……!"

짐승처럼 거칠게 달려드는 그에게 지유의 입술이 다시 빼앗겼다. 말캉한 혀가 뒤엉키며 서로의 입술 안에서 엉켜들었다. 달아오른 숨소리와 야하게 섞이는 혀의 질척한 소리가 조용한 공간을 메웠다.

"하, 하읍, 천, 천천히……."

"천천히 하라고 해도 못 할 것 같습니다."

자신의 재킷을 어깨 뒤로 벗어 떨어뜨리며 서국이 탁하게 잠긴 목소리로 말했다.

쿵, 쿵.

지유의 심장박동이 빠르게 뛰었다.

'하아, 너무 야해.'

지유의 뺨이 달아올랐다. 타이를 흔들어 풀면서 시선을 맞추는 그의 눈빛이 지독하게 야했다.

"당신을 데리러 간 아침부터 참고 있었으니까."

똑바로 응시하며 말한 서국이 지유의 트렌치코트를 벗겨 냈다. 얇은 블라우스를 잡아 뜯을 듯 벗겨 내자 보드라운 젖가슴이 출렁이며 드러났다.

"아……!"

젖가슴을 커다란 손으로 거머쥔 서국이 입술을 벌려 삼켰다.

뜨거운 입술에 휩쓸려 들어가는 맨살의 감각에 지유의 고개가 한껏 들려 올라갔다.

"아, 하, 하읏."

마치 굶주린 짐승처럼 통통한 살덩이를 빨아 삼키는 통에 지유의 허리가 흠칫거렸다. 여유 없는 그의 움직임이 그가 얼마나 흥분한지 보여 주고 있었다. 서국이 거친 숨을 몰아쉬며 고개를 아래로 내렸다.

'어, 어어?'

서국이 커다란 손으로 스커트를 끌어 올리고는 스타킹과 팬티를 동시에 아래로 끌어 내렸다.

"꺅!"

순식간에 하의실종이 되어 버린 지유는 부끄러워할 새도 없이 눈을 크게 떴다.

"안 돼요! 아직 씻지도……."

지유의 놀란 목소리가 턱 걸린 듯 막혔다. 거침없이 고개를 숙인 서국이 적나라하게 드러난 도톰한 속살에 눈을 박고 있었다. 그 모습을 본 지유의 눈이 크게 흔들렸다.

"난 지금이 더 좋은데."

욕망으로 잔뜩 허스키해진 목소리로 말하며 그가 고개를 기울였다.

"……흐앗!"

뜨거운 입술이 조갯살 같은 속살을 단번에 삼키는 순간 지유가 신음을 터뜨렸다.

"으, 하, 으응……!"

진하게 빨아 대는 감각에 지유는 버틸 수가 없었다. 갈라 터진 살을 혀로 핥아 올라가 도도록 솟은 클리토리스를 이로 살짝 깨물었다.

"아아!"

휘청이며 무너져 내리는 그녀의 다리를 서국이 커다란 두 손으로 꽉 잡았다. 덜덜 떨리는 다리를 강한 손으로 고정하고서 달큰한 애액을 흠뻑 흘리고 있는 음부를 사정없이 빨아 댔다. 뜨거운 물이 아래에 잔뜩 고인 듯 참을 수 없어진 지유가 고개를 저어 댔다.

"흐읏, 아, 안 되겠어요!"

울먹거리며 말하는 목소리에도 서국은 멈추지 않았다. 다디단 샘물을 마시듯 깊숙이 코를 박고 강한 체향을 풍기는 은밀한 살을 마구잡이로 빨아 대는 통에 지유는 더 버티지 못했다.

"서, 서국……으으응!"

지유의 상체가 무너져 내렸다. 그의 입술 안에서 잔뜩 끓어오른 뜨거운 샘이 터져 나왔다. 기다렸다는 듯 그걸 쭙쭙 빨아낸 서국이 입술을 떼어 냈다.

하, 하아.

몸을 일으킨 서국이 가쁜 숨을 몰아쉬고 있는 지유의 몸을 잡았다. 한 발로 서게 된 지유의 등이 벽으로 기대졌다. 그 자세로 서국이 강렬하게 눈을 맞췄다.

"자제가 안 될지도 모르겠어."

거친 숨결과 섞인 낮은 목소리로 내뱉은 서국이 바지 버클을 풀었다. 드로어즈에서 팽팽하게 솟구쳐 오른 터질 듯 단단한 페니스를 빼낸 그가 움켜쥐었다.

"서, 서국 씨…… 어서요."

지유가 열기로 흐릿해진 눈으로 말하자 그의 인내심이 완전히 끊어졌다.

"아흣!"

굵게 휘어 올라간 페니스가 좁은 구멍 사이로 거칠게 찔러 들었다. 촘촘한 질 주름을 잔뜩 벌리며 제 두꺼운 몸체에 맞게 끼워 넣은 뒤 빠르게 쳐올리기 시작했다.

"응! 하! 하읏!"

지유의 입술에서 흥분에 달아오른 신음이 터져 나왔다.

쿵! 쿵!

강하게 쑤셔 올릴 때마다 사나운 힘에 지유의 등이 벽에 부딪혔다. 아래에서 찔러 드는 무서운 욕망에 그녀는 숨이 턱 막혔다. 객실 입구에서 이런 난잡한 행위를 하면서도 창피함도 모르고 신음을 흘려 대고 있었다.

"아응, 응, 하으……!"

서국이 불끈거리는 힘줄이 몰린 페니스 끝까지 깊게 쑤셔 박은 채 둥글게 휘저었다. 그 아찔한 쾌락에 지유의 이마가 찌푸려졌다.

"후우…… 정지유."

할딱이는 지유의 목덜미에 높은 콧날을 묻은 서국이 허스키하게 잠긴 목소리로 내뱉었다. 이미 충분히 길을 들여 놓은 그녀의 속살이 무서운 힘으로 그를 조여 대고 있었다. 마치 입술로 사탕을 강하게 빨 듯 빨아들이는 듯한 감촉에 그의 목울대가 꿈틀거렸다.
거친 움직임 속에 그의 목소리가 짓눌린 듯 흘러나왔다.
"너무, 조여. 당신."
"흣! 아!"
쿵쿵 치받치는 힘에 정신없이 흔들리던 지유가 두팔을 뻗어 그를 안았다. 그녀가 힘껏 쥐고 있는 그의 셔츠 안으로 탄력적인 근육의 움직임이 느껴졌다. 그녀가 안자마자 서국이 자극으로 통통하게 부어오른 음순 사이로 두꺼운 근육 덩어리를 엉망으로 쑤셔 넣기 시작했다.
"응! 아! 서국! 씨! 아!"
정신없이 빨라지는 흔들림에 지유의 신음이 커졌다. 미친 듯이 쑤셔 드는 힘이 온몸을 쾌락의 노예로 만드는 듯한 기분이었다. 그때 서국이 뒤로 물러섰다.
……하아!
그의 존재가 빠져나가자 지유가 아쉬운 듯 몸을 떨었다.
서국이 그녀의 어깨와 허리를 잡아 뒤로 돌리며 말했다.
"벽을 잡아요."
"이렇게, 요?"
지유가 숨을 할딱이며 그의 말대로 벽으로 두 팔을 뻗었다.
"그래. 그렇게."
서국이 그녀의 뒤에서 탁한 음성으로 말했다. 그녀의 흐트러진 스커트를 거친 손길로 허리까지 끌어 올렸다. 하얗게 흔들리는 통통한 엉덩이를 내려다보는 그의 눈동자가 어둡게 타올랐다.

이, 이 자세는…….

지유가 숨을 몰아쉬며 뒤를 힐긋거렸다. 기대감과 흥분이 그녀를 어지럽게 만들고 있었다.

서국이 커다란 손으로 지유의 탱글한 엉덩이를 움켜잡았다. 그대로 힘을 주자 탄력있는 살덩이가 손아귀 힘으로 양쪽으로 벌어지며 흥건하게 젖은 은밀한 구멍이 드러났다. 그걸 본 순간 그의 빳빳한 페니스가 터질 듯 더 크게 발기했다.

"……아흑!"

서국이 거칠게 자신의 욕망을 구멍 안으로 쑤셔 넣었다. 강한 힘에 지유의 몸이 벽 쪽으로 확 떠밀렸다.

"흐읏! 아! 아응!"

그가 말캉한 엉덩이를 한껏 붙잡아 끌어 올리며 그 사이로 거대한 페니스를 쑤셔 대는 통에 지유의 몸이 정신없이 출렁였다.

"앗! 서국, 서국 씨……!"

뒤에서부터 사정없이 박혀 드는 욕망이 지유를 숨도 못 쉴 정도로 몰아붙였다. 벌름거리는 속살이 무자비하게 쑤셔 든 굵은 몸체를 강하게 빨며 야릇한 액을 뚝뚝 흘려 댔다. 그 액으로 범벅이 된 자신의 검붉은 페니스를 내려다보며 서국이 짓눌린 음성을 내뱉었다.

"후, 이건, 너무 자극적이야."

"앙, 흣, 아응!"

서국이 통통한 엉덩이를 놔주고 뒤에서 손을 뻗어 셔츠를 더 넓게 벌렸다. 그 사이에서 출렁이는 젖가슴을 단단히 거머쥐자 지유의 발꿈치가 구두를 신은 채 한껏 들렸다.

"아아!"

탱글한 젖가슴을 손아귀에 쥔 그가 한껏 곤두선 젖꼭지를 손가락 끝으로 강하게 비벼 댔다.

"……흐으! 안 돼에……! 응! 하응!"

벽을 붙잡고 몸을 파르르 떨던 지유가 그 상태로 아래를 퍽퍽 쳐올리는 힘에 눈이 흐릿해졌다. 정신없이 신음을 터뜨리면서 쾌락에 젖어 든 흐릿한 눈으로 흔들리는 벽을 쳐다보다가 허벅지 안쪽에 힘을 줬다.

"갈 거 같아?"

그녀의 잔뜩 조여드는 속살을 느끼며 서국이 등 뒤에서 탁한 목소리로 물었다. 멈추지 않고 들쑤시는 근육 덩어리가 지유를 어쩔 줄 모르게 만들고 있었다.

"으, 흐읏, 도, 도저히 못 버틸……."

어깨를 한껏 움츠리고 도리질 치는 지유의 모습을 보며 서국이 둥근 젖가슴을 거머쥔 채 확 뒤로 당겼다.

"아!"

지유의 상체가 뒤로 기울어졌다. 그녀의 상체를 세우고 뒤로 당겨 몸을 가까이 붙인 그가 젖가슴을 주무르며 아래에서 음란하게 쳐올려 댔다.

"흣! 흐, 아읏!"

그녀의 몸이 튕겨 나갈 듯 아래위로 출렁였다. 단단한 손바닥에 자극으로 팽창된 유두가 엉망으로 쓸리는 통에 그를 꽉 물고 있는 속살이 더 조여들었다.

"거기서 더 조이면 내가 못 참아."

"하, 하으……!"

뒤에서 지유의 귓가에 탁한 신음을 흘리며 서국이 말처럼 탄탄한 근육질 허벅지에 힘을 주고 무서운 힘으로 쳐올렸다.

"응! 아! 아흣! 서, 서국 씨……!"

무쇠 덩어리 같은 페니스가 난잡하게 아래를 들쑤셔 댔다. 그 힘으로 튕겨 나갈 듯 흔들리는 젖가슴이 욕망 어린 강한 손아귀 안에서 둥근 모양이 엉망으로 망가졌다.

마침내 지유의 입술이 크게 벌어졌다.

"……아아아!"

땀에 젖은 온몸에 한껏 힘을 준 그녀의 고개가 뒤로 젖혀졌다. 오르가슴으로 찡그려지는 그녀의 얼굴을 똑바로 내려다보던 서국이 고개를 숙였다.

"하……음, 아음."

서로의 아랫입술과 윗입술이 반대로 엇갈리며 마주쳤다. 야릇하게 빨아 내던 그가 혀를 끌어내 뒤섞자 지유의 다리 사이에서 뜨거운 샘이 주르륵 흘러내렸다.

서국은 입술을 빨며 잘게 흠칫거리는 떨림까지 모조리 느낀 다음에야 그녀를 놔줬다.

천호는 집무실에서 마주 앉아 있는 정훈을 건너다봤다.

"갑자기 무슨 일인 게야. 말도 없이 찾아오고."

평소 천호가 부르기 전에는 먼저 찾는 일은 거의 없었던 정훈이었다. 그런 그가 진지한 얼굴로 찾아온 이유를 묻는 거였다. 천호 뒤의 유 실장도 정훈을 유심히 보고 있었다.

자못 심각한 얼굴로 앉아 있던 정훈이 단호한 결심을 한 듯 입을 열었다.

"아버지."

회사에선 회장님이라 부르던 정훈이 아버지라는 호칭을 쓰자 유 실장이 눈을 가늘였다.

정훈이 천호에게 비장하게 말했다.

"저에게 주실 주식, 미리 증여해 주시면 안 됩니까?"

"주식 말이냐?"

천호가 한쪽 눈썹을 휘어 올렸다.

"네."

정훈이 진지한 얼굴로 고개를 끄덕였다.

"그건 전에 얘기했을 텐데."

"압니다. 제가 상무실에서 일정 이상의 실적을 보이고 임원들의 신임을 받았을 때 증여해 주신다고 했었죠."

"그런데?"

천호가 예리한 시선으로 묻자 정훈이 다급하게 말했다.

"후계자로서 입지를 다지고 싶습니다. 그런데 지금 현재 제가 가지고 있는 주식 비율이 서국이와 별다른 차이가 없습니다. 이래서는 제가 아무리 노력해도 임원들의 신임을 받기 힘이 듭니다."

"그래서 주식을 지금 넘겨라, 이 말이냐?"

"어차피 저에게 주실 거 아니었습니까. 힘을 실어 주시기 위해선 아버지께서 그렇게 해 주셔야 합니다."

정훈이 강하게 요구하며 시선을 맞췄다. 상체를 앞으로 더 바짝 기울이며 정훈이 말을 이었다.

"형제가 가진 주식 양이 별 차이가 없으니 언제든 후계 구도가 옮겨 갈 수 있다는 생각을 하는 모양입니다."

"……."

천호가 손가락으로 제 턱을 쓸며 생각에 잠겼다.

"설마, 아버지도 그런 생각이신 건 아니잖습니까."

정훈이 호소하듯 말하며 간절한 표정을 지었다. 강하게도 말해 보고, 호소도 해 가며 그는 자신이 할 수 있는 필사의 노력을 하고 있었다.

천호 역시 그걸 모르지 않았다. 눈을 가늘게 뜨고 보고 있자 정훈이 고개를 숙였다.

"아버지. 저 열심히 해 보고 싶습니다. 모두의 신임을 받고 확고한 후계자로서 위치를 다지고 싶습니다. 도와주세요."

"……생각해 보마. 그만 나가 봐."

이 답변은 이천호 회장에게 있어 긍정적인 신호라는 걸 정훈은 알고 있었다.

'됐어.'

고개를 숙인 채 입술을 말아 올린 정훈이 표정을 정돈했다. 다시 고개를 든 그가 천호와 시선을 맞추고 말했다.

"최선을 다해 정말 열심히 하겠습니다. 믿어 주십시오."

몸을 일으킨 정훈이 인사를 하고 집무실을 나갔다.

탁.

문이 닫히자 천호의 뒤에 있던 유 실장이 다가왔다.

“어떻게 하실 생각이십니까?”

“일리는 있는 말 아닌가. 내가 미처 그 부분은 생각하지 못했군.”

“…….”

제 턱을 느릿하게 쓸며 말한 천호가 유 실장을 쳐다봤다.

“왜 대답이 없어?”

천호가 미간을 좁히고 카랑카랑한 목소리로 물었다.

생각에 잠겨 있던 유 실장이 싱긋 미소를 지어 보였다.

“신중히 생각하셔서 결정하실 테니 쓸데없는 걱정은 하지 않습니다.”

“…….”

그의 말에 의도를 간파한 천호가 눈썹을 찌푸렸다.

“지금 내 뜻에 반대한다는 건가?”

“결정은 회장님이 하시는 거니 제가 드릴 말은 없습니다.”

유 실장이 미소를 유지한 채 말했다. 천호가 주름진 이마를 일그러뜨렸다.

“사람마다 힘을 실어 줄 시기가 있지 않나. 방금 들었듯 이사들이 그런 생각으로 두 사람을 저울질한다면 정리가 필요하긴 할 테고.”

“전 회장님의 선택을 항상 따를 뿐입니다.”

“…….”

모호한 말을 하는 유 실장을 천호가 탐탁지 않은 표정으로 쳐다봤다.

'능구렁이 같은 대답만 잘도.'

천호의 심기가 언짢아졌다. 그의 뜻에 동의해 주길 바라서 하는 말이라는 걸 유 실장이 모를 리가 없다.

이 정도 발언은 유 실장에게 명백한 반대 표현이었다.

그 사실이 심기에 거슬린다는 듯 보고 있던 천호가 손을 내저었다.

"거기 정승처럼 서 있지 말고 나가서 일 봐."

"네. 회장님."

미소 지은 얼굴로 정중히 고개를 숙인 유 실장이 집무실을 나갔다.

탁.

"……."

문을 닫고 나온 유 실장의 얼굴에서 미소가 서서히 사라졌다. 미소를 지운 그가 진지한 표정으로 빠르게 비서실로 향했다.

◇ ◆ ◇

독일에서의 마지막 회의가 끝났다. 최종적인 조율을 마치고 계약서에 사인하고 나오자 지유는 그제야 안도한 듯 웃었다. 그녀가 서국을 올려다보며 말했다.

"불가능할 줄 알았는데 정말 해냈네요. 고생 많으셨어요."

"정 실장도 고생 많았습니다."

따스한 미소가 어린 시선이 두 사람 사이를 오갔다.

출장 기간 내내 이어진 강도 높은 회의에 두 사람의 피로도는 극심했다. 제대로 쉴 시간도 없이 일에만 몰두한 데다, 워낙 큰 건이다 보니 최종적으로 계약서에 사인하기 전까지 바짝 긴장한 채였다.

하지만 그만큼 성취감도 있었다.

두 사람 다 똑같은 감정을 느끼며 시선을 교환하다가 지유가 문득 시계를 바라봤다.

"일단 식사부터 할까요? 아직 아침도 못 드셨잖아요."

"우선 퇴근하세요."

사무적으로 말한 서국이 지유의 손을 가만히 잡아 왔다.

"네?"

잡힌 손을 본 그녀가 동그란 눈을 들어 올리자 서국이 근사한 미소를 지었다.

"지금부터 내 연인과 갈 데가 있거든요."

"지금부터요?"

지유의 눈이 더 커졌다.

"일단 따라와요."

서국이 그녀의 손을 잡고 차로 이동했다.

기사가 운전하는 차로 도착한 곳은 회의가 열린 프랑크푸르트에서 멀지 않은 곳이었다.

'와아, 꼭 동화 속 마을 같아.'

하프팀버 양식의 아기자기한 유럽 전통 가옥들이 있는 작은 마을은 지유의 마음을 단번에 사로잡았다.

"가까운 곳에 이런 데가 있었네요? 너무 예뻐요."

어딜 봐도 예쁜 집들과 장식들이 눈길을 끌었다. 지유가 시선을 빼앗긴 듯 보고 있자 서국이 그런 그녀를 응시하며 말했다.

"일만 하고 가기엔 아쉽다는 생각이 들었습니다. 출장이래도 우리의 첫 여행이기도 하니까."

그 말에 지유가 멈칫해선 눈을 들어 올렸다.

"그래서 알아보신 거예요?"

그녀가 감동한 얼굴로 쳐다보는 시선에 서국이 잠시 마주 보고 있다가 말했다.

"사실 이곳은 어릴 때 온 적이 있는 곳입니다."

"아아, 가족 여행으로 왔던 곳인가요?"

지유가 방글방글 웃으며 물었다.

"당시 독일 박사가 수술을 맡아서 이 나라에서 수술을 받았거든요."

"아……."

지유가 표정이 바뀌어서 쳐다보자 서국이 옅은 미소로 그녀를 내려다봤다. 그의 미소를 가만히 올려다보던 지유가 조심스럽게 물었다.

"그…… 심장병 수술 때요?"

"네. 그 수술 뒤 한동안 요양했던 곳입니다. 우선 여기서 식사부터 하죠."

노천카페처럼 햇빛이 쏟아지는 야외 테이블이 늘어서 있는 레스토랑으로 그가 그녀를 이끌었다.

'서국 씨 어릴 때 이 동네에서 요양했구나.'

지유는 더 묻고 싶은 것을 참고 우선 서국을 따라 레스토랑으로 들어섰다. 시원한 통유리로 바깥이 내다보이는 테이블에 자리를 잡고 앉자 서국이 말했다.

"여긴 와인이 유명한 곳이니 마셔 보겠습니까?"

"좋아요."

지유가 생긋 미소 지었다.

맛있게 식사를 마친 뒤 두 사람은 동네 뒤에 드넓게 펼쳐져 있는 포도밭을 산책했다.

"와인이 맛있는 이유가 있네요. 정말 넓다."

끝도 없이 펼쳐진 포도밭을 보며 지유가 감탄 어린 목소리로 말했다.

"……."

서국은 말없이 그녀를 보며 걷고 있었다.

"이 동네는 하루종일 걷고만 있어도 좋을 것 같아요. 풍경이 너무 예쁘잖아요."

눈을 반짝반짝 빛내며 지유가 말하자 서국의 입가에 미소가 진해졌다.

"지유 씨 마음에 들어서 다행입니다."

"여긴 강이네요?"

유람선 선착장이 있는 곳에 도착하자 지유가 물었다.

"네. 여기서 유람선을 탈 겁니다."

서국이 지유의 손을 잡고 선착장으로 걸어갔다. 새하얀 대형 유람선 2층으로 올라간 그들은 맥주 한 병씩 테이블에 두고 앉았다.

"춥지 않습니까? 안쪽으로 들어가는 편이 좋을 것 같은데."

"괜찮아요. 바람이 너무 시원한데요? 햇살도 좋고요."

걱정스러운 서국의 시선과 달리 지유는 기분 좋은 듯 상큼하게 웃었다.

"그럼 이거라도 덮고 있어요."

그가 제 재킷을 벗어 지유의 어깨에 덮어 줬다. 커다란 재킷이 상체를 덮자 지유가 서국을 쳐다봤다.

"이러면 서국 씨가 추워지지 않을까요?"

"나는 추위를 잘 타지 않으니 괜찮아요."

핏 좋은 셔츠 차림으로 서국이 부드럽게 웃어 보였다. 수려한 그의 얼굴을 잠시 보던 지유가 고개를 살짝 기울였다.

넓은 어깨에 살포시 머리를 기댄 지유는 조용히 라인강을 바라봤다.

"……."

서국이 그녀의 감상을 방해하지 않겠다는 듯 걸친 재킷 위로 다정하게 어깨만 감싸 쥐었다. 햇살을 받아 은비늘처럼 반짝이는 수면을 보고 있던 지유가 잠시 뒤에 말을 꺼냈다.

"아까 여기서 요양했다고 했잖아요."

작은 목소리에 서국이 그녀의 동그란 이마를 내려다봤다. 천천히 고개를 든 지유가 투명한 눈동자로 그를 응시했다.

"그때 얘기 더 해 주면 안 돼요?"

"……."

서국이 대답 없이 깊어진 시선으로 보고 있었다. 지유가 얼른 웃어 보였다.

"떠올리기 싫은 기억이면 안 해도 괜찮아요."

"좋고 싫고의 구분이 명확하지 않습니다."

담담한 목소리로 말한 서국이 잠시 침묵했다. 잠시 강 저편을 응시하던 그가 말을 이었다.

"……다만 당시엔 내가 살아났다는 사실이 낯설었습니다."

"수술 성공한 뒤에요?"

지유가 의아하게 물었다. 서국이 표정 변화 없이 대답했다.

"못 깨어날 거라 생각했기 때문인지, 갑자기 앞으로 수십 년을 더 살아가야 한다고 하니 당황했던 것 같습니다."

수술이 성공했는데도 당황하다니.

지유로서는 이해하기 힘든 말이었다. 보통의 여덟 살이라면 당연히 새로운 삶을 얻어서 기뻐하지 않을까?

입술을 달싹이던 지유가 조심스럽게 입을 열었다.

"하지만 다들 조금이라도 더 살고 싶어 하잖아요. 오래 산 사람들도요……. 그런데 서국 씨는 안 그랬던 거예요?"

"그건 삶에 애착이 있는 사람들의 경우일 겁니다. 나는 전에 말했듯 8살까지만 산다고 생각했기 때문에, 그 수술이 삶의 끝이라고 생각했습니다."

"……."

지유가 말문이 막힌 듯 서국을 바라봤다. 그러고는 고개를 천천히 저었다.

"어떻게 그 나이에 그렇게 초연해질 수 있는지 전 상상이 잘 되지 않아요."

지유가 기다란 속눈썹을 내리깔며 한숨을 포옥 내쉬었다.

그 전에 들었을 때는 마냥 불쌍하게 생각했던 그의 과거를 다시 들으니 마음이 답답해져 왔다.

'난 어땠더라?'

자신의 여덟 살을 떠올려 봐도 막무가내 응석받이는 아니었지만, 그런 생각은 하지 않을 정도로 씩씩했다. 그녀 자신도 힘든 일이 많았음에도 삶에 대한 포기는 한 번도 할 수가 없었다. 그렇게 되질 않았다. 누구에게나 자신의 인생이 가장 소중한 법이니까.

그런데 어떻게 서국 씨는…….

"입원과 퇴원을 반복하고 고통스러운 치료를 끝없이 받다 보면."

서국의 고저 없는 목소리에 지유가 어두워진 얼굴을 다시 들었다.

"어떤 사람은 더 살기 위해 삶에 집착하지만, 나처럼 포기하는 사람도 있습니다."

"……."

그의 표정은 별다른 감정 없이 보였다. 그런데 오히려 그게 더 지유는 마음이 아팠다.

서국은 잔잔한 강물을 주시하며 말을 이었다.

"그래서 수술이 성공한 뒤 이곳에서 요양하는 동안 두려움을 느꼈습니다. 내 삶이 갑자기 연장된 데에 대해."

그의 눈빛이 깊이 침잠했다.

"고통스러운 치료가 없는 삶을 겪어 보지 않았기 때문에 더 그랬던 것 같습니다. 당시 나에겐 삶이란 그저 고통과 같은 말이었으니."

"……."

지유는 말없이 서국을 보고 있었다.

'나는 도저히 상상할 수 없어.'

여덟 살의 나이에 갑자기 삶이 막막해진 그의 공포가 어떤 것일지 자신은 생각할 수 없었다.

그저 그가 안쓰럽고, 또 안쓰럽게만 느껴졌다.

지유의 코끝이 시큰거리며 붉게 물드는데 문득 그의 시선이 그녀에게 닿았다. 잠시 지유를 보다가 서국이 말했다.

"그런데 이곳을 당신과 같이 오고 싶은 이유를 생각해 보니 알겠어."

"……뭔데요?"

지유가 눈물이 차오른 눈으로 서국을 보며 물었다. 그녀를 눈에 담자, 과거를 말하는 동안 무감했던 그의 얼굴에 부드러운 미소가 어렸다.

"내 삶의 이유를 찾았기 때문에."

아…….

너무도 부드러운 미소에 지유는 순간 숨을 들이켰다.

서국이 손을 뻗어 그녀의 얼굴을 가만히 어루만졌다.

"당신을 알기 전까진 그 여덟 살 때와 같은 태도로 살아왔어. 살아가는 것이 아니라, 그저 살아 내야 하는."

그의 눈동자에 점점 더 뚜렷한 감정이 번져 갔다. 그 변화를 지유가 눈물이 그렁그렁한 채 바라봤다.

"그런데 당신을 알고 사랑이란 걸 안 뒤…… 처음으로 삶에 대한 강한 욕망을 느꼈어."

"……."

서국이 짙은 눈동자로 그녀를 응시하며 눈물이 흘러내리는 뺨을 가만히 어루만졌다.

"계속 살고 싶어졌어. 죽을 때까지 당신을 내 옆에 두고…… 이렇게 만지고, 입 맞출 수 있다면."

뜨겁게 일렁이는 서국의 눈에 포박된 채 지유가 떨리는 목소리로 그를 불렀다.

"서국 씨……."

"고마워. 내 삶에 나타나 줘서."

서국이 흔들림 없이 지유의 시선을 휘어 감았다.

"정지유가 없었더라면, 지금의 나는 여전히 빈껍데기로 살고 있었을 거야."

서국의 눈도 붉어져 있었다.

여전히 삶에 당황하며, 무수한 나날들에 공포를 느끼며. 그렇게 살고 있었을 것이다.

그녀를 만나지 못했다면.

이렇게 사랑하는 상대를 만나지 못했더라면.

"그러니 각오해. 내 삶을 채워 준 당신을, 영원히 사랑할 거니까."

가슴 뜨거워지는 절절한 고백에 결국 지유는 얼굴을 찡그리며 울어 버리고 말았다. 여덟 살의 그를 떠올리니 너무 마음이 아파서, 그리고 자신을 향한 그의 사랑에 가슴이 아려 와서 지유는 서국의 품에 안겨 한참을 울었다.

◇ ◆ ◇

전면이 통유리로 시공된 프렌치 레스토랑에 우아한 차림의 젊은 여자들이 앉아 있었다.

그중 가장 미모가 돋보이는 태희가 스타일리시 한 패턴의 원피스를 입고 화사한 미소를 지어 보였다.

"이제 약혼 준비 들어가면 바빠져서 모임에도 자주 못 나올 것 같아."

"소문이 무성하더니, 이서국 이사와 진짜 하는 거야?"

모임 멤버 중 한 명이 호기심 어린 눈빛으로 태희를 쳐다봤다.

그녀를 쳐다보는 다른 멤버들의 시선들에도 부러움이 맺혀 있었다. 그걸 모르지 않는 태희의 입술이 휘어 올라갔다.

"해야지. 부모님들이 너무 원하셔서."

"근데 왜 이서국이야? 이정훈이 후계자잖아. 태희 너네 부모님, 원래 태림과 오랜 친분 있다면서."

"그래. 후계자가 낫지 않겠어? 너라면 그 정도 요구해도 됐을 거 같은데."

은근히 이정훈이길 바라는 심리가 그녀들의 질문에서 묻어 나왔다.

태희의 입술에 맺힌 미소가 더 진해졌다.

"결혼하면 서국이도 더 열심히 하겠지. 내가 그렇게 만들면 돼."

"하긴……."

자신감 있는 태희의 표정에 다들 마지못해 고개를 끄덕였다.

박태희는 그런 여자였다. 타고난 것도 많았지만, 원하는 건 어떻게 해서든 제 것으로 만드는 능력이 있었다. 그래서 적으로 두면 절대적으로 불리하다는 걸 이 자리의 여자들 모두 알고 있었다.

"오랜만이네. 다들 잘 지냈어?"

갑자기 누군가의 목소리가 들려 모두의 시선이 그쪽으로 향했다.

"채은하?"

전의 사건 이후로 모임엔 아예 등장하지 않던 은하가 갑자기 나타나니 다들 의아한 눈으로 그녀를 쳐다봤다.

은하가 태희를 보며 다가와 섰다. 묘한 미소를 짓고 있는 은하를 태희도 웃는 얼굴로 마주했다.

"나 보기 싫어서 안 나온다더니, 마음 바꾼 거야?"

"내가 꽤 재미있는 걸 알게 됐거든. 여길 와야 너한테 물어볼 수 있을 거 같아서 말이야."

은근한 비아냥에도 거리낌 없이 은하가 대답했다.

그러자 태희가 눈을 깜빡였다.

"재밌는 거? 뭔데?"

은하가 싸늘한 미소를 지으며 순진한 척 쳐다보는 태희를 응시했다.

"이서국이랑 약혼한다며."

태희의 순수함을 가장한 얼굴에 순간적으로 안도가 지나갔다.

"아아. 그거? 이 자리에 있는 사람들은 다들 알고 있는 얘긴데."

마치 너만 모르고 있는 대단하지도 않은 이야기라는 듯 태희가 말했다. 그 말에 은하가 픽 웃었다.

"박태희 네가 말하고 다녔으니 다들 알겠지."

"있는 사실을 굳이 함구할 필요는 없는 거잖아?"

두 사람은 마치 웃음 가면을 쓴 것처럼 웃는 얼굴로 차가운 독설을 서로에게 뱉고 있었다.

'재밌어지는데?'

보이지 않는 팽팽한 신경전에 다들 흥미 어린 눈으로 두 사람을 바라봤다.

"그런데, 그것도 알고 있을까?"

은하가 의미심장한 표정으로 말을 던졌다.

'……뭐지?'

순간 싸한 느낌을 느꼈지만 태희는 익숙하게 숨겼다.

"뭘?"

태희가 태연하게 묻자 은하는 주변을 한번 슥 둘러봤다. 그러고는 다들 들으라는 듯 말했다.

"너와 이정훈이 미국에서 동거한 거."

"!"

태희의 눈이 순간 흔들렸다. 그걸 본 은하의 입술이 즐거운 듯 치켜 올라갔다.

"무슨 소리야, 지금?"

"이서국이 아니라 이정훈?"

“그게 진짜야?”

다들 술렁이자 은하가 가슴 위에서 팔짱을 끼고 태희를 쳐다봤다.

“이서국은 알고 있니? 박태희 네가 자기 형과 동거까지 해 놓고 약혼하자고 나온 거? 이게 형제 사이를 분탕질 놓는 거 아니고 뭐겠어?”

“…….”

조용히 마주 보고 있던 태희가 우아한 미소를 머금었다.

“채은하 너 아주 저급해졌구나?”

“뭐?”

은하의 눈썹이 찌푸려지는데 태희가 나긋나긋한 목소리로 말했다.

“그런 거짓말을 퍼뜨린다고 그게 사실이 될 거 같아?”

“거짓말? 하, 지금 내 말이 거짓말이라고?”

안색 하나 안 변하고 자신을 거짓말쟁이로 모는 태희의 반격에 은하의 얼굴이 분노로 붉어졌다.

그런 은하를 가엽다는 듯 보며 태희가 물었다.

“아니면, 증거라도 있어?”

태희가 웃음을 머금은 채 눈을 번뜩이고 은하를 반응을 주시했다.

은하가 잔뜩 흥분한 얼굴로 소리쳤다.

“증거가 왜 없어? 너와 이정훈이 말하는 걸 내가 똑똑히 보고 들었는데!”

……역시, 증거는 없네.

안도한 태희가 한결 느긋한 미소를 머금었다.
“너도 참, 계획을 짜려면 제대로 짜지 그랬어. 그게 어떻게 증거가 되니?”
“왜 안 돼? 내가 보고 들었다니까! 그날 한남동 모임 때 너와 이정훈이 정원에서……!”
“은하야. 기분은 알겠는데 모함도 정도껏 하는 게 좋지 않을까?”
달래듯 하는 말에 은하가 기가 차다는 듯 헛웃음을 흘렸다.
“하!”
은하의 얼굴은 더욱 일그러지고 태희는 아름다운 미소를 지으며 안타깝다는 듯 말했다.
“네가 이런다고 해서 이서국이 나와의 약혼을 접고 너한테 가진 않아. 그만 포기해.”
흥미진진하게 보고 있던 모임 사람들이 상황을 파악하고 어깨를 으쓱였다.
“뭐야, 그래서 그런 거였어?”
“어쩐지…… 난 또 진짜 그런가 했네.”
“태희 말대로 포기해. 채은하. 보기 안 좋게 이게 뭐니?”
핀잔을 주는 말이 이어지자 은하가 주먹을 꽉 쥐었다.
“…….”
잔뜩 화가 난 얼굴로 태희를 노려보던 은하가 말했다.
“내가 모함을 하는 건지 네가 여우 짓을 하는 건진 언젠간 밝혀지겠지.”
씹어 내뱉듯 말한 은하가 몸을 휙 돌렸다.

"채은하 재 진짜 이상해지지 않았어?"
"그러게. 저 정도는 아니었는데."
은하가 나가는 모습을 보며 모임 사람들은 대놓고 숙덕거렸다.
"……."
다들 한심하다는 표정이었지만 태희만이 예리한 시선으로 은하의 뒷모습을 보고 있었다.

탕!
입술을 깨물고 차로 돌아온 은하가 문을 세게 닫았다.
"박태희 저 악마 같은 년……!"
핸들을 꽉 움켜쥔 은하의 눈에 벌겋게 실핏줄이 드러났다. 분명 놀랐으면서도 표정 하나 바꾸지 않고 자신을 이상한 사람으로 몰아 버리다니.
"보통이 아니야. 진짜."
입술을 비틀며 말한 은하가 눈을 가늘였다.
'이렇게 되면 나도 가만히 있지 않아.'
은하가 까득거리며 이를 깨물고는 분노 어린 표정으로 휴대폰을 꺼내 들었다. 몇 번 신호음이 울리더니 곧 전화가 연결됐다.
"저 채은한데요. 의뢰하고 싶은 게 있어서요."
은하의 눈이 표독스럽게 빛났다.

12

끼익.

서국의 차가 지유의 집 앞에 섰다.

"피곤하실 텐데 바래다주셔서 감사해요."

"아닙니다."

서국이 대답하며 벨트를 풀었다. 곧장 운전석에서 내린 그가 트렁크에서 지유의 캐리어를 빼냈다. 그걸 본 지유도 헐레벌떡 뛰어 나왔다.

"제가 들고 갈 테니 주세요!"

지유가 캐리어를 향해 손을 내밀었다. 가뜩이나 체력적으로 힘든 출장이었는데 공항에서 오는 동안 운전한 그에게 짐까지 맡기고 싶진 않았다.

하지만 지유가 내민 손엔 캐리어 손잡이가 아닌 그의 커다란 손이 잡혔다.

'응?'

다정하게 잡아 오는 손을 본 지유가 고개를 들었다.

서국이 전혀 피곤이 느껴지지 않는 산뜻한 미소를 지으며 지유를 내려다봤다.

"가죠."

부드럽게 말한 그가 캐리어를 끌며 한 손에는 지유의 손을 잡고 걸어가기 시작했다. 지유가 나란히 걸어가며 작게 물었다.

"피곤하지 않으세요?"

"계속 지유 씨와 같이 있었는데 뭐가 피곤합니까."

"그래도 일정도 너무 타이트했고 중요한 일이어서 긴장도 많이 했을 텐데."

그래서 공항에서 바로 보내고 싶었는데 서국이 바래다주고 가야 마음이 편하다고 해서 결국 어물쩍 같이 온 거긴 했다.

같이 와서 자신이야 좋긴 했지만, 비서실장으로서의 양심이 콕콕 찔렸다.

현관 앞까지 천천히 손을 잡고 걸어온 서국이 멈춰 섰다. 지유 앞에 캐리어를 놔준 그가 미소 지었다.

"고생 많았어요."

"서국 씨가 훨씬 고생 많았죠."

지유가 캐리어 손잡이를 잡고는 말했다.

"……."

잠시 두 사람의 시선이 엉켜들었다.

"그럼 조심히 들어가요."

부드러운 미소를 지으며 말한 서국이 몸을 돌리는데 지유가 그를 불렀다.

"저, 서국 씨!"

다급하게 들리는 목소리에 그의 시선이 다시 그녀에게 향했다.

"저……."

캐리어 손잡이를 잡고 꼼질거리며 지유가 조금 망설이는 기색을 보였다.

"……?"

서국의 시선에 의아함이 어리는데 지유가 어렵게 말을 꺼냈다.

"저기, 지금 퇴근 시간이라 차가 많이 막힐 텐데……."

"괜찮습니다."

곧바로 이어지는 대답에 지유가 얼른 다시 말했다.

"아니, 그래도 비행기에서 내리자마자 여기까지 운전하고 또 곧장 운전하시면 피곤하시잖아요."

침을 꿀꺽 삼킨 지유가 서국을 바라봤다. 왠지 조급해 보이는 그녀의 눈을 보자 그의 얼굴에 의문이 어렸다.

"괜찮으시면……."

그녀의 볼에 연한 홍조가 맺혔다.

"같이 올라가서 차 한 잔…… 하고 가실래요?"

'이럴 줄 알았으면 청소라도 해 놓을걸!'

무턱대고 서국을 집 안에 들이고 난 다음에야 지유는 후회했다. 물론 그녀는 깔끔한 성격이라 집 안은 말끔하게 정리되어 있긴 했다. 하지만 서국이 올 줄 알았더라면 좀 더 완벽하게 정돈된 모습을 보였을 거였다.

서국이 주변을 둘러보고 있는데 지유가 얼른 소파로 걸어가 각이 틀어진 쿠션을 재빨리 매만졌다.

"우선 여기 앉아 계시겠어요?"

그녀의 말에 서국이 지유를 바라봤다. 시선이 마주치자 그의 수려한 얼굴에 온화한 미소가 어렸다.

"지유 씨 향기가 납니다."

"제 향기요?"

지유가 눈을 끔벅였다.

"네. 정지유의 향. 집 좀 구경해 봐도 됩니까?"

"아, 네."

흥미로운 표정을 짓고 있는 서국을 지유가 조심스럽게 방으로 이끌었다.

"여기가 제 일하는 방이에요."

큰 책장과 노트북이 놓인 책상이 있는 방으로 서국이 들어섰다.

"서재군요."

찬찬히 둘러보며 말하자 지유가 민망한 듯 코끝을 만지작거렸다.

"서재라고 할 정도는 아닌데, 그냥 집에 일거리 가져와서 일하거나 할 땐 여기서 해요."

"그렇군요."

노트북이 놓인 평범한 방인데도 서국은 주의 깊게 둘러봤다.
"인형입니까?"
책상 위의 작은 가필드 인형을 본 그가 들어 올렸다.
"네. 다른 애들은 장식장에 있지만요."
서국이 인형에서 시선을 떼서 지유를 바라봤다.
"다른 애들이라면, 이 인형이 더 있단 말입니까?"
"네. 보시겠어요?"
지유가 이번엔 뽈뽈거리며 안방으로 들어갔다. 침대가 놓인 침실에 장식장도 같이 있었는데 그 안에 가필드 인형이 꽤 있었다. 그걸 보여 주자 서국이 신기한 듯 바라봤다.
"정말이군요. 인형 좋아합니까?"
"아……."
지유가 대답을 잠시 망설였다.
"좀 어린애 같죠?"
민망한 얼굴로 지유가 웃었다. 서국이 그녀를 보며 입술 끝을 말아 올렸다.
"귀여운 취미를 가졌는데 몰랐군."
서국의 커다란 손이 지유의 머리칼을 부드럽게 헝클였다. 그녀에 대한 새로운 사실 하나를 안 것이 즐겁다는 듯 그가 진한 미소를 짓자 지유의 뺨이 슬쩍 붉어졌다.
그때 서국의 시야에 선반 위의 핸드크림이 들어왔다.
"이건……."
서국의 시선을 따라가던 지유의 눈이 순간 커졌다.
아차! 핸드크림!

"앗! 이건 안 돼요!"

지유가 몸을 날려 두 손으로 가렸지만 이미 때는 늦었다. 게다가 신장 차이 때문에 지유가 가린 손보다 그의 시선이 훨씬 높았다.

"……."

서국이 쪼르륵 나열된 핸드크림을 진지하게 응시했다. 옆에서 난처하게 서 있던 지유의 얼굴이 붉어져 있었다. 그녀가 그의 옷깃을 슬쩍 잡았다.

"이제 저쪽으로……."

"하나도 안 썼습니까?"

지유가 그의 몸을 돌리려 했지만 서국이 여전히 그것들에 시선을 박은 채 말했다.

"아, 네. 아까워서……."

지유가 창피함으로 화르륵 붉어진 얼굴로 대답했다. 그러자 서국의 미간이 좁혀 들었다.

"이게 뭐라고 여기에 줄을 세워 둡니까. 그냥 써 버릴 것이지."

"저한텐 소중한 거예요."

지유가 얼른 말했다.

"……."

서국이 홍조가 어린 채 시선을 피하는 그녀를 보다가 한숨을 내쉬었다.

"내가 미안해서 그래요."

그의 낮은 목소리에 지유의 시선이 다시 들려 올라갔다. 서국이 짙어진 눈으로 그녀를 보고 있었다. 지유가 살짝 웃으며 말했다.

"또 사과하는 거예요? 괜찮다고 했는데도."

"……그래도, 미안."

서국이 진지한 얼굴로 말했다. 그의 얼굴에 죄책감이 어리자 지유가 입을 열었다.

"재네가 얼마나 유용한데요. 서국 씨가 서운하게 할 때마다 얘네 하나씩 닦으면서 흉보면 스트레스 해소에 최고거든요. 이제 이쪽 구경시켜 줄게요."

지유가 일부러 밝은 목소리로 말하며 그의 팔을 잡아끌었다.

'앗.'

하필이면 침대 쪽이라 호기롭게 끌고 가던 지유가 멈칫거렸다.

'오해하면 어쩌지?'

두 사람의 눈앞에 놓인 아기자기한 침대를 지유가 난감한 시선으로 쳐다봤다.

"큰 인형도 있군요."

다행히 서국의 시선이 침대 위의 커다란 가필드 인형에 향해 있었다. 그걸 본 지유가 당황을 누르며 잽싸게 말했다.

"아! 네! 맞아요! 저거 이정훈 상무님이 선물로 주신……."

"이정훈 말입니까?"

서국의 눈빛이 순식간에 싸늘해졌다. 그 시선에 지유가 움찔했다.

"네. 상무실에 처음 와 달라고 하실 때 뇌물이라며……."

"이정훈은 당신이 저 인형을 좋아한다는 걸 알고 있었다는 뜻이군요."

확 낮아진 목소리에 지유가 난감하게 눈을 굴렸다.

"미국에선 사무실 책상에도 올려놓고 있었기 때문에……."

예전에 받은 선물인데 왜 이리 변명하듯 말해야 하는 거람?

지유가 진땀을 흘리고 있는데 서국이 침대 쪽으로 성큼 걸어갔다.

"서국 씨?"

커다란 가필드 인형을 들고 방에서 나간 그가 현관 옆에 놔뒀다.

그러고는 지유를 똑바로 보며 말했다.

"이건 내가 가져갈 겁니다. 똑같은 걸로, 아니, 더 큰 걸로 가져오겠습니다."

"네?"

지유가 영문 모를 표정을 짓고 서 있었다. 서국이 그녀를 내려다보며 단호하게 말했다.

"지유 씨 방에 다른 남자가 선물한 인형이 있는 건 싫습니다."

"……."

지유가 가필드 인형을 힐끔 바라봤다.

"버리려는 건 아니죠?"

그녀의 말에 서국의 미간이 더 좁혀들었다.

"이정훈의 선물이라 마음에 쓰이는 겁니까?"

"그게 아니라…… 그냥, 불쌍하잖아요. 버려지면."

지유가 짠한 표정으로 가필드를 내려다봤다. 그 시선을 보고 있던 서국이 할 수 없다는 듯 말했다.

“지유 씨 마음에 걸린다면 다른 곳에 기부하죠.”

타협하듯 하는 말에 지유가 고개를 들어 그를 바라봤다.

“네. 이왕이면 어린아이가 가졌으면 좋겠어요.”

“…….”

말갛게 웃는 얼굴에 그가 가볍게 한숨을 내쉬었다. 서국이 두 팔을 뻗어 지유를 가만히 안았다.

“또 질투를 해 버렸군.”

그녀의 귓가에 낮은 목소리가 들려왔다. 지유가 조심스럽게 그의 넓은 등을 마주 안았다.

“……괜찮아요. 질투해도.”

“앞으로도 계속 이럴 것 같아서 걱정이야.”

“앞으로도 계속 질투해 주면 되죠.”

미소 지으며 말한 지유가 얼굴을 떼어 내 서국을 바라봤다.

“나도 생각해 보니 서국 씨 침대에 다른 여자가 준 커다란 인형이 있으면 무척 싫을 것 같거든요.”

“…….”

“어쩌면 당연한 건데 내가 생각이 짧았어요. 미안해요. 미리 정리하지 못해서.”

그녀가 투명한 눈동자로 응시하자 서국의 눈빛이 짙어졌다.

‘……어?’

순식간에 그의 눈에 열기가 어리자 지유가 숨을 삼켰다.

고개를 기울인 서국이 천천히 그녀에게 다가갔다. 보드랍게 입술이 겹쳐지고 두 사람의 몸이 더 가까이 맞붙었다.

"으음……."

야릇한 소리와 함께 입술이 벌어지고 촉촉한 혀가 엉켜들었다.

지유의 허리를 끌어당겨 진하게 키스한 서국이 그녀의 작은 몸을 안아 올렸다.

"앗."

달랑 안아 올려지자 지유의 눈이 동그래졌다.

서국이 타액에 물든 그녀의 입술을 타오르는 시선으로 응시하며 침실을 향해 걸어갔다.

두근, 두근!

지유의 심장이 빠르게 뛰어 댔다.

"아, 아직 차도 안 마셨는데……."

"괜찮아."

서국이 그녀의 입술을 달게 빨며 속삭였다.

"그래도…… 하아."

풀썩.

앙증맞은 침대 시트 위에 지유를 내려놓은 서국이 그대로 그녀를 두 팔 아래 가뒀다.

위에서 관능 어린 시선으로 강하게 응시하자 지유는 숨이 가빠 오는 것 같았다.

고개를 숙인 서국이 그녀의 뺨을 핥자 지유가 흠칫거렸다. 눈을 데굴데굴 굴리던 지유가 슬쩍 말했다.

"왠지…… 긴장돼요."

"왜 긴장됩니까?"

"그, 그냥 우리 집이라서 그런 가……?"

집에서 서국과 이런 야한 행동을 하는 상상은 한 번도 해 본 적이 없었다.

그래서 무척 낯선 상황으로 인식이 되어 더 긴장이 되는 것 같았다.

"내가 이러는 게 싫습니까?"

서국이 그녀의 예민한 목덜미를 핥으며 낮게 말했다.

"아니, 싫진…… 흐읏."

민감한 피부를 따라 내려가는 입술에 지유의 가슴이 빠르게 오르내렸다.

'왜 이러지?'

모든 자극이 예민하게 받아들여져 지유는 온몸이 찌릿거렸다.

'독일에 있는 동안 몸이 더 적응되어 버린 걸까?'

어느새 서국은 그녀의 블라우스를 벗겨 버리고 동그란 어깨에 입을 맞췄다.

"앗."

어깨를 간질이는 더운 숨결에 지유가 흠칫거렸다.

"예민한데. 오늘."

그의 목소리가 허스키하게 잠겨 있었다.

"아니……나, 난……."

탱글하게 드러난 젖가슴에 뜨거운 시선을 박은 그가 고개를 숙였다. 브래지어를 끌어 내려 아래에서 고정하자 둥근 젖가슴이 위로 모아지듯 고정됐다. 서국의 입술이 말캉한 가슴을 베어 물었다.

"흐읏!"

지유가 흥분으로 달뜬 신음을 터뜨렸다. 그의 입술에서 동그랗게 팽창된 젖꼭지가 야릇하게 빨리고 있었다.

"아, 아아."

숨을 들이켠 지유가 어쩔 줄을 모르고 몸을 비틀어 댔다.

서국은 하얗고 탐스러운 가슴을 빨면서 한 손을 내려 그녀의 슈트 팬츠의 버클을 풀었다.

"자, 잠깐……! 앗!"

커다란 손이 지퍼를 열고 안으로 불쑥 침입했다. 그의 손이 팬티 위로 도톰한 살을 꾹 누르는 감각에 지유가 귀여운 무늬가 박힌 침대 시트를 다급하게 움켜쥐었다.

팬티 위로 둔덕을 문지르던 서국이 탁한 숨을 뱉어 냈다.

"움직임이 자유롭지 않군. 좀 벗겨야겠어."

"네? 아……."

상체를 세운 서국이 그녀의 바지와 팬티를 동시에 벗겨 냈다. 순식간에 하체가 알몸이 되자 지유가 저도 모르게 두 다리를 모았다.

"귀여운 양말이군."

서국이 낮게 웃으며 지유의 딸기 그림이 박힌 양말을 내려다봤다.

"아! 이, 이건 돌아오는 날이라……!"

그래도 위아래로 완벽한 오피스 착장이었는데 양말이 너무 아동틱하단 생각에 지유의 얼굴이 화끈 붉어졌다.

"귀엽다니까."

그녀의 발을 잡은 서국이 발등에 입을 맞췄다.

"읏."

양말 위로 발등에 입을 맞추는 감촉에 지유가 바르작거렸다.

"이건 벗기지 말아야겠습니다. 더 흥분되니까."

"네, 네? 앗……!"

서국이 커다란 손으로 지유의 두 무릎을 잡아 벌렸다. 하얀 다리가 벌어지며 팬티도 입지 않은 민망한 부위가 그의 시야에 고스란히 드러났다.

"!"

지유의 눈이 커졌다.

'어떡해!'

그녀의 눈이 흔들리는 사이 서국이 두 무릎을 잡은 채 망설임 없이 고개를 숙였다. 뜨듯한 숨결이 예민한 맨살에 훅 끼쳐 들자 지유의 허리가 흠칫거렸다.

"아, 아읏!"

그가 입술을 벌려 야하게 속살을 빠는 소리가 방에 울리고 있었다. 자기 방이기 때문인지 이런 행위가 더 노골적으로 느껴져 지유가 신음을 흘리며 엉덩이를 달싹였다.

"응, 흣, 으응……."

서국이 그의 타액과 그녀의 애액으로 흠뻑 젖어 들게 만든 뒤 고개를 들었다. 자신이 빨던 탐스러운 젖가슴을 노려본 그가 말캉한 살을 베어 물었다.

"앙!"

찌릿!

자극당하던 젖꼭지가 다시 축축한 입술로 삼켜지는 순간 아찔한 쾌감이 번졌다. 서국이 젖가슴과 유두를 입술 안에 담고 진하게 빨며 다리 사이에 손을 내렸다.

"응, 아! 거긴……!"

방금 빨린 클리토리스가 속살 사이에서 도도록 솟아 있었다. 동그랗게 팽창된 음핵을 그가 손으로 덮어 문지르기 시작했다. 두 군데를 동시에 자극당하는 통에 지유가 어쩔 줄 모르고 허리를 달싹였다. 할딱이며 신음을 내뱉으며 허리와 엉덩이를 달싹여 대는 모습에 서국의 입술에서도 달아오른 숨결이 거칠게 흘러나왔다.

"정지유."

젖가슴을 물고 그녀의 이름을 내뱉은 서국이 고개를 들었다. 쾌감으로 엉망이 된 지유의 얼굴을 보며 그가 수축하는 질 속으로 손가락을 쑥 집어 넣었다.

"하읏!"

지유의 몸이 흠칫거렸다. 그녀의 얼굴이 쾌락으로 찌푸려지는 걸 보며 서국이 손가락을 하나 더 집어 넣었다.

"아! 두, 두 개는……!"

당황한 얼굴로 다급하게 말하던 지유가 강하게 찔러 드는 손가락 힘에 입술을 크게 벌렸다.

"아, 응, 아! 아읏!"

마디가 굵은 기다란 손가락 두 개가 지유의 안을 사정없이 찔러 올리고 있었다. 강렬한 자극에 그녀의 질 안이 더욱 수축하며 우윳빛 애액을 흘렸다. 푹푹 손가락을 쑤셔 넣을수록 안은 크림처럼 더욱 부드러워지며 뜨겁게 조여 댔다.

"……흣! 자, 잠깐, 만, 아!"

지유가 참을 수 없다는 듯 그의 강한 팔뚝을 붙잡았다. 힘껏 잡았지만 근육질 팔은 멈추지 않고 그녀의 속살을 마구잡이로 찔러 들었다. 지유의 눈꼬리에 눈물이 맺힌 걸 보며 서국이 시선을 맞춘 채 음란하게 팔을 움직였다.

푹, 푸욱! 푹!

"응! ……앗! 아앗!"

서국의 손가락을 꽉 문 속살이 바들바들 떨렸다. 진동을 고스란히 느끼던 손가락 두 개를 쑥 빼내자 미끄덩한 애액이 크림처럼 길게 이어졌다.

서국이 그 손가락을 들어 제 입술로 가져갔다.

아…….

제 얼굴을 똑바로 보며 손가락에 묻은 음탕한 액을 빨아 마시는 모습에 지유가 숨을 삼켰다.

"예뻤어."

서국이 그녀의 눈꼬리에 맺힌 눈물을 축축한 혀로 핥았다.

그대로 고개를 들어 촉촉하게 젖은 지유의 눈망울을 내려다봤다. 타오르는 눈으로 그녀를 내려다보며 그가 말했다.

"지금부터 이 침대에서 잊지 못할 기억을 만들어 줄게."

탁한 목소리로 말한 서국이 고개를 숙여 지유의 귓가로 입술을 가져갔다.

"으, 응."

더운 숨결이 귓속으로 훅 끼쳐 들자 지유가 어깨를 움츠렸다. 귀여운 귓바퀴를 핥으며 그가 말했다.

"당신이 혼자 잘 때도 내가 생각나서 견딜 수 없도록."

두근!

욕망 어린 낮은 목소리에 지유의 심장이 어지럽게 뛰기 시작했다.

회장실 집무실에 서국과 천호가 마주 앉아 있었다. 뒤에는 언제나처럼 유 실장이 유한 미소를 띠고 서 있었다.

단정하게 앉아 있는 서국를 예리한 시선으로 보던 천호가 입을 열었다.

"갑자기 독일 출장을 다녀왔다고?"

"네."

서국이 시선을 피하지 않고 대답했다.

"무슨 일로 다녀온 거냐?"

"다음 주 전체 회의 때 발표할 예정입니다."

"흠……."

서국을 응시하는 천호의 눈이 더 가느스름해졌다.

'뭔가 분위기가 바뀐 것 같은데.'

늘 무감한 표정으로 앉아 있던 서국이 전에 약혼 이야기를 꺼낸 뒤부터 태도에 변화가 있었다. 서국의 표정을 주시하던 천호가 말을 꺼냈다.

"약혼식은 봄쯤으로 잡을까 하는데, 그때쯤 바쁜 일들은 정리해 둬."

"……."

똑바로 응시하던 서국의 얼굴이 눈에 띄게 차가워졌다. 이것도 변화의 증거였다. 이런 뚜렷한 표정의 변화는 지금껏 이서국에게는 없던 거였다.

"그때 분명히 말씀드렸을 텐데요."

"나도 분명 이야기했다. 결혼 진행할 거라고."

더 싸늘해진 서국이 곧장 몸을 일으켰다.

"저는 그 일에 일절 참여할 마음 없습니다. 나가 보겠습니다."

"난 말했으니 그런 줄 알아!"

서국의 등에 대고 천호가 소리쳤지만 그는 돌아보지 않았다.

탁.

"저, 저. 성질머리."

서국이 거침없이 문을 닫고 나가자 천호가 인상을 쓴 채 혀를 찼다.

"이사님이 많이 변하셨군요."

유 실장이 하는 말에 천호가 냉큼 돌아봤다.

"그것 봐, 내가 뭐랬어?"

유 실장이 빙긋 웃었다.

"좋은 일입니다. 회장님이 바라시던 모습과 더 일치해 가고 있으니."

"또 헛소릴!"

천호가 버럭 고함을 치는데 유 실장이 생각났다는 듯 말했다.

"회장님, 그 건은 어떻게 하실 생각이십니까?"

"그 건이라니?"

천호가 한쪽 눈썹을 휘어 올리며 물었다.

"이 상무님 주식 증여 건 말입니다."

"아아, 그 일."

골치 아프다는 듯 천호의 이마에 주름이 잡혔다.

"해 줘야지 뭐 별수 있나. 제대로 일하고 싶다는데."

"……."

천호의 표정을 유심히 응시하면서도 여전히 유 실장의 얼굴은 미소를 띤 채였다.

"그렇게 결정하신 겁니까?"

"다음 달쯤 진행할 테니 우선 그렇게 알고 있어."

"알겠습니다."

별 토를 달지 않고 싱글거리고 있는 유 실장을 천호가 다시 쳐다봤다. 그러자 유 실장이 말했다.

"아, 저 다음 주에 잠시 미국 지사에 다녀와야 해서 자리를 좀 비워야 할 것 같습니다."

"갑자기 거긴 왜?"

"갑자기 가야 불시 시찰이 되지 않겠습니까."

유 실장이 싱긋 웃었다.

종종 해외 지사에 암행을 다니는 것도 유 실장의 주요 업무 중 하나였다. 미국으로 시작해서 영국, 독일 등 몇 개국을 한 번에 다니기도 했다.

중요한 일이기 때문에 천호는 마뜩잖은 표정으로 고개를 끄덕였다.

"주식 증여 건도 시작해야 되고 해서 다음 달에 바빠질 테니 그 전에는 들어와."

"알겠습니다."

유 실장이 정중히 대답했다.

팀원들과 구내식당에서 점심 식사를 마친 지유가 엘리베이터로 향하는데 전화가 왔다.

'어?'

액정을 본 그녀가 비서들에게 빠르게 말했다.

"나 통화 좀 하고 갈 테니까 먼저들 올라가요."

"네."

휴대폰을 손에 쥔 지유가 빠른 걸음으로 그 자리를 벗어나며 전화를 받았다.

"네. 아빠."

– 아빠한테 전화하는 것도 까먹고 사는 거야? 서운한데.

그리운 목소리에 지유의 입술이 부드럽게 휘어졌다.

"죄송해요. 요즘 조금 바빠서요."

– 애인 생긴 거라면 이해해 주겠지만 일 때문에 아빠를 까먹은 거면 아빠 삐질 거다.

곰 같은 덩치로 귀여운 투정을 부리는 동수의 모습이 상상되어 지유의 입가에 미소가 짙어졌다.

"음…… 그럼 이해해 주시겠네요."

– 오!

전화기 너머로 탄성이 들렸다.

– 정말이야? 애인 생겼어?

"네. 드디어 생겼네요. 그 애인이란 게."

들뜬 목소리에 지유가 장난스럽게 대답했다.

– 정말 축하한다! 축하해!

동수가 진심으로 기뻐하는 게 눈에 선했다.

"고마워요."

지유가 배시시 웃었다.

– 우리 꼬맹이가 만나는 남자가 누군지 너무 궁금한데 언제 소개시켜 줄 수 있어?

"아직 얼마 안 됐으니까 조금 지나고 소개해 드릴게요."

– 그래. 날짜만 정하면 이 아빠가 항공권 보낼 테니까 말만 해.

"그 정도는 저도 할 수 있어요. 저희가 갈게요."

– 그런 서운한 소리 말아. 아빠가 너한테 항공권 보내 주려고 한 푼 두 푼 비자금을 모으고 있단 말이다.

"전 괜찮으니 그걸로 엄마 선물 사 드리세요."

– 다 컸구나. 녀석.

다정하게 웃은 동수가 말을 이었다.

– 지유 너 본 지도 정말 오래된 것 같다. 꼭 와. 다들 보고 싶어 하니까.

"네. 또 연락드릴게요."

– 그래. 감기 조심하고.

입가에 미소를 매단 채 지유가 전화를 끊었다.

'다들 잘 지내겠지?'

지유가 창밖으로 시선을 응시한 채 잠시 생각에 잠겼다.

넓은 밀밭이 있는 미국 시골 마을이 머릿속에 떠오르고 그리운 얼굴들이 하나둘 떠올랐다. 떠올리는 것만으로도 마음속이 따스해지는 풍경과 사람들.

'……보고 싶네. 정말.'

한낮의 햇빛이 쏟아지는 창가에 서서 지유는 잠시 그리움에 잠겨 있었다.

이사실로 복귀한 지유가 출장보고서를 마무리했다. 완성된 보고서를 프린트한 뒤 한 번 더 살핀 그녀가 집무실로 향했다.

똑똑.

노크한 뒤 잠시 기다린 지유가 문을 열었다.

그녀가 들어서자 커다란 책상 앞에 앉아 있던 서국이 고개를 들었다.

짧게 시선을 맞춘 지유가 다가갔다. 그녀가 걸어오는 동안 그도 진한 눈빛으로 응시하고 있었다.

'매일 보는 얼굴인데도…….'

지유의 얼굴이 슬며시 붉어졌다. 이렇게 똑바로 시선을 맞추고 있으면 괜히 심장이 뛰었다. 특히 요즘 그는 페로몬인 건지 나른하고 관능적인 분위기를 시도 때도 없이 풍겼다. 그래서 더 심장이 뛰게 만들곤 했다.

빰의 열기를 숨기며 책상 앞으로 걸어간 지유가 서류를 내밀었다.

"이번 출장 보고서가 완성되었는데 검토해 주셨으면 해서요."

"이리 줘요."

서국이 부드럽게 대답하며 손을 내밀었다. 지유가 그 위에 서류를 올리자 받아 드는 그와 손끝이 닿았다.

'아.'

멈칫해서 쳐다보니 서국의 은밀한 열기가 담긴 눈빛과 마주쳤다. 순간 지유가 숨을 삼켰다.

'아니 서류 하나 넘기는데 이렇게 심장이 쫄깃할 일인가?'

지독히도 관능 어린 매력이 흐르는 서국의 얼굴에서 눈을 떼지 못하고 있는데 갑자기 집무실 문이 벌컥 열렸다.

"이서국!"

"!"

급작스러운 목소리에 지유가 놀란 눈으로 고개를 돌렸다.

태희가 집무실 안으로 들어서고 있었다.

그녀는 잔뜩 화가 난 얼굴이었다.

"그럼 나가 보겠습니다."

지유가 자리를 비켜 주기 위해 빠르게 몸을 돌렸다.

지유를 무시한 채 책상 앞까지 다가온 태희가 씩씩거렸다.

"나한테 말 한마디 해 주고 출장 가는 게 어려워? 너 출장 간 걸 비서실을 통해 들어야 해?"

"비서실을 통해 듣는 게 잘못된 건가?"

서국이 표정 변화 없이 올려다보자 태희가 기가 찬 표정을 지었다.

"몰라서 물어? 우리 곧 약혼하잖아."

멈칫.

문 쪽으로 다가가던 지유의 움직임이 멈췄다.

'약혼?'

저도 모르게 지유가 돌아봤다. 태희는 여전히 서국에게 화를 내고 있었다.

"그런 상황에서 나한테 말도 없이……."

"그 약혼, 난 동의한 적 없어."

태희에게 서늘하게 말한 서국이 시선을 돌려 지유를 바라봤다.

'아.'

그와 시선이 마주치자 지유가 순간 당황한 표정을 지었다.

이런 개인적인 대화를 하는데 실장으로 있는 지금 자리를 비켜 주지 않고 있는 건 잘못된 거였다.

지유가 다시 몸을 돌리려는데 서국의 음성이 그녀를 붙잡았다.

"사랑하는 여자도 있고."

"!"

태희와 지유가 놀란 눈으로 그를 쳐다봤다.

서국이 지유를 강렬하게 응시하고 있었다. 그녀의 시선을 꼼짝할 수 없도록 휘어 감았다.

두 사람의 엉켜드는 시선을 보던 태희가 황당한 표정을 지었다.

"하! 그래서 지금 저 비서를 사랑한다는 거야? 이서국 네가?"

따져 묻는 듯한 목소리에 지유는 몸을 돌렸다. 우선 나가야 한다는 생각에 지유는 가파르게 뛰는 심장을 진정시키며 집무실을 나갔다.

탁.

문이 닫히자 그녀가 나가는 모습을 응시하던 서국이 다시 태희를 쳐다봤다. 지유를 볼 때와는 전혀 다른, 무감하기 짝이 없는 눈빛으로 태희를 보며 그가 말했다.

"오래됐는데. 사랑한 지."

"……!"

태희의 눈썹이 꿈틀거렸다. 저에게 닿은 무심한 표정에 그녀의 자존심이 형편없이 구겨졌다.

"미쳤구나? 설마설마했는데 어떻게 비서를……!"

"사랑하는 여자를 놔두고 다른 여자와 약혼하는 게 더 미친 짓 같은데."

건조한 음성에 태희의 미간이 좁혀 들었다.

"뭐?"

"내 기준에선 그런데. 너도 마찬가지 아닌가?"

"무슨 소리야? 마찬가지라니."

태희가 뾰족한 눈빛으로 쳐다보자 서국이 그 시선을 받으며 말했다.

"네가 약혼하려는 상대가 이정훈이 아니라 왜 나인지도 난 이해가 안 되는데."

흠칫.
서늘한 목소리에 태희의 눈이 일순 흔들렸다. 하지만 곧 태연한 표정이 그녀의 얼굴에 떠올라 있었다.
"그건 부모님이 정하시는 거잖아. 우리한테 선택권이 있어?"
태희가 성마르게 제 머리칼을 쓸어 넘기는데 서국이 그녀를 가만히 쳐다보다가 말했다.
"이 결혼은 너에게도 맞지 않아."
"무슨……."
태희가 말하려는데 그의 말이 먼저 이어졌다.
"네가 좋아한 사람, 이정훈이잖아."
"!"
순간 태희의 눈이 커졌다. 서국이 이런 말을 할 줄 그녀는 전혀 예상하지 못했다.
'혹시 나와 정훈 오빠 일을 알고 있나?'
당황한 그녀가 말을 못하고 쳐다보고 있는데 그가 고개를 기울였다.
"예전부터 여러 번 말했던 기억이 있는데. 이정훈과 결혼할 거라고."
……아, 그건 아니구나.
안도한 태희가 표정을 샐쭉였다.
"왜 예전 얘길 꺼내고 그래?"
태희가 마음에 들지 않는다는 듯 눈을 흘기고는 한숨을 내쉬었다.
"정훈 오빠가 내 첫사랑인 건 맞아. 하지만 첫사랑과 다 결혼하는 것도 아니잖아."

통유리 바깥으로 시선을 둔 그녀가 가라앉은 목소리로 말했다.

"나도 그땐 순진하게 그렇게 생각했지만…… 부모님 의견에 따를 수밖에 없어."

"……."

쓸쓸함이 담긴 눈빛으로 창밖에 시선을 두던 그녀가 서국을 바라봤다.

"이서국 너도 다를 거 없잖아."

"난 아니야."

곧바로 흘러나오는 목소리에 태희가 멈칫거렸다.

"아니라고?"

끼익.

의자를 뒤로 밀며 일어난 서국이 책상 앞에 섰다. 한 손으로 책상을 짚고 다른 손을 바지 주머니에 찔러 넣은 그가 태희를 내려다봤다.

"누구 의견이든 따를 생각 없어. 결혼은 내 개인적 문제야."

"……."

조각처럼 잘생긴 얼굴을 태희가 살짝 긴장 어린 눈빛으로 올려다봤다.

서국은 위압적으로 그녀를 내려다보고 있었다.

'이서국 분위기가 원래 이랬나?'

원래 이서국은 별다른 의사 표현이 없는 사람이라고 생각했었다. 그에 대한 기억 속 이미지는 대체적으로 비슷했다. 어릴 때부터 보아 왔지만 한결같이 무심한 성정에다 회장님이 시키는 대로 그저 묵묵히 따르는 타입이었다. 그러니 결혼도 어른들만 합의되면 쉬울 거라 여겨졌다.

'그런데 그게 갑자기 왜 바뀐 거지? 저 여자 때문에?'

분명 최근 이서국에게 변화의 조짐이 있었다. 그게 방금 이 방을 나간 정지유라는 여자와 관련이 있을 거라는 직감이 왔다.

조금 전 이서국이 그 여자를 바라보던 눈빛에 순간적으로 타오른 열기를 똑똑히 봤으니까.

짧은 시간 동안 태희의 기민한 머릿속에 복잡한 생각들이 얽혀 드는데 서국이 말했다.

"그러니 난 내가 사랑하는 사람과 결혼할 거고. 적어도 박태희 넌 아니란 소리야."

일말의 감정도 없는 목소리에 태희는 완전히 자존심이 상했다.

'하.'

땅에 처박힌 자존심을 표정에 드러내는 것조차 자존심이 상해 필사적으로 입매에 힘을 줬다.

"결국 너도 부모님 뜻대로 하게 될 거야. 나처럼."

도도하게 말한 태희가 몸을 돌렸다.

그대로 집무실을 빠져나온 그녀가 비서실로 나오는데 지유와 눈이 마주쳤다.

"안녕히 가십시오."

단정하게 인사하는 지유의 얼굴을 태희가 차갑게 쏘아봤다.

'니깟 게 감히.'

고작 이런 비서 때문에 자신이 서국에게 그런 취급을 받았다는 데에 태희는 짜증이 치솟았다.

그녀의 노려보는 시선에도 지유는 업무상의 미소를 지은 채 서 있었다.

그 모습을 표독스럽게 보던 태희가 그대로 몸을 홱 돌려 비서실을 나가 버렸다.

그러자 지켜보고 있던 비서들이 지유의 주변으로 우르르 몰려들었다.

"아니, 저 사람은 왜 실장님 인사도 안 받고 간대요? 방금 그거 노려본 거 맞죠?"

"연락도 없이 갑자기 찾아와선 무작정 집무실로 들어가지 않나."

"아무리 같이 일한다 해도 너무 예의 없지 않아요?"

"오냐오냐해 주니 재벌가 자식 중에 저런 애들 꽤 있더라. 이 바닥에 있으면 종종 겪게 된다니까."

다들 짜증 섞인 말을 내뱉는데 남식이 눈치 없이 끼어들었다.

"근데 진짜 이쁘긴 하지 않아요?"

"뭐어?!"

비서들이 동시에 쏘아보자 그가 움찔거렸다.

"왜? 외모만 보면 예쁜 건 사실이잖아."

남식이 억울한 듯 항변하는 소리에 은주가 잡아먹을 듯 그를 몰아세웠다.

"아무리 예뻐도 방금 우리 실장님 개무시하는 거 못 봤어요?"

"아니 개무시라니 아무리 그래도 실장님에게 말이 너무 심한…….”

“저 박태희가 그러지 않았냐고요!”

“아, 알았어요. 내가 사과할게요. 잘못했습니다.”

“어휴, 눈치가 없어서 정말.”

은주가 화가 난 얼굴로 짜증스럽게 자리로 향했다. 그 뒤를 따라 다들 고개를 절레절레 저으며 흩어졌다.

“…….”

태희가 나간 쪽을 잠시 보던 지유도 자리로 돌아왔다.

‘박태희와 약혼이 진행되고 있었구나.’

책상 앞에 앉아 생각에 잠긴 얼굴로 모니터를 쳐다보는데 인터폰이 울렸다. 집무실에서 온 거였다.

지유가 빠르게 정신을 차리고 수화기를 들어 올렸다.

“네. 이사님.”

– 나한테 듣고 싶은 이야기 있지 않습니까? 잠깐 들어와요.

“……알겠습니다.”

대답한 지유가 심호흡을 하고 자리에서 일어섰다.

탁.

다시 집무실로 지유가 들어섰다. 서국은 소파에 기댄 채 서 있었다.

“이리 와요.”

서국이 부드럽게 말하며 그녀에게 팔을 뻗었다.

“…….”

지유가 잠시 그를 바라보다 걸음을 옮겼다. 이사로서 비서실장을 부른 건 아니라는 걸 알고 있었기 때문에 얌전히 그에게

다가갔다.

그녀가 걸어오자 서국이 제 앞으로 끌어당겨 두 손으로 허리를 감싸 안았다.

가까워진 거리에서 그녀를 내려다보며 서국이 입을 열었다.

"갑자기 그런 이야기를 들어서 불쾌했을 텐데, 이런 식으로 알게 해서 미안합니다."

자신의 얼굴을 살피는 서국을 지유가 가만히 올려다봤다.

"집안에서 약혼을 추진 중인 거죠?"

"내 의사와는 관련 없는 일입니다. 이미 거절했고 앞으로도 그럴 일 없을 테니 신경 쓸 필요 없어요."

단호함이 실린 음성으로 그가 말했다.

"……."

혹여나 자신이 걱정할까 봐 하는 말임을 지유는 알 수 있었다. 지금 제 얼굴을 살피는 그의 눈빛에 다 드러나 있으니까.

"걱정 안 해요."

조용히 시선을 맞추고 있던 지유가 작게 미소 지었다.

"아까 서국 씨가 확실히 말해 줘서 오해도 안 했고, 걱정도 안 해요."

둥글게 휘어진 눈으로 예쁘게 웃은 지유가 말을 이었다.

"나는 흔들리지 않으니까 서국 씨도 걱정 말아요."

"……."

서국이 그녀를 빤히 내려다봤다.

"지금은 업무 시간이니 우선 나가 볼게요."

지유가 살짝 뒤로 물러섰다. 허리를 감싸고 있던 그의 손이 스르륵 풀리고 그녀가 몸을 돌렸다.

그런데 한 걸음도 채 가기 전에 서국이 지유의 팔을 잡아 다시 자신 쪽으로 돌렸다.

"아……."

놀라서 커지는 그녀의 눈앞에 순식간에 그의 얼굴이 다가왔다.

"읍."

서국이 고개를 기울여 지유의 입술을 거칠게 삼켰다. 허리와 뒷머리를 감싸 단단히 고정하고 사납게 키스를 퍼부었다.

"서, 서국……하읍."

짐승처럼 삼켜 드는 힘에 지유의 목소리가 다시 입술 안으로 삼켜졌다. 그가 그녀의 작은 혀를 끌어 당겨 거칠게 얽어 대며 강한 소유욕을 드러냈다.

지유의 타액을 삼켜낸 그가 거친 숨결을 흘리며 놔줬다.

"……하."

그의 입술에서 야릇한 숨소리가 새어 나왔다.

단숨에 뜨거워진 숨결과 달아오른 시선이 가까이에서 얽혀 들었다.

촉.

그의 타액이 묻은 지유의 입술을 한 번 더 물었다 놔준 서국이 탁하게 잠긴 목소리로 말했다.

"퇴근 후 봅시다."

여전히 일렁이는 눈으로 말한 그가 그녀를 놔줬다.

"……네."

지유가 몸을 돌렸다. 빨개진 얼굴로 진정되지 않는 숨결을 가라앉히려 노력하며 문 쪽으로 향했다.

◇ ◆ ◇

"증거를 못 찾았다고요?"

휴대폰을 귀에 댄 은하가 인상을 쓰고 되물었다.

– 주위에 두 사람이 동거한 사실을 철저히 숨긴 모양입니다. 아는 사람을 찾을 수가 없습니다.

짜증스럽게 머리칼을 쓸어 넘긴 은하가 말했다.

"우선 더 찾아봐요. 뭐라도 나오면 전화하고요."

전화를 끊은 은하가 손톱을 잘근잘근 깨물었다.

"철저한 줄은 알았지만 어쩜 이렇게 증거를 안 남길 수가 있어? 박태희, 진짜……."

이미 과거가 된 미국에서의 동거 사실을 캐내기는 생각보다 어려웠다. 게다가 이 정도로 완벽하게 동거 사실을 지웠을 줄은 예상하지 못했기 때문에 은하의 눈이 초조해졌다.

"……잠깐."

손톱을 물어뜯던 은하가 멈칫거렸다.

'넌 미국에서도 그랬지. 우리가 같이 살면서도 그걸 누구에게도 말하지 않으려 했어.'

'왜? 나랑 결혼하고 싶다고 했으면서 그건 들키기 싫었어?'

그때 이정훈의 말을 떠올리던 은하의 눈이 확 커졌다.

"맞아! 내가 왜 그 생각을 못 했지?"

그 대화로 보면 이정훈은 분명 박태희에게 미련이 남아 있었다.

"그렇다면……."

이정훈이 박태희와 동거한 증거를 가지고 있을 가능성이 크잖아? 게다가 최근 사교 모임에서 이정훈은 늘 엉망으로 취해 있곤 했다.

"접근하기 쉽겠어."

입술 끝을 휘어 올린 은하의 눈이 날카롭게 빛났다.

저녁 식사를 마친 서국이 지유를 집까지 태워 줬다.

"바래다줘서 고마워요."

지유가 차에서 내리자 서국이 따라 내리며 말했다.

"잠깐 기다려요."

"네?"

그가 트렁크 쪽으로 성큼 걸어가더니 안에서 비닐에 싸인 거대한 인형을 꺼냈다.

"그건……."

지유의 눈이 동그래졌다. 슈트를 빼입은 그와는 너무나 어울리지 않는 커다란 가필드 인형을 들고 서국이 말했다.

"약속한 대로 더 큰 인형을 구했습니다. 무거우니 방까지 내가 들고 가죠."

그가 전혀 어울리지 않는 인형을 들고 앞서 걸어갔다. 그 모습을 보니 지유는 저도 모르게 웃음이 나왔다.

'웃으면 안 되는데.'

혼자 웃음을 참고 있는데 서국이 돌아봤다.

"왜 웃습니까?"

"아…… 인형이 너무 커서…… 기뻐서요."

지유가 어색한 핑계를 대고는 입술을 벌리고 웃었다. 그 모습을 의아한 시선으로 보던 그가 한쪽 손을 그녀에게 내밀었다.

'아, 손잡으라고?'

조르르 달려간 지유가 얼른 그의 손을 잡았다. 그러자 서국의 얼굴에 근사한 미소가 피어났다.

"가죠."

"네."

지유도 마주 웃으며 나란히 걸어갔다.

인형을 방까지 들고 온 서국이 침대 앞에 우뚝 섰다.

'너무 커서 그러나?'

자신의 침대 사이즈보다 지나치게 큰 인형을 지유도 난감하게 보고 있었다.

"우선 여기에 놓겠습니다."

고민하듯 보고 있던 그가 인형을 침대 옆 바닥에 내려놨다. 그러고는 지유를 돌아봤다.

"생각해 보니 침대 위에 나 말고 다른 존재가 있는 것도 썩 내

키지 않군요."

"네?"

지유가 눈을 끔벅이며 그를 바라봤다. 농담인가 싶었지만 서국의 표정은 몹시 진지했다.

"지금 설마 인형에게까지 질투하시는 거예요?"

"나는 당신과 관련된 건 뭐든 질투하는데. 그게 어떤 것이든."

당연한 듯 표정 하나 바꾸지 않고 하는 말에 지유는 잠시 멍한 얼굴이 됐다.

"정말 다른 사람 같단 말이죠. 그 무심하던 남자 어디 갔어요?"

지유가 신기한 얼굴로 하는 말에 서국의 눈이 가늘어졌다.

"무심한 남자가 취향입니까?"

"네? 아니 그런 뜻이 아니라……."

"원래 지유 씨가 좋아하던 모습과 달라서 실망스럽습니까?"

심각한 표정으로 물어 오는 말에 지유가 웃었다.

"이상한 질문을 하시네요. 전 서국 씨의 어느 특정한 모습을 좋아한 건 아니에요."

무슨 뜻인지 이해하지 못하는 듯 서국의 눈이 더 가늘어졌다.

"그럼 서국 씨는 내 어떤 모습을 좋아하게 된 거예요?"

지유의 질문에 그의 미간이 좁혀 들었다.

"당신의 모습 중…… 말입니까?"

"네. 내가 좋아하는 정지유는 어떤 모습이다, 라고 딱 표현할 수 있어요?"

"……."

서국이 난제에 빠진 듯 표정이 굳었다. 당혹스러운 얼굴로 대답하지 못하는 그를 보며 지유가 생긋 웃었다.

"그것 봐요. 서국 씨도 대답 못 하잖아요."

"……그런 것 같군요."

서국이 인정하고 지유를 바라봤다. 그의 조각 같은 얼굴에 미소가 어렸다.

"그 질문을 듣는 순간, 당신의 모든 모습이 떠올라서 내가 어떤 모습을 좋아하는지 알 수 없게 되어 버렸어."

그가 손을 뻗어 지유의 뺨을 매만졌다.

"그 모습 전부가 내가 좋아하는 정지유의 모습이니까."

서국의 눈이 진지하게 빛났다. 그 눈빛을 가만히 응시하는 지유의 눈매가 곱게 휘어졌다.

"맞아요. 나도 서국 씨의 어떤 모습이든 좋아요. 무심한 모습이든, 이렇게 질투 대마왕의 모습이든."

"질투 대마왕?"

지유의 표현에 잠시 눈을 크게 떴던 서국의 입술 끝이 말려 올라갔다.

"아니라고 할 수가 없군."

낮게 속삭이듯 말한 그가 입가에 미소를 매단 채 고개를 숙였다. 촉. 지유의 입술에 살짝 입 맞춘 서국이 짙어진 눈빛으로 응시했다.

"약혼은 신경 쓰지 마."

"……."

"내가 신경 쓰이지 않게 할 테니."

흔들리지 않는 시선으로 내려다보며 그가 말했다.

"네."

지유가 입매를 둥글게 휘어 올리며 대답했다. 아까 약혼이라는 말을 들었을 때는 솔직히 놀랐다. 하지만 그때 서국이 박태희 앞에서 보여 준 태도와 자신에게 하는 말을 듣고 믿을 수 있다고 생각했다.

지금 그의 확고한 눈빛도 더욱 단단한 믿음을 심어 줬다. 그래서 믿을 수 있었다. 이 남자를. 그리고 좀 더 노력하고 싶어졌다. 이서국이라는 남자가 가지고 있는 배경에 괜히 겁부터 날 때,

'그래서 지금 저 비서를 사랑한다는 거야? 이서국 네가?'

'미쳤구나? 설마설마했는데 어떻게 비서를……!'

박태희의 그 악의 섞인 말에 상처받으려 할 때, 조금 더 당당해질 수 있도록 노력하고 싶어졌다. 자신을 아무런 조건 없이 정지유라는 사람 자체로 사랑해 주는 서국의 마음에 당당히 답하고 싶어졌다.

용기를 내고 싶어졌다. 이 남자의 용기 앞에서.

"이 세 가지 사업이 제가 올해 주력한 메인 사업입니다. 올해

는 준비 기간이라 볼 수 있고, 내년부터 실질적인 성과를 올릴 수 있도록 최선을 다하겠습니다."

전체 회의에서 정훈은 서국에게서 훔친 사업을 자기 것인 양 발표했다. 그걸 본 지유의 얼굴에 실망감이 가득했다.

'설마 했는데 진짜 하다니.'

게다가 정훈의 표정엔 전혀 양심에 찔리는 기색이 없었다.

'저렇게 양심이 없는 사람이었나?'

착잡한 눈으로 보는 지유와 달리 주변에선 놀라움에 찬 수군거림이 들려왔다.

"몰랐는데 꽤 잘하네. 이정훈 상무. 빠른 시간 내에 저렇게까지 사업을 진행시킬 줄은 몰랐는데 말이야."

"본사 들어온 지 얼마 안 됐잖아? 대단하군."

"그러게, 다시 봤어. 후계자는 확실히 다르긴 하네."

감탄 어린 목소리를 들을수록 지유의 표정은 굳어 갔다.

'그거 다 우리 서국 씨가 한 거거든요?!'

크게 소리치고 싶은 걸 입술을 꾸욱 다물고 참고 있는데 수군거림은 끝나지 않았다.

"이서국 이사가 부담이 크겠어."

"지금까진 여유가 있었겠지만 형의 실력을 안 이상 이 이사, 긴장되겠는걸."

……하! 웃긴 소리!

지유가 괜히 억울한 마음에 주변을 째려보고 있는데 문득 프레젠테이션을 앞둔 서국과 눈이 마주쳤다.

'어?'

그녀와 눈이 마주친 그의 무심한 얼굴에 느른한 미소가 살짝 맺혔다. 찰나의 순간 미소를 보인 그가 다시 원래의 무표정한 얼굴로 돌아갔다. 그 모습을 보자 지유는 신기하게 안심이 됐다.

"이것으로 마치겠습니다."

정훈의 차례가 끝나자 커다란 박수가 쏟아졌다. 한참 박수가 이어지는데도 개의치 않는 듯 서국이 앞으로 나갔다. 그사이 자리로 돌아가는 정훈에게 임원들이 칭찬을 늘어놨다.

"정말 열심히 한 모양이군."

"다시 봤어. 이 상무."

임원들의 축하를 받으며 자리로 들어온 정훈이 준비 중인 서국을 쳐다봤다.

'이번엔 날 못 이길 거다.'

정훈의 눈이 교활하게 빛났다. 주력 사업을 다 빼앗긴 상태에서 아무리 긁어모아도 자신의 업적과 비교될 거였다. 어차피 끝난 게임이었다. 앞자리에 있는 천호를 힐끔 쳐다본 정훈이 입술 끝을 올렸다.

'잘 보세요, 아버지. 저에게 증여하는 주식이 아깝지 않게 느껴지실 테니까.'

기분 좋은 얼굴로 회장을 보던 정훈의 귀에 서국의 낮고 명료한 목소리가 들려왔다.

"이서국입니다. 시작하겠습니다."

서국의 인사말에 술렁이던 주변이 한순간에 조용해졌다. 동시에 모든 시선이 그에게 집중됐다.

'존재감 자체가 다른 사람이구나.'

매번 느끼지만 지유는 그 모습을 볼 때마다 신기했다. 서국은 주변을 한 바퀴 둘러보며 말했다.

"제가 이번에 진행한 핵심 사업은 세포 융합기술을 토대로 한 바이오산업입니다. 8년 전에 설립된 자체 연구소에서 작년에 신기술을 획득했고, 이번에 독일의 BX사와 기술제휴를 포함한 상용화 계약을 체결했습니다."

"……!"

정훈을 포함한 사람들이 놀란 표정을 지었다.

"BX? 그 BX사 말입니까?"

"여러분이 아시는 그 회사 맞습니다. 이미 작년부터 여러 차례 협약 제안이 있었고 이번에 정식으로 계약을 체결했습니다."

서국의 설명에 사람들의 웅성거림이 커졌다.

놀란 건 천호도 마찬가지였다. 눈을 가늘인 천호가 옆자리의 유 실장에게 물었다.

"자네는 알고 있었나?"

"저도 몰랐습니다."

유 실장도 놀란 얼굴이었다. BX는 세계에서 가장 많은 특허를 가지고 있는 회사로서 제약과 에너지, 전자제품 등 혁신적 사업을 벌이는 회사였다. 신기술로 유명한 동시에 아무 회사와 협약하지 않기로도 유명했다. 미국 최대 갑부가 천문학적인 액수를 불러도 기술을 넘기지 않은 결과 전 세계에서 가장 신뢰받는 기업으로 자리 잡았다.

그 이미지를 노리고 한국에서도 이미 수차례 기술계약을 노렸지만 성공한 케이스는 아직 없었다.

"상용화를 위한 테스트 기간을 거친 뒤 저희 기술이 BX사를 통해 전 세계로 수출될 겁니다. 지금부터는 화면과 함께 설명드리겠습니다."

서국의 뒤에 있는 대형 스크린에 발표 자료가 뜨며 구체적인 사업에 대한 설명이 시작되었다. 곧 사람들은 그의 발표에 집중했다.

그들의 표정에 흥분이 물든 것을 본 정훈의 얼굴이 딱딱하게 굳어 갔다.

회의가 끝난 뒤 임원들이 서국에게 몰려들었다.

"정말 대단하군, 이 이사."

"아니 저 까다롭기로 유명한 BX와 어떻게 계약을 체결한 거야?"

"나도 관계자 명함 좀 받을 수 있나? 우리 쪽에서도 준비하는 게 있는데."

서국에게 몰려든 임원들을 천호가 잠시 쳐다봤다. 예리한 시선으로 보던 그가 유 실장과 함께 대회의실을 나갔다.

그 뒤에 서 있던 정훈이 입을 꾹 다물고 서국을 노려봤다. 그러다 지유와 눈이 마주치자 잠시 멈칫거린 그가 몸을 휙 돌려 나갔다.

그 모습을 본 지유가 작게 한숨을 내쉬는데 서국의 목소리가 들렸다.

"가죠."

어느새 사람들에게서 빠져나온 서국이 그녀의 옆에 서 있었다.

"아, 네."

조금 전까지 차가운 기운이 어렸던 얼굴에 그녀만이 볼 수 있는 부드러운 미소가 피어났다.

엘리베이터로 향하며 서국이 말했다.

"수고 많았습니다."

낮은 목소리로 속삭이듯 하는 말에 지유도 말갛게 웃었다.

"이사님도 수고 많으셨어요. 오늘 회의까지 시간 맞추시려고 무리해서 진행하신 거였죠?"

"오늘 상무실에서 발표할 걸 알고 있었습니다."

"역시 그랬군요."

출장지에서의 고강도 일정과 그 뒤로도 모든 시간을 이 일에만 올인 하던 것을 떠올린 지유가 천천히 고개를 끄덕였다.

"하긴 만약 올해 주력 사업을 다 뺏긴 상태에서 대책 없이 오늘 회의에 참석했으면…… 어휴, 생각하기도 싫어요."

아까 정훈의 프레젠테이션이 끝났을 때 술렁이던 말들을 떠올린 지유의 눈썹이 슬며시 찌푸려졌다.

"반전을 노리는 순간이 오히려 기회가 될 수도 있는 거죠."

서국의 담담한 목소리로 말하며 엘리베이터에 올라탔다. 따라 올라탄 지유가 뿌듯한 얼굴로 말했다.

"그래도 그 짧은 시간 안에 이 어려운 걸 성공시키다니. 물론 모든 건 오래전부터 연구실에 투자하신 성과지만, 그래도 대단하세요."

"……."

서국이 지유를 가만히 내려다봤다.

"이 일을 시작부터 함께 이끌어 간 정 실장 덕분입니다."

잔잔하게 마주쳐 오는 시선에 지유의 입술 끝이 곱게 휘어 올라갔다.

"고마워요."

생긋 웃는 얼굴을 보자 서국이 표정을 굳혔다.

"?"

그의 표정에 지유가 의아한 눈으로 바라봤다. 미간을 찌푸린 그가 엘리베이터 안에서 낮게 한숨을 내쉬었다. 서국이 지유에게 고개를 숙였다.

"그렇게 웃으면 키스하고 싶잖아."

"아……."

그녀의 두 뺨에 홍조가 피어났다. 그의 얼굴이 더 다가오자 지유가 당황한 얼굴로 엘리베이터 안의 CCTV를 쳐다봤다.

"여, 여기선 안 돼요."

"그럼 내 방에선 됩니까?"

"네. 차라리 거기서……!"

딩-

지유가 빠르게 대답하는데 이사실이 있는 층에 도착한 엘리베이터 문이 열렸다.

"!"

문 앞에서 누군가가 서 있는 것을 본 지유가 흠칫 놀랐다.

"아, 회의 끝나셨어요?"

효린이 웃는 얼굴로 말했다.

'휴, 다행이다. 눈치 못 챘나 봐.'

지유가 효린의 반응에 안도하는데 그녀 옆으로 서국이 먼저 빠져나가며 말했다.

"정 실장은 집무실로 와요."

"네. 이사님."

지유가 빠르게 대답하며 내리려는 순간, 효린이 그녀의 팔을 잡았다. 어어? 휘청이며 멈춰 선 지유에게 효린이 초롱초롱한 눈으로 물었다.

"실장님. 오늘 임원들 분위기 어땠어요? 이 상무님 표정은요?"

정훈의 만행을 다들 알고 있는 터라 이번 회의 결과를 궁금해하고 있었다. 호기심이 잔뜩 어린 효린을 향해 지유가 생긋 웃었다.

"이사님이 부르셔서 좀 이따 얘기해 줄게요."

종종걸음으로 멀어지는 지유에게 효린이 급히 말했다.

"실장님! 저 오기 전까지 먼저 말하시면 안 돼요!"

"그럴게요!"

대답한 지유가 곧장 비서실을 지나쳐 집무실로 향했다.

"이사……앗!"

문을 열고 들어서던 지유가 곧장 서국에게 잡혔다. 탁! 문이 닫히고 동시에 서국의 입술이 그녀의 입술을 삼켰다.

"하읍!"

정신을 차릴 새도 없이 진한 키스가 이어졌다. 짐승처럼 입술과 혀를 탐하는 열기에 지유는 숨이 차올랐다.
"하, 하아. ……아읍."
벌어진 입술로 흘러나온 달짝지근한 숨결마저 다시 그의 입술에 휩쓸려 들어갔다. 사납게 몰아치는 키스에 뒷걸음질 치던 그녀의 몸이 소파로 넘어졌다.
"아!"
털썩! 두 사람의 몸이 겹쳐진 채 소파 위에 쓰러졌다. 서국이 그녀 위를 올라탄 야릇한 자세가 되자 두 사람의 눈빛이 가까이에서 부딪혔다. 지유의 타액으로 물든 도톰한 입술을 서국이 바로 위에서 삼킬 듯 내려다봤다.
"점점 더 못 참겠어."
거친 키스로 오동통하게 부풀어 오른 아랫입술을 그가 살짝 깨물었다.
"……읏."
"이렇게 사랑스러운 여자가 내 눈앞에 있는데 어떻게 참지?"
"하아…… 그래도…… 지, 지금 밖에서 회의 분위기를 다들 궁금해하고 있……."
서국이 지유의 스커트 위로 하체를 바짝 밀착시키자 지유의 몸이 달아올랐다.
'회사에서 이러면 안 되는데…….'
지유의 눈이 점차 흐릿해졌다. 정신을 차려야 하는데 머릿속이고 몸이고 너무 뜨거웠다. 서국이 그녀의 등허리를 쓸어내리며 작은 귓불을 핥았다.
"회의의 연장이라고 생각할 겁니다."

거부할 수 없는 유혹의 목소리가 그녀의 귓속으로 흘러 들어왔다. 맞붙은 하체에 그의 잔뜩 힘이 들어간 욕망이 느껴졌다.

"아……서국 씨……으, 응."

서국이 강한 허벅지에 힘을 주고 지유의 은밀한 부위에 바지 위로 치켜 올라간 근육 덩어리를 느릿하게 문질렀다.

'아, 어쩌지……?'

옷 위로 느껴지는 단단한 감촉에 지유의 눈에 갈등이 가득 맺혔다. 그가 자신을 원하고 있다는 게 느껴지자 그녀도 점점 더 흥분했다.

"지금 이 안에서 벌어지는 일은 아무도 모르니."

낮게 잠긴 목소리로 말한 서국이 허벅지를 야릇하게 쓸었다. 그의 손가락이 허벅지를 천천히 타고 올라갔다. 흠칫거리는 팬티 위에 손가락이 닿은 순간 서국의 눈동자가 강렬하게 타올랐다.

"이미 젖어 있는데. 왜 말하지 않았습니까?"

"나, 나도 몰랐…… 앗, 잠깐만요!"

지유가 소리 낮춰 다급히 말했다. 서국이 그녀의 두 무릎을 소파 위에서 세웠다. 그다음 무릎을 잡은 손을 옆으로 벌렸다. 팽팽하게 당겨진 스커트 사이로 허벅지가 넓게 벌어져 있었다. 그 안에 시선을 박은 서국이 고개를 숙였다.

'꺅!'

지유의 얼굴이 확 붉어져선 제 입을 손으로 급히 막았다. 스타킹 위로 서국의 뜨거운 입술이 닿았다.

"으, 읏!"

지유의 두 발목을 잡고 움직이지 못하게 한 서국이 스타킹과 팬티를 타액으로 젖어 들게 했다. 적나라하게 입술을 움직이는 감촉에 지유의 엉덩이가 소파 위에서 움찔거렸다.

"응, 아……!"

어떡해!

입술 밖으로 저도 모르게 터져 나온 신음에 지유가 얼른 제 입을 막았다. 그의 머리를 내려다보는 지유의 눈이 점차 쾌락에 젖어 흐릿해지고 있었다.

"찢어도 됩니까?"

서국이 스타킹을 움켜쥐고 말하자 지유가 눈을 크게 떴다.

"여, 여기선……!"

"못 참겠어."

트드득! 짓눌린 듯한 낮은 음성과 함께 은밀한 부위의 스타킹이 그의 손아귀에서 찢어졌다.

"아……!"

지유가 놀란 얼굴로 숨을 들이켰다. 서국이 팬티를 손가락에 걸어 옆으로 활짝 벌리며 맨살을 빨기 시작했다.

"……응, 응! 으응!"

조용한 한낮 집무실에서 들리는 야한 소리에 지유가 제 입술을 손등으로 막고서 통통한 엉덩이를 어찌 줄 모르고 달싹였다. 참느라 쥐어짜는 신음과 축축한 속살을 핥아 내는 소음이 머릿속을 어지럽게 만들고 있었다. 회사 집무실 소파에서 다리를 벌린 채 밑을 빨리고 있는 현실이 믿기지 않으면서도 미치도록 자극적이었다.

“아읏……!”

절정에 오른 지유가 손으로 제 입을 막은 채 얼굴을 찌푸렸다. 서국의 입술 안에서 그녀의 애액이 담뿍 터져 나왔다. 그걸 모조리 삼켜 낸 그가 번들거리는 입술로 상체를 세웠다.

“미치겠군.”

헐떡이며 짓눌린 목소리로 말한 그가 자신의 바지 버클을 풀었다.

달칵.

은밀한 소리에 왠지 모를 기대감과 흥분으로 지유의 심장이 세차게 뛰었다. 바지 밖으로 꺼낸 두껍게 휘어 올라간 페니스가 터질 듯 부푼 채 끄덕이고 있었다.

“여기서 이걸 쓸 줄은 몰랐는데.”

선액을 줄줄 흘리며 꺼덕이는 페니스에 콘돔을 씌우며 서국이 욕망에 물든 탁한 목소리로 말했다. 타오르는 눈으로 그녀를 똑바로 응시한 그가 그녀의 몸 위로 올라탔다.

“날 안아요.”

“이렇……게요? 앗!”

두 팔을 벌려 서국의 넓은 어깨를 끌어안자마자 곧장 벌어진 팬티 사이로 빳빳한 기둥이 쑤셔 들었다.

“하읏…….”

뜨겁게 조여드는 속살에 단단히 박힌 욕망에 지유의 속눈썹이 파르르 떨렸다. 그 속눈썹에 입을 맞춘 서국이 낮게 헐떡이며 질 주름 사이로 굵은 귀두를 강하게 박아 넣었다.

“흣! 아, 아응!”

저도 모르게 터져 나오는 신음을 그의 입술이 막았다.

"하읍, 으음, 음!"

입술이 막힌 상태에서도 강하게 짓쳐드는 힘에 다리 사이가 저릿저릿했다. 장소 때문인지 이미 한번 끝에 다다랐기 때문인지 지금 지유는 지나치게 자극에 민감했다.

'집무실에서 이러면 안 되는데…….'

일말의 이성이 머릿속에 남아 있었지만 그녀는 저를 안고 있는 서국을 도저히 밀어낼 수가 없었다.

"후우, 델 것처럼 뜨거워."

서국이 지유의 입술을 빨며 신음 섞인 목소리를 흘렸다. 허리를 세운 그가 남성적인 장골을 거칠게 처올리기 시작했다. 쿠웅, 쿵! 은밀한 공간에서 거친 움직임이 이어지자 거대한 소파가 둔탁한 소릴 냈다.

지유가 발개진 얼굴로 할딱이며 말했다.

"이, 이 소리 어떡, 흣, 해요?"

"신경 쓰지 않아도 됩니다. 밖에선 안 들리니."

그가 쓸데없는 데에 신경 쓰지 않게 만들어 주겠다는 듯 더 강하게 내벽 안을 쑤셔 들어갔다.

"아……!"

지유의 입술이 크게 벌어졌다. 아찔한 쾌락으로 흐릿한 시야에 창가에서 들어오는 환한 햇빛이 보였다. 그 시야가 어지럽게 뒤흔들리며 쿵쿵거리며 소파가 바닥을 짓찧는 소리가 빨라졌다.

"응, 아! 으응!"

그녀가 서국의 어깨를 힘껏 잡았다. 그녀의 발갛게 물든 얼굴과 정신없이 신음을 흘리는 도톰한 입술을 내려다보던 서국이 그 입술을 다시 빨았다. 입술을 놔준 순간 지유의 타액에 물든 입술이 크게 벌어지며 다급한 신음이 터져 나왔다.

"서, 서국……! 아, 아아!"

그녀의 온몸이 뒤흔들렸다. 얌전히 잠긴 셔츠의 단추를 거칠게 풀어 낸 서국이 출렁이는 젖가슴을 브래지어에서 꺼내 거머쥐었다.

"흐읏!"

짜릿짜릿한 감각에 숨을 쉴 수 없게 된 지유가 고개를 저어댔다.

"어, 어지러워요. 정신이 나갈 것 같……!"

"나도 죽을 것 같아."

서국의 목소리도 거친 숨결과 함께 뚝뚝 끊겨 나왔다. 정신없이 흔들리는 시야에 땀으로 번진 그의 관능 어린 얼굴이 보였다. 쾌감으로 흐려진 그녀의 시선이 마주치자 서국이 근육질 몸에 힘을 주고 강하게 움직였다.

"아아……!"

견딜 수 없어진 지유가 두 팔을 뻗어 그의 어깨를 꽉 움켜잡았다.

한참 후, 집무실엔 열띤 숨소리만 흘러나오고 있었다.

소파에 앉아 있는 서국의 몸 위에 기댄 자세로 지유가 그에게 안겨 있었다. 지유가 진정되지 않는 숨을 몰아쉬며 말했다.

"또 나만…… 가서 어떡해요?"

몇 번이나 혼자 가 버리다니.

지유가 민망한 얼굴로 색색거리며 말하자 서국이 그녀의 땀에 젖은 등을 쓸어내렸다.

"괜찮습니다. ……난 급히 끝내고 싶지 않으니까."

그의 목소리가 허스키하게 잠긴 것이 무척 섹시하게 들렸다.

"그런데…… 어쩌죠? 회사에서 결국……."

현실감을 어느 정도 되찾자 지유가 난감한 표정을 지었다. 아슬아슬하긴 했는데, 결국 일을 치고야 말았다는 생각에 마음이 무거웠다.

그런 그녀의 마음을 아는 듯 그가 지유의 몸을 세워 시선을 맞췄다. 그의 무릎 위에 앉은 채 마주 보고 있는데 서국이 말했다.

"신경 쓰지 말아요."

그가 그녀의 옷을 천천히 정리해 주며 말했다.

"내 꼬임에 넘어갔으니 정 실장은 죄가 없는 겁니다."

근사한 미소를 지으며 말한 그가 그녀의 입술을 가볍게 빨았다. 아직도 그의 입술에선 열기가 느껴졌다.

"……."

관능 어린 눈빛으로 자신을 보는 서국을 지유가 가만히 내려다봤다. 살짝 헝클어진 머리칼이 방금 전의 격렬했던 행위를 떠올리게 했다.

'왠지 야한 거 같아.'

지유의 뺨이 더 붉어졌다. 아직 식지 않은 몸이 반응하는 것이 느껴졌다.

하아, 큰일이야.

지유가 속으로 작게 한숨을 내쉬었다. 이렇게 자꾸 흥분하게 만들다니, 정말 나쁜 상사라니까.

서국의 말대로 지나치게 섹시한 그의 탓이라며 지유가 생각하고 있는데 서국이 말했다.

"그래도 조금 있다 나가는 게 좋겠군요. 뺨이 아직 붉으니."

"아, 그래야겠어요."

지유가 얼굴에 손부채질 하며 민망한 듯 시선을 슬쩍 피했다.

그런 그녀를 서국이 귀엽다는 듯 바라봤다. 그러자 지유가 홍당무가 된 얼굴로 눈썹을 모았다.

"그, 그런 시선으로 보면 열기가 가라앉긴커녕 더 진해지겠어요."

새치름하게 눈을 흘기는 그녀의 시선을 피하지 않고 그가 말했다.

"보고 싶은데 어떡합니까."

"어휴, 정말."

지유가 못 말린다는 듯 계속 파닥거리며 손부채질을 했다.

13

탁!

정훈이 분노로 굳어진 얼굴로 테이블 위에 술잔을 세게 내려놨다.

“그 자식이 감히 날…….”

딱딱하게 굳은 얼굴로 빈 잔을 노려보던 그가 아예 양주병을 잡고 마시기 시작했다.

그 모습을 같은 테이블에서 대화하던 재벌 3세들이 힐긋거렸다.

“오늘은 더 맛이 갔는데? 왜 저래?”

하남건설 아들 김윤수가 정훈을 턱으로 가리키자 일행이 어깨를 으쓱거렸다.

“그 짓까지 했는데도 이서국에게 밀린 모양이야.”

"이서국이? 어떻게?"

놀란 눈을 뜨는 윤수에게 다른 일행이 말했다.

"독일 BX와 계약을 체결했나 봐."

"BX? 우리도 까인 거기?"

놀라움으로 언성이 커졌다. 주변을 한번 훑어본 일행이 소리 낮춰 말했다.

"바이오 쪽인가 봐. 이서국이 이미 오래전부터 연구소에서 준비했대. 그걸 알게 된 회의가 오늘 있었는데 벌써 소문 쫙 돌아서 태림 주가가 꿈틀거린단다."

"이야…… 이서국, 진짜 적으로 두면 안 될 놈이네."

윤수가 혀를 내두르는데 일행이 정훈을 힐긋 쳐다봤다.

"겁도 없이 달려든 거지. 앞으로 볼만할 거다. 오히려 이서국을 후계 구도로 끌어들인 결과가 될 테니까."

"이미 전쟁이네."

한심하다는 듯 쳐다본 그들이 제 일 아니라는 듯 정훈에게서 시선을 돌렸다.

그들이 다른 곳으로 옮겨 갔는데도 혼자 남은 정훈은 끊임없이 독한 위스키를 들이켰다.

"……빌어먹을."

낮게 욕설을 뱉어 낸 정훈이 깊이 숨을 들이켰다. 알코올로 뜨거워진 머릿속에는 아까 낮에 있었던 회의 장면이 끊임없이 되풀이되고 있었다. 이서국의 주력 사업을 온갖 짓을 다 해서 뺏어 온 마당에, 그런 굴욕적인 결과를 맞을 줄은 정말 몰랐다.

'회의가 끝났을 때 내 위상이 그전과 완전히 달라져 있을 거라 생각했는데…….'

오히려 서국에게 우르르 몰려가고, 자신에겐 형식적인 인사만 한 임원들을 떠올리자 분노로 턱이 떨려 왔다.

'동생한테도 만날 뒤처지는 형을 후계자라고…… 쯧쯧.'

'역시 이정훈에게 줄 서면 안 되겠어. 후계자감은 이서국이지.'

"……!"

정훈의 눈이 벌겋게 변하더니 위스키 병을 힘껏 움켜잡았다. 자신에게 인사하고 나가는 임원들의 눈빛에서 그런 본심이 명백히 느껴졌다. 자신을 무시하고 하찮게 여기는 본심이.

제기랄……!

위스키병을 움켜쥔 정훈의 손에 핏대가 곤두섰다. 꽉 쥔 병을 입술로 가져가는 그의 손이 가늘게 떨리고 있었다.

정훈이 남은 술을 전부 들이켜고 있는 사이 은하가 그곳으로 들어섰다.

눈을 빛내며 주변을 둘러보던 그녀가 곧 정훈을 발견했다.

'아! 저기 있다!'

역시 그는 취한 상태였고, 다행히 혼자 있는 것으로 보였다. 지금이 기회인 것을 안 그녀가 입술을 끌어 올리고 얼른 다가갔다. 그녀가 온 줄도 모르고 있는 정훈 옆으로 걸어간 은하가 그의 옆에 앉았다.

"정훈 오빠? 오랜만이에요."

반갑게 인사하자 그가 푹 숙이고 있던 고개를 힘겹게 들어 올렸다.

"……누군데."

완전히 취해서 초점이 없는 정훈의 눈을 보자 은하는 속으로 쾌재를 불렀다.

'이 정도 상태면 절대 기억 못 하겠어.'

웃음을 삼키며 그녀가 살갑게 말했다.

"저 은하요. 채은하. 기억 안 나세요?"

"몰라. ……무슨 상관이야."

만취 상태로 알아들을 수 없는 말을 하며 정훈이 다시 고개를 푹 숙였다.

"……."

그런 정훈을 주시한 은하가 빠르게 주변을 둘러봤다.

"무슨 술을 이렇게 마셨어요? 취해서 대화가 안 되겠네. 오빠. 다음에 맨정신으로 다시 봐요."

은하가 자리에서 일어서며 소파 위에 있는 정훈의 휴대폰을 재빨리 제 코트 주머니에 넣었다.

얼른 그 자리를 벗어나 밖으로 나가며 은하가 힐끔 뒤돌아봤다. 정훈은 여전히 인사불성인 상태로 고개도 들지 못하고 있었다.

그 모습을 확인한 은하가 밖으로 나와 차로 향했다.

탁! 차에 올라타 문을 닫은 그녀가 안심한 얼굴로 정훈의 휴대폰을 꺼냈다.

"생각보다 쉬운데?"

휴대폰을 보며 입꼬리를 말아 올린 은하가 전원을 껐다. 프라이빗 사교 모임이라 건물 입구 말고는 당연히 감시카메라가 없었다.

"이 안에 과연 네 꼬리가 있을까? 불여우 같은 년."

입술을 비틀며 말한 은하가 차를 출발시켜 그곳을 빠져나갔다.

◇ ◆ ◇

지유가 장식장 안을 가만히 바라봤다.

"좋아."

한참 동안 보고 있던 그녀가 마음을 정한 듯 비장하게 손을 뻗었다. 가필드 인형을 하나하나 꺼내 공간박스 안에 넣은 지유가 작업방으로 향했다.

책상 위에 있는 가필드 인형으로 손을 뻗던 그녀가 멈칫거렸다.

"……."

지유가 주저하는 얼굴로 가필드 인형을 바라봤다. 이건 미국에 있을 때 가장 먼저 산 가필드 인형이었다.

'외로운 미국 생활을 위로해 준 소중한 아이인데…….'

머뭇거리던 지유가 고개를 저었다.

"뭐 하는 거야? 정지유! 독하게 마음먹기로 했잖아."

저에게 들으라는 듯 크게 말한 지유가 그 인형까지 공간박스 안에 넣었다. 탁! 덮개를 닫고 다용도실 한쪽에 상자를 쑥 밀어 넣었다. 그러고는 긴장을 풀지 않고 침실로 향했다.

"후아."

침대 위에 털썩 앉은 지유의 얼굴이 그제야 풀어졌다. 그녀는 지친 얼굴로 침대 옆의 가필드 인형을 쳐다봤다.

"넌 겁먹지 않아도 돼. 서국 씨가 사 준 거니까 넌 창고행이 아니란다."

중얼거리듯 인형에게 말한 지유가 가볍게 미소를 지었다.

"안심했어?"

인형에게 웃어 준 뒤 고개를 돌려 핸드폰을 손에 쥐었다. 시간을 확인하고서 그녀가 중얼거렸다.

"아직 시간이 좀 남았네."

오늘은 주말이었지만 서국은 회사에서 일을 해야 한다고 했다.

'그럼 나도 같이 출근할게요.'

'그럴 거 없습니다. 끝나면 보러 갈 거니까.'

'네? 아니 전 일을 도와 드리려고…….'

'쉬고 있어요. 밤엔 체력이 많이 필요할 텐데?'

그 말에 결국 지유는 더는 말도 못 하고 얌전히 집에서 기다리는 신세가 됐다.

"9시쯤 끝난다고 했지……? 역시 혼자 일하게 한 건 맘에 걸리는데."

요즘 서국은 BX 건만이 아니라 새로운 계약도 동시 진행 중이었다. BX의 성과만으로도 이정훈이 가져간 계약들보다 이미 실적은 훨씬 앞선다고 할 수 있었다. 하지만 이서국은 거기서 만족하는 사람이 아니었다. 이정훈은 감히 상상도 할 수 없는 일을 할 생각인 듯 보였다.

"참 대단한 사람이라니까. 본격적으로 후계에 뛰어들려는 건가?"

곰곰이 생각해 보면 서국의 능력에 비해서 승계에 미련이 없는 면이 이상하긴 했다. 한편으론 그의 업무적 능력을 보면 여러모로 아쉽기도 했다.

'왜 좀 더 욕심을 부리지 않을까? 이렇게 뛰어난데.'

속으로는 그런 의문을 항상 품고 있었다. 사실 이정훈과 이서국을 둘 다 알고 있었기에, 회사의 이득을 생각하면 이서국이 승계하는 게 맞다고 생각했었다. 뒤에 가려져 있기엔 그의 능력이 너무나 아깝기도 했고.

그런 그가 뒤늦게나마 본격적으로 능력을 보이려는 것이 한편으로는 즐거웠다.

"세상 사람들 다 알았으면 좋겠네. 내 남자가 이렇게 일을 잘한다는……."

Rrrr. Rrrr.

"어?"

전화벨 소리에 지유가 벌떡 일어났다.

"벌써 끝났나? 아직 6시도 안 됐……."

휴대폰 액정을 보던 지유의 얼굴이 일순 굳었다.

[박태희 이사]

업무적으로 필요해 저장해 놓은 그녀의 이름이 액정 위에 보란 듯이 떠 있었다.

'이 사람이 왜 나에게?'

지유는 잠시 고민하다 전화를 받았다.

"정지유입니다."

– 잠깐 시간 좀 내줬으면 하는데요.

인사도 없이 대뜸 하는 말에 지유가 사무적인 톤으로 대답했다.

"무슨 용건이신지 먼저 말씀해 주세요. 주말인데 전화하신 걸 보면 급한 일이신 것 같은데."

– 내가 일 때문에 정지유 씨에게 전화한 것 같아요?

뾰족한 목소리에 지유가 지지 않고 받아쳤다.

"업무적 용건이 아니라면 제가 박태희 씨의 요구에 맞춰 드릴 이유가 없는데요."

전화기 저편에서 작게 웃는 소리가 들렸다.

– 난 이미 당신 집이 어딘지 파악하고 있어요. 카페에서 만나는 게 서로 불편한 상황 만들지 않고 좋을 것 같은데.

반협박을 해 오자 지유가 미간을 찌푸렸다.

'이건 무슨 예의람?'

시종일관 예의는 밥 말아 먹은 듯한 태도에 지유가 기분 나쁜 표정을 지었다. 그때 태희의 비아냥거리는 목소리가 들렸다.

– 혹시 내가 무서워서 그래요?

"어디로 나가면 되는데요."

지유가 벌떡 일어나며 곧장 대답했다.

잠시 뒤, 지유는 집 근처 카페에서 박태희와 마주 앉았다.

"좀 꾸미고 나올 줄 알았는데."

모든 사람의 시선을 끄는 화려한 외모와 더불어 옷차림까지 화려하게 차려입은 박태희와 달리 지유는 수수하게 청바지에 코트 차림이었다.

"내가 박태희 씨에게 잘 보일 이유는 없을 거 같아서요."

화장기 없는 맨얼굴이었지만 지유의 표정은 당당했다.

"……."

태희가 미소를 지우고 차갑게 응시했다. 태희의 눈에는 지유의 저 꾸밈없는 얼굴도 이서국에게 사랑받는 증거 같았다. 화장을 안 해도 피부엔 광채가 돌고 나이보다 확실히 어려 보이는 얼굴에, 연한 갈색 눈동자도 묘하게 사람을 끄는 매력이 있었다.

게다가 자신 같은 미인 앞에서도 꿀리지 않는 저 당당함은 이서국에게 사랑받는 특권을 고스란히 보여 주는 것 같아 배알이 뒤틀렸다.

"사람 얼굴 빤히 쳐다보는 거 무례한 건데, 모르시나 봐요. 무슨 말 하려고 온 거예요? 협박까지 하면서."

지유가 제 얼굴에 집요하게 꽂히는 시선에 불쾌해하며 말했다. 어쨌든 나온 이상 빨리 대화를 끝내고 이 불편한 상황을 벗어나고 싶었다.

"나도 당신과 길게 있고 싶지 않으니 바로 본론을 말하죠."

태희가 제 가슴 위에서 팔짱을 끼고 지유를 쳐다봤다. 지유가 그 시선을 흔들림 없이 마주 봤다.

"정지유 씨, 고아라면서요?"

"!"

예상치 못한 말에 지유의 눈이 흔들렸다.

지유의 표정 변화를 예민하게 캐치한 태희가 예쁜 입술을 휘어 올렸다.

"평생 비서 일밖에 안 해 봐서 모르나 본데, 대한민국은 신분 사회예요."

조곤조곤 설명하듯 말한 태희가 우아하게 커피 잔을 들어 올렸다. 커피를 한 모금 마신 그녀가 잔을 내려놓고 다시 지유를 바라봤다.

"당신 같은 사람이 설마 재벌가 아들과 결혼해서 잘 살아갈 수 있다고 믿는 거예요?"

"……."

지유는 대답 없이 태희를 마주 보고만 있었다. 태희의 입가가 차갑게 비틀어졌다.

"꿈 깨요. 정지유 씨. 그런 동화 속 세상에 혼자 살고 있지 말고."

태희가 신랄하게 말을 이었다.

"비서와 이사가 결혼하는 거 봤어요? 잘 해 봐야 잠깐 몸정 맞아서 실컷 뒹굴다 때 되면 끝나는 거지."

경멸이 담긴 눈빛을 숨기지 않고 드러낸 태희가 지유를 위아래로 훑어봤다.

어딜 감히.

지금 태희의 얼굴에는 감히 니깟 게 이서국이라는 남자를 건드렸냐는 멸시가 떠올라 있었다.

"이건 당신 위해서 하는 충고예요."

태희가 말없이 시선을 내리고 앉아 있는 지유를 쳐다봤다.

'이만하면 알아들었겠지.'

정지유가 울어서 사람들이 괜히 이상하게 생각할까 봐 태희가 일어날 준비를 했다.

그때 지유가 꾹 다물고 있던 입을 열었다.

"박태희 씨 덕분에…… 안심했어요."

지유의 엉뚱한 대답에 일어설 준비를 하던 태희가 멈칫했다.

"네?"

쳐다보니 지유가 대답처럼 한결 편안해진 얼굴로 자신을 응시하고 있었다. 형편없이 구겨질 줄 알았던 지유의 얼굴에 미소마저 감돌자 태희의 눈썹이 좁혀 들었다.

"저도 이 대한민국은 결국 신분 맞는 사람들끼리 짝짜꿍하는 세상이라 생각하거든요."

지유가 태희의 찌푸려진 눈썹을 보며 담담하게 말을 이었다.

"그렇다면 어차피 시간이 알아서 해결할 일인데, 당신이 굳이 이렇게 찾아오는 수고까지 하며 충고씩이나 해 주니까, 꼭 그런 것도 아닌 것 같아서 말이에요."

"!"

은은하게 웃으며 차분한 말투로 핵심을 찌르자 태희의 얼굴에 당황이 떠올랐다.

그녀의 얼굴을 똑바로 보던 지유가 천천히 몸을 일으켰다.

"아무래도, 꿈은 당신이 꾸고 있는 것 같죠?"

"뭐라고?!"

태희가 어이없다는 듯 눈썹을 구겼다. 지유가 생긋 웃었다.

"알잖아요. 서국 씨 눈에 지금 나밖에 안 보이는 거. 당신이 아니라."

승리자의 미소처럼 고아한 얼굴로 웃자 태희의 자존심이 완전히 무너져 내렸다.

"저 건방진……!"

"난 할 말 다 했으니 가 볼게요. 서국 씨 오기 전에 집에 도착하고 싶거든요."

그대로 몸을 돌린 지유가 커피숍을 빠져나왔다.

그녀의 뒤에 남은 태희의 얼굴이 분노로 시뻘겋게 달아올라 있었다.

[지금 거의 다 왔습니다.]

[잠깐 나왔다 들어가는 길이라. 얼른 갈게요.]

방금 도착한 지유의 메시지를 본 서국은 아파트 입구 앞에서 그녀를 기다리고 있었다. 사실 도착해서 보낸 메시지였는데 생각과 달리 집에 없다는 말에 더 빨리 보고자 입구까지 걸어 나온 거였다.

손목시계를 확인한 그가 밤거리에 시선을 뒀다. 모델처럼 눈에 띄는 조각남이 입구에 서 있으니 오고 가는 사람들이 그를 노골적으로 쳐다봤다.

힐끔거리는 시선에도 일체 관심을 두지 않고, 서국은 오직 지유만을 기다렸다.

……이상한 일이군.

기다리는 건 시간 낭비로 여겨 딱 싫어하던 성격인데도 그녀를 기다리는 시간은 전혀 다르게 느껴졌다. 묘하게 긴장되면서 괜히 심장 부근이 간질거리기도 했다.

지유를 찾는 그의 눈빛이 짙어졌다. 멀리서 닮은 사람을 볼 때마다 숨도 쉬지 못하고 보고 있다가 그녀가 아님을 알고서야 어깨 긴장이 탁 풀리곤 했다.

누군가를 기다리는 시간에도 이렇게 온갖 감정을 느낄 수 있다는 건 정지유를 알기 전까진 전혀 알지 못했다. 이렇듯 빨리 보고 싶어서 조급해지기도 하고, 심장이 간질거리다가 견딜 수 없을 정도로 아파지기도 하다니…….

이 모든 감정들이 생소하면서도 신기했다.

가슴에 번지는 아릿한 통증을 느끼며 길 끝을 시선으로 좇고 있던 그가 멈칫거렸다.

그녀다.

멀리서 이제 막 보이기 시작한 지유를 단번에 알아본 서국이 긴 다리로 성큼거리며 걸어가기 시작했다.

빨리 보고 싶은 마음에 보폭을 넓혀 다가서던 그의 걸음이 지유와 거리가 좁혀질수록 서서히 느려졌다.

"……."

눈물을 닦는 지유를 본 그가 그 자리에 우뚝 멈췄다.

손등으로 눈물을 훔치고 고개를 들던 지유가 그를 발견하고 멈춰 섰다.

"아."

그녀의 눈에 놀란 빛이 어렸다. 지유의 붉어진 눈을 본 서국이 표정을 굳히고 빠르게 걸어왔다. 순식간에 그녀 앞에 선 그가 심각한 얼굴로 말했다.

"무슨 일 있었습니까?"

"……."

걱정이 가득 담긴 시선으로 내려다보자 지유가 말없이 그를 마주 봤다. 서국이 미간을 일그러뜨리고 말했다.

"말해요. 무슨 일인지."

마주한 그녀의 눈에는 당장이라도 눈물이 차오를 듯 젖어 있었지만, 그녀는 울지 않은 척 굴었다.

"실은……서국 씨에게 말하지 못한 게 있어요."

지유의 시선이 바닥으로 떨어졌다. 얼굴을 마주 보고 말하고 싶었지만 서국의 얼굴을 보니 그럴 용기가 나지 않았다. 지유가 늘어뜨린 손을 가만히 말아 쥐고는 입을 열었다.

"지금이 너무 행복해서…… 이게 당신에게 부담이 될 수 있다는 것도 잊고 말았거든요."

담담함을 가장한 그녀가 잠시 입을 다물었다. 작게 들이켜는 그녀의 숨이 떨리고 있었다.

“…….”

서국이 시선을 떼지 않고 그녀를 내려다봤다.

숨을 뱉어 낸 지유가 입술을 살짝 끌어 올리고 빠르게 다시 말을 이었다.

“기억도 안 날 때 부모님 돌아가시고 삼촌이 저를 입양해서 키워 주셨어요. 그래서 법적으로는 아니지만, 실은 고아예요.”

“…….”

“나름 씩씩하게 굴었는데 솔직히, 어떻게 해야 할지 모르겠어요. 역시 당신에게 부담스러…….”

“그만.”

낮은 목소리가 지유의 말을 막았다. 멈칫거린 지유가 시선을 들었다. 표정을 굳힌 서국이 그녀를 똑바로 내려다보고 있었다.

“거기서 한 마디만 더 하면 화낼 겁니다.”

단단히 화가 난 목소리였다. 그 목소리를 지유는 알 수 있었다.

“…….”

지유가 투명한 눈물이 번진 눈으로 올려다봤다. 참고 있던 눈물이 또르르 흘러내려 그녀의 뺨을 타고 내려갔다.

서국이 안타까운 얼굴로 두 손을 뻗어 그녀의 젖은 뺨을 감쌌다. 커다란 남자의 손이 뺨에 닿고 눈물을 닦아 내 줬다.

그의 진지한 눈빛이 가까이에서 그녀의 시선을 단단히 포박했다. 그대로 서국이 입을 열었다.

“나는 정지유, 당신을 사랑합니다.”

흔들림 없이 시선을 고정한 채 그가 말을 이었다.

"당신이 고아든, 아니든 나에겐 전혀 중요하지 않습니다. 하지만."

"……."

커다란 눈망울에 차오른 눈물을 서국이 표정을 굳힌 채 응시했다.

"당신의 의지와 상관없는 배경으로, 당신 스스로를 상처 주는 건 못 봐줘."

그의 진지한 목소리에 지유의 동그란 턱이 가늘게 떨렸다.

"……상처 준 거 아니에요."

"거짓말. 내 눈엔 당신이 하는 말에 당신이 상처받아서 아픈 게 뻔히 보이는데."

"……."

제 심정을 고스란히 들켜 버리자 지유가 입을 다물고 아무 말도 못 했다.

'이 남자는 어떻게 이렇게 내 속을 다 알까.'

내가 받는 상처를 어쩌면 이렇게 잘 알까. 어쩌면 이렇게, 나처럼 아파할까.

지유가 그의 고통이 담긴 짙은 눈동자를 말없이 바라봤다. 서국이 그녀의 뺨을 부드럽게 쓸며 말했다.

"그건 그저, 내 어린 날의 심장병과 같은 거야."

붉은 눈가를 쓰다듬는 손이 무척 다정했다. 마치 그녀의 상처를 아프지 말라고 쓸어 주듯.

"그러니까 당신 탓도 아니고, 내가 당신을 사랑하는 데 아무 상관도 없는 일이야."

지유가 숨을 들이켜고 물었다.

"정말…… 그렇게 생각해요?"

동그란 눈망울이 그에게 향해 있었다. 그가 심장병을 말했을 때 말하지 못하고 숨겼던 이유는, 걱정이 되어서였다. 혹여 자신이 고아라는 사실로 인해 그가 자신을 다르게 볼까 봐.

동정할까 봐, 혹은 실망할까 봐…….

온갖 걱정들로 말할 타이밍을 점점 놓치고 있었다. 서국처럼 잘난 집안은 아니더라도 그저 남들처럼 평범한 배경이고 싶었다. 그에겐 그렇게 보이고 싶었다.

서국은 아니겠지만, 그때 자신이 고아라는 이유로 왕따시켰던 그 철없는 아이들과 서국은 분명 다르겠지만…… 마음속에서 확신을 갖지 못했다. 그때 그 아이들이 저를 싫어했듯, 서국도 저를 싫어할까 봐 마음속 깊은 곳에선 두려워했다.

서국이 지유의 작은 어깨를 끌어다 가만히 품에 안았다. 소중히 안은 그가 고개를 내려 그녀의 귓가에 입술을 가까이 가져갔다.

"난 그렇게 생각해. 그리고 당신도…… 그렇게 생각했으면 좋겠고. 그리고 그런 생각은 지금의 가족에게도 상처 주는 일이야."

"……."

그의 넓은 가슴에 안기자 지유는 눈물이 더 쏟아졌다.

이런 남자를 믿지 못했던 제가 한심해서. 미리 용기 내서 말하지 못했던 제가 답답해서.

서국이 지유를 안은 채 귓가에 속삭였다.

"다른 생각 하지 말고 그저 날 사랑해. 그것만 해."

진심 어린 목소리에 콧등이 찡해진 지유가 훌쩍였다.

"……사랑하고 있어요."

지유가 그의 품에 얼굴을 묻은 채 웅얼대듯 말하자 서국이 미소 지었다.

"부족해. 지금보다 더 많이."

"욕심쟁이."

귀엽게 훌쩍이며 중얼거리자 그가 그녀의 어깨를 잡고 가만히 떼어 냈다. 두 사람의 시선이 마주쳤다. 미소가 어린 서국의 얼굴을 보자 지유는 안심이 됐다.

"몰랐습니까? 나 원래 정말 욕심 많은 남잔데."

"질투도 많죠."

"뭐든 많은 게 좋은 겁니다. 부족한 것보단."

수려한 얼굴에 근사한 미소가 번지자 지유도 빨개진 코를 한 채 마주 웃었다.

"우선 들어갑시다. 날이 차요."

서국이 커다란 손으로 그녀의 작은 손을 잡고 아파트 입구 쪽으로 걷기 시작했다. 제 손을 잡은 따스한 손을 내려다보며 지유는 살짝 눈물을 털어 내고 그를 따라 걸어갔다.

"……교통사고였대요."

따스한 허브티가 담긴 머그잔을 두 손으로 쥔 지유가 작게 말했다. 아직 코끝과 눈가에 붉은 기운이 남아 있었지만 어느 정도 진정된 상태였다.

테이블 맞은편에 앉은 서국도 같은 무늬의 머그잔을 앞에 둔 채 잔잔한 시선으로 그녀를 보고 있었다.

"사고가 크게 났는데…… 부모님이 필사적으로 날 감싸서 나만 살았대요."

"……."

"난 너무 어려서 그 일이 기억도 나지 않는데 큰 충격을 받았나 봐요. 심하진 않았지만 자폐증 같은 게 좀 있었다고 했거든요."

"그건 누구에게 들었습니까?"

서국이 묻자 지유가 따스한 머그잔을 조심스레 매만지며 대답했다.

"부모님 돌아가시고 지금 부모님이신 삼촌네가 저를 입양했대요. 저를 무척 아껴 주셔서 제가 입양된 아이일 거라곤 상상도 못 했는데, 초등학교 3학년 때 사실을 말씀해 주셔서 알았어요."

"……."

서국이 말없이 깊은 눈으로 그녀를 응시했다. 지유가 속눈썹을 깜빡이고 말을 이었다.

"근데 학교생활에 잘 적응하질 못했어요. 아플 때 끼고 있던 인형 집착도 심하고…… 친구들과 있는 것보다 혼자 인형들과 있는 게 더 마음이 편했거든요."

"사람이 불편했습니까?"

"……네."

지유가 천천히 고개를 끄덕였다.

"하필 그때 고아라는 게 소문이 나서 왕따를 당하게 됐어요. 원래 인형만 끼고도는 이상한 애라서 더 아이들의 눈 밖에 난 거겠죠."

지유의 표정이 가라앉았다. 그때의 기억은 지금도 떠올리기 괴로웠다.

"어린 날의 상처를 많이 잊고 산다고 생각했지만…… 내가 지금까지 서국 씨에게 이 사실을 숨겼던 이유도 아마 그때 기억 때문일 거예요."

"이해합니다."

서국이 부드러운 목소리로 말했다. 그의 표정은 진지했지만 눈빛은 다정해서 지유는 이야기를 풀어내기가 더 수월했다.

"그 사실을 알게 된 아빠가 미국에 가서 살자고 하셨어요. 그때 아빠 일이 미국에 기반을 둔 일이라 자주 미국에 가셨거든요. 그때 제 자폐증에 대해서도 말해 줬어요."

"그럼 그때 미국으로 간 겁니까?"

"네."

지유가 작은 머리통을 끄덕였다.

"그래서 영어를 잘했군요."

서국이 미소 짓자 지유도 마주 웃었다.

"본토 발음의 힘이죠."

장난스럽게 웃으며 말하는 지유를 보며 그가 테이블 위에 팔꿈치를 대고 느른히 손등에 턱을 기댔다.

"더 얘기해 봐요. 당신 이야기 듣고 싶으니까."

서국이 그녀에게 집중한 채 물었다.

"그때가 몇 살이었습니까?"

"초등학교 4학년이요."

"미국에선 지낼 만했어요?"

"그때요? 음……."

지유는 조금 전 어릴 때의 이야기를 할 때와는 달리 한층 편해진 표정으로 기억을 더듬었다. 그때 기억이 그녀에게 그리 나쁘지 않은 기억이라는 게 느껴져 서국은 내심 안도했다.

"넓은 밀밭이 있는 시골에서 살았는데 옆집에 내 또래 애들이 살았거든요."

지유의 입가에 살짝 미소가 어렸다.

"걔네들이 맨날 놀자고 불렀어요. 처음엔 생긴 것도 다르고 말도 잘 안 통하니까 낯설고 어색해서 거절했는데, 지치지도 않고 놀자고 찾아오더라고요."

"……."

서국은 한결 나아진 지유의 표정을 주의 깊게 바라보며 그녀의 이야기를 들었다.

"나중에 들어 보니까 또래 애가 밖에 나오지도 않고 집 안에만 박혀 있으니까 걱정됐대요. 생각보다 속이 깊은 애들이었더라고요."

"고마운 사람들이군요."

"지금도 미국 집에 가면 종종 봐요. 형제가 거기서 지금까지 쭉 살고 있거든요."

서국이 순간 멈칫거렸다.

"남자였습니까?"

그의 표정이 안 좋아지는 것을 본 지유가 눈을 동그랗게 떴다.

"다들 결혼했어요. 거긴 결혼을 일찍 하는 편인지 결혼한 지 10년도 넘었는걸요? 애가 벌써 둘셋씩 되는데."

"……."

서국의 표정이 풀어지지 않자 지유가 해명하듯 말했다.

"그래도 질투 나요? 저 개들 와이프하고도 무척 친해요. 다들 좋은 사람들이에요."

못마땅하게 미간을 좁히고 있던 서국이 낮게 한숨을 내쉬었다.

"그 사람들이 그 시절의 당신을 알고 있다는 게 질투가 나서 그럽니다."

"그때요……?"

지유가 의아한 얼굴로 쳐다봤다. 마주 보는 서국의 눈빛이 짙어졌다.

"정지유의 어린 시절부터 커 가는 그 모든 시간이 궁금하고 보고 싶으니까. 그 사람들은 내가 모르는 당신의 모습을 알고 있잖아."

그윽한 그의 눈빛에 지유는 심장이 간질거리는 기분이었다.

"저도 서국 씨 학창 시절 궁금해요. 분명 아이돌 같았을 거야. 보고 싶다."

지유가 혼잣말처럼 중얼거리는 소리에 서국의 미간이 다시 좁혀 들었다.

"아이돌 말입니까?"

"네. 인기도 무척 많았을 거 같은데 혹시 그때 사진 없어요?"

지유가 호기심 어린 눈을 빛냈다. 동그란 눈이 반짝거리는 것을 본 서국이 눈썹을 모았다.

"없습니다. 그보다, 그 뒤에 한국엔 언제 들어온 겁니까?"

서국이 빠르게 지유의 이야기로 다시 화제를 전환시켰다.

"사진이 없다니, 아쉽네요."

아쉬운 얼굴로 입맛을 다시던 지유가 그의 말에 대답했다.

"한국에는 고등학교 입학할 때 들어왔어요. 계속 미국에 살 게 아니라면 한국에서 학교 다니는 게 좋겠다고 하셔서."

"거기 계속 머물 생각은 없었습니까?"

"고민을 좀 했는데요. 나중에 다시 돌아오더라도 일단 한국에서 적응을 해 보자는 생각이 들었어요."

서국이 고개를 비스듬히 기울였다.

"한국에서 좋은 기억은 없었을 텐데, 왜 그런 생각을 한 겁니까?"

"바로 그 이유 때문이었어요."

지유가 말간 눈으로 서국을 바라보며 말을 이었다.

"그대로 미국에서 살게 되면…… 한국에 대한 건 적응 못 하고 왕따당한 기억만 남을 것 같아서요."

"……."

"한국에 대한 기억이 무섭고 침울한 기억이 될 거 같아서, 다시 적응해 보려고 온 거예요. 다행히 무사히 잘 적응했고요."

지유가 생긋 웃었다. 그녀의 미소를 가만히 보고 있던 서국이 테이블 위에서 지유의 손을 끌어왔다. 작고 보드라운 손을 다정하게 잡은 그가 시선을 맞췄다.

"용기 내 줘서 고마워요."

"서국 씨가 왜 고마워해요?"

지유가 입술을 둥글게 끌어 올리고 하는 말에 그가 짙은 눈빛으로 그녀를 응시했다.

"그 용기 덕에 지금 우리가 같이 있을 수 있으니까."

진심이 묻어나는 낮은 목소리에 지유가 미소를 머금은 채 제 손을 어루만지는 커다란 손을 내려다봤다.

"내가 계속 미국에서 살았더라면…… 영영 못 만났을 테니까?"

"그랬더라면 내 삶의 이유도 영영 찾지 못했겠지."

낮게 말한 서국이 자신이 잡고 있는 지유의 하얀 손을 응시했다. 상상하기도 괴로운 일에 그의 얼굴이 가라앉았다.

"아니에요."

웃음을 머금은 목소리에 서국이 시선을 들어 그녀를 바라봤다. 지유는 맑은 미소를 짓고 있었다.

"……?"

그녀의 미소를 서국이 의아하게 바라봤다. 그 시선을 마주한 채 지유가 입을 열었다.

"우린 어떻게든 만났을 거예요."

그녀의 잔잔한 목소리에 서국의 눈이 흔들렸다.

"한국에 있든 미국에 있든…… 아프리카처럼 먼 곳에 떨어져 있었더라도, 우린 지금처럼 만나서 함께했을 거예요."

미소를 머금고 있었지만 지유의 시선은 단호했다. 그녀가 서국을 흔들림 없이 똑바로 바라봤다.

"나는 그렇게 믿어요."

"……."

숨도 쉬지 못하고 보고 있던 그가 어깨를 들썩이며 길게 숨을 내쉬었다.

"후…… 정지유."

신음처럼 낮게 토해 낸 그가 그녀의 두 손을 끌어다 테이블 위에서 맞잡았다. 그러고는 타오를 듯한 열정적인 눈으로 지유를 응시했다.

"이 이상 어떻게 더 널 사랑할 수 있을지 모르겠어."

이글거리는 눈동자에 지유가 작게 숨을 삼켰다.

"그런데도 점점 더 마음이 커져. 이미 감당할 수 없어서 더는 사랑할 수 없을 것 같은데도, 계속해서. ……끊임없이."

낮은 목소리에서도 그녀를 향한 열기가 느껴졌다. 삼킬 듯 강렬한 시선으로 지유를 바라보며 서국이 말했다.

"그러니까 어디도 가지 마. 널 사랑하다 못해 내가 망가져도 좋으니, 내 옆에 있어."

그의 뜨거운 고백에 지유도 가슴이 터질 듯 뜨거워졌다.

"……네. 옆에, 있을게요."

목 안까지 뜨거움이 치솟아 지유가 겨우 대답했다.

끼익.

MG 백화점 임원 주차장에 차가 멈춰 섰다.
"대기하고 있겠습니다."
상현이 운전석에서 말하자 서국이 문을 열고 밖으로 나왔다. 관계자용 입구로 걸어간 그가 엘리베이터 버튼을 눌렀다. 마침 내려오고 있던 엘리베이터 문이 열렸다.
지잉—
"!"
밖으로 나오던 태희가 서국을 보고 순간 놀란 표정을 지었다. 곧 표정을 바꾼 그녀가 미소를 지으며 물었다.
"사장님 만나러 온 거야?"
"……."
태희를 차갑게 응시한 서국이 대답도 하지 않고 올라타려 했다.
"이서국, 너……!"
그녀가 눈썹을 찌푸리며 그를 붙잡는 순간 서국이 걸음을 멈췄다.
"경고하는데."
멈칫. 날카로운 시선에 태희가 움직임을 멈췄다. 그녀를 차갑게 내려다보며 서국이 말했다.
"내 허락 없이 내 여자 만나지 마."
냉기 어린 목소리에 태희의 눈이 커졌다.
"하! 그새 쪼르르 가서 고자질한 거야?"
태희가 어이없다는 듯 헛웃음을 흘렸다. 그런 그녀를 싸늘하게 내려다보며 서국이 고저 없는 음성으로 말했다.

"한 번만 더 그런 일 생기면 용서 안 해. 농담 아니니 기억해 둬."

그가 그대로 몸을 돌려 엘리베이터에 올라타려 했다.

태희가 그의 팔을 다시 잡았다.

"이서국, 너 정말 이럴 거야?"

"……."

서국이 그녀를 내려다봤다. 태희는 머리끝까지 화가 치솟는 걸 참아 누르며 서국을 노려봤다. 그녀가 똑바로 시선을 맞추고 말했다.

"약혼식 감행할 거야."

조각처럼 잘생긴 얼굴이 표정 변화 없이 내려다봤다.

"마음대로 해. 난 갈 일 없으니까."

그 말에 태희가 참을 수 없다는 듯 결국 분노를 터뜨렸다.

"너 제정신이야? 만나도 어떻게 그런 여자를……!"

"박태희."

"!"

살기가 느껴질 정도로 낮아진 음성에 태희가 흠칫거렸다. 그의 눈빛도 일말의 온기 없이 차가워져 있었다.

"말조심해."

"……뭐?"

태희의 턱이 파르르 떨렸다. 이런 모욕을 받은 건 태어나서 처음 있는 일이었다. 게다가 그런 말도 안 되는 여자를 상대로 자신이 이런 취급을 받는다는 것이 납득이 되지 않았다.

"너 진짜……."

태희의 눈에 눈물이 고였다. 순식간에 눈물이 차오른 처연한 눈으로 서국을 쳐다보며 말했다.

"언제까지 날 쳐내야 속이 시원하겠어? 대체 언제까지?"

울먹이는 목소리가 비련의 여주인공처럼 떨리고 있었다.

"네가 날 바라봐 주길 얼마나 오래 기다린 줄 알아? 정훈 오빠 좋아하는 척하면서, 무심하기 짝이 없는 네 질투심이 조금이라도 반응하길 바라면서……."

그녀의 아름다운 얼굴에 반짝이는 눈물이 흘러내렸다. 태희가 눈물이 번진 얼굴로 서국을 보며 한 걸음 더 다가갔다.

"……."

서국은 말없이 그녀를 내려다보고 있었다. 태희가 물기 젖은 목소리로 말했다.

"내가 좋아하던 건 처음부터 너야."

태희의 간절한 시선이 그에게 향했다.

"내 감정 알아 달라고는 안 할게. 다만……."

태희가 바짝 다가가며 거리를 좁혔다. 어느새 그녀의 청순한 얼굴에선 교태스러운 유혹의 분위기가 흘렀다.

정훈을 유혹할 때도 그녀는 이런 식이었다. 그때 만약 태림의 후계자가 서국이었다면 서국에게 그랬을 거였다. 지금 그렇듯이.

'……정훈 오빠가 망가진 건 차라리 잘된 일이지.'

태희가 애절한 표정을 지으면서도 속으론 냉정한 생각을 하고 있었다. 사실 정훈과 만나면서도 내심 서국이 아쉬웠다. 하지만 그녀가 원하는 건 태림의 후계자였다. 그러다 미국에서 정훈이 후계자가 되지 못하리라는 걸 알고 차라리 다행이라고 생각했다는 걸 그는 절대 모를 거였다.

'이서국 너도, 이정훈처럼 곧 나에게 넘어오게 되어 있어.'

태희가 가까운 거리에서 서국을 올려다봤다. 그녀의 예쁘장한 눈이 눈물에 번져 촉촉하게 빛나고 있었다. 어떤 남자도 반하지 않을 도리가 없을 정도로 아름다운 얼굴임은 확실했다.

"널 가장 잘 아는 사람이 나라는 것만 알아줘. 우리, 아주 어릴 때부터 봤던 사이잖아."

태희의 손이 서국의 재킷 가슴 위로 야릇하게 뻗어 갔다. 그녀의 속삭이는 목소리가 이어졌다.

"그만 정신 차리고 나에게 와. 그게 모두를 위한 길이야."

태희의 가느다란 손가락이 서국의 가슴 위에 닿으려는 순간, 그의 낮은 목소리가 울렸다.

"난 모두를 위해 살 생각 없는데."

"……뭐?"

멈칫한 태희가 그를 올려다봤다.

그녀의 눈물 작전에도 서국은 일말의 표정 변화 없이 서늘하게 내려다보고 있었다.

"난 오직 한 여자를 위해 살기로 했어. 그게 넌 아니라고 이미 몇 번은 말했고."

"……!"

마지막 자존심까지 갈갈이 찢어 놓는 서국의 말에 태희의 얼굴이 굳어졌다. 딱딱하게 굳은 그녀의 얼굴을 내려다보던 서국이 몸을 돌렸다.

"그만 인정해. 박태희. 네 마음대로 되지 않는 것도 있다는 걸."

자신에겐 그녀의 술수가 전혀 통하지 않는다는 사실을 명시한 그가 엘리베이터에 올랐다.

탁.

그대로 문이 닫히고 서국의 모습이 사라졌다. 부들부들 떠는 태희의 얼굴이 수치와 분노로 일그러졌다. 시뻘겋게 달아오른 얼굴로 이를 악물었다.

"이서국…… 내가 가만히 있을 것 같아?"

씹어 내뱉듯 말한 태희가 몸을 돌려 자신의 차가 있는 곳으로 빠르게 걸어갔다.

서국이 사장실로 들어섰다. 안에 있던 박 실장이 그를 보고 반갑게 맞았다.

"오랜만이네요. 이사님. 잘 지냈죠? 엄청난 계약 따냈다고 소문이 자자하던데, 축하해요."

박 실장의 말에 서국이 예의 있게 고개를 숙였다.

"감사합니다. 한동안 연락 못 드렸는데 그동안 잘 지내셨습니까?"

"잘 지낸 것처럼 보이지 않아요?"

박 실장이 웃음을 지으며 자신을 가리키자 서국도 옅은 미소를 지었다.

"그런 것 같군요."

……어머?

박 실장이 서국의 얼굴을 유심히 바라봤다. 그녀의 민감한 촉이 서국의 달라진 부분을 모를 리가 없었다.

"우선 사장님께서 기다리시니 안으로 들어가 봐요."

짧게 그를 훑어본 박 실장이 집무실로 서국을 이끌었다.

달칵. 서국이 명진의 집무실로 들어섰다. 훤칠한 그가 들어오는 모습에 생각에 잠겨 있던 명진이 고개를 돌렸다.

"왔구나."

책상 앞에서 일어난 명진이 걸어 나왔다. 그녀가 소파 쪽으로 향하는 것을 본 서국도 그쪽으로 다가가 마주 앉았다.

"할 이야기가 있다고 하셨는데, 어떤 겁니까."

"앉자마자 본론부터 말하는 습관은 여전하구나. 최소한의 인사말은 하지 그러니?"

명진이 날카로운 안경을 가볍게 추켜올리며 서국을 바라봤다.

"잘 지내셨습니까."

일말의 영혼도 담겨 있지 않은 멘트에 명진이 픽 웃었다.

"하긴 우리가 살가운 인사를 나누는 사이는 아니었지. 워낙 오랜만에 봐서 나도 헷갈린 모양이네."

허리를 세워 소파에 등을 기댄 명진이 가슴 앞에서 팔짱을 끼고 서국을 바라봤다.

"태희, 맘에 안 드니?"

본론부터 말하는 건 명진도 마찬가지였다. 곧바로 치고 들어오는 말에 그의 매끈한 미간에 미세한 균열이 일었다.

"나쁘지 않지 않아? 그 정도 외모에, 배경에. 어릴 때부터 보던 사람이기도 하고."
"박태희와 결혼하지 않으려는 이유가 궁금하셨던 겁니까?"
서국이 명진을 똑바로 보며 말을 이었다.
"아니면 결혼하라 설득하려 부르신 겁니까."
감정 없이 응시하는 눈빛에 명진이 눈을 가늘였다.
"내가 설득하면, 설득당해 줄 거니?"
"……."
서국이 잠자코 있었다. 똑똑. 그때 노크 소리와 함께 집무실 문이 열렸다. 박 실장이 찻잔이 담긴 트레이를 들고 안으로 들어왔다.
"이 이사님 왔으니 특별히 내가 차를 가져왔어요. 예전 생각나고 좋네."
박 실장이 밝은 목소리로 말하며 소파 쪽으로 다가왔다.
"감사합니다."
"별말씀을."
싱긋 미소 지은 박 실장이 찻잔을 놔 주려다가 서국의 얼굴을 보고 의아한 눈빛을 했다.
'예전 표정이랑 똑같은데?'
아까는 분명 달랐는데, 명진과 함께 있는 그는 자신이 알고 있는 예전 모습으로 다시 돌아와 있었다. 무심과 냉정 사이 어느 지점에 있는 서국의 표정을 빠르게 살핀 박 실장이 찻잔을 두고 상체를 세웠다.
"그럼 대화 나누세요."
진지한 대화 중인 것 같아 우선 자리를 비켜 주기로 한 박 실장이 밖으로 나갔다.

은은한 향이 감도는 티를 한 모금 마신 명진이 다시 서국을 바라봤다.

"그저 궁금할 뿐이야. 나는 지금까지 네가 어떤 일이든 강하게 거부하는 모습을 본 적이 없기 때문에, 그 이유가 궁금했거든."

"……."

길고 섬세한 손가락으로 찻잔을 든 서국이 단정한 자세로 차를 마셨다. 달그락. 잔을 테이블로 내려놓자마자 그가 말했다.

"사랑하는 사람이 있습니다."

그의 말에 명진이 멈칫거렸다. 서국이 흔들림 없이 그녀를 응시하며 다시 입을 열었다.

"결혼은 그 사람과 할 겁니다."

서국이 집무실에서 나왔다. 그가 나오길 기다리고 있던 박 실장이 빠르게 다가왔다.

"대화 잘 끝났어요?"

"네."

서국이 정중히 대답하는 모습을 본 박 실장이 빙긋 웃었다.

"나와도 차 한 잔 할 시간 있어요? 우리 너무 오랜만에 봤는데."

"그렇게 하죠."

서국의 얼굴이 다시 부드럽게 풀어져 있었다.

"다행이네요. 그럼 카페로 갈까요?"

재빨리 서국의 표정을 살피며 박 실장이 앞장섰다.

백화점 내 스카이라운지의 부티끄 카페로 자리를 옮긴 그들이 마주 앉았다. 박 실장이 차를 한 모금 마시고 말했다.

"박태희 씨가 종종 사장님 만나러 오는데 여기 자주 오더라고요. 맛있다면서."

"그렇습니까."

일말의 관심도 없는 듯한 그의 얼굴을 박 실장이 힐끔 쳐다봤다.

"여기 이사님 아이디어였잖아요. 본점 리모델링 기획하실 때. 직접 와 본 건 처음이죠?"

"네."

"어떻게 여자 마음을 그렇게 잘 아셔서 이런 공간을 생각해 내셨어요?"

박 실장이 흥미로운 눈길로 서국을 바라봤다. SU 브랜드의 대표적 업적 중 하나인 이 본점 리모델링엔 서국의 아이디어가 다방면에 들어갔다. 당시 그녀가 서국과 업무를 진행했기 때문에 잘 알고 있었다.

서국이 단정한 얼굴로 그녀를 마주 보며 말했다.

"여자의 마음은 잘 모릅니다. 그저 사람들의 심리를 생각했을 뿐입니다. 백화점을 특별한 공간이라고 생각하는 심리에 맞는, 더 특별한 공간을 만들면 어떨까 하는 생각에."

"그 생각이 적중했네요. 이사님의 수많은 업적 중 한 자리를 당당히 차지하게 되었으니까요."

"과찬이십니다."

박 실장이 안경 너머로 살짝 눈을 가늘였다.

"칭찬은 여전히 인색하게 받아들이시네. 그거 고치라니까요."

"노력하고 있는데 잘 되지 않는군요."

서국의 얼굴에 다시 옅은 미소가 떠올랐다.

'분명 다른데.'

예전과는 분위기가 완전 달라졌다. 그때의 이서국은 물론 잘생기고 잘난 남자긴 해도 이런 식의 유한 미소를 짓는 사람이 아니었는데……. 곰곰이 생각하던 박 실장이 문득 떠올라 물었다.

"아, 지유 씨 잘 지내고 있어요?"

순간 서국의 미소가 전혀 다른 쪽으로 바뀌었다.

'어?'

박 실장의 눈을 끔뻑였다.

'아니, 그 무심의 대명사인 남자가…… 저런 표정을 지어?'

놀라움을 겨우 참아 누르며 박 실장이 보고 있는데 서국이 말했다.

"잘 지내고 있습니다."

박 실장의 눈에 감출 수 없는 놀라움이 어렸다. 세상에! 저 평범한 말을 저렇게 꿀이 뚝뚝 떨어지는 눈으로 하면……. 저 돌덩이 같던 남자를 변하게 한 여자가 누군지 모를 수가 없잖아.

속으로 신기함을 삼킨 박 실장이 웃으며 말했다.

"지유 씨 보고 싶네요. 내가 무척 괴롭혔는데."

"박 실장님이 말입니까?"

서국이 의외인 듯 묻는 말에 박 실장이 미안한 표정을 지었다.

"너무 엄하게 대해서요. 당시 이사실로 승격된 이후라 중요한 시기였잖아요. 그래서 내가 다른 사람들보다 더 채찍질하며 가르쳤거든요."

"그런 거라면, 정 실장은 지금도 감사하게 생각한다 하더군요. 덕분에 잘 배웠다고."

"지유 씨가 그렇게 생각해 준다니 다행이네요."

정지유 실장의 이야기를 하는 동안 놀랍도록 훈훈한 미소를 짓고 있는 그가 신기해서 박 실장은 계속해서 그 얘기를 이어갔다.

"지유 씨 처음 왔을 때 정말 귀여웠죠? 보고 있으면 뭐랄까, 작고 귀여운 동물 같았어요."

"……그런 부분이 있죠."

이야, 그림이다. 그림.

박 실장은 내심 감탄했다. 늘 표정 없는 석고상처럼 있다가 사랑에 빠진 남자의 미소를 짓고 있으니 안 그래도 잘생긴 남자의 인물이 몇 배는 사는 것 같았다.

"그래서 혼낼 때마다 죄책감이 더 심했던 것 같아요. 그래도 일은 똑 부러지게 해서 가르치는 맛이 있던 사람이었죠."

서국은 자신의 비서실장에 대한 칭찬을 마치 본인 칭찬을 듣듯 듣고 있었다. 아니, 본인 칭찬보다 더 기분 좋아 보이는 것 같았다. 그 모습을 웃음을 머금고 보고 있던 박 실장의 얼굴이 살짝 어두워졌다.

'지유 씨 좋은 사람인데…… 힘들겠네.'

박태희와 이서국의 약혼이 진행 중이라는 걸 알기에 박 실장은 마음이 무거웠다. 이 세계의 문화를 아는 만큼, 예쁜 사랑을 하는 듯한 두 사람을 마냥 기분 좋게만 바라볼 수는 없는 노릇이었다.

'그래도 난 지유 씨 응원해야지.'

그 화강암같이 딱딱했던 이서국을 이 정도로 부드럽게 바꿔 놨다는 것만 해도 정지유는 정말 대단한 사람이었다. 그런데 지유 씨도 이서국을 좋아하나? 설마 이런 남자가 저렇게 표정을 숨기지 못할 정도로 좋아하는데 지금껏 버티고 있을 리는 없겠지.

'어쨌든 상황이 좀 갑갑하겠지만 힘내요. 지유 씨.'

박 실장은 마음속으로 지유를 응원하며 전에 그녀와 거리에서 마주친 기억을 떠올렸다. 그 뒤로 통화한 적이 있어 마침 다행이었다.

조만간 지유를 한번 만나러 가 봐야겠다고 박 실장은 속으로 조용히 생각했다.

◇ ◆ ◇

"효린 씨, SU 브랜드 저번 분기 총괄 보고서 아직 안 됐어요?"

지유의 말에 효린이 깜짝 놀랐다.

"어머! 그거 어제까지였죠?"

벌떡 일어난 효린이 지유에게 얼른 다가왔다.

"죄송해요. 실장님. 제가 그만 깜빡했어요. 오늘까진 꼭 해서 드릴게요."

"괜찮아요. 하루 정도로 큰일 나는 건 아니니까."

지유가 유하게 미소 짓자 효린이 얼굴에 안도가 떠올랐다.

'다행이다. 뺏으려는 게 아니었구나.'

혹여나 또 스트레스받은 지유가 팀원들의 일감을 모조리 떠안을 생각으로 한 말인 줄 알았는데 아닌 모양이었다.

"감사합니다! 얼른 끝낼게요!"

제자리로 돌아간 효린이 업무 속도를 올렸다.

그때 서국이 집무실에서 나왔다. 짙은 다크그린 색상의 슈트가 그의 창백한 피부 톤과 눈이 부시게 잘 어울렸다. 때맞춰 회의 준비를 마친 지유도 자리에서 일어섰다. 순간 두 사람의 시선이 부드럽게 감겼다가 떨어졌다.

"회의 다녀올게요."

"네."

팀원들에게 말한 지유가 태블릿피시와 회의 자료를 들고 서국과 함께 비서실을 나갔다.

그들이 나가자 비서들이 의자를 뒤로 빼서 몰려들었다. 은밀한 시선을 교환한 그들이 진지하게 말했다.

"방금 눈빛 봤어요? 수상하죠?"

"몹시 수상해. 엄청 수상해. 이루 말할 수 없이 수상해."

은주가 안경을 추켜올리며 눈을 가느스름하게 떴다. 옆에서 효린도 거들었다.

"요즘 실장님 얼굴도 꽃이 폈잖아요. 피부에 윤기가 좌르르르 한 이유가 뭐겠어요?"

"일거리도 안 뺏어 가고. 정서가 안정된 게 분명해요."

"누가 안정시켜 줬을까?"

코난을 연상케 하는 제스처를 하며 은주가 눈을 빛냈다. 그때 남식이 범인을 알고 있다는 듯 자신 있게 말했다.

"실장님 상무실로 갔을 때 이사님 태도 보면 확실하죠."

"그때 사람도 완전히 바뀌었잖아요. 처음에 실장님 상무실로 가고 나서 기억나죠? 너무하다 싶을 만큼 냉정하고 무심하고."

"맞아. 집무실 들어가도 누가 왔는지 쳐다도 안 봤지."

추리를 이어 가던 팀원들의 시선이 문득 선희에게 향했다.

"선희 씨는 왜 아무 말도 안 해?"

자신에게 시선이 몰리자 선희가 어깨를 으쓱였다.

"응? 나? 그거야, 난 알고 있었으니까."

"알고 있다니? 뭘요?"

다들 눈을 둥그렇게 뜨는데 선희가 씩 웃었다.

"난 이사님이 실장님 좋아하시는 거 안 지 오래됐어."

"네? 정말요?!"

효린의 눈이 왕방울만 하게 커졌다. 선희가 실실 웃는 얼굴로 말했다.

"주로 내가 실장님 역할을 했으니까. 나한텐 다 보이지."

"그럼 왜 우리한테는 말 안 해 줬어?"

은주가 인상을 찌푸리자 선희가 담담히 말했다.

"괜히 말했다가 설레발 쳐서 일 다 그르치면 어떡하라고."

"하긴…… 신중함이 없었네."

빠른 인정을 한 은주가 고개를 주억거렸다.

"그래도 그 질투 작전이 꽤 먹혀들긴 했나 봐요."

효린이 슬쩍 말하자 은주가 뿌듯하게 고개를 끄덕였다.

"암, 먹혔고말고. 아마 그래서 이사님도 더 불타오르셨을 거야."

"그럼 저 두 분은 지금 현재 진행형이십니까?"

남식이 선희에게 물었다. 다들 궁금한 듯 쳐다보자 선희가 의미심장한 표정을 지었다.

"모르는 척해. 그게 우리가 도와드릴 수 있는 최선이니까."

"아…… 그러네요. 회장님도, 최명진 사장님도 다들 강한 분들이잖아요."

"그리고 그…… 박태희 씨랑 약혼식 올린다는 소문도 돌잖아요. 아직 비서실에 정식으로 내려온 말은 없지만."

"그럼 이사님은 박태희 씨랑 결혼하는 거예요?"

"글쎄 그게 더 가능성이 높지 않을까? 원래 집안끼리 친했으니 이정훈 아니면 이서국인데……."

들떴던 분위기가 순식간에 의기소침하게 가라앉았다. 팀원들의 얼굴이 어두워지자 선희가 말했다.

"그러니 괜히 나서지 말고 모르는 척 마음으로 응원해 주는 게 우리의 역할이라는 겁니다. 다들 입조심, 행동 조심. 알겠죠?"

"이정훈이라는 벽을 넘고 나니 박태희라는 또 하나의 벽이 생기다니, 지지 맙시다!"

"뒤에서 강하게 응원합시다! 파이팅!"

팀원들은 당사자들 모르게 파이팅을 외쳤다.

◇ ◆ ◇

함께 저녁 식사를 마친 서국과 지유는 나란히 차에 올랐다.

"잘 먹었어요."

"나도 덕분에 잘 먹었습니다."

싱긋 웃으며 말한 서국이 차를 출발시키려다가 움직임을 멈췄다. 그러고는 지유를 바라보자 그녀가 눈을 깜빡였다.

"?"

저를 응시하는 모습에 의아한 시선을 던지는데 서국이 말했다.

"내가 사는 곳은 안 궁금합니까?"

"네? 아……."

그러고 보니 지금까지 한 번도 서국의 집에 가 본 적이 없었다. 저녁 식사를 한 후엔 보통 호텔로 가거나, 바래다준 길에 지유의 집에 같이 올라가는 패턴이었다.

"가 봐도 돼요?"

지유가 조심스럽게 물었다. 궁금하긴 했지만, 아무래도 사적 영역이라 먼저 가 보고 싶다는 말을 하기는 어렵기도 했다.

"안 오면 서운할 것 같은데요."

서국이 수려한 눈에 눈웃음을 지으며 말했다.

보기 좋은 예쁜 눈웃음을 지유가 홀린 듯 보고 있는 사이 서국이 차를 출발시켰다.

청담동의 고급주택촌에 들어서자 지유는 왠지 긴장이 됐다.

'자, 잘살 거라고는 생각했지만.'

말로만 듣던 부촌의 노른자땅 한복판에 세워진 보안이 철저한 저택 앞에 차가 멈춰 섰다. 자동인식이 되는지 닫혀 있던 차고 문이 스르르 열리며 주차장으로 들어갔다. 주차장엔 몇 번 본 적이 있는 그의 차들이 세워져 있었다. 그리고 한 번도 본 적 없는 슈퍼카도 있었다.

"이건 누구 차예요?"

차에서 내린 지유가 물었다. 서국이 대답했다.

"내 차입니다."

"네? 한 번도 못 봤는데요?"

"일반 도로에서 몰기 적합한 차는 아닙니다."

"그럼 왜 사신……."

지유가 의문 가득한 눈으로 보고 있는데 서국이 잠시 고민하는 표정을 지었다. 지유가 상무실로 이동하기 전, 회사 앞에서 지유가 정훈의 차를 타는 걸 본 적이 있었다. 정확히는 운전비서인 상현이 먼저 보고 말해 준 거였다.

'제가 차를 좀 아는데 저 차가 흔한 차종은 아니거든요. 엄청 비싼 건데.'

'정 실장님 맞네요. 근데 정 실장님 상무님과 아는 사이셨어요? 같이 차에 탈 정도면 엄청 친한 사이인 모양인데…….'

상현과의 대화를 떠올리던 서국이 결국 솔직히 말하기로 하고 입을 열었다.

"전에, 이정훈의 저런 차에 지유 씨가 타는 모습을 봤습니다."

"아, 상무님은 화려한 차를 좋아하셨죠. 그런데 그게 무슨 상관이……."

지유가 고개를 갸웃거리며 이해할 수 없는 표정을 지었다. 이정훈이야 원래 그런 사람이지만 이서국 이미지와는 전혀 다른데?

"그때 그 차에 타던 지유 씨 모습을 보고 혹시 좋아할까 해서 구입했습니다."

"네? 그런 이유로요?"

지유의 눈이 커다래졌다. 서국은 미간을 슬며시 좁히고 말했다.

"그때 차 비서가 차에 대한 칭찬을 했던 것 같은데 아마 그래서 그런 생각을 한 것 같습니다."

"아……."

당황한 지유가 보기에도 부담스러운 번쩍거리는 차와 서국을 번갈아 바라봤다. 그가 진지한 얼굴로 물었다.

"안 좋아합니까?"

"전 차는…… 잘 몰라서……."

난처한 얼굴로 지유가 대답하니 그의 눈이 가늘어졌다.

"……그렇군요."

그 역시 차에 별 관심은 없었다. 다만 혹시 하는 마음에 사 둔 거였을 뿐이다. 그녀가 좋아하는 모습을 볼 수 없게 됐단 걸 깨달은 서국의 표정이 좋지 않았다. 그의 실망 어린 표정에 지유가 얼른 말했다.

"아! 그래도 무척 예쁘네요! 역시 고급 차는 다른가 봐요!"

"무리해서 말할 필요는 없습니다. 들어가죠."

서국이 몸을 돌려 입구로 향했다. 지유는 눈이 아주 사납게 생긴 슈퍼카를 한번 힐끔 쳐다보곤 그를 따랐다. 저택과 다이렉트로 이어져 있는 엘리베이터에 두 사람이 올라탔다.

'집 안에 엘리베이터가 있네?'

지유는 3층짜리 건물에 엘리베이터가 있다는 게 신기했다. 문이 열림과 동시에 거대한 거실이 펼쳐졌다. 반듯한 직선과 화이트의 미를 살린 세련된 인테리어에 지유는 또 한 번 놀랐다.

'우와…….'

높은 지대에 위치해 있는 데다 건물 한 면이 통유리로 되어 있어 한강이 내려다보였다. 웬만한 아파트 뷰보다 멋지게 펼쳐진 풍경에 지유는 저도 모르게 창 쪽으로 걸어갔다.

"서국 씨는 매일 이런 풍경을 보고 사는구나."

지유가 창밖을 쳐다보며 감탄 어린 목소리로 말했다. 서국이 그런 그녀를 가만히 내려다봤다.

"여기서 나와 같이 살겠습니까?"

"네?"

매미처럼 창에 달라붙어 있던 지유가 멈칫해선 그를 올려다봤다. 서국의 눈빛이 짙어져 있었다.

"같이 살면 저 풍경도 나와 함께 볼 수 있지 않습니까."

"……."

저를 주시하는 시선에 지유가 창가에서 살짝 떨어져서 돌아섰다. 거대한 소파 쪽으로 타박타박 걸어간 그녀가 조심스럽게 앉았다.

그녀를 뒤따라간 서국도 옆에 나란히 앉았다. 심각한 표정으로 앉아 있는 지유의 얼굴을 서국이 바라봤다.

"나, 여기 괜히 온 것 같아요."

지유가 한숨을 포옥 내쉬었다. 그 말에 서국의 표정이 굳었다. 지유는 넓은 집 안을 한 바퀴 둘러 보며 말했다.

"평소엔 이런 기분은 안 느꼈는데, 여기 오니까 서국 씨가 나와 다른 세상에 사는 사람이라는 게 딱 느껴져요."

"어떤 부분에서 느껴진단 겁니까."

서국이 미간을 좁히고 물었다.

"사실…… 이 동네 들어올 때부터 낯설었어요. 서국 씨는 잘 이해하지 못할 수도 있지만, 이런 동네 아무나 살 수 있는 거 아니잖아요."

"……."

"이런 으리으리한 집에, 슈퍼카에, 또 안에도……."

"집은 원하면 이사하면 되고, 차는 정리하면 됩니다."

"그런 의미가 아니에요."

지유가 눈썹을 시옷 자로 만들고 서국을 바라봤다. 귀여운 강아지의 처연한 표정 같아서 서국이 할 말을 잊고 멈칫거렸다.

"난 서국 씨가 멀게 느껴지는 거 싫은데요. 지금 내 마음이 그렇게 느껴 버렸어요. 사는 세상이 완전히 다른 사람이라고."

"……."

그가 심각해진 얼굴로 말없이 보고 있자 지유가 어깨를 들썩이며 한숨을 내쉬었다.

"알아요. 서국 씨 잘못 아닌 거."

그저 자신의 자격지심일 거였다. 평범하기라도 했으면, 하고 바랐는데 막상 서국의 집에 와 보니 그가 재벌가의 아들이란 것이 실감이 났다. 갑자기 거리감을 느껴 버려서 겁이 났다.

'투정 부려서 될 일이 아닌데.'

지유가 속상한 얼굴로 무릎 위에 살포시 내려놓은 손가락을 꼼지락거렸다. 그 손가락을 서국이 가만히 잡았다.

'어?'

지유가 고개를 들자 그가 그녀를 진지하게 응시하고 있었다.

"나는 당신 집에서 그런 느낌은 받지 못했습니다."

다정한 낮은 목소리가 부드럽게 울렸다.

"그저 당신이 사는 곳을 보는 것만으로 기뻤습니다."

"……."

"당신이 어디에서 자고, 어디에서 일어나는지. 어떤 침대에서 자고 어떤 식탁에서 식사하는지 그 모든 게 궁금했으니까."

"그건 나도 궁금했어요."

지유가 작게 말하며 제 손가락을 어루만지는 손길로 다시 시선을 내렸다.

"날 봐. 시선 피하지 말고."

그의 말에 지유의 시선이 다시 올라갔다. 시선을 똑바로 맞춘 서국이 말했다.

"지금 어떤 기분이 드는지 솔직하게 말해 줘서 고마워."

진지하게 응시하는 눈동자에 지유가 천천히 눈을 깜빡이며 그를 마주 봤다.

"나에게 맞추라고 할 생각 없어. 당신이 원하는 방식으로 모든 걸 맞출 거야. 그러니 거리감 느끼지 않았으면 좋겠어."

낮은 음성으로 말한 서국이 진심을 담은 눈으로 그녀를 깊이 바라봤다.

"나는 그저, 지난 8년간 당신이 알던 이서국일 뿐이야."

다른 부수적인 배경 외에 그저 자신을 봐 달라는 의미로 하는 말이었다. 그걸 알고 있는 지유가 시선을 피하지 않고 입을 열었다.

"노력할게요."

그녀의 얼굴에 그제야 작은 미소가 어렸다. 그 미소에 그의 얼굴에도 안도가 차올랐다. 서국이 지유의 보드라운 뺨을 어루만지며 말을 이었다.

"한 가지는 약속해 줘. 앞으로 어떤 일이든 오늘처럼 말해 줄 것."

그의 눈빛이 잔잔하게 빛났다. 지유의 투명한 두 눈을 번갈아 보며 듣기 좋은 음성으로 말을 이었다.

"낯설다거나 불편하거나, 어떤 감정이어도 좋으니까 평소와 다른 감정이 느껴지면 그때그때 알려 줘. 지금처럼."

"……네. 그럴게요."

지유가 입술 끝을 둥그렇게 끌어 올리며 대답했다.

'참 강한 사람이네. 서국 씨는…….'

그녀가 입술에 미소를 매단 채 생각했다. 이서국은 항상 강한 사람이었다. 자신이 흔들리거나 나약해질 때에도 흔들림 없이 중심을 잡아 준다.

'나도 서국 씨가 약해질 때 잡아 줄 수 있을까?'

지유가 떠올리려 해 봤지만 그가 약해지는 모습은 도저히 상상이 되지 않았다. 그는 그런 사람이었다. 그게 미안하기도 했다. 항상 자신만 도움받는 것 같아서.

지유가 작게 한숨을 내쉬곤 속삭이듯 말했다.

"내가 더 강해져서…… 서국 씨 힘들 때 의지가 되는 사람이 되면 좋겠어요."

서국이 그녀의 턱을 들어 올려 시선을 맞췄다.

"몇 번을 말해야 할까."

미간을 살짝 찡그린 조각 같은 얼굴이 그녀 쪽으로 기울어졌다.

"내가 당신에게 미쳐 있다는 걸."

순식간에 그의 눈이 어둡게 일렁거렸다. 입술이 닿을 듯 가까운 곳에서 두 눈을 뜨겁게 응시하자 지유가 숨을 들이켰다. 서국의 목소리가 짓눌린 듯 낮게 흘러나왔다.

"어떻게 확인시켜 줘야 하지?"

탁하게 잠긴 목소리로 내뱉은 서국이 지유의 아랫입술을 살짝 빨았다.

"아……."

잡아당기듯 물었다 놓는 힘에 야릇한 감각이 입술에 맺혔다.

"내가 어떻게 해야 알아줄 건데."

뜨겁게 타오르는 눈동자가 그녀의 시선을 포박했다. 느리게 시선을 내린 그가 달뜬 숨결이 새어 나오는 입술을 응시했다.

"이만 하면 알아줘, 제발."

탁하게 잠긴 목소리로 신음처럼 흘린 서국이 지유의 입술에 키스했다. 보드라운 입술을 벌리고 촉촉한 혀를 끌어당기자 지유의 턱이 들려 올라갔다.

"음……."

서국이 진하게 키스하며 지유의 뒷머리에 손을 집어넣어 묶은 머리칼을 풀어 내렸다.

찰랑! 쏟아져 내린 부드러운 머리칼을 거머쥐고 그가 거칠게 키스하기 시작했다. 지유의 고개가 한껏 뒤로 당겨지며 턱선이 들려 올라갔다. 입술을 놔준 그가 드러난 목선으로 입술을 옮겨 갔다. 예민한 목덜미를 빨며 내려가자 지유의 숨결이 더욱 달아올랐다.

"서, 서국 씨."

"내가 너에게 얼마나 미쳐 있는 지 똑똑히 봐."

서국이 허스키하게 잠긴 음성으로 말하며 거칠게 움직였다.

"앗!"

그가 블라우스의 넓은 네크라인을 찢을 듯 아래로 잡아 내리자 동그란 어깨가 드러났다.

입술의 감촉에 지유의 어깨가 흠칫거렸다.

"이번엔 확실히 알게 해 줄게."

야릇한 고통과 쾌감이 동시에 느껴지자 지유가 헐떡였다.

"이리 올라와."

서국이 그녀의 허리를 잡아 자신에게 끌어당기며 말했다. 지유가 소파 위에 앉아 있는 그의 탄탄한 허벅지 위에 걸터앉게 됐다. 그러자 그녀의 머리칼이 아래로 쏟아져 내렸다.

지유가 발갛게 물든 얼굴로 그를 보며 제 머리칼을 귀 뒤로 넘겼다.

서국이 까맣게 물든 눈동자로 그녀를 응시하며 흐트러진 블라우스를 머리 위로 벗겨 냈다. 툭. 블라우스를 아래로 떨어뜨리자 브래지어만 걸친 하얀 몸이 드러났다. 그가 흔들리는 보드라운 가슴에 시선을 박았다.

"하…… 탐스러워."

서국이 짓눌린 신음을 흘리며 한 손으로 지유의 등을 끌어당겨 도망치지 못하게 고정했다. 그대로 브래지어를 끌어 내려 출렁이는 가슴이 드러나게 했다. 동그랗게 곤두선 젖꼭지로 향하는 그의 입술을 보자 지유의 몸이 흠칫거렸다.

"아……!"

서국이 젖꼭지를 뜨거운 입술로 삼키는 순간 지유의 상체가 한껏 뒤로 휘어지며 가늘게 떨렸다. 그가 기다렸다는 듯 입술을 더 크게 벌려 말캉한 가슴살을 한입 가득 삼켰다. 짜릿한 감각에 지유가 몸을 떨었다.

"으, 응!"

서국이 타액으로 온통 번들거리도록 맨살을 빨며 거친 숨결을 헐떡일 때마다 자극이 거세졌다.

"후우."

낮은 숨을 뱉어 낸 서국이 그녀의 몸을 놔주고 지유를 바라봤다. 그의 축축하게 젖은 입술이 시선에 들어오자 지유의 심장이 어지럽게 뛰어 댔다. 서국이 그녀에게 똑바로 시선을 박았다.

"날 보고 있어."

그가 두 손을 아래로 내려 통통한 엉덩이를 움켜잡았다. 탱글한 모양이 망가지도록 꽉 거머쥐는 힘에 지유의 입술이 벌어졌다.

"아……."

살짝 인상이 찌푸려진 지유의 야릇한 얼굴을 노려보며 서국이 말했다.

"눈 감지 마."

명령처럼 하는 말에 지유는 왠지 몸이 더 뜨거워졌다.

'하아…… 나 왜 이러지?'

평소의 서국보다 더 거친 모습인데도 이상하게 싫지 않았다. 오히려 더 몸이 뜨거워질 정도였다.

'나 이렇게 야한 여자였나?'

지유가 숨을 몰아쉬고 생각하고 있는데 서국이 스커트를 엉덩이 위로 끌어 올렸다. 그러고는 두 손으로 스타킹을 거머쥐었다.

트드득.

"앗!"

그녀의 검은색 스타킹과 얇은 팬티가 뜯어지는 소리에 지유의 눈이 커졌다. 그녀의 눈을 강렬하게 응시하며 서국이 자신의 바지 버클을 풀었다. 선액을 흘리는 검붉은 페니스를 꺼내 쥔 그가 스타킹을 찢어 낸 부위로 가져갔다.

어떡해!

곧바로 두꺼운 귀두가 맨살을 헤집어 짓쳐 들어왔다.

"아아!"

머리끝까지 짜릿한 전류가 찌릿! 하고 번지는 느낌에 지유가 눈을 질끈 감았다. 퍼억! 퍽! 흠칫거리는 엉덩이를 단단히 잡아 고정한 서국이 아래로 내려치며 자신의 빳빳하게 발기한 페니스를 음란하게 찔러 넣었다.

"날 꽉 잡아. 시선 피하지 말고."

그의 목소리도 욕망으로 지독히 낮아져 있었다. 섹시하게 흘러나오는 헐떡임과 거친 움직임이 뒤섞여 말할 수 없이 관능적이었다.

"응, 핫, 하읏!"

지유는 그의 말대로 강인한 어깨를 꽉 잡은 채 정신없이 신음을 쏟아 냈다. 위아래로 출렁이는 움직임이 파도처럼 격해질수록 숨이 차올랐다. 아래에서 박혀 드는 무서운 힘이 좁은 속살을 최대치까지 벌리며 헤집었다.

"하, 앗, 너, 너무……."

"힘듭니까?"

"아니, 아니. 그게 아니라……."

지유가 고개를 저어 대며 땀에 젖은 그의 셔츠를 움켜쥐었다. 부서질 듯 흔들리는 시야에 서국의 시선이 집요하게 따라붙었다.

지유의 팬티와 스타킹이 난잡하게 찢어진 엉덩이를 거머쥔 서국의 손에 남성적인 힘줄이 곤두섰다. 굵게 휘어 올라가 있는 근육 덩어리가 가차 없이 그녀의 좁은 속살을 쑤셔 올렸다.

"아앗! 응! 흣……! 아!"

쾌감에 절은 얼굴을 한 채 지유가 서국을 보며 신음을 터뜨렸다. 그녀의 아찔하게 벌어진 입술에 살짝 살짝 보이는 붉은 혀를 그가 이글거리는 눈으로 노려봤다. 지유의 엉덩이가 그의 허벅지를 강하게 쳐 댈수록 맞닿은 살에서 비벼지는 흥건한 애액이 사방으로 튀었다.

"응, 흑! 어, 어떡해요, 나……!"

지유가 울먹이며 온몸을 흠칫거렸다. 두꺼운 뿌리를 삼키고 있는 도톰한 속살이 바들바들 떨리고 있었다. 감당할 수 없는 자극이 그녀의 몸을 완전히 불덩이처럼 뜨겁게 만들고 있었다. 그런데 서국이 그녀의 엉덩이를 양쪽으로 붙잡고 더 넓게 벌렸다.

"아, 안 돼요! 지, 지금 그러면……!"

지유가 다급한 신음을 터뜨리며 허리를 비틀어댔다.

"괜찮으니 끝까지 가. 참지 않아도 돼."

그가 지유의 반응을 주시하며 멈추지 않고 더 강하게 쳐올렸다.

"하윽! 앗! 응! 아……!"

더 격렬해진 행위에 지유가 정신없이 흔들리며 고개를 저어댔다. 서국의 허벅지 근육이 터질 듯 펌핑 되며 불끈거렸다. 거대한 페니스로 들쑤셔 대는 입구에 우윳빛 애액이 크림처럼 묻어났다. 가팔라진 속도에 달아오른 숨결이 정신없이 서로의 입술 밖으로 내뱉어졌다.

"학……!"

마침내 고개를 한껏 젖힌 지유가 그의 셔츠를 꽉 움켜잡았다. 다음 순간, 온몸에 힘이 들어간 채 파르르 떨리는 지유의 상체가 그에게로 무너져 내렸다.

허억, 헉.

서국이 거친 숨을 몰아쉬며 제 몸 위로 쓰러진 지유의 땀에 젖은 몸을 강하게 껴안았다.

◇ ◆ ◇

그 시간, 이천호 회장의 본가에 느닷없이 영주와 태희가 들이닥쳤다.

"이 시간에 무슨 일로……."

천호와 명진이 의아한 얼굴로 나와 보자 영주가 벌겋게 상기된 얼굴로 따졌다.

"아니, 회장님. 이 이사가 우리 태희를 놔두고 비서를 만나고 다닌다니. 이게 대체 무슨 일이에요?"

"비서라니, 그게 무슨 말이죠?"

명진이 안경을 추켜올리며 물었다. 영주는 기가 찬다는 표정으로 뒤에 고개를 숙이고 서 있는 태희를 쳐다보고 말했다.

"애가 요즘 얼굴이 반쪽이 되고 있길래 무슨 일인가 추궁했더니 글쎄, 이 이사가 자기 비서실장이랑…… 어휴, 남사스러워서 원."

영주가 벌건 제 얼굴에 손부채질 해 댔다. 그러자 명진이 눈을 가늘이고 태희를 쳐다봤다.

"확실해?"

"……네."

태희가 작게 고개를 끄덕였다.

"이 인형 같은 예쁜 얼굴 다 상한 것 좀 봐요. 약혼식 앞두고 이게 무슨 일이냐구요, 대체! 게다가……."

영주가 천호의 얼굴을 힐끔거리고는 말했다.

"그 여자, 고아라지 뭡니까?"

"뭐? 고아?"

천호의 굵은 눈썹이 홱 치켜 올라갔다. 영주가 고개를 절레절레 저으며 한숨을 내쉬었다.

"이 이사도 무슨 생각인지 모르겠네요. 그렇게 우직해 보이던 사람이 이런 말도 안 되는 짓을 벌일 줄은 정말 꿈에도……."

"말은 좀 조심하시죠. 말도 안 되는 짓이라뇨."

명진이 차가운 눈빛으로 쳐다봤다. 그 시선에 영주가 잠시 멈칫했다가 다시 얼굴이 벌겋게 변했다.

"아니 내가 흥분 안 하게 생겼어요? 약혼할 여자를 두고 부모도 없는 여자, 그것도 비서랑 그러고 있다는데?"

"이 약혼, 이 이사는 동의한 적 없어요. 말씀드렸지 않나요?"

명진이 언성을 높이지 않고 말했지만, 특유의 분위기 탓에 상대를 움츠러들게 하는 면이 있었다. 영주가 생각대로 되지 않는 듯 표정이 굳어 갔다.

"그거야 그렇지만, 어릴 때부터 이미 정해진……."

"정해지길 바랐던 건 사실 이 상무였지, 이 이사는 아니었잖아요?"

명진의 정곡을 찌르는 말에 영주의 얼굴에 순간 당황이 어렸다.

"아, 아니 꼭 누구라고는……."

영주가 말문이 막힌 듯 더듬거리는데 천호가 끼어들었다.

"잘못한 건 그 녀석이지. 왜 사돈 될 사람에게 그렇게 말하나, 자네는."

천호가 못마땅한 표정을 지으며 말하자 명진이 그를 힐긋 쳐다봤다.

"틀린 말은 아니잖아요. 회장님께도 약혼에 찬성한 적 한 번도 없다고 했다면서요."

"추진하면 어떻게든 따라오게 되어 있어."

천호가 제 편을 드는 말에 영주가 다시 기세등등한 얼굴로 말했다.

"암요. 그래야죠."

"……."

영주에게 명진의 냉정한 시선이 꽂혔다. 싱글거리던 영주가 움찔해선 얼른 표정을 바꿨다.

"제 잘못이에요."

태희가 고개 숙인 채 작게 말했다. 그 목소리에 사람들의 시선이 그녀에게 집중됐다. 조용히 고개를 든 태희가 비련의 여주인공처럼 처연한 표정으로 천호를 바라봤다.

"제가 서국이에게 여자로서 매력이 없나 봐요……. 그러니 이런 일이 생겼겠죠. 제 탓이에요."

"어머! 태희야. 무슨 말을 그렇게 해. 네가 뭘 잘못했다고!"

영주가 당치도 않다는 듯 호들갑을 떨었다. 천호가 피곤한 듯 미간을 구기고 영주에게 말했다.

"일단 들어가 보게. 내가 그 녀석 잘 타일러서 정리하게 할 테니까."

영주가 슬쩍 천호를 쳐다보며 물었다.

"……이 이사가 말을 들을까요?"

"안 들어도 듣게 해야지. 다 큰 놈이 사리 분별 못 하고 그러고 있는데."

"그렇다면 안심인데……."

영주의 얼굴에 안도가 흐르는데 명진이 끼어들었다.

"차라리 이 상무가 낫지 않아요?"

"네?"

영주가 동그란 눈으로 명진을 쳐다봤다. 명진은 제 가슴 위에서 팔짱을 끼고 영주에게 말했다.

"어릴 때부터 태희는 이 상무와 더 친했고, 여사님도 늘 이 상무를 사윗감으로 본다고 하셨잖아요."

"그때야……."

영주가 시선을 피하며 어물거렸다.

"태희를 위해서도 후계자인 이 상무가 좋지 않을까 하는데."

명진의 말에 태희가 긴장된 표정으로 시선을 뒀다.

"이 이사가 이미 눈에 찬 여자가 있다면 그 애는 부모 말 들을 애가 아니에요. 괜한 사람 밀어붙이지 말고 본래 계획대로 이 상무와 진행하는 게 어떻겠어요?"

"그래도 이제 와서……."

영주가 초조하게 눈을 굴리고 있는데 천호가 언성을 높였다.

"자네는 이미 진행하고 있는 일을 왜 망치려고 드나."

명진은 눈 하나 깜짝 않고 천호에게 대꾸했다.

"망치려는 게 아니죠. 순서대로 하자는 거죠. 둘째 먼저 보내는 것도 순서에 맞지 않고, 이 이사가 아무 여자 만날 애도 아닌데 이미 만나는 사람이 있다잖아요."

"고아에다 비서라는데, 설마 결혼시키시려고요?"

영주가 천호의 눈치를 살살 보며 말하자 그가 단호하게 말했다.

"그건 안 될 말이지. 어쨌든 내가 해결할 테니 일단 가 보게. 태희도 너무 걱정 말고."

천호의 말에 안심한 얼굴을 숨기며 태희가 고개를 숙였다.

"네. 회장님. 그럼 다음에 뵐게요."

"늦은 시간에 실례했어요. 회장님만 믿고 있을게요."

한결 나아진 얼굴로 현관으로 향하는 영주와 얌전히 따라가는 태희의 뒷모습을 명진이 바라봤다. 천호도 몸을 돌리자 명진이 그에게 말했다.

"당신."

2층 계단으로 향하던 천호가 명진의 말에 다시 돌아봤다. 그의 얼굴을 명진이 가만히 보다가 말했다.

"아직도 아들을 모르네요."

"무슨 뜻이야?"

"……."

눈썹을 찌푸리는 천호를 응시하던 명진이 몸을 돌렸다. 서재로 향하는 명진의 뒷모습에 천호의 가느다란 시선이 닿아 있었다.

14

이천호 회장이 저택에서 나오자 대기하고 있던 기사가 문을 열어 줬다. 전화를 걸며 차에 올라탄 천호가 곧바로 휴대폰을 귀에 가져다 댔다.

– 네.

사무적인 서국의 목소리에 천호가 말했다.

“출근하면 내 방으로 와.”

– 알겠습니다.

단답형으로 전화가 끊기고 천호가 못마땅하게 휴대폰을 바라봤다.

“정신이 있는 놈이야, 없는 놈이야?”

하고많은 여자 중에 비서라니. 게다가 박태희라는 좋은 신붓감이 있는데 일을 망치고 있는 서국에게 부아가 치밀었다. 생각할수록 괘씸하게 느껴져 천호의 표정이 더 험악해지는데 들고 있던 휴대폰이 다시 울렸다.

액정을 쳐다본 그가 전화를 받았다.

"아침부터 무슨 일로 전화야?"

– 자네 요즘 분위기 모르나?

김 전무가 심각한 톤으로 묻는 소리에 천호의 한쪽 눈썹이 휘어 올라갔다.

'아직도 아들을 모르네요.'

어제 명진도 그렇고 죽마고우인 김 전무도 그렇고 다들 자신을 아무것도 모르는 인간 취급을 하니 천호는 짜증이 치밀었다.

"모르냐니, 뭘 몰라?"

천호가 짜증스럽게 되물으니 김 전무의 목소리가 곧장 들려왔다.

– 어젯밤에 최 회장네서 모임이 있어서 갔더니 우리 임원들이 상당히 와 있더라고.

"그런데."

– 거기서 술 한잔하면서 얘기하다 보니 다들 불만이 상당해.

"뒤에서 무슨 불만들을 말하고 앉았어?"

천호가 불쾌한 얼굴로 쏘아붙였다. 안 그래도 불편한 심기가 김 전무의 말로 더 안 좋아졌다.

– 이 상무 말이네.

갑자기 정훈의 말이 나오니 천호가 눈을 가늘였다.

"이 상무? 이 상무가 왜."

– 이 이사 계약을 몇 개나 이 상무가 가로챘다는데, 알고 있나?

천호의 눈썹이 홱 치켜 올라갔다.

"뭐야? 누가 그런 소릴……!"

– 역시 모르고 있군. 유 실장이 얘기 안 했나?

그런 것도 모르냐는 식의 말투에 천호의 언성이 커졌다.

"난 듣지도 못한 얘긴데 누가 그딴 소릴 해!"

– 이번 전체 회의 때 이 상무가 발표한 신규 주력 사업이 전부 이 이사가 진행하던 거였어.

"뭐야?"

처음 듣는 말을 김 전무가 꺼내자 천호가 눈을 부라렸다.

– 이 이사와 멀쩡히 잘 진행하던 일에 이 상무가 끼어들어 후계자임을 내세우면서 생계 위협까지 서슴지 않길래 해 달라는 대로 해 줬다는군. 그런데 애초의 계약 조건조차 맞춰 주지 않아서 업체들이 사기다 뭐다 원성이 자자해.

"……."

천호가 인상을 쓴 채 듣고만 있었다. 김 전무가 말을 이었다.

– 게다가 이번 BX 건이 업계에 소문 다 돌아서 주가가 출렁이는 거 알지? 이런 상황에서 그룹 회장이 이 이사가 아닌 이 상무를 싸고도는데 이 이사가 가만히 있겠냐는 거지.

"싸고돌긴 뭘 싸고돌아!"

참고 있던 천호가 화를 버럭 냈다.

– 자네가 이 상무만 밀어준다고 소문이 파다해! 그러니 이 이사가 앙심을 품고 회사를 따로 차리면 자기들은 어쩌냐며 임원들이 난리인 거

아닌가!

김 전무도 같이 언성을 높였다. 오랜 지기인 만큼 김 전무는 천호를 두려워하지 않았다. 평소엔 서글서글하게 웃으며 지내지만 결정적인 순간에 중요한 조언을 해 주는 것도 김 전무였다. 그걸 알면서도 천호는 짜증이 치솟았다.

"난 다 처음 듣는 소리야."

– BX 건도 처음 듣는 건가? 뻔히 봤으면서 그런 소릴.

"자네도 나한테 불만을 토로하는 건가, 지금?"

– 나라고 그런 소리 들었는데 속이 좋겠나? 전부터 내가 이 상무에 대해 누누이 말해도 들은 척도 안 한 건 자네야.

까칠한 목소리에도 김 전무가 지지 않고 받아쳤다.

– 이 상무 이번 건 제대로 처리하게. 안 그러면 우리 이미지는 회복되기 힘든 수순으로 갈 테니.

"그 정도로 약한 회사 아니야."

– 임원들 의견보다 장남 싸고도는 게 중요하면 이사회 해산하고 자네 마음대로 다 해 먹지 그러나!

"거, 거 말하는 본새하곤."

천호가 눈썹을 잔뜩 모으고 혀를 찼다.

– 내가 오죽 답답하면 이러겠나? 이건 니놈 50년 친구로서 말하는데, 자네 다른 데는 아직도 다 객관적이고 냉철한데 아들 문제에 있어선 총기가 영 흐려졌어.

"……."

– 내 말 기분 나쁘게만 듣지 말고 유 실장에게 물어봐. 유 실장이 자세히 알 테니.

"알았으니 일단 끊게."

눈썹을 일그러뜨린 천호가 통화를 종료시켰다. 그러고는 바로 유 실장에게 전화했다.

– 네. 회장님.

유 실장의 목소리가 들리자마자 천호가 곧장 말했다.

"이 상무가 이 이사 계약을 가로챘다는 게 무슨 소리야."

– 누구에게 들으셨습니까?

전혀 당황하지 않고 말하는 걸 보니 유 실장은 알고 있는 게 분명했다.

'허! 김 전무 말대로 정말 나만 빼고 다 알고 있는 거야?'

부아가 치민 천호가 짜증스럽게 소리쳤다.

"누구긴 누구야! 김 전무지. 그 말이 사실이야?"

– 조금 기다려 주십시오. 다음 주에 들어가서 말씀드리겠습니다.

"다음 주? 뭐가 그리 늦어!"

– 마무리 지을 게 있어서 좀 늦어졌습니다. 다음 주까지 반드시 끝내서 들어가겠습니다.

"뭘 마무리 짓는데."

– 아직 말씀드리긴 어려운 부분이 있습니다. 곧 보고드릴 테니 기다려 주십시오.

"내 회사 일을 나는 모르고 자네만 다 알고 있는 게 말이 되나!"

– 죄송합니다. 기다려 주십시오.

유 실장이 앵무새처럼 반복했다.

'망할! 이놈이고 저놈이고……!'

천호는 울화가 치밀었다.

한번 앵무새 모드가 되면 어떤 말을 해도 들어먹질 않는 게 유 실장이라 더 짜증이 났다.

"알았으니 최대한 빨리 끝내서 보고해!"

– 최선을 다하겠습니다.

로봇처럼 흘러나오는 말에 천호가 신경질적으로 전화를 끊었다.

"대체 누가 회장이고 누가 실장이야! 사람을 허수아비 취급을 해도 정도가 있지!"

천호가 버럭거리는 소리에 앞자리의 기사가 바짝 긴장했다. 한참을 씩씩거리고 있던 천호가 휴대폰을 노려봤다.

"……."

정훈이 이 녀석, 대체 뭘 하고 다니기에…….

답답한 한숨을 내쉰 그의 시선이 창밖으로 옮겨갔다.

똑똑. 노크 소리와 함께 회장 집무실에 서국이 들어섰다. 정중히 인사한 그에게 천호가 말했다.

"거기 앉아라."

천호도 안경을 벗고 책상 앞에서 일어나 소파로 다가왔다. 서국은 맞은편 소파에 반듯한 자세로 앉았다. 자리에 앉자마자 천호가 삐뚜름한 시선으로 서국을 쳐다봤다.

"비서랑 만난다는 게 사실이냐?"

곧장 물어 오는 말에 서국이 표정 변화 없이 대답했다.

"사실입니다."

"정신이 있는 거야, 없는 거야! 태희를 놔두고 비서를 만나?"

"제가 사랑하는 사람은 제가 정합니다."

버럭거리는 천호의 말에도 서국은 무감하게 마주 볼 뿐 위축되지 않았다. 일을 쳐 놓고도 일말의 반성의 기미도 보이지 않는 서국에게 천호가 호통을 쳤다.

"호영그룹과의 혼사가 우스운 줄 알아? 태희와 결혼 안 하려면 이사 자리에서도 내려와!"

"그러겠습니다."

선뜻 들려온 대답에 흥분해서 소리치던 천호의 눈이 커졌다.

"뭐, 뭐야?!"

크게 떠지는 천호의 눈을 똑바로 보며 서국이 말했다.

"저에게 태림그룹 이사라는 직함은 사랑하는 사람보다 중요한 문제가 아닙니다. 저에게 끝까지 박태희와의 결혼을 요구하신다면, 저는 퇴사하겠습니다."

"너 제정신……."

"단."

서국이 천호의 말을 막았다.

"BX 건은 제가 나간다 해도 계속 태림에서 진행할 수 있다는 장담은 해 드릴 수 없습니다."

"……!"

회장의 눈이 당혹으로 흔들렸다.

'이 이사가 앙심을 품고 회사를 따로 차리면 자기들은 어쩌냐며 임원들이 난리인 거 아닌가!'

출근하며 들었던 김 전무의 말이 천호의 머릿속에 떠돌았다. 천호가 노기 어린 눈으로 서국을 쳐다봤다.

"회사를 나갈 계획을 세우고 그 일을 진행한 거였어? 이런 식으로 날 협박하려고?"

"아닙니다."

서국은 얄미울 정도로 무감한 표정이었다. 그 얼굴을 노려보던 천호가 헛웃음을 흘렸다.

"허! 그렇게 기다렸다는 듯이 말해 놓고?"

"조금 전 회사 때려치우라고 하신 건 회장님이십니다."

"고아에, 비서에! 대체 그 여자가 뭐라고 태희를……!"

"제 여자에 대해 함부로 말씀하지 마십시오."

서국의 표정에 순간 뚜렷한 변화가 생기고 목소리가 낮아졌다.

'이놈……?'

정중한 말투지만 살벌함을 풍기는 눈빛을 본 천호가 멈칫거렸다.

"제 생각은 변하지 않습니다. 결정되면 언제든 말씀하십시오."

서국이 곧장 일어나서 집무실을 나갔다. 문이 닫히자 천호가 턱을 매만지며 생각에 잠겼다.

"저놈이 저런 눈빛도 할 줄 아는군."

그러고 보니 서국이 변한 건 최근이었다. 그 변화가 그 비서라는 여자와 관련 있을 거라는 생각이 들었다.

"……."

천호의 눈이 예리하게 빛났다.

똑똑. 다시 노크 소리가 들리자 천호가 고개를 돌렸다. 문이 열리고 비서가 앞에 서서 말했다.
“회장님. 이 상무님 오셨는데 어떻게 할까요?”
천호가 한쪽 눈썹을 치켜 올렸다.
“갑자기?”
“네. 지금 오셨어요.”
“……우선 들여보내.”
“알겠습니다.”
비서가 나가고 곧 정훈이 안으로 들어섰다.
“아버지.”
그가 빠른 걸음으로 들어서자 천호가 미간을 모았다.
“갑자기 무슨 일이야.”
“연락도 없이 죄송합니다. 마음이 급해서…….”
조금 전 서국이 앉아 있던 소파에 정훈이 앉았다. 천호가 정훈의 앉은 모습을 유심히 바라봤다. 등을 똑바로 펴고 앉아 있던 서국과 달리 정훈은 상체를 바짝 앞으로 기울이고 앉았다. 쫓기는 듯 초조한 눈빛을 애써 웃음으로 숨기고 있는 것도 천호의 눈에 들어왔다.
“전에 말씀드렸던 주식 양도 건은 어떻게 됐습니까?”
“지금 유 실장이 해외 출장 중이라 다음 주에 절차 시작될 게다.”
“다음 주에요?”
정훈의 안색이 눈에 띄게 밝아졌다.
“열심히 해 보고 싶다는데 하게 해 줘야지.”

"감사합니다! 안 그래도 요즘 부쩍 임원들 눈치가 보여서 힘들었는데, 이젠 당당해질 수 있을 것 같습니다."

정훈이 안심한 얼굴로 바짝 당겨 앉았던 몸을 뒤로 좀 물렸다.

그 모습을 보고 있던 천호가 눈을 가늘였다.

"그런데 정훈이 너 말이다."

"네?"

싱글거리는 미소를 되찾은 정훈을 천호가 잠시 바라봤다.

"……아니다. 우선 그렇게 알고 나가 봐라."

"네. 감사합니다."

일어선 정훈이 고개를 가볍게 숙이고 몸을 돌렸다.

"……."

그가 나가는 뒷모습을 보며 천호는 생각에 잠겨 있었다.

"실례하겠습니다."

지유는 서국의 집 엘리베이터에서 내리며 습관처럼 인사했다. 그 모습을 힐긋 본 서국이 옅게 웃었다.

"같이 살아도 그렇게 말하고 들어올 겁니까?"

"그건 아니겠지만……."

지유가 어물거리며 거실로 총총 걸어갔다. 요즘 서국의 집에 매일 오고 있었다. 그 발단은 처음 이 집에 왔을 때 그가 바래다주기 전 한 말 때문이었다.

'당분간 이 집에 매일 오는 게 어떻겠습니까?'

'네?'

'자주 오다 보면 낯선 느낌도 사라질 거고, 당신이 이 집에 적응해 주길 바라는 마음도 있습니다.'

'음. 그럼 그렇게 할게요.'

일리가 있는 말이라 생각해서 오케이 한 뒤 퇴근 뒤엔 함께 이 집으로 왔다.

"편하게 있어요. 다 되면 말할 테니."

"아, 네."

서국이 키친룸으로 들어가며 말하자 지유가 고개를 끄덕였다. 재킷을 벗으며 걸어가는 넓은 등을 지유가 가만히 바라봤다.

'요리도 할 줄 아나?'

오늘은 서국이 요리해 준다고 해서 저녁을 먹지 않고 온 참이었다. 보통 남자들은 여자한테 요리해 달라고 할 텐데 그는 자신이 하겠다고 하는 것이 신기했다.

'와, 잘하네.'

지유가 기웃거리며 키친룸 안의 서국을 바라봤다. 각 잡힌 흰 셔츠 소매를 깔끔하게 걷은 그가 익숙하게 파스타 면을 삶고 소스를 만들고 있었다.

동시에 한쪽에선 지유가 좋아하는 두툼한 스테이크도 굽고 있었다. 월계수 잎과 로즈마리로 시즈닝한 스테이크에서 군침 도는 향이 솔솔 풍겨 왔다.

'아니 저 팔뚝은?'

지유의 눈이 번뜩였다. 서국이 두꺼운 팬을 잡을 때마다 걷은 소매 아래로 남성적인 팔뚝에 힘줄이 돋아났다. 흐뭇한 광경을 지켜보던 지유의 눈이 동그래졌다.

속도가 엄청 빠르네.

손이 빠르게 움직이는 걸 지유가 놀라운 눈으로 바라봤다. 많이 요리를 해 본 사람처럼 움직임이 막힘없이 흘러가고 있었다. 순식간에 테이블 위에 완성된 요리들이 세팅됐다.

"와서 들어요."

고급스러운 식기에 보기 좋게 데코레이션까지 한 트러플 머쉬룸 오일 파스타와 스테이크에 지유가 홀린 듯 다가갔다.

"요리 잘하네요?"

"못할 것 같았습니까?"

와인 병을 따며 서국이 되물었다.

"생각보다 너무 잘하셔서요."

지유가 대답하며 저도 모르게 감탄 어린 시선으로 그를 바라봤다.

'와인 병 따는 모습까지 저렇게 섹시할 일인가?'

팔뚝의 잔근육을 꿈틀거리며 코르크 마개를 딴 서국이 커다랗고 둥근 잔 두 개에 차례로 와인을 따랐다. 쪼르르륵. 청량한 향이 감도는 황금빛 스파클링 와인을 따른 서국이 잔을 들었다.

"건배하죠."

"네."

그가 부드럽게 미소 지으며 든 잔에 지유가 얼른 제 잔을 가져갔다. 달콤한 와인을 한 모금 마신 지유가 눈을 반짝이며 제 앞의 접시를 바라봤다.

"꼭 레스토랑에서 파는 것처럼 예뻐요. 잘 먹을게요."

"입맛에 맞았으면 좋겠군요."

그녀가 포크로 파스타 면을 돌돌 감아 올리는 모습을 서국이 다정한 시선으로 바라봤다. 작은 입술을 벌려 쏘옥 넣은 지유가 볼을 부풀리고 열심히 씹었다.

"어머! 너무 맛있다!"

지유가 눈이 커다래져선 놀란 표정으로 다시 파스타 접시를 바라봤다.

"입맛에 맞습니까?"

"맞다마다요! 면발도 딱 좋게 익었고 소스도 맛있어요. 최고네요, 정말!"

흥분한 얼굴로 말한 지유가 열심히 먹기 시작했다. 그녀가 파스타에 집중해 있는 동안 서국이 그녀의 스테이크 접시를 제 앞으로 가져와 고기를 자잘하게 썰었다. 먹기 좋게 썬 뒤 다시 그녀 앞으로 접시를 밀어 준 서국이 지유를 바라봤다.

눈을 반짝반짝 빛내며 오물오물 맛있게 먹는 모습을 그윽한 시선으로 보고 있자 지유와 눈이 마주쳤다.

"서국 씨는 왜 안 먹어요? 배 안 고파요?"

지유가 의아하게 쳐다보자 서국이 그제야 포크와 나이프를 들었다.

"아닙니다."

제 배를 채우는 것보다 자신이 만든 음식이 그녀 입으로 들어가는 걸 보는 게 더 행복하다는 말을 삼킨 서국도 조용히 식사를 시작했다.

그걸 본 지유도 안심하고 다시 포크를 움직였다.

“너무 맛있었어요. 서국 씨는 못하는 게 하나도 없네요. 요리까지 잘하다니.”

지유가 소파에서 잔뜩 부른 배를 두드리며 행복한 표정을 짓고 있었다.

나른하게 앉아 있는 그녀에게 서국이 다가갔다.

“예전에 배워 뒀습니다.”

디저트 아이스크림이 담긴 작은 유리 볼을 든 그가 지유 옆에 앉았다. 지유가 호기심이 담긴 눈을 반짝이며 물었다.

“보통 요리하는 분을 고용하지 않나요? 아, 고마워요.”

지유가 서국이 건넨 아이스크림이 담긴 볼을 받으며 말했다. 서국이 그녀를 바라봤다.

“집을 관리하고 청소해 주는 사람들은 있지만 요리까지 맡기고 싶진 않아서요.”

“아아, 그렇구나.”

지유가 고개를 끄덕이며 작은 스푼으로 아이스크림을 한 입 떠먹었다. 지유의 눈이 동그래졌다.

“홍차 맛이네요?”

“홍차 케이크를 좋아하는 걸 보니 아이스크림도 좋아할 것 같아서 따로 주문했습니다.”

“와아, 정말 고급스러운 맛이다. 너무 맛있어요.”

이미 배가 잔뜩 부른데도 취향 저격의 아이스크림을 만나게 되니 지유는 작은 스푼으로 열심히 떠먹었다. 마치 햄스터가 도토리를 먹듯 귀여운 지유의 모습을 서국이 지그시 바라봤다.

"서국 씨는 아이스크림 안 좋아해요?"

저만 먹고 있는 것을 이번에도 뒤늦게 알아챈 지유가 스푼을 입에 물고 그를 바라봤다. 입술 끝에 미소를 매달고 있던 서국이 은근한 시선으로 그녀를 쳐다봤다.

'응? 갑자기 눈빛이 달라진…….'

지유가 동그란 눈을 깜빡거리는데 그가 말했다.

"아이스크림은 좋아하지 않지만 지유 씨가 먹여 주는 건 맛있을 것 같군요."

……꿀꺽.

삼킬 듯한 시선으로 보며 하는 말에 지유가 얼른 입안에 있는 아이스크림을 삼켰다.

"여기요."

지유가 살짝 홍조 띈 얼굴을 한 채 제가 먹던 스푼으로 아이스크림을 떠서 내밀었다. 그가 천천히 고개를 앞으로 내밀었다. 높은 콧대와 훤칠한 이마가 지유의 눈에 들어왔다. 섬세한 입술을 벌려 스푼을 문 그가 시선을 올렸다.

두근!

순간적으로 시선이 마주치자 지유의 심장이 뛰었다. 스푼을 입에 물고 쳐다보는 시선이 왠지 노골적이고 야했다.

'왜 야하지? 그가 삼키고 있는 건 아이스크림인데…….'

지유의 얼굴이 더 붉어지는데 서국이 고개를 들고 입안의 것을 삼켰다. 싱긋 미소 짓는 얼굴조차 은근히 관능적이었다.

"맛있군요."

"……더 줄까요?"

지유는 얼굴이 점점 화끈거려 고개를 숙이고 스푼을 아이스크림 볼로 가져갔다.

"지유 씨 먹어요."

"한 입만 먹게요?"

지유가 의아하게 물으며 작게 떠 올린 아이스크림을 제 입술에 넣었다.

"아니."

서국이 그녀의 턱을 가만히 잡아 올렸다.

"!"

순간 짙게 물든 그의 눈동자와 똑바로 시선이 부딪히자 지유의 눈이 커졌다.

"난 이걸 먹으면 되니까."

욕망 어린 목소리로 말한 서국이 고개를 기울여 지유의 입술을 삼켰다.

"으음……."

그가 입술을 살짝 벌리고 들어가 그녀의 혀 위에서 녹아들고 있는 아이스크림을 빨았다.

'아, 기분이…….'

차가운 아이스크림과 뜨거운 혀가 뒤엉키자 지유는 야릇한 기분을 느꼈다.

꿀꺽.

녹아든 아이스크림을 지유가 삼켰다. 입술을 서국이 그녀의 입술에 묻은 크림까지 핥았다. 깨끗하게 먹어 치운 서국이 입술을 떼어 냈다.

"맛있는데요. 아주."

그가 한층 더 어두워진 눈으로 지유를 응시했다. 목소리도 탁하게 잠겨 있었다.

"하아…… 아이스크림을 먹는데 왜 이렇게 숨이 찬지 모르겠어요."

지유가 어깨를 들썩이며 발갛게 물든 얼굴로 더운 숨을 내쉬었다. 서국이 그녀를 사랑스럽다는 시선으로 보며 다시 입술을 가져갔다.

"하지만 내가 먹고 싶은 건……."

벌어진 지유의 입술을 가까이에서 응시하며 서국이 낮게 말했다.

"아이스크림이 아닙니다."

탁하게 물든 목소리로 말한 그가 지유의 입술을 삼켰다.

"아음."

서국이 진하게 키스하며 아슬아슬하게 그녀의 손에 들려 있던 아이스크림 볼을 들어내 테이블 위로 올렸다.

탁.

"으음……하읍."

물컹한 혀가 서로의 입술 안에서 뒤엉켰다. 점막까지 훑으며 야릇하게 빨아 내는 감각에 지유의 숨이 가빠졌다. 의식하지 못하는 사이 그녀의 몸이 점차 뒤로 기울어졌다. 어느새 소파에

눕혀진 그녀의 위로 서국이 올라탄 자세가 됐다.

그대로 서로를 끌어안으며 야릇한 키스가 이어졌다. 그녀의 말캉한 입술을 달게 빨아 댄 서국이 입술을 떼어 냈다.

……촉.

달짝지근한 소리와 함께 입술이 떨어지자 가까이서 시선이 엉켜들었다.

"……."

서국의 눈동자가 어둡게 타올랐다. 그가 지유의 손을 잡아 자신의 셔츠 가장 윗단추로 가져갔다.

"벗겨 주겠습니까?"

지유가 숨을 몰아쉬며 그를 올려다봤다.

"서국 씨…… 옷이요?"

"네."

서국이 지유의 발간 얼굴을 내려다보며 대답했다.

꼴깍. 침을 삼킨 지유가 두 손으로 그의 단추를 풀기 시작했다. 톡, 톡 하나씩 단추를 풀어 갈 때마다 벌어지는 셔츠 사이로 그의 팽창된 근육이 드러났다. 손에 땀이 고여 미끄러질 것 같아 힘을 줘야 했다. 바짝 긴장한 채 풀다 보니 꽉 조인 복근까지 눈앞에 보였다. 지유가 두근두근 떨리는 기분으로 마지막 단추를 풀어냈다.

'다 했다!'

지유가 숙제를 끝낸 표정으로 서국의 얼굴로 시선을 옮겼다. 눈이 마주친 순간 그가 느른히 말했다.

"마저 벗겨 줘야죠."

"아, 네."

지유가 두 팔을 뻗어 그의 넓은 어깨로 셔츠를 벗겨 내자 서국이 팔을 움직여 도왔다. 툭. 셔츠가 바닥으로 떨어지고 보기 좋은 육체가 지유의 시선에 들어왔다. 태평양처럼 넓은 어깨와 단단하게 들어차 있는 근육을 드러낸 서국이 소파에 무릎을 대고 몸을 세웠다.

"바지도 벗겨 줘요."

은밀하게 낮아진 목소리에 지유가 잠시 머뭇거리다가 그의 바지 벨트가 있는 곳으로 손을 가져갔다. 달칵. 벨트와 버클을 풀자 지퍼를 내리기 힘들 정도로 거대해져 있는 그의 욕망이 보였다.

'어, 어쩌지?'

제 손으로 그의 옷을 벗겨 보는 건 처음이어서 지유는 심장이 쿵쿵 울렸다.

"어서요."

망설이는 지유를 내려다보며 서국이 탁한 음성으로 재촉했다.

"해…… 볼게요."

다짐하듯 말한 지유가 잘 내려가지 않는 지퍼 고리를 잡고 낑낑거렸다. 힘으로 당겼다간 불룩 튀어나온 부분이 다치게 할까 봐 조심스러웠다. 그 모습을 내려다보는 서국의 숨결이 거칠어졌다. 지유가 용을 쓰는 사이 작은 손에 마찰되는 감각 때문에 더 힘이 들어갔다.

'……!'

팽팽하게 발기된 페니스의 형체에 지유의 눈이 놀라운 듯 커졌다. 서국이 탁한 목소리로 말했다.

"이건 내가 하죠."

피가 몰려 아플 정도라 미간을 찌푸린 그가 허리를 움직여 제 손으로 지퍼를 내렸다. 서국이 지유를 바라봤다.

'꺅!'

관능 어린 눈빛에 지유의 얼굴이 새빨개졌다.

"이젠 내가 벗겨 줄게요."

서국이 상체를 숙여 지유의 바지 버클을 풀었다. 그러고는 소파 위에 누운 그녀의 다리를 들어 바지를 벗겨 냈다. 순식간에 맨다리가 드러나고 귀여운 곰돌이 모양이 프린트 된 앙증맞은 팬티가 나타났다. 지유의 두 발목을 부드럽게 거머쥔 그가 양쪽으로 벌리며 고개를 숙였다.

"아……!"

놀란 지유가 손으로 제 입을 막았다. 숨을 들이켜는데 곧 팬티 위로 뜨거운 입술의 감촉이 느껴졌다.

"으, 흣, 으응……."

서국이 팬티 위로 도톰하게 갈라진 살을 혀를 길게 세워 핥아 올렸다. 팬티 위로도 흠칫거리는 움직임이 느껴지고 벌어진 살 가운데에 삐죽 드러난 음핵을 혀로 꾹 눌렀다.

"아, 핫!"

지유가 참지 못하고 신음을 터뜨렸다.

"그, 그만, 요. 응……!"

"안 돼."

지유가 밀어내려 했지만 서국이 다시 입술을 내렸다.

"앗, 안 돼……!"

강렬한 자극에 지유의 몸이 제멋대로 움직이기 시작했다. 그 움직임이 만족스러운 듯 서국이 입술을 더 크게 벌렸다. 그의 타액과 지유의 애액으로 흥건해진 팬티가 맨살에 찰싹 달라붙은 채 젖은 소리를 냈다.

"모, 못 참……응, 하으으!"

결국 지유가 견디지 못하고 얼굴을 확 찡그렸다. 그 순간 지유의 온몸에 힘이 들어가고 그가 잡고 있는 그녀의 가느다란 발목이 바르르 떨렸다. 그때를 놓치지 않은 서국이 팬티를 들춰냈다.

"아, 그, 그거 하지……!"

지유의 다급한 소리가 입술이 벌어짐과 함께 놀란 숨과 함께 삼켜졌다. 맨들맨들한 속살에서 희멀건 애액이 과즙처럼 흘러나왔다. 그걸 입술로 빨며 달게 삼키는 감각에 지유가 엉덩이를 흠칫거렸다.

"아, 아앗……."

남김없이 핥아 낸 입술을 떼어 내고 서국이 상체를 세웠다. 가쁜 숨을 몰아쉬는 지유를 똑바로 내려다보며 그가 말했다.

"아이스크림보다 맛있는데."

"!"

서국이 낮은 목소리가 욕망으로 짙게 물들어 있었다. 지유의 얼굴이 새빨개졌다. 그가 그녀의 몸에 남아 있는 스웨터와 브래지어까지 벗겨 냈다. 그러고는 지유의 맨몸을 제 몸에 바싹 끌어당겼다.
“날 안아.”
지유가 두 팔로 그의 남성적인 목을 끌어안자 쿵쿵 울리는 가슴이 맞닿았다.
서로의 가슴을 울리는 고동을 느끼며 서국이 지유의 촉촉한 속살 안으로 빳빳한 페니스를 단번에 찔러 넣었다.
“핫……!”
한껏 젖어 든 내부를 파고드는 단단함에 지유가 서국의 몸을 더 꽉 껴안았다.
“서, 서국 씨. 아, 아!”
연달아 치받는 힘이 그녀의 몸을 위아래로 가쁘게 출렁거리게 만들었다.
한껏 달아오른 공기 탓인지 테이블 위에 놓인 투명한 유리 볼 안의 아이스크림이 녹아 있었다.

퇴근하는 차 안에서 명진이 생각에 잠겨 있었다. 조용히 창밖을 응시하며 생각하던 명진이 앞자리의 박 실장을 불렀다.
“박 실장.”
“네. 사장님.”
차 안에서도 서류를 확인하던 박 실장이 고개를 돌리며 대답했다.
“전에 그 길에서 만났던 박 실장 아는 사람 말이야.”

"정지유 씨요?"

박 실장이 살짝 긴장한 얼굴로 대답했다. 명진의 입에서 지유에 대한 말이 나오는 경우는 하나밖에 없다는 판단에서였다. 박 실장이 긴장을 숨기고 평소의 얼구로 보고 있으니 명진이 말했다.

"그 사람이 이 이사 비서실장이라고 했나?"

"네. 맞아요."

박 실장이 고개를 끄덕였다.

"그래……?"

눈을 가늘이고 잠시 생각하던 명진이 다시 물었다.

"어떤 사람이야? 그 사람."

"그건 왜 궁금해하시는지 여쭤봐도 될까요?"

"그럴 일이 있어. 어떤 사람이야?"

명진답지 않게 조급함이 느껴지는 말투에 박 실장이 대답했다.

"제가 아는 선에서 말씀드리자면 정말 일도 잘하고, 책임감도 있어요. 어린 나이에 이사실을 맡게 됐는데도 군말 없이 잘 따라 줬거든요."

"성격은?"

"물론 좋아요. 제가 좋아하는 사람이라고 했잖아요."

박 실장이 가벼운 미소를 띠며 말했다. 자신이 아는 한 지유는 믿을 수 있는 사람이라고 자부할 수 있었다. 명진이 창밖으로 시선을 향했다.

"……하긴. 그랬지."

명진은 그때 박 실장답지 않게 반가운 얼굴로 내리던 모습을 떠올렸다.

박 실장이 말을 이었다.

"내 아들이 10년만 나이가 많았어도 짝지어 주고 싶을 정도예요."

"그 정도라고?"

명진이 예리한 눈초리로 박 실장의 뒷모습을 쳐다봤다.

"그럼요. 제가 보증해요. 제 사람 보는 눈은 믿으셔도 됩니다. 사장님."

웃으며 말한 박 실장이 다시 서류로 시선을 향했다.

"……."

명진이 다시 창밖을 보며 생각에 잠겼다. 진지해진 얼굴을 박 실장이 몰래 힐끔거렸다.

'알게 되신 건가?'

그러니 이런 질문이 나왔겠지.

머릿속으로 여러 상황을 빠르게 유추해 보던 박 실장이 속으로 작게 한숨을 내쉬었다. 예상했던 일이긴 했지만, 명진이 알게 된 이상 이미 보통 일은 아니었다.

'조만간 지유 씨 한번 만나 봐야겠네.'

박 실장의 눈에 걱정이 어렸다.

◇ ◆ ◇

기사의 차로 집으로 향하던 태희가 문득 창밖을 쳐다봤다.

'저 사람은……?'

그녀의 저택 입구 옆에 익숙한 남자의 실루엣이 보였다. 그걸 본 그녀의 미간이 좁혀 들었다.

"잠깐 세워 줘요."

기사에게 태희가 말하니 곧 차가 멈췄다. 급히 문을 열고 나가며 태희가 말했다.

"먼저 들어가세요."

탁! 재빨리 문을 닫자 기사가 차를 몰고 차고지로 들어갔다.

"……."

전등 아래 담벼락에 기대서 있는 남자를 노려본 태희가 그쪽으로 걸어갔다. 가까이 다가가니 그에게서 술냄새가 훅 풍겼다.

"정훈 오빠. 여기서 뭐 하는 거야?"

태희가 짜증을 누르며 말했다. 그 목소리에 정훈이 고개를 들었다. 잔뜩 취한 듯 풀린 눈을 보자 태희가 한심한 표정을 지었다.

'이럴 줄 알았어.'

태희가 싸늘하게 보고 있는데 정훈이 비틀거리며 몸을 세웠다.

"……내가 여기서 뭘 하겠어. 날 버린 여자 기다렸지."

술에 취한 목소리가 뭉개져서 나왔다. 그 목소리에도 태희는 짜증이 치솟았다.

"그럼 전화를 하든가. 일단 다른 데서 얘기해."

신경질적으로 말한 태희가 정훈의 팔을 잡고 이끌려는데 그가 그녀의 팔을 쳐냈다. 탁! 멈칫한 태희가 미간을 좁히고 올려다봤다. 정훈이 취한 눈으로 말했다.

"왜 그래야 되는데?"

"뭐?"

태희의 눈썹이 찌푸려지는데 그가 헛웃음을 치며 입술 끝을 비스듬히 말아 올렸다.

"나랑 같이 산 걸 알면, 이서국과 결혼 못 할까 봐?"

"……!"

태희가 눈을 홉떴다. 커다랗게 흔들리는 그녀의 눈을 내려다보며 정훈이 피식 웃었다.

"박태희. 솔직히 말해 봐."

휘청이는 몸으로 한 발 더 다가온 정훈이 그녀 앞에 섰다. 시선을 가까이에서 맞춘 그를 태희가 긴장 어린 눈으로 마주 봤다.

"너 미국에서, 이미 이서국으로 마음 정하고 나와 헤어진 거지?"

"……."

입술을 비틀어 올리고 내려다보는 정훈을 태희가 올려다봤다.

"넌 항상 최고 아니면 만족 못 했잖아. 내가 최고가 되지 못할 거라 생각한 거지?"

"맞아."

태희가 곧장 대답하니 이죽거리던 정훈이 멈칫거렸다. 그녀는 표정을 바꿔 제 가슴 위에서 팔짱을 끼고 그를 도도하게 응시하며 말했다.

"오빤 거기서도 한국에 있는 이서국 실적 맨날 찾아보고 있었잖아. 이서국이 뭔가 성공시킬 때마다 술로 도망치고."

태희가 차가운 눈을 치켜뜨고 말하자 정훈의 눈이 흔들렸다.

"너……."

"제대로 싸워서 이겨 보려는 마음도 없이 하루 종일 취해 있는 남자에게 매력을 느낄 것 같아? 그것도, 다른 사람도 아니고 자기 동생에게 열등감 느껴선."

정훈의 붉어진 눈이 흔들리며 턱이 가늘게 떨렸다.

"……지금껏 날 그렇게 봤어?"

낮게 으르는 목소리에 태희가 태연히 대답했다.

"그런 모습 보인 건 오빠야. 난 그걸 참지 못했을 뿐이고."

"어떻게 나한테……."

"지금도 봐."

그의 말을 끊은 태희가 한심하다는 시선으로 정훈을 쳐다봤다.

"그때처럼 완전 알코올중독자의 몰골이잖아."

"!"

크게 흔들리는 정훈의 눈을 보며 태희가 붉고 탐스러운 입술을 비틀어 올렸다.

"안 봐도 뻔해. 또 밀린 거지? 이서국에게."

"……."

정훈이 아무 말도 못 하고 처참한 표정으로 태희를 바라봤다. 흔들리는 그의 눈을 보며 태희가 경멸 어린 표정으로 말했다.

"지금 오빠 모습 최악이야. 정말 한심해 보여. 알아?"

"하……."

정훈이 헛웃음을 흘리다가 표정을 굳혔다. 무섭게 얼굴을 굳힌 그가 몸을 돌렸다.

비틀거리며 멀어지는 정훈을 태희가 가슴 위에서 팔짱을 낀 채 노려보고 있었다.

"이 정도 말했으니 이제 안 찾아오겠지?"

그녀의 눈빛이 차갑게 가라앉았다.

'끝까지 좋은 여자인 척 못 하게 한 건 오빠야. 계속 이딴 식으로 나오다가 과거 걸리면 전부 다 망가져 버린다고.'

표독스러운 얼굴로 정훈의 뒷모습을 보던 그녀가 집 입구 쪽으로 몸을 돌렸다.

◇ ◆ ◇

지유는 반가운 연락을 받고 퇴근 후 약속 장소로 향했다. 회사 근처 중식당에 들어온 그녀가 홀을 한 바퀴 둘러봤다.

"지유 씨, 여기."

그녀를 부르는 목소리에 돌아보니 창가 쪽 테이블에 앉아 있는 박 실장이 보였다.

"박 실장님."

지유가 환하게 웃으며 원형 테이블로 얼른 다가갔다. 가방을 내려놓으며 맞은편에 앉는 지유에게 박 실장이 은은한 미소를 지었다.

"전에 마주친 이후로 시간 내려고 했는데 바빠서 이제야 보네. 잘 지냈어?"

그때 통화는 한 차례 해서 대강의 안부를 묻긴 했지만, 제대로 만난 건 오랜만이었다. 지유가 둥글게 입술을 끌어 올리고 대답했다.

"네. 박 실장님도 잘 지내셨어요?"

"우리 사장님 워낙 세시잖아. 대충대충 하는 거 못 보셔."

"아, 신경 쓰셔야 할 게 많겠어요. 그래도 멋진 분이시던데요. 전에 뵈었을 때."

전에 길에서 박 실장을 마주쳤을 때 명진과 인사했던 일을 떠올리며 지유가 말했다.

"잠깐 봐도 카리스마 대단하지?"

"네."

지유가 고개를 끄덕였다. 최명진 사장은 짧은 시간에도 강한 인식을 남기는 사람이었다. 업계의 성공신화를 이룬 사람이라 그런지 더 존재감이 컸다. 지유가 명진의 강인한 인상과 차갑고 도도한 말투를 떠올리고 있는데 박 실장의 목소리가 들렸다.

"감당할 수 있겠어?"

"네?"

찻잔에 재스민 차를 따르던 지유가 고개를 들었다. 박 실장이 살짝 멋쩍은 얼굴로 웃고 있었다.

"실은, 나 알고 있어. 지유 씨와 이사님 만나는 거."

지유의 눈이 커졌다.

"정말요? 어떻게……."

"얼마 전에 이사님이 우리 백화점에 왔는데 그때 눈치챘어.

이사님 완전 달라지셨던데?”

“아…….”

“특히 지유 씨 말만 하면 그 표정 없던 남자 얼굴에 꽃잎이 휘날리더라고. 신기하더라.”

박 실장이 미소 지으며 말하자 지유가 슬쩍 뺨을 붉혔다.

“그러셨구나.”

수줍게 시선을 내리는 모습이 귀여워 박 실장의 웃음이 더 짙어졌다.

“워낙 잘 알던 사람이니까 모를 수가 없더라고. 한 여자로 인해 사람이 그렇게 달라지다니, 대단하지 않아?”

“많이 달라지시긴 했어요.”

지유도 인정하는 듯 작게 고개를 끄덕였다.

‘나도 많이 놀라긴 했었지.’

그의 변화에 시기엔 많이 당황했었다. 예전 서국의 모습과 비교해 보면 놀랄 변화이긴 했지만…… 다른 사람들이 느낄 정도였다니. 지유가 생각하는 사이 박 실장이 먼저 주문해 놓은 요리들이 하나둘 나오기 시작했다.

“배고플 텐데 식사부터 해.”

젓가락을 들며 박 실장이 말했다.

“잘 먹겠습니다.”

예의 있게 말한 지유도 윤기가 반지르르한 탕수육을 집어 입술로 가져갔다.

한동안 식사에 열중하던 박 실장이 다시 말을 꺼냈다.

“난 그때 이사님 보면서 신기하기도 하고 안심도 되더라고.

솔직히 좀 불쌍하다고 생각했거든.”

“이사님이요?”

뜨거운 짬뽕 국물을 호로록 마시던 지유가 시선을 들고 물었다. 상당히 매운지 콧잔등에 살짝 땀이 맺혀 있었다. 박 실장은 매운 걸 잘 먹는 체질인지 아무렇지도 않게 짬뽕면을 건져 먹으며 말했다.

“그래. 겉으로 보기엔 재벌 아들에, 초고속 승진에, 우월한 외모에, 그야말로 모든 걸 갖춘 걸로 보이지만…… 알잖아. 이사님한테 과연 정말 소중한 것이 있었을까?”

“…….”

지유는 박 실장이 무슨 말을 하는지 알 수 있었다.

“그때 이사님에겐 소중하다 여길 가치가 있는 게 아무것도 없던 거야. 사람이든 뭐든.”

열심히 짬뽕을 먹던 박 실장이 살짝 미간을 찌푸리고는 차를 마셨다.

“꽤 맵네.”

“전 많이 매워요.”

지유가 혀를 내밀고 호오, 호오 입바람을 불었다.

“하긴, 지유 씨 매운 거 잘 못 먹지.”

매워서 통통하게 부어오른 지유의 입술을 보고 박 실장이 웃었다. 다시 짬뽕면을 들어 올리며 박 실장이 말을 이었다.

“어쨌든 이사님은 예전부터 그런 눈이었어. 10대 때부터 세상 다 산 노인네 눈을 하고 있었으니까.”

“실장님은 이사님을 예전부터 알았다고 하셨죠?”

면발을 막 입술로 가져가던 박 실장이 지유를 바라봤다.

"들은 적 있어?"

"네."

박 실장은 면발을 들어 올린 채로 눈을 찌푸리고 기억을 더듬었다.

"으음. 한 열두 살인가? 그때부터 봤던 것 같아. 근데 그때부터 사람이 그랬어. 공부도 잘하고 뭐 하나 못하는 게 없는데 아이답지 않았달까. 하나도 즐거워 보이지 않고."

"……."

지유는 서국이 했던 말이 떠올랐다.

'당신을 알기 전까진 그 여덟 살 때와 같은 태도로 살아왔어. 살아가는 것이 아니라, 그저 살아 내야 하는.'

그 말이 떠오르자 왠지 그 시절의 서국의 모습을 상상할 수 있을 것 같았다. 그래서 박 실장이 느낀 게 어떤 건지도 알 수 있었다.

"이상해서 물어보니까 어릴 때 큰 수술을 해서 그랬다고 들었어. 그 말을 듣고 보니까 왠지 짠하고 마음이 가더라고."

"그래서 이사님 자리 잡을 때까지 도와주신 거였어요?"

"맞아. 물론 사장님 허락은 받았지만."

박 실장이 티슈로 입가를 닦으며 말했다.

"원래는 이사실이 완전히 자리 잡을 때까지 더 있을 예정이었는데, 당시 사장님께도 일이 생겨서 일찍 복귀하게 된 거야. 그때 나 대신 이사실을 책임질 사람으로 지유 씨가 온 거고."

"아아, 그렇게 된 거였네요."

지유가 고개를 끄덕이며 열심히 경청했다. 박 실장이 조금 어두워진 얼굴로 말했다.

"이사님도 초고속 승진한 직후라 무척 중요한 시기였어. 그래서 내 초조함 때문에 지유 씨에게 너무 엄하게 대한 건 아닌가 미안하더라고."

"아니에요. 덕분에 많은 걸 배울 수 있어서 실장님께 감사하게 생각하고 있어요."

지유가 미소에 박 실장이 의심 어린 눈초리를 보냈다.

"지유 씨 화장실에서 몇 번 울고 온 거 다 아는데? 그땐 내가 많이 미웠지?"

"아니에요."

지유가 웃으며 손사래 치곤 말을 이었다.

"미국의 자유로운 분위기에 있었다 보니 잘 모르는 부분도 많았던 것 같아요. 실장님 아니었다면 자주 실수할 뻔했어요. 진심으로 감사하게 생각해요."

지유의 거짓 없는 눈을 박 실장이 잠시 바라봤다.

"……그렇게 말해 주니 고맙네."

박 실장의 입가에 부드러운 미소가 어렸다. 지유가 생긋 마주 웃으며 말했다.

"좋은 사수를 만나는 것도 행운이라고 생각해요. 박 실장님이 저에겐 그런 고마운 분이세요."

"말도 예쁘게 하네. 고마워. 지유 씨."

기분 좋은 얼굴로 환하게 웃은 박 실장이 생각난 듯 말했다.

"아, 얘기하다 말았는데. 우리 사장님도 그렇고 회장님도 그렇고…… 감당할 수 있겠어?"

박 실장이 걱정스러운 눈으로 지유를 바라봤다. 미소 짓고 있던 지유의 표정도 덩달아 진지해졌다. 그 얼굴을 살피며 박 실장이 물었다.

"집안에서 박태희 씨와 결혼 진행하는 건 알지?"

"네. 알아요."

지유가 조용히 대답했다.

"이사님 성격에 큰 충돌이 일어날 수도 있어. 버텨 낼 수 있겠어?"

"솔직히 말씀드리면요."

지유가 고민하는 얼굴로 그녀를 보다가 배시시 웃었다.

"좀 무서워서 생각 안 하고 있었어요."

"뭐?"

박 실장이 눈을 깜빡이며 쳐다봤다. 지유가 입술 끝을 살짝 끌어 올리고 입을 열었다.

"깊게 생각하면 나도 모르게 도망치고 싶어질 것 같아서요. 그냥 서국 씨만 믿고 있으려고요. 서국 씨가 어떻게 결정하든 따를 준비는 되어 있어요."

담담한 목소리에 박 실장이 천천히 고개를 끄덕였다.

"그래……."

찻잔을 매만지며 잠시 생각에 잠겼던 박 실장이 다시 말을 꺼냈다.

"난 두 사람이 잘됐으면 좋겠어."

확고한 표정으로 말한 그녀가 지유를 바라봤다.

"힘들겠지만 잘 버텨 봐. 나도 최대한 도움 줄 수 있도록 노력할 테니까."

"정말요?"

지유가 토끼같이 눈을 뜨곤 박 실장을 마주 봤다.

"당연하지. 두 사람 다 내가 좋아하는 사람들이니까. 믿을 수 있는 사람들이고."

"와, 박 실장님이 그렇게 말씀해 주시니까 큰 힘이 돼요."

지유가 사르르 눈을 접으며 웃었다. 티 없이 깨끗한 웃음을 보니 박 실장의 얼굴에도 덩달아 미소가 어렸다.

'이사님도 지유 씨의 저런 순수하고 밝은 면에 반하신 거겠지.'

돌덩이 같은 마음을 녹이는 건 결국 따스함이니까. 속으로 생각하던 박 실장이 싱긋 웃어 보였다.

"게다가 우린 둘이야."

"네? 둘?"

"우리 남편, 회장님 모시잖아."

"아아, 유 실장님!"

지유가 생각났다는 듯 박수를 짝, 쳤다. 그러고 보니 부부가 각자 다른 부부를 모시는 셈이라 특이한 상황이었다.

"강력한 우군이 두 명이나 있으니 힘내. 지유 씨. 도망치지 말고."

박 실장이 당부하듯 하는 말에 지유도 결연한 표정으로 끄덕였다.

"네. 용기 낼게요!"

주먹을 꼭 쥐어 보인 지유가 천진하게 웃었다. 싱그러운 그녀의 웃음을 보며 박 실장도 마주 웃었다.

◇ ◆ ◇

"너무 고맙더라고요. 갑자기 강력한 우군이 두 명이나 생기다니, 놀랍지 않아요?"

서국 집에서 그가 해 준 요리를 먹고 소파 위에 늘어진 지유가 배부른 고양이 같은 얼굴로 말했다. 그녀를 보며 서국이 찻잔을 입술로 가져갔다.

"그렇군요. 알고 계신 줄은 몰랐는데."

"티가 팍팍 났다고 하시던데 서국 씨는 몰랐어요?"

"전혀 몰랐습니다."

서국이 대답했다. 박 실장이 눈치가 워낙 빠른 사람이긴 했지만, 그 대화 속 어디에서 눈치챘는지는 감을 잡을 수 없었다.

"박 실장님이 서국 씨가 많이 변했다고 하더라고요. 하긴, 나도 막 당황하긴 했어요. 서국 씨 한창 변신모드일 때요."

지유도 따스한 찻잔을 두 손으로 잡고 홀짝거렸다. 그 모습을 가만히 응시하며 서국이 말했다.

"당신이 눈앞에서 사라져서 다른 남자와 있는데 내가 제정신일 리가."

"……."

똑바로 바라보는 시선에 지유가 시선을 내려 찻잔을 매만졌다.

"그럼…… 내가 계속 이사실에 있었다면 우린 영영 평행선이었을까요?"

저는 서국을 짝사랑하고 그는 내내 무심한? 그런 상상을 하니 지유는 왠지 무서워지는 기분이었다.

"아니었을 겁니다."

서국의 단호한 목소리가 들려왔다. 지유가 시선을 올리자 그의 회색빛이 감도는 진한 눈동자가 그녀를 바라보고 있었다.

"지금처럼 집안에서 결혼을 강하게 밀어붙이는 시기가 올 테니 그때 깨닫게 되겠죠. 내 마음이 당신에게 있다는 걸."

"……."

지유가 말없이 그를 바라봤다. 서국이 확고한 눈빛으로 그녀의 시선을 휘어 감았다.

"어떻게든 깨닫게 됐을 겁니다. 갑자기 생긴 마음이 아니니."

지유의 입술 끝이 둥그렇게 휘어 올라갔다.

"그 말을 들으니 조금 안심이 되네요."

그녀의 은은한 미소를 보며 서국이 고개를 비스듬히 기울였다.

"다른 나라에 있어도 이어졌을 거라고 했던 사람이 왜 그런 걸로 불안해합니까."

"그러게요. 내가 잠깐 약해졌나 봐요. 복에 겨워서."

"무슨 뜻입니까?"

서국의 눈이 가늘어졌다. 조각 같은 얼굴에 의구심이 번진 것을 보며 지유가 포스스 웃었다.

"서국 씨랑 회사에서도 같이 있고, 서국 씨 집에서 이렇게 서국 씨가 해 준 맛있는 음식도 먹고 같이 소파에 앉아서 차 마시고……."

말을 멈춘 지유가 크게 숨을 내쉬고는 반짝이는 눈으로 그를 바라봤다.

"1년 전엔 정말 상상도 못 할 일이었거든요. 지금 너무 행복하고 복에 겨워서 이런저런 걱정이 드나 봐요."

"……."

서국이 말없이 그녀를 응시했다.

"나는 평생을 상상하지 못한 일이었습니다."

한층 더 깊어진 눈으로 보던 그가 낮게 말했다.

"……내 인생이 이렇게 행복한 일상으로 채워질 줄은."

서국이 지유의 손을 가만히 잡았다. 그가 손가락 사이사이에 겹쳐 깍지를 끼웠다. 항상 그녀의 손가락에 끼워져 있는 자신이 준 반지를 잠시 보던 그가 지유에게 천천히 시선을 올렸다.

"온종일 같이 있어도…… 이렇게 마주 보고 있는 동안에도, 그리운 사람이 생길 줄은. 몰랐습니다. 정말."

아…….

지유의 심장이 찌잉, 울렸다. 투명한 눈이 그에게 단단히 휘어 감긴 채였다. 그녀의 깍지 낀 손에 지그시 힘을 주며 그가 말을 이었다.

"불안한 건 내가 더할 겁니다. 나는 당신이 없으면 살지 못하니까."

그가 강렬하게 시선을 휘어 감았다.

"이젠 당신 없는 무의미한 삶으로는 돌아가지 못해. 당신이 없으면 살아갈 이유가 없다는 뜻이야."

"……나도 서국 씨가 없는 삶은 상상할 수 없어요. 무서우니까 그런 말은 하지 말아요."

지유가 눈물이 그렁그렁해진 눈으로 말했다.

"……안 할게. 그러니까 불안해하지 말고 그저 내 옆에 있어."

그녀의 눈물 고인 눈을 안타깝게 응시하던 그가 입술을 내렸다. 젖은 눈썹 위에 부드럽게 입술이 닿았다 떨어졌다.

촉.

입술을 내려 뺨 위로 흘러내린 눈물을 핥아 낸 그가 똑바로 시선을 맞췄다. 그의 눈동자가 어느새 뜨거운 열기로 일렁이고 있었다.

그녀의 작은 몸을 안아 든 서국이 침실로 천천히 걸어갔다. 지유는 서국에게 안긴 채 그를 꼬옥 끌어안았다.

이천호 회장과 소수의 원로 임원만이 회장 집무실에 앉아 있었다.

그들 중 한 명이 결심한 듯 천호에게 말을 꺼냈다.

"이렇게 말씀드리긴 외람되지만…… 아무래도 알고 계셔야 할 것 같아서 말씀드립니다."

"뭘 말인가?"

천호가 예리한 시선으로 쳐다봤다.

"이 상무님 일은 알고 계십니까?"

중역이 진지한 표정으로 말했다. 정훈의 정당하지 못한 사업 가로채기를 두고 말하는 것이었다.

"대충은 알고 있네."

"그냥 두고 보실 겁니까?"

천호가 미간을 슬며시 좁혔다.

"나한테도 생각이 있어."

옆에서 다른 중역이 끼어들었다.

"그 상황에서 주식 양도까지 진행한다는 게 사실입니까?"

"그건 어찌 알고?"

눈썹을 찌푸린 천호가 되물었다.

"이 상무가 그걸 여기저기 말하고 다니며 임원들을 자기 편으로 끌어들이려 하고 있습니다."

"그건 말도 안 되는 소문이지. 이 상무가 임원을 끌어들일 필요가 뭐가 있나. 후계자가 본인인데."

천호가 역정을 내듯 말하자 김 전무가 나섰다.

"듣고도 감이 안 잡히나? 이서국 이사를 내칠 계획에 참여하라는 거네."

"말도 안 되는 소릴!"

천호가 버럭 화를 냈다. 평소에는 그가 역정을 내면 입을 다물고 있던 중역들이 이번만큼은 물러서지 않고 다급히 말했다.

"이미 같은 말을 들은 임원들이 많습니다. 소수지만 몇 명은 이미 설득에 넘어갔다고 들었습니다."

"최근엔 대주주에게도 접근하고 있다고 합니다."

다들 심각한 표정으로 천호를 보고 있었다. 결단을 바라는 눈빛이었다.

"……."

그들을 천호가 못마땅하게 쳐다보자 김 전무가 강경하게 말했다.

"지금 상황을 그냥 두고 본다면 난 용납하지 않을 거네. 능력을 떠나, 뒤에서 그런 음모와 모략을 꾸미는 사람을 총수로 둘 생각 없다는 걸 알아 두란 소리야."

"저희 모두 같은 생각입니다. 특단의 조치가 필요합니다. 회장님."

읍소하듯 하는 말에 천호의 얼굴이 굳어져 갔다.

"내가 알아볼 테니 다들 나가 봐."

천호가 짜증스럽게 말하며 인터폰을 눌렀다.

– 네. 회장님.

"이 상무 내 방으로 오라고 해."

– 알겠습니다.

신경질적으로 인터폰을 끊는 천호를 보며 하나둘 일어섰다. 집무실을 나가는 그들을 천호가 인상을 쓰고 보고 있었다.

그들이 나간 뒤 얼마 지나지 않아 정훈이 들어섰다.

"부르셨습니까."

정훈이 다가오는 모습을 천호가 날카로운 시선으로 응시했다.

"임원들 만나고 다닌다는 게 사실이냐?"

곧장 물어 오는 말에 맞은편 소파에 앉으려던 정훈이 잠시 멈칫했다. 곧 아무렇지 않은 표정으로 앉으며 그가 말했다.

"앞으로 회사를 이끌 사람으로서 임원들을 만나는 건 당연한 것 아닙니까?"

정훈이 대수롭지 않게 대답하자 천호의 눈이 더 가늘어졌다.

"그래서 주식 양도 얘기도 한 거고?"

"아, 그건……."

정훈이 변명을 생각해 내려는 듯 빠르게 눈을 굴렸다. 그 얼굴을 보는 천호가 예리하게 주시했다.

"이 이사를 내칠 거라는 말도 하고 다닌다던데."

"네?"

그 말에 정훈이 펄쩍 뛰었다.

"그건 모함입니다! 누가 그런 소릴……."

황당하단 표정을 지었던 정훈이 퍼뜩 생각났다는 듯 말했다.

"이 이사가 그런 게 분명합니다. 저를 몰아내고 후계자가 되기 위해 그런 모함을 하는 겁니다!"

"……."

분개하는 정훈을 천호가 냉정하게 보고 있었다.

'저에게 태림그룹 이사라는 직함은 사랑하는 사람보다 하등 중요한 문제가 아닙니다. 저에게 끝까지 박태희와의 결혼을 요구하신다면, 저는 퇴사하겠습니다.'

그 말은 분명 진심이었는데…….

서국의 말을 떠올린 천호가 생각에 잠겼다. 정훈의 말대로라면 서국의 그 말도 거짓말이라는 뜻일 거였다.

"아버지. 제 말을 믿으셔야 합니다."

정훈이 생각에 잠겨 있는 천호에게 간곡하게 말했다.

"그건 내가 알아볼 일이고, 우선 주식 양도 건은 보류해야겠다."

천호의 말에 정훈의 얼굴이 눈에 띄게 굳었다.

"아버지! 저를 못 믿으시는 겁니까?"

"믿고 말고 할 게 어디 있어. 알아본 뒤에 문제가 없으면 약속대로 할 거니 네 말이 맞다면 얌전히 기다리면 될 일이다."

천호의 말에 정훈이 다급하게 소리쳤다.

"지금 당장 저에게 힘을 실어 주셔야 한다고 말씀드렸지 않았습니까!"

"뒤에서 네 말이 이렇게 나오는데 어떻게 힘을 실어 줘! 오늘 내가 무슨 소리를 들었는지 알기나 해!"

천호가 버럭 고함을 치자 정훈의 얼굴에 당황한 표정이 역력했다.

"속으시면 안 됩니다! 그건 이서국의 음모 때문……!"

"듣기 싫다! 썩 나가!"

천호의 불호령에 정훈이 마지못해 일어섰다.

"……."

문으로 향하는 정훈의 뒷모습에 천호의 침통한 표정이 박혀 들었다.

"말끝마다 이서국, 이서국……."

천호의 안색이 창백해졌다. 왜 지금까지 정훈의 이상한 점이 보이지 않았던 걸까. 중역들의 말이 어지럽게 머릿속에서 엉켰다. 수십 명이 사방에서 귀에 대고 소리를 지르는 기분이었다.

'……이런.'

식은땀을 흘리며 몸을 일으킨 천호가 책상 쪽으로 걸어가 책상을 짚었다.

"후."

잠시 눈가에 손을 가져가 인상을 찌푸리고 있던 그가 서랍을 열어 혈압약을 꺼냈다. 급히 입에 털어 넣은 천호가 책상 위의 컵을 들어 물을 마셨다.

"왜, 이럴 때 없는 거야. 유 실장은."

책상을 두 손으로 짚은 천호가 숨을 몰아쉬며 인상을 찡그렸다.

그가 이런 상태가 되지 않도록 늘 바로 옆에서 혈압 상태를 체크하던 게 유 실장이었다.

"……하긴, 내가 유 실장 말을 안 들었군."

생각해 보면 유 실장은 옆에서 계속 그에게 서국과 정훈에 대해 힌트를 주고 있었다.

'이 이사님 말씀이십니까? 업무 능력은 누구보다 탁월하다고 호평이 자자합니다.'

'잘하기만 하면 뭐 해. 큰 사업에 달려들 줄은 모르고 제 앞에 주어진 것만 하는데.'

'그것만큼 좋은 게 있겠습니까. 자기 욕망을 주체 못 해서 스스로 파멸의 길로 가는 사람들 많이 봤지 않습니까.'

'자네 사람 보는 눈도 다 갔군.'

'글쎄요. 시간이 알려 주겠죠.'

'나보다 내 아들을 자네가 어떻게 더 잘 안다고!'

털썩. 의자에 쓰러지듯 앉은 천호가 식은땀을 흘리며 깊이 심호흡했다.

"……나도 다 갔군."

천호가 눈을 감은 채 착잡한 얼굴로 내뱉었다.

정훈이 집무실에서 나오자 흘깃거리던 회장실 비서들이 그에게 인사했다.

"안녕히 가십시오."

뒤에서 수군거리는 소리가 작게 들려왔다.

정훈이 입술을 꾹 다물고 나오는데 다시 회장실로 오던 김 전무와 마주쳤다.

"전무님, 안녕하십니까."

"……."

정훈이 인사하자 김 전무가 그를 못마땅하게 응시했다. 건성으로 고개를 숙여 인사를 받고 안으로 들어가 버리자 정훈의 시선이 뒤따랐다.

돌아보니 자신을 보는 비서들의 불쾌한 시선과 마주쳤다.

"!"

비서들이 놀란 얼굴로 얼른 시선을 돌렸다.

"……."

그 모습을 보던 정훈이 조용히 회장실을 나왔다. 탁. 문을 닫고 선 그가 헛웃음을 흘렸다.

"하."

웃음을 흘리던 그의 입술이 비틀렸다. 정훈이 분노한 얼굴로 성큼성큼 걸어갔다.

◇ ◆ ◇

명진이 집무실 안에서 생각에 잠겨 있었다. 얼마나 깊이 잠겼는지 박 실장이 들어온 것도 모르는 눈치였다.

"……."

요즘 그녀가 상념에 빠져 있는 것을 자주 봤던 박 실장은 조용히 책상 위에 서류만 두고 나갔다.

집무실 문을 닫고 나오는데 비서가 다가왔다.

"실장님, 호영그룹 사모님께서 찾아오셨는데요."

그 말에 박 실장이 예리한 얼굴로 안경을 추켜올렸다.

"연락 없으셨지 않아요?"

"네. 갑자기 오셨는데 사장님을 뵙게 해 달라고……."

비서실이 있는 쪽을 힐긋 본 박 실장이 집무실 문을 열고 다시 들어갔다. 명진은 여전히 깊은 생각에 잠긴 상태였다.

"사장님."

박 실장이 가까이 다가가서 불렀다. 그제야 고개를 든 명진이 그녀를 바라봤다.

"무슨 일이지?"

"호영그룹 심영주 사모님께서 오셨다는데요."

순간적으로 명진의 눈썹이 불쾌하게 찌푸려졌다.

"지금?"

"네. 어떻게 할까요?"

살짝 인상을 썼던 명진이 책상 위에 내려 둔 안경을 끼며 말했다.

"오셨는데 들어오시라 해야지. 모셔요."

"알겠습니다."

밖으로 나간 박 실장이 비서에게 전한 뒤 집무실 안으로 들어왔다. 명진이 일어서서 소파에 앉는 사이 영주가 요란스럽게 들어왔다.

"아유, 사돈. 연락도 없이 찾아와서 미안하네요."

아직 결혼도 안 했는데 사돈은 무슨 사돈. 박 실장은 내심 불쾌감을 느꼈지만 표정에는 드러내지 않았다.

"이쪽으로 앉으세요."

"아, 그래요."

박 실장이 소파 쪽으로 영주를 안내했다.

"차는 뭘로 드릴까요?"

"시원한 거 아무거나 줘요. 급히 왔더니 목이 좀 마르네."

박 실장이 인터폰으로 차를 준비시키는 사이 영주가 명진의 맞은편에 앉았다.

"어쩐 일로 오셨어요?"

명진이 영주에게 물었다. 영주는 가식적인 미소를 한껏 지어 보였다. 사업을 오래 했던 명진은 그 얼굴이 얼마나 숨기는 게 많은 얼굴인지 잘 알고 있었다.

"그냥 지나는 길에 들렀어요. 호호. 앞으로 사돈지간이 될 사이잖아요. 우리."

"여긴 제가 업무를 보는 곳인데요."

명진이 미소 없는 얼굴로 말하자 영주가 손사래 쳤다.

"아유, 그래도 얼굴은 보고 살아야죠. 할 일도 있잖아요."

"할 일?"

명진이 의아한 시선을 보내자 영주가 잽싸게 말했다.

"아니 약혼식 하자고 말만 한 상황에서 진행이 안 되고 있으니 태희도 답답하지 않겠어요? 식을 어떻게 할 건지는 차치하고 우선 날짜랑 장소부터 잡으면 어떨까 해서요."

"……."

명진이 안경 너머 눈초리를 가늘였다.

"얼마 전 그렇게 화를 내셨는데 약혼식을 서두르시려는 이유를 모르겠네요."

영주가 대수롭지 않게 웃었다.

"그건 회장님이 알아서 정리해 준다고 하셨으니까 그 말을 믿고 진행해야죠."

"회장님이 이 이사는 아니잖아요. 이 이사 뜻이 아직 결정되지 않았는데 무리해서 추진할 수는 없어요."

명진이 잘라 말하는 순간 영주의 안색이 바뀌었다.

"사돈께서도 아시겠지만, 우리 입장에선 많이 접고 넘어가는 거예요. 비서와 그런 불미스러운 일을 저질렀는데도 참고 추진하겠다는데 고마워하시지도 않으니, 서운하네요."

"굳이 참고 추진하실 필요 없어요."

"네?"

영주의 눈썹이 불쾌하게 휘어 올라갔다. 명진이 그 모습을 서늘하게 응시했다.

"인연이 될 일이라면 우리가 나서지 않더라도 이어지지 않겠어요?"

"아니 사돈……."

당황한 듯 쳐다보는 영주를 명진이 똑바로 마주 봤다.

"아직 결혼하지도 않았는데 사돈 소리도 조금 불편하네요. 평소대로 불러 주세요."

"……!"

영주의 얼굴이 시뻘게졌다. 곧 파들거리며 그녀가 분통을 토해 냈다.

"아니 사람을 무시해도 정도가 있지, 내가 좋은 마음에 좋게 좋게 진행시키려고 했는데 안 되겠네. 차라리 회장님과 말이 통하겠어요!"

붉어진 얼굴로 벌떡 일어선 영주가 몸을 홱 돌렸다.

탁!

영주가 씩씩거리며 나가 버린 뒤, 박 실장이 명진을 바라봤다.

"화 많이 나셨는데 괜찮을까요?"

"괜찮고 말고 할 게 뭐가 있어. 점점 정도를 모르네. 저 사람."

명진이 골이 지끈거린다는 듯 손가락으로 관자놀이 부근을 꾹 눌렀다.

"영 불쾌하게 해. 왜 사람 심기를 이렇게 언짢게 하지?"

"그러게요. 저분, 그전까진 저런 성격은 아니지 않았어요?"

"딱히 호감 가는 성격도 아니었지만 그리 거슬리는 성격도 아니었는데……."

명진이 말하다가 눈을 날카롭게 떴다.

"……그러네. 요즘 저 두 사람, 꼭 닮았어."

박 실장이 의아하게 물었다.

"닮다니요? 누굴 말씀하시는 거예요?"

명진이 박 실장을 힐긋 쳐다보며 말했다.

"모전여전이라고."

"아아……."

태희를 칭하는 말인 걸 깨달은 박 실장이 고개를 끄덕였다. 그러고 보니 태희도 부쩍 자주 찾아오고 있었다.

'사장님. 아무래도 서국이에게 저는 여자로 보이지 않나 봐요.'

그렇게 말하며 여기 앉아 눈물을 보이는 통에 박 실장이 꽤 난처해했었다.

"얼마 전 박태희 씨 찾아와서 울었을 때요. 그때 왜 위로해 주지 않으셨어요?"

박 실장이 생각난 듯 물으며 명진을 바라봤다.

"사장님께 위로받으려고 온 것 같던데."

"그래서 안 한 거야."
"네?"
박 실장이 되묻는데 명진이 자리에서 일어섰다.
똑똑.
노크 소리에 박 실장과 명진의 시선이 문 쪽으로 향했다. 비서가 상자 하나를 들고 서 있었다.
"사장님. 퀵서비스 도착했는데요. 발신인이 누군지 나와 있지 않아서요."
꺼림칙한 표정으로 상자를 든 비서가 말하자 박 실장이 다가갔다.
"줘 봐요."
"아니야, 나한테 줘."
명진이 다가와서 상자를 가져갔다.
"사장님. 위험할 수도 있어요. 제가 열어 볼게요."
박 실장의 우려에도 아랑곳하지 않은 명진이 책상으로 가져가 곧장 상자를 뜯었다.
"……!"
열자마자 명진이 멈칫거렸다. 그걸 본 박 실장의 표정이 심각해졌다.
"뭔데요?"
얼른 다가간 박 실장이 상자 안을 바라봤다.
"!"
이건…….
박 실장이 놀란 눈으로 상자를 보다가 명진을 쳐다봤다. 명진의 얼굴이 싸늘하게 굳어 있었다.

◇ ◆ ◇

퇴근이 생각보다 늦어진 지유는 서국과 만나기로 한 장소로 서둘러 향했다. 회사 근처였긴 했지만 그가 기다리고 있는 것이 마음이 쓰여 발걸음을 재촉했다.

"여긴가?"

건물 위를 올려다보던 지유가 입구로 향했다.

끼익. 그녀를 따라온 차량이 뒤에 섰다.

"……."

지유가 건물 안으로 들어가는 모습에 차 안의 시선이 향해 있었다. 그녀가 시야에서 사라진 뒤에도 집요한 시선이 입구에 박혀 있었다.

탁. 엘리베이터에 올라탄 지유가 시계를 확인했다.

'다행히 많이 늦진 않았네.'

지유가 안도의 숨을 내쉬었다. 서두른 덕분인지 약속 시각에서 크게 벗어나 있진 않았다. 엘리베이터 거울에 제 모습을 비쳐 본 지유는 살짝 흐트러진 머리칼을 정돈했다.

'매일 같이 있는데도 만날 땐 늘 떨린단 말이지.'

엘리베이터 안의 숫자가 바뀔수록 심장이 점점 세게 울리고 있었다. 기분 좋은 울림과 온몸을 살짝 긴장시키는 설렘이 등허리를 쭉 피게 만들었다.

곧게 선 지유가 엘리베이터 안에서 내렸다.

맞은편에 고급스러운 입구가 보였다. 서국이 문자메시지로 알려 준 레스토랑 이름이 맞는지 다시 확인한 그녀가 안으로 들어갔다.

“어?”

지유가 레스토랑 안으로 들어서자마자 갑자기 불이 훅 꺼졌다.

‘정전인가?’

지유가 긴장한 얼굴로 주변을 둘러보는데 곧바로 은은한 조명이 한곳에 켜졌다.

“서국…….”

순간 지유의 눈이 커졌다. 조명이 켜진 곳에 서국이 서 있었다. 세련된 슈트를 입은 그가 서 있는 곳 주변은 온통 화려한 꽃장식이 되어 있었다. 그리고 그가 걸어오는 길을 따라 길게 초가 켜져 있었다.

따스한 빛을 밝히는 촛불 사이로 걸어온 서국이 지유 앞에 섰다.

두근, 두근.

지유는 제 앞에 선 그를 보니 심장이 빠르게 뛰었다. 원래 잘생긴 남자였지만 은은한 조명이 켜진 탓인지 뚜렷한 이목구비가 더 잘 드러났다.

베일 듯한 높은 콧날을 올려다보고 있는데 서국이 한쪽 무릎을 굽혀 바닥에 앉았다.

“서국 씨?”

그녀 앞에 앉은 그가 반지 케이스를 한 손에 들고 시선을 맞춰 왔다. 진지하게 올려다보는 시선에 지유는 말문이 막혔다. 그의 섬세한 입술이 열렸다.

"처음 본 순간부터 당신은 내 마음에 들어왔습니다."

낮은 음성이 조용한 공간에 울렸다.

"그날 이후 한 순간도 당신이 없던 날이 없었습니다."

"……."

"내 인생에서 단 한 명, 오직 정지유 당신만을 평생 사랑하고 싶습니다. 나에게 기회를 주겠습니까?"

가만히 올려다보는 시선에 지유의 눈에 투명한 눈물이 맺혔다.

"나와 결혼해 줘."

"……네. 그럴게요."

눈물 어린 목소리로 지유가 겨우 대답했다.

그녀의 한 손을 부드럽게 잡은 그가 손가락에 끼워진 반지를 빼냈다. 그러고는 반지 케이스에서 옐로우 다이아 반지를 꺼내 다시 손가락에 끼웠다.

짝짝짝짝—

뒤에 서 있던 직원들이 박수를 쳤다. 천천히 몸을 일으킨 서국이 미소를 지으며 지유를 내려다봤다.

"사랑해."

속삭이듯 말한 그가 울먹이는 지유를 가만히 품에 안았다.

박수 소리가 등 뒤에서 더 크게 울리고 있었다.

전면 유리창 밖의 야경을 배경으로 한 레스토랑의 넓은 홀에 장미로 데코레이션 한 하나의 테이블만 있었다. 그 테이블에 두 사람만을 위한 디너가 차려지고 있었다.

서국이 레스토랑 전체를 빌렸기 때문인지 다른 손님은 없었다. 그 때문에 지유는 펑펑 운 것이 조금 덜 창피하게 느껴졌다.

"놀랐잖아요."

지유가 붉어진 코를 훌쩍거리며 말했다.

"놀랐습니까?"

서국이 미소 지으며 그녀의 눈에 맺힌 눈물을 닦아 줬다.

"당연히 놀라죠. 아무것도 모르고 왔는데……."

금세 다시 그렁그렁해진 눈으로 지유가 한숨을 포옥 내쉬었다.

"그냥 결혼하자고 말만 해도 되는데."

지유가 작게 말하며 손가락에서 반짝이는 반지를 손으로 쓸었다. 서국이 그녀의 잔에 샴페인을 따라줬다.

"프러포즈는 평생 간다는 말이 있던데요."

"정말 평생 못 잊을 것 같긴 해요…… 고마워요. 서국 씨."

지유가 발개진 코를 하고는 생긋 웃었다.

"내가 고마운데요. 프러포즈 받아 줘서."

제 잔에도 샴페인을 따른 그가 근사한 미소를 지으며 잔을 올렸다. 챙. 맑은 소리를 내며 두 개의 잔이 부딪혔다. 달콤한 샴페인을 한 모금 마신 지유가 혀로 제 입술을 살짝 쓸었다.

"맛있어요. 달콤해."

"지유 씨 취향에 맞췄습니다. 당도가 강한 걸 좋아하는 것 같아서.”

“네. 맛있어요.”

최상급 샴페인보다 더 달콤한 눈웃음을 지으며 그녀가 말하자 서국이 은은한 시선으로 마주 봤다.

“그런데…… 괜찮을까요?”

식사하던 지유가 포크를 내려놓으며 말했다.

“뭘 말입니까?”

서국이 묻자 지유가 근심 어린 표정을 지었다.

“서국 씨 집안에선 아직 박태희 씨와 결혼하길 바란다고 알고 있는데…… 서국 씨 입장이 난처해질 것 같아서요.”

“난처할 일 없습니다.”

그가 잘라 말하고는 지유를 쳐다봤다.

“당신은 그런 일 신경 쓰지 말라고 했을 텐데.”

똑바로 응시하는 진지한 눈빛에 지유가 살짝 시선을 떨어뜨렸다.

“그래도 어떻게 신경을 안 써요. 서국 씨 가족들인데.”

“나에겐 당신보다 소중한 사람은 없습니다.”

일말의 망설임도 없이 내뱉어진 말에 지유가 멈칫해선 그를 바라봤다.

“…….”

서국은 흔들림 없이 그녀를 마주 보고 있었다.

“정지유보다 소중한 일도, 중요한 일도 없다는 거야. 그러니 당신도 나만 생각해. 내 주위의 어떤 일에도 마음 두지 마.”

“……그럴게요.”

지유가 숨을 삼키고 대답했다.

"우리 두 사람만 생각하면 돼."

"네."

다짐을 받듯 그가 하는 말에 지유가 대답하며 작게 미소 지었다. 그녀에게 똑바로 박힌 서국의 눈은 진심을 말하고 있었다. 오직 자신을 향한 서국의 진실한 마음이 느껴져 지유는 다시 눈가가 뜨거워졌다.

'아이 참, 왜 자꾸…….'

눈물을 들키지 않으려 지유는 얼른 샴페인 잔을 입술로 가져갔다.

◇ ◆ ◇

그 시간, 지유가 들어간 건물을 노려보며 정훈이 차 안에서 술을 마시고 있었다.

툭!

다 마신 위스키 병을 조수석 바닥에 던진 그의 눈에 벌겋게 실핏줄이 터져 있었다. 이미 바닥엔 위스키 병이 몇 개나 굴러다니고 있었다.

'제대로 싸워서 이겨 보려는 마음도 없이 하루 종일 취해 있는 남자에게 매력을 느낄 것 같아? 그것도, 다른 사람도 아니고 자기 동생에게 열등감 느껴선.'

'안 봐도 뻔해. 또 밀린 거지? 이서국에게.'

"……!"

태희의 이죽거리는 표정이 떠오르자 정훈의 관자놀이에 힘줄이 곤두섰다. 그의 머릿속에 다른 사람들 목소리도 뒤죽박죽 떠올랐다.

'전 이사님을 좋아해요.'

'저도 그랬으면 좋겠어요. 제가 알던 이정훈 상무님은 그 정도로 형편없는 분은 아니니까요.'

'뒤에서 네 말이 이렇게 나오는데 어떻게 힘을 실어 줘! 오늘 내가 무슨 소리를 들었는지 알기나 해!'

"아악! 개자식!!"

쾅!

정훈이 고함을 치며 주먹으로 핸들을 세게 내려쳤다. 그대로 핸들을 움켜쥐고 그 위에 얼굴을 묻은 그가 거친 숨을 몰아쉬었다.

'이서국…… 이건 다 이서국 그 자식 때문이야.'

머릿속에 저주 같은 음산한 목소리가 떠다니기 시작했다.

'서국이는 이만큼 하는데 형인 넌 왜 이것밖에 못 해?'

'점수가 이게 뭐야? 서국이 몇 점 받아 왔는지 알아?'
'넌 죽어도 안 되겠다, 서국이한테는.'

"닥쳐! 닥치라고!!"
퍽! 퍽! 고함을 치며 핸들을 주먹으로 내리치던 그가 거친 숨을 몰아쉬며 헐떡였다. 이서국에 대한 이 지독한 열등감은 병약한 남동생이 살아났던 그 시점이었다. 그의 알코올에 찌든 머릿속으로 과거가 떠올랐다.

여덟 살을 넘기기 힘들거라던 동생이 기적적으로 수술에 성공한 이후, 사람들의 모든 기대를 동생에게 빼앗겼다. 어릴 때부터 후계자로서 입시 교육만큼 치열한 교육을 받던 내 수준을 서국은 단숨에 넘어 버렸다.

'사모님, 서국이는 천재예요. 정훈이보다 서국이를 주력으로 키워 보심이 어떠실까요?'
'그래도 정훈이가 있는데 좀 그렇지 않아요?'
'이렇게 두뇌 차이가 나는데 아깝잖아요. 제가 다른 재벌가들 많이 다녀 봤지만 이 정도 영재는 처음 봐요.'
'선생님도 아시겠지만 애가 별 의욕이 없잖아요. 무리시키고 싶진 않네요.'
'그래도 정말 아까운데…….'

별 반응 없는 어머니를 설득시키는 교사를 한두 번 본 게 아니었다. 그때부터 나는 위기감을 가지고 있었다.

언젠간 이서국이, 내 자리를 빼앗을 거라고.

그때부터 더욱 치열하게 공부했다. 어떻게든 그를 이겨 보겠다며 잠도 자지 않고 공부에 매달렸다.

언젠가 교무실에서 교사에게 불려온 서국을 봤다.

'너 선생님 우롱하는 거야? 왜 일부러 틀린 답을 내!'

'일부러 그런 건 아닙니다.'

'그럼 왜 그런 거냐고!'

'전 평범의 범위를 벗어나고 싶지 않습니다.'

'뭐야?!'

'눈에 띄고 싶지 않다는 겁니다. 선생님을 우롱할 생각은 없습니다. 기분 상하셨다면 죄송합니다.'

'허, 이 녀석…….'

말문이 막힌 그 교사의 표정이 황당함으로 물들 때, 내 표정은 일그러지고 있었다.

우그럭.

최선을 다 했는데도 이서국보다 낮은 점수를 받은 시험지가 손안에서 구겨졌다.

그때부터 몰래 친구들과 술을 마시고 다녔다. 취한 상태에서야 겨우 열등감에서 벗어날 수 있었다. 나는 절대 이서국을 이길 수 없다는 좌절감은 점점 내 안의 나약한 지점과 어두운 부분을 연결했다.

'이서국이 어릴 때 그 수술로 죽어 버렸더라면 좋았을 텐데.'
만취 상태에선 늘 그 생각 하나에 매달리게 됐다.

……지금처럼.

정훈이 벌겋게 실핏줄이 터진 눈으로 집요하게 건물 입구를 노려봤다.

그때 건물에서 나오는 서국과 지유의 모습이 보였다. 행복한 얼굴로 서로를 보며 미소 짓고 있는 두 사람의 모습을 보는 순간 정훈의 눈이 번뜩였다.

부릉–

정훈이 시동을 켜고 핸들을 움켜잡았다.

"너만 없었으면…… 이서국 너만 없었으면……!"

이를 악문 그가 서국을 노려봤다. 그대로 액셀을 강하게 밟자 차가 돌진하기 시작했다.

부아아앙–

요란한 소리에 지유의 시선이 먼저 향했다.

"!"

상무님?!

돌진하는 차 운전석에서 정훈을 본 지유의 얼굴이 창백하게 굳었다.

그때 서국의 시선도 차로 향했다. 안에 제정신이 아닌 듯한 정훈을 보자마자 그가 본능적으로 지유를 멀리 밀쳤다.

"지유 씨, 비켜요!"

"앗……!"

털썩!

떠밀린 채 바닥에 넘어진 지유가 당황한 얼굴로 고개를 들었다.

부아아아앙—!

서국을 향해 차가 더 속도를 내고 있었다. 서국의 몸이 헤드라이트로 하얗게 변하는 걸 본 지유의 눈이 커졌다.

"안 돼!"

지유가 빛보다 빠른 속도로 일어서서 몸을 날렸다.

환한 헤드라이트 불빛이 두 사람의 몸을 감쌌다.

끼기긱— 쿠웅!

15

요란한 굉음과 함께 눈을 질끈 감았던 지유가 눈을 떴다.

'어……?'

엄청 큰 소리가 났는데……? 왜 안 아프지? 이미 죽은 건가?

"괜찮습니까?"

꽉 눌린 목소리에 지유가 정신을 차리고 고개를 들었다. 힘껏 몸을 날린 지유의 몸은 서국과 함께 넘어져 있었다. 그의 몸 위에서 고개를 든 지유의 시야에 창백한 얼굴과 걱정으로 물든 눈동자가 보였다.

"괜찮아요. 서국 씨는……."

지유의 말이 끝나기도 전에 그의 입술에서 짓눌린 신음이 흘러나왔다.

"위험하게 무슨 짓을 한 겁니까."

짓이겨진 목소리에 지유가 항변하듯 말했다.

"서국 씨도 위험하게 나만 떼어 놨잖아요. 그런데 어떻게 된…… 어?"

시선을 돌리던 지유가 멈칫거렸다.

정훈의 차의 앞범퍼를 갑자기 나타난 다른 차가 박아서 억지로 세운 모양이었다.

벌컥!

차에서 익숙한 사람이 내려서 빠르게 다가왔다.

"이사님! 괜찮으십니까?"

"……유 실장님."

유 실장님이 왜? 갑자기 나타난 유 실장을 지유가 영문 모를 눈으로 보고 있었다. 유 실장이 그녀에게 시선을 돌렸다.

"정 실장님도 다친 데 없으십니까?"

"네. 괜찮아요."

두 사람의 무사함을 확인한 유 실장이 안도의 숨을 길게 내쉬었다.

"다행입니다. 조금만 늦었더라도 큰일 날 뻔했습니다."

"그런데 여긴 어떻게 알고 오신 겁니까?"

서국이 지유를 부축하듯 일으키며 말했다.

그때 차 안에서 나온 남자들이 정훈의 차로 몰려가는 모습이 보였다. 지유와 서국이 그 사람들을 쳐다보는 것을 힐긋 본 유 실장이 말했다.

"경찰들입니다."

"경찰 말입니까?"

서국의 눈이 가늘어졌다.

"네. 미국에서 이정훈의 비리 제보를 받고 조사 중이었습니다. 대규모 횡령과 불법자금 세탁, 거기에 얼마 전 미국에서 크게 터진 폰지 사기까지 얽혀 있습니다."

"……."

서국의 표정이 굳어졌다.

"찾다 보니 심각한 범죄 정황이 발견되어 미국에서 귀국하자마자 곧바로 경찰과 공조해 이정훈의 위치를 찾은 겁니다."

상황을 설명한 유 실장이 운전석에 쓰러진 채 정신을 잃은 정훈을 냉정하게 쳐다봤다.

"살인미수까지 추가되겠군요."

살인미수…….

방금 전 이정훈이 정말로 서국을 죽이려 했다는 걸 깨닫자 지유의 얼굴이 창백해졌다. 저도 모르게 제 손을 잡고 있는 서국의 손을 그녀가 꽉 잡았다.

"……."

그 손을 잠시 내려다본 서국이 괜찮다는 듯 부드럽게 미소 지었다.

그 미소에 지유는 내심 안심이 되었다.

서국이 시선을 옮겨 다시 유 실장을 바라봤다.

"앞으로 어떻게 되는 겁니까."

"우선 회장님께 보고드리고, 수습할 수 있는 건 수습할 겁니다. 이정훈은…… 자신이 저지른 일에 대한 죗값을 받게 되지 않을까요."

서국이 씁쓸한 표정으로 입을 다물었다. 그 심리를 이해한다는 듯 유 실장이 말했다.

"이사님은 알고 계셨겠지만 이정훈의 이사님에 대한 열등감이 무척 심했습니다."

"……."

서국이 부정하지 않은 채 조용히 서 있었다. 유 실장이 어두운 얼굴로 말을 이었다.

"이번 일도 아마 거기서 비롯된 일이 아닌가 싶군요. 너무 충격받지 마시기 바랍니다."

"괜찮습니다."

서국이 낮게 말했다. 그의 표정을 살핀 유 실장이 한 걸음 물러섰다.

"그럼 전 처리를 위해 가 보겠습니다. 병원 안 가 보셔도 됩니까?"

서국이 어깨를 가볍게 으쓱였다.

"멀쩡합니다."

"네. 그럼."

고개를 숙인 유 실장이 경찰이 몰려 있는 정훈의 차로 향했다.

서국이 그 모습을 보고 있었다. 말없이 보고 있는 그를 올려다보던 지유가 그의 팔을 가만히 끌었다.

"우리도 가요."

"……그러죠."

착잡함을 숨기고 애써 웃음을 지으며 말한 서국이 지유가 이

끄는 대로 그곳을 벗어났다.

◇ ◆ ◇

서국은 집으로 와서 약상자를 꺼냈다. 지유를 소파에 앉힌 그가 바닥에 앉고는 말했다.

"어디 봐요."

지유가 스타킹이 찢어진 무릎을 내밀었다.

"여긴데…… 별로 아프진 않아요."

"……."

무릎에 살짝 까진 부분을 세상 심각한 얼굴로 살핀 서국이 말했다.

"치료하게 스타킹 벗어 봐요."

지유가 한쪽 밴드스타킹을 돌돌 말아 벗어 내고는 수줍게 내밀었다.

"여기……."

서국이 다른 곳에 상처가 없는지 그녀의 맨다리를 유심히 살펴보며 조심스럽게 소독하기 시작했다. 기다란 손가락으로 다리를 잡고 정성스레 치료하는 모습을 지유가 조용히 내려다봤다.

"근데 나보다 서국 씨가 더 다쳤을 텐데 병원 안 가 봐도 되겠어요?"

자신은 서국 몸 위로 넘어져서 사실 별 상처는 없었다.

"괜찮습니다."

밴드까지 붙인 서국이 약상자를 닫으며 말했다.

"정말요?"

지유가 미심쩍은 표정으로 내려다보자 그가 미소 지으며 올려다봤다.

"원하면 벗겨서 확인해 봐도 되는데."

은밀한 뉘앙스가 담긴 말에 지유가 데구르르 눈을 굴렸다.

"……아니 그럴 것까진 없을 것 같아요."

지유가 슬쩍 붉어진 얼굴을 돌리는데 서국이 그녀의 손을 가만히 잡았다. 지유가 다시 그를 바라보자 서국이 진지하게 눈을 맞추고 말했다.

"오늘 많이 놀랐을 겁니다."

"네……. 정말로요."

지유가 작은 어깨를 들썩이며 솔직히 얘기했다. 오늘 일은 그녀 평생에 가장 놀란 일이었을 거였다. 정훈이 그렇게 할 줄은 정말 예상 못 했으니까.

'게다가 미국에서 그런 일까지…….'

유 실장에게 정훈의 저지른 범죄 행위에 대해 들으니 더 씁쓸했다. 적어도 그녀가 실장으로 있는 동안엔 없던 일이었다. 그녀가 있었다면 그녀 몰래 그런 일들을 저지를 순 없었을 거였다.

"예상하지 못한 내 잘못도 있습니다. 다음부터는 더 주의해서 이런 일 없게 하겠습니다."

서국이 미안한 듯 말하자 생각에 잠겨 있던 지유가 그를 바라봤다.

"그게 왜 서국 씨 잘못이에요. 그 사람 탓이지."

이젠 상무님이라고도 부르기 싫었다. 아까 그건 분명 죽일 생각으로 달려들었던 거니까……. 만약 그대로 사고로 이어졌으면 어떻게 되었을지 상상해 본 지유는 섬뜩함에 몸을 떨었다.

"정말 너무 위험했어요."

지유가 어두운 얼굴로 한숨을 포옥 내쉬었다.

"나도 이 정도로 위협을 가할 줄은 몰랐습니다. 안일했던 내 잘못입니다."

"서국 씨 잘못 아니라니까요. 답답하네."

지유가 눈썹을 시옷 자로 만들자 서국이 팔을 뻗어 그녀의 뺨을 만졌다.

"……."

말없이 지유의 뺨을 어루만지던 그가 말했다.

"당신이 내 생명을 구해 준 겁니다. 고마워요."

"그냥 몸이 저절로 날아가던데요? 내 몸이 인간 스프링인 줄 알았다니까요."

지유가 미소 지으며 장난스럽게 말했지만 그녀를 올려다보는 서국의 표정은 더 진지해졌다.

"하지만 다신 오늘 같은 위험한 일은 하지 않는다고 약속해요."

"서국 씨가 먼저 했잖아요. 날 밀어 놓고."

"……부탁이니까."

그의 굳은 얼굴은 절박함을 담고 있었다. 그 얼굴을 보니 지유는 고개를 끄덕일 수밖에 없었다.

"알았어요. 다신 안 그럴게요."

"고마워요."

그제야 서국의 얼굴이 조금 풀렸다. 옅은 미소를 지은 그가 그대로 지유의 무릎 위에 제 이마를 살짝 기댔다.

"……."

그대로 말이 없자 지유가 의아스럽게 내려다봤다.

"서국 씨?"

"당신이 다칠까 봐 심장이 멈출 뻔했어."

낮게 토해 내는 목소리에 지유가 입을 다물었다.

"당신이 없으면, 난 살아갈 수가 없어."

"……."

길게 숨을 내쉰 서국이 고개를 들었다. 그의 붉어진 눈을 보자 지유의 심장이 찌잉, 하고 울렸다.

"그러니 날 위해 당신을 소중히 대해 줘. 부탁이야."

진지하게 올려다보는 눈을 가만히 마주 보던 지유가 자신의 새끼손가락을 내밀었다.

"서국 씨도 약속해요."

자신 앞에 놓인 작은 손가락을 쳐다본 서국의 굳은 얼굴이 살짝 풀어졌다.

"약속할게."

그가 손가락을 걸자 지유가 생긋 웃었다.

"그럼 이제 우리 둘 다 조심하는 거예요?"

환한 그녀의 미소에 그의 얼굴도 점차 느슨하게 풀리고 미소가 어렸다.

◇ ◆ ◇

벌컥!

정훈이 입원해 있는 병실에 천호가 들이닥쳤다.

"아, 아버지."

별다른 상처는 없이 이마 부근에 밴드만 붙이고 있는 정훈이 당황한 얼굴로 천호를 쳐다봤다.

노기등등한 얼굴로 들어온 그가 가차없이 정훈의 얼굴을 후려쳤다.

철썩!

정훈의 몸이 옆으로 홱 돌아갔다. 침대 위로 쓰러진 정훈을 노려보며 천호가 눈을 부릅떴다.

"네놈이 감히 날 능멸해!"

천호의 고함이 병실을 쩌렁쩌렁 울렸다.

"……."

정훈은 침대를 짚고 고개를 숙인 채 아무 말도 못 했다.

"감히 미국에서 그런 짓을 벌이고도 지금까지 숨겨? 그러라고 미국 지사로 보낸 줄 알아!"

"회장님. 진정하셔야 합니다."

따라 들어온 유 실장이 혈압을 걱정해 천호를 말렸지만 그의 분노는 점차 더 커져 갔다.

"내가 평생을 바친 회사를 니가 감히……!"

"회장님!"

천호가 화를 참지 못하고 비틀거리자 유 실장이 서둘러 그를 부축했다.

"괜찮으십니까?"

"……괜찮아."

병실 침대 난간을 잡고 미간을 일그러뜨린 천호가 여전히 고개를 숙인 정훈을 바라봤다.

"미국에서 네가 벌인 짓, 그리고 네 혈육을 해하려 한 죗값 전부 다 치러야 할 거다. 수십 년이 걸리든, 수백 년이 걸리든 치러. 나는 거기에 조금도 관여하지 않을 거다."

싸늘하게 말한 천호가 몸을 돌렸다.

비틀거리는 천호를 유 실장이 부축하기 위해 얼른 다가갔다. 그의 손길을 거부한 천호가 문밖으로 나갔다.

"……."

유 실장이 정훈을 쳐다봤다.

그는 고개를 들지 못한 채 침대 시트를 움켜쥐고 있었다.

그 모습을 차갑게 보던 유 실장이 몸을 돌려 병실을 빠져나갔다.

"이 상무가요?"

영주가 놀란 얼굴로 대철을 바라봤다. 대철은 양복 재킷을 벗으며 미간을 좁혔다.

"그래. 언론은 아직 막고 있는데 난리도 아니야. 미국 지사에 있을 때 실적 올리려고 임원들 매수해서 횡령에, 배임, 사기까지 아주 골고루 했더라고."

"……."

영주는 타이를 풀고 있는 대철을 심각한 얼굴로 쳐다봤다.

"그럼 이 이사가 태림의 후계자가 되겠네요?"

"그렇게 되겠지. 이 상무와 혼사를 진행하지 않아서 천만다행이지. 이렇게 될 줄 누가 알았겠어?"

대철의 말을 들은 영주가 서둘러 몸을 돌렸다.

"잠깐 태희한테 좀 가 봐야겠어요."

"태희도 이미 알고 있을 거야. 소문 다 퍼졌으니."

대철의 목소리가 따라붙었지만 영주는 걸음을 멈추지 않고 태희 방으로 향했다.

똑똑똑! 영주가 성급한 손길로 문을 두드려 댔다.

"안에 있니?"

"무슨 일이야?"

안에서 들려오는 대답에 영주가 문을 열고 들어갔다. 노트북 앞에 앉아 있던 태희가 그녀를 쳐다봤다.

태희를 보자마자 영주가 성마르게 물었다.

"너 이 상무 미국에서 일 벌인 거 알고 있었지? 그래서 이 상무는 후계자가 되지 못할 거라고 했던 거지?"

대철의 말처럼 태희는 이미 알고 있는 듯 놀란 기색이 없었다.

"자세한 건 나도 몰랐어. 그 정도일 줄은."

태희가 대수롭지 않게 말하고는 화려한 토파즈를 붙인 손톱을 만지작거렸다.

영주는 기대에 찬 얼굴로 흥분을 내비쳤다.

"이렇게 되면 그 집 아들은 하나 남았으니 우리한텐 좋은 거네. 이 상무는 미국 감옥에서 썩게 한다던데 그런 아들에게 유산 상속이 많이 되겠어?"

"……."

듣고 있던 태희의 입술 끝이 유려하게 휘어 올라갔다.

Rrrr. Rrrr.

태희의 휴대폰 벨소리가 울렸다. 그녀의 시선이 책상 위로 향했다. 액정을 본 태희의 눈 끝이 뾰족해졌다.

"전화 왔으니 일단 나중에 얘기해."

"아, 응. 그래."

태희가 휴대폰을 집으며 말하자 영주가 일단 방에서 나갔다. 문이 닫히는 걸 시선으로 확인한 태희가 전화를 받았다.

"여보세요. 응. 지영아. 무슨 일이야?"

– 태희 너 포털 메인 봤어?

심상치 않은 지영의 목소리에 태희의 눈이 가늘어졌다.

"지금? 못 봤는데, 왜?"

– 당장 봐 봐!

지영이 다급하게 말했다.

"포털은 왜 갑자기."

– 빨리! 네 약혼자 이서국 스캔들 떴어!

"……뭐?"

태희의 얼굴이 딱딱하게 굳었다. 태희가 마우스를 흔들어 빠르게 노트북 스크린세이버를 풀었다. 그러고는 곧바로 포털 창을 켰다.
그러자 수려한 얼굴의 남자 사진이 떴다.

재벌가 아들과 비서의 드라마 같은 현실 로맨스

"!"
태희의 눈이 크게 흔들렸다.
'이, 이게 뭐야?!'
기사를 클릭하자 함께 식사하고 서국의 차에서 내리는 그 여자의 사진이 떠 있었다. 여자의 얼굴엔 모자이크 처리가 되어 있었지만 그의 얼굴엔 되어 있지 않았다.
모자이크 처리된 얼굴은 누가 봐도 이서국의 비서실장인 정지유, 그 여자였다.
으득.
태희가 이를 깨물고 화면을 노려봤다.
– 봤지? 이게 어떻게 된 거야? 이서국 너랑 약혼하기로 한 거 아니었어?
"잘못된 걸 거야. 알아봐야 하니 일단 끊을게."
전화를 끊은 태희가 곧바로 외출 준비를 했다.

태희가 도착한 곳은 명진의 백화점이었다. 집무실까지 거침없이 들어가자 명진과 박 실장이 함께 있었다.
"말도 없이 어쩐 일이세요?"
박 실장이 하는 말을 무시한 태희가 명진에게 걸어갔다. 책상 앞에 앉아 있는 명진에게 다가간 태희가 울먹이기 시작했다.

"결국 기사까지 터졌어요."

"알아. 봤어."

명진이 표정 없이 올려다봤다. 태희의 커다란 눈에서 눈물이 뚝뚝 흘러내렸다.

"서국이는 어떻게 이런 기사도 못 막은 거예요?"

"안 막은 거겠지."

"네?"

태희가 눈물 번진 눈을 놀란 듯 떴다.

"이 이사 비서실이 이 정도 기사 못 막을 데가 아니지. 이건 고의로 안 막았다고 봐야 맞지."

"어떻게 그런……."

태희가 충격을 받은 얼굴로 흐느꼈다. 마치 남편의 외도를 시어머니에게 고해바치는 아내처럼 울고 있자 명진이 건조하게 말했다.

"기사 제목도, 내용도 최대한 다듬어서 긍정적으로 쓴 거 보면 알잖아. 이미 언론과 조율 끝내고 내보낸 거."

두 손으로 얼굴을 가리고 흐느끼던 태희가 고개를 들었다.

"사장님은 서국이가 자기 비서와 결혼해도 괜찮으세요? 게다가…… 그 여잔 고아잖아요!"

"……."

명진이 쳐다보고만 있자 태희가 억울한 얼굴로 말했다.

"사장님은 잘 모르시겠지만…… 제가 그 여자 잘 알아요. 후계자 꼬셔 보려고 서국이랑 정훈 오빠 사이를 오가며 비서 일했던 여자예요."

태희가 파르르 몸을 떨었다.

"서국이한테도 그랬는데 정훈 오빠에게도 몸으로 들이댄 건지 어떻게 알아요? 분명 똑같이 했을……."

끼익.

명진이 조용히 의자에서 일어났다. 그녀가 갑자기 일어서자 태희가 일순 멈칫거렸다. 앉아 있을 때도 위압적이지만 일어선 명진은 절대 만만한 상대가 아니었다. 숨을 삼킨 태희의 얼굴에 긴장이 어렸다.

마주 선 채 태희와 시선을 맞춘 명진이 천천히 안경을 벗었다.

"후계자에 집착하는 건 너 아니니?"

"……네?"

탁. 안경을 책상 위로 던지듯 내려놓은 명진이 차가운 눈동자로 태희를 쳐다봤다.

"미국에선 정훈이와 살고, 아무래도 정훈이는 후계자가 되지 못할 것 같으니 서국이로 갈아탄 거 아니냐고."

"……!"

태희의 눈이 크게 흔들렸다. 그런 그녀를 명진이 서늘하게 바라봤다.

"너처럼 영악한 아이가 왜 정훈이 아니라 서국이와 결혼하려는 걸까 이상했는데, 너 거기서 정훈이랑 살면서 그 애가 하는 짓 다 본 거지?"

입술을 깨문 태희가 표독스럽게 명진을 쳐다봤다.

"제 뒷조사 하셨어요?"
탁!
명진이 책상 위에 있던 상자를 태희 앞으로 집어 던졌다.
"원한을 뿌리고 다니니까 내가 이딴 걸 보게 되지!"
차르륵-
상자 안에 있던 사진들이 바닥으로 우수수 떨어지자 태희의 시선이 그곳으로 향했다.
'이게 왜……!'
태희가 눈을 홉떴다. 바닥에 떨어진 사진 하나를 명진이 힐로 욱여 밟았다.
"우리 집안을 무시해도 정도가 있지, 내 아들들과 번갈아 가며 살림을 차리려고 해?!"
명진의 분노에 태희의 얼굴이 창백해졌다.
"사, 사장님, 그게……."
"이런 짓을 벌여 놓고 그냥 넘어가리라 생각했다면 너나 너네 집안이나 크게 착각한 거야. 우리 집안을 농락하고 멀쩡히 지낼 수 있을 것 같아?"
"!"
씹어 내뱉듯 말하는 명진을 태희가 당혹으로 물든 눈으로 쳐다봤다.
"긴말할 거 없어. 당장 나가."
"사장님, 제 말 좀……."
"썩 나가지 못해!"
날카로운 음성에 태희가 하얗게 질린 얼굴로 쫓기듯 집무실을 나갔다.

◇ ◆ ◇

“이 사진은 모자이크가 덜 된 거 같지 않아요?”

지유가 집무실에서 포털 기사에 나온 사진을 뚫어져라 보면서 말했다. 같은 사진을 보고 있던 서국이 대답했다.

“이 사진으로 지유 씨를 길거리에서 알아볼 사람은 없을 겁니다.”

“…….”

매의 눈으로 사진을 보고 있던 지유가 납득한 듯 끄덕거렸다.

‘하긴, 이 사진을 보면 누구나 초절정 미남 배우인가 싶은 그에게 눈이 가겠지.’

아니나 달라. 댓글들이 가관이었다.

ㄴ 저 우월한 미남 유전자 누구죠?

ㄴ 한국 재벌가에 저런 국보급 얼굴이 있었나요?

ㄴ 미쳤다. 사기캐네.

ㄴ 저 비주얼에 저 배경 실화입니까. 현실 박탈감 드니 이 기사 내려 주세요.

댓글들을 보고 있다 보니 자신은 완전 아웃 오브 안중이었다.

‘휴, 다행이다.’

지유는 우선 안도했지만, 약간의 실망감이 함께 느껴져 조금 복잡한 심경이었다.

"서국 씨 얼굴 알려지게 돼서 어떡해요?"

그녀가 걱정 어린 표정을 지으며 그를 쳐다봤다. 서국이 담담하게 말했다.

"어차피 알려질 겁니다. 이번 사건이 커지면서 후계 구도가 개편되는 기사가 나올 거니까."

"아, 그렇겠네요."

정훈의 이번 사건으로 기사가 쏟아지고 있는 형국이었다.

지유가 언론 기사들의 타이틀을 훑다가 고민 어린 표정으로 서국을 바라봤다.

"앞으로 정신없어질 텐데 역시 이 기사는 막는 게 좋지 않았을까요?"

"걱정할 거 없어요."

서국이 미소 지었다. 단단함이 느껴지는 온화한 미소에 지유가 입매를 끌어 올렸다.

"네. 우선 나가 볼게요."

"그래요."

소파에서 일어선 지유가 태블릿피시를 가지고 집무실에서 나왔다.

탁.

"정말 괜찮을까……."

지유가 아무래도 걱정이 되는 표정으로 작게 한숨을 내쉬었다. 얼마 전 한 언론사로부터 이 기사를 내겠다고 통보받았을 때 비서실에선 막으려고 했었다.

그걸 막은 건 서국이었다.

'기사 내보내라고 하세요.'

'네? 하지만…….'

'단, 상대 여성 얼굴과 신원은 철저히 보호하고 기사 내용 조율하는 걸로.'

'그럼 이사님 신분은 다 노출되잖아요.'

'상관없으니 그렇게 해요. 지금은 오히려 그게 나을 것 같습니다.'

'그래도…….'

'걱정 말고 내 말대로 해요. 날 믿고.'

그때도 서국의 흔들림 없는 단단한 미소에 홀려 저도 모르게 납득해 버렸긴 했다.

'물론 믿기야 하지만.'

그래도 걱정이 되는데 서국은 정말 무슨 생각인 걸까. 지유가 그런 생각을 하며 비서실로 들어서는데 왠지 분위기가 뜨거웠다.

타다다다닥!

모니터 앞에 달라붙어서 빠르게 키보드를 두드리고 있는 팀원들을 지유가 힐끔거렸다.

"다들 뭐 하고 있어요?"

"아니 댓글에 실장님 악플이 쌓이고 있잖아요!"

"후계자 비리 묻으려고 조작한 스캔들이라는 말도 있어요!"

분개하는 은주와 효린을 보며 지유가 눈을 동그랗게 떴다.
"댓글에서 싸우고 있어요?"
"실장님이 부러워서 죽겠나 봐요. 온갖 악플이 달리고 있으니 실장님은 보지 마세요!"
"난 괜찮아요. 그런 일에 힘 뺄 시간 없으니 일합시다. 지금 상무실에서 넘어온 일 수습할 시간도 부족한 거 알죠?"
"아……. 맞다."
화르륵 불타오르며 댓글을 쓰고 있던 그들이 제정신을 차린 듯 고개를 들었다. 이정훈의 비리가 갑자기 터지는 바람에 이사실에서 뺏어 갔던 일 포함해서 다른 일들까지 이쪽으로 넘어오게 됐다. 비서들은 당장 처리해야 할 일들이 산더미라는 걸 직시하고 빠르게 포털 창을 닫았다.
"그런데 실장님."
효린이 지유를 쳐다봤다. 부르는 소리에 지유도 시선을 돌렸다.
"네?"
"이 기사에 이사님과 몇 년 정도 만났다고 나오는데 진짜예요?"
효린의 말에 다들 재빠르게 지유 쪽으로 몰려들었다.
"맞아. 저도 궁금했어요. 언제부터 만나신 거예요?"
"아, 그게……."
지유가 조금 당황한 얼굴로 볼을 매만졌다. 호기심에 물든 초롱초롱한 눈들이 그녀에게 향해 있어서 난감했다.
"정식으로 만난 건 오래되진 않았어요. 원래 내가 이사님을 오래 짝사랑하다가……."

"실장님이 짝사랑하셨어요?!"

"정말요? 전혀 티가 나지 않았는데?"

놀란 그들의 반응에 지유의 양볼이 수줍게 물들었다.

"어쨌든 정식으로 만난 건 얼마 안 됐어요. 난 영업팀 회의 좀 잠시 다녀올게요!"

벌떡 일어난 지유가 도망치듯 그 자리를 빠져나갔다.

얼굴에 손부채질을 하며 빠르게 멀어지는 지유를 지켜보던 그들이 놀라운 시선을 교환했다.

"실장님 저렇게 귀여우신 면이 있었구나."

"일할 때랑 다르네."

"아주 마성의 실장님이야. 훅 빠져들겠어, 그냥."

은주가 고개를 절레절레 젓자 효린이 흐뭇하게 말했다.

"전 이미 빠져들었어요……."

"자, 그만하고 일합시다!"

선희의 정리에 그들은 각자 자리로 돌아갔다.

저녁 시간이 지났는데도 서국은 일에 열중하고 있었다.

드르르륵. 모니터에 박혀 있던 그의 시선이 책상 위에서 진동을 울리는 휴대폰으로 옮겨 갔다.

[유흥민 실장]

액정을 확인한 서국이 곧장 전화를 받았다.

"네. 실장님."

– 이사님. 오늘 본가에 들르셔야겠습니다.

유 실장의 말에 서국의 눈이 예리하게 떠졌다.

"무슨 일입니까?"

– 상무님 일로 회장님 지병이 악화되신 것 같습니다. 지금 언론에 크게 터진 상황이라 이럴 때 총수가 입원할 수 없다고 하셔서 지금 정 교수님께서 와 계십니다.

"알겠습니다. 지금 가죠."

전화를 끊은 서국이 코트를 걸치고 집무실을 나갔다.

비서팀도 같이 야근 중이었다. 한창 업무 중인 비서팀으로 그가 들어서자 그를 본 선희가 말했다.

"이사님 퇴근하세요?"

그 말에 지유가 고개를 들었다. 서국이 그녀에게 다가오고 있었다.

지유의 자리 앞에 선 그가 고개를 숙였다.

"본가에 다녀와야겠습니다."

그녀의 귓가에 속삭이듯 말하자 지유가 눈을 깜빡였다.

"지금요? 무슨 일이 있으세요?"

그녀 앞에 바짝 다가온 서국의 조각 같은 얼굴이 눈앞에 있었다. 남들이 듣지 않도록 낮은 소리로 그가 말했다.

"다녀와서 말해 줄게요. 끝나면 전화해요. 태우러 올 테니."

"혼자 갈 수 있어요."

"전화해요."

당부하듯 말한 서국이 상체를 세웠다.

"먼저 퇴근하겠습니다."

팀원들에게 말한 그가 비서실을 나섰다.

"조심히 들어가세요."

서국의 뒤꽁무니에 인사한 비서들의 얼굴에 의미심장한 미소가 어렸다.

"이사님 너무 스윗하시네요……. 저도 같이 연락 기다리고 싶어질 정도예요."

"저도 갑자기 외로워졌어요. 남친 만들어야 할 거 같아요."

"부러워요. 실장님."

저마다 한마디씩 하는 말에 지유가 난처한 웃음을 지었다.

'그런데 무슨 일일까? 그 기사 때문에 부르신 걸까?'

본가에서 불렀다는 말에 지유는 속으로 걱정이 됐다. 별일 아니었으면 좋겠는데. 속으로 생각한 지유는 입매를 당기고는 다시 일에 집중하기 시작했다.

서국이 천호의 침실로 들어섰다. 천호는 침대 위에 누워 있었다. 팔에는 링거 줄을 달고 있었고 안색도 좋지 않았다. 그 모습을 본 서국의 표정도 가라앉았다.

"왔니?"

옆에 앉아 있던 명진이 말했다.

서국이 명진과 그녀의 옆에 서 있는 유 실장에게도 고개를 숙여 인사했다.

"괜찮으십니까."

서국이 천호에게 다가가 묻자 그가 힘겹게 상체를 일으켰다.

"누워 계셔도 됩니다."

"이 사람들이 유난 떠는 거야."

천호가 인상을 썼다.

"유난은 무슨 유난이에요. 정 교수님 말씀 못 들었어요? 극도의 스트레스를 받은 상황이라 위험할 수 있다잖아요."

명진이 안경 너머 눈을 찌푸렸다.

"좀 쉬면 나아져. 다들 이렇게 몰려올 필요도 없는 일이야."

"입원하시는 게 낫지 않겠습니까."

서국이 꺼낸 말에 천호의 얼굴이 더 구겨졌다.

"입원은 무슨."

"……."

서국이 말없이 천호를 응시했다. 인상을 쓰니 안 좋아진 그의 혈색이 더 도드라졌다. 높은 혈압과 심장 쪽의 합병증을 가지고 있는 그는 스트레스를 극도로 조심해야 했다. 평소엔 일흔이 넘었는데도 나이를 가늠하기 어려울 정도로 정정한 천호였지만 지금은 갑작스럽게 확 늙은 모양새였다.

그 정도로 이번 일이 그에게 충격이었다는 걸 알 수 있었다.

가슴 부근이 아픈 듯 잠시 눈썹을 구긴 천호가 깊이 숨을 들이켜고 명진에게 말했다.

"우선 당신은 나가 봐. 이 녀석 본 김에 할 말이 있으니."

명진이 군말 없이 일어서서 자리를 비켜 줬다.

문이 닫힌 뒤 천호와 서국, 그리고 유 실장만 남은 방에서 서국이 먼저 말을 꺼냈다.

"언론이 신경 쓰이신다면 제가 해결하겠습니다. 입원해서 치료받으십시오."

"됐다니까 그러네. 그보다, 그 여자 계속 만날 거냐?"

천호가 눈썹을 치켜 올리고 서국을 쳐다봤다.

"네."

"……."

서국이 담담히 대답했다. 그 얼굴을 본 천호가 못마땅하게 표정을 굳혔다.

잠시 말없이 있던 천호가 입을 열었다.

"태희 쪽 약혼은 없던 일로 하기로 했다."

서국의 눈에 의외감이 어렸다. 천호가 서국을 보지 않고 말을 이어갔다.

"이 상무 일을 이미 알고 고 요망한 것이 상대를 너로 바꾼 모양이야. 미국에서 이 상무와 동거까지. 허, 그 집안 그렇게 안 봤는데……."

천호의 얼굴에 분노가 어리자 유 실장이 걱정스럽게 침대로 다가왔다.

"혈압에 안 좋으십니다."

"어쨌든, 태희는 그렇게 정리했으니 그리 알아. 앞으로 너한테 다른 혼인처 들이밀지도 않을 거다."

"……."

서국이 말없이 보고 있었다. 천호가 착잡한 표정으로 말했다.

"난 일선에서 물러날 거다. 총수 자리 네가 이어받도록 해."

"무슨 말씀이십니까."

서국이 눈을 가늘였다.

"이 일은 임원들이 그렇게 충고했는데도 내 고집에 안 들어먹은 결과다. 무조건 이 상무의 잘못이라 치부할 수도 없는 문제야. 이 일의 책임은 누군가 지고 가야 해."

카랑카랑한 목소리로 말한 천호의 눈에 깊은 회한이 어렸다.

"그 책임은 나에게 있다."

"제가 해결할 수 있습니다. 잠시 쉬고 복귀하시는 쪽으로 하시죠."

서국이 말하자 천호가 고개를 저었다.

"나는 지금 무엇보다 나 자신에게 실망이 커. 이번 일은 내 판단력이 흐려졌다는 걸 명백히 보여 준 일이야. 더 할 생각 없다."

확고히 말한 천호가 유 실장을 가리켰다.

"유 실장이 많이 도와줄 거다. 너도 실장 새로 들여야 할 것 아니냐. 이미 기사까지 난 비서를 계속 실장으로 두고 있을 수도 없고."

"일은 그녀에게 계속 맡길 생각입니다. 유 실장님께도 도움이 될 만한 능력을 가진 여잡니다."

흔들림 없는 강한 어조로 말하는 서국을 천호가 삐딱하게 쳐다봤다.

"저, 콩깍지가 아주 제대로 씌여선."

헛웃음을 흘리는 천호에게 유 실장이 말했다.

"그건 사실입니다. 저도 정지유 실장의 능력이 뛰어나다는 건 보증합니다."

유 실장까지 거들자 천호가 마뜩잖은 얼굴로 마지못해 고개를 끄덕였다.

"……그래. 유 실장은 목에 칼이 들어와도 없는 소리 할 사람은 아니니. 그 말이 맞겠지."

"믿어 주셔서 감사합니다."

싱긋 웃은 유 실장이 곧장 말을 이었다.

"하지만 전 이사님이 승계를 마무리할 동안만 도와 드릴 생각입니다."

"뭐야?"

천호가 병색이 완연한 얼굴로도 짜증을 숨기지 않고 유 실장을 쳐다봤다.

유 실장은 늘 그렇듯 그 얼굴에 굴하지 않고 제 할 말을 했다.

"어디까지나 회장실에서 파견 나온 입장에서 최선을 다할 겁니다. 그리고 그 뒤엔 회장님께 복귀할 겁니다."

"난 이제 일선에서 물러날 건데 무슨 복귀."

"글쎄요. 회장님이 과연 아무 일도 안 하실진 모르겠지만, 만약 그러신다면 저도 같이 낚시나 다녀야죠."

씨익 웃는 유 실장의 얼굴을 천호가 망연하게 바라봤다.

"……허어, 별소릴 다."

천호는 헛웃음을 흘리면서도 썩 싫진 않은 얼굴이었다. 슬그머니 피어오르는 웃음을 근엄한 표정으로 감춘 천호가 유 실장에게 말했다.

"이 사태의 책임을 통감한 총수가 물러난다고 대대적으로 기사 내보내. 그걸로 주주들 달래고 여론도 진정시켜."

"후계자가 이정훈이 아닌 이서국인 걸 알고 있는 주주들 쪽에

선 오히려 주식을 더 사들이고 있습니다. 우려하시는 상황은 오지 않을 테니 안심하셔도 됩니다."

유 실장의 말에 천호의 얼굴에 조금 혈색이 돌았다.

"그래…… 그럼 다행이군."

중얼거리듯 말한 천호가 서국에게 시선을 옮겼다.

"그동안 널 믿지 못해서 내가 이런 형벌을 받는 모양이다."

"아닙니다."

서국이 잘라 말했지만 천호는 표정을 바꾸지 않았다.

"서운한 게 많겠지만 애비를 용서하고, 내가 평생을 일군 회사를…… 부디 잘 부탁한다."

"……최선을 다하겠습니다."

서국의 답변을 들은 천호가 천천히 고개를 끄덕였다.

천호의 방에서 나온 서국이 거실로 향하는데 명진이 그를 불렀다.

"이 이사."

서국이 그녀를 돌아봤다. 명진이 천천히 그에게 다가왔다.

"회장님이 회사 잘 부탁하신다지?"

"네."

서국의 말에 명진의 표정이 조금 어두워졌다.

"역시 그쪽으로 결정 내린 모양이구나."

씁쓸한 얼굴로 말한 그녀가 서국을 올려다봤다.

"평생 회사밖에 모르는 사람이었어. 너도 알겠지만, 너 아플 때 제대로 신경도 못 써 가며 성장시킨 회사야."

"알고 있습니다."

서국이 대답했다. 명진은 고민하는 듯 살짝 미간을 좁히고 말했다.

"그런 사람이 회사를 넘기는 거니까, 많이 고통스러울 거다. 아비로선 면목 없는 사람이지만 총수로선 누구보다 뛰어난 사람이었어."

"……."

서국이 표정 변화 없이 바라봤다. 명진이 입가를 살짝 당기고 그를 올려다봤다.

"회사 잘 부탁해. 너는 어련히 알아서 잘 하겠지만, 그저 노파심에 하는 말이야."

"걱정하지 않게 하겠습니다."

정중히 대답하는 그의 말에 명진이 작게 한숨을 내쉬었다.

"……그래. 그럼 들어가 봐."

고개 숙여 인사하고 현관으로 걸어가는 서국을 명진이 잠시 응시하고 있었다.

지유는 서국이 데리러 오는 시간에 맞춰 하던 일을 정리하고 일어섰다. 마지막까지 남아 있던 탓에 비서실을 한 바퀴 둘러보고 불을 끈 뒤 보안 센서를 통과했다.

임원 주차장으로 내려오자 서국이 기다리고 있었다.

차에 기댄 채 모델처럼 서 있던 서국이 그녀를 보자 미소 지었다.

그 모습을 보니 지유는 야근의 피로가 한 방에 날아가는 듯했다.

"오래 기다렸어요?"

지유가 환한 얼굴로 쪼르르 다가갔다. 서국이 익숙하게 조수석 문을 열어 줬다.

"얼마 안 됐습니다. 타요."

매너 있게 열어 준 문으로 지유가 쏙 들어갔다. 탁. 문을 닫아준 그가 보닛을 돌아 운전석으로 갔다.

"오늘 무슨 일로 간 거였어요?"

곧바로 차를 출발시키는 서국에게 지유가 물었다. 서국을 갑자기 본가에서 부르는 일은 처음 봐서 그런지 일을 하는 내내 신경이 쓰였다. 게다가 스캔들이 터진 직후라 더 걱정이 됐다.

지유가 긴장 어린 표정을 숨기며 보고 있는데 그가 주차장을 빠져나오며 대수롭지 않게 대답했다.

"총수 자리에서 물러난다는 말씀이었습니다."

"회장님께서요?"

지유가 놀란 눈으로 쳐다봤다.

"네. 승계 작업으로 바로 들어가게 될 것 같습니다."

"아아……."

정훈의 사건으로 서국이 후계자 자리를 맡게 될 건 예상한 수순이긴 했다. 하지만 이천호 회장이 이렇게 빨리 직을 내려놓을 줄은 몰랐다.

"그러기엔 아직 상무실도 정리되지 않은 상황이라 힘들지 않을까요?"

걱정 어린 목소리로 지유가 말했다.

"할 수 있을 겁니다."

지유가 운전하는 서국을 바라봤다. 단정한 옆모습에서 담담한 자신감이 느껴졌다.

"……."

말없이 보고 있던 지유가 생긋 웃었다.

"내가 괜한 걱정을 했네요."

서국이 그녀 쪽을 힐긋 바라보고는 손을 뻗어 지유의 손을 잡았다. 작은 손을 잡아 쥔 커다란 손에 힘이 실렸다.

"날 믿어요."

"네."

왜 쓸데없는 걱정부터 한 걸까. 누구보다 이서국을 믿을 수 있는 사람은 저인데. 지유가 그렇게 생각하며 작게 미소 지었다.

"앞으로 한동안은 많이 바쁘긴 할 겁니다."

"괜찮아요. 성취감 있는 일이니까요."

지유도 눈을 반짝이며 자신감을 보였다. 그 모습에 그의 얼굴에 미소가 깊어졌다.

"누구보다 당신이 나에게 큰 힘이 됩니다."

진심이 어린 목소리에 지유는 뿌듯함이 차올랐다.

'소중한 사람에게 도움을 줄 수 있는 일이라 다행이야.'

그렇게 생각하며 그녀는 제 손을 잡고 있는 서국의 어깨에 살포시 머리를 기댔다. 앞으로 분명 많이 바쁘고 힘들겠지만, 이 남자를 도울 수 있어서 정말 다행이라는 생각이 들었다.

"내가 서국 씨에게 힘이 된다니 기뻐요."

그녀가 잔잔한 목소리로 하는 말에 서국의 입술이 유려하게 휘어 올라갔다. 그들은 서로의 손의 온기를 느끼며 한동안 그대로 있었다.

◇ ◆ ◇

정훈의 후계 자격이 박탈됨에 따라 본격적으로 서국이 승계 절차에 들어갔다. 동시에 이사실은 더욱 바빠지게 됐다. 정신없는 와중에도 지유는 유 실장과 조율해서 회사의 리스크를 최소화하는 데 집중했다.

"신기하지 않아요?"

평소처럼 야근을 하던 지유가 선희의 목소리를 듣고 퀭한 눈으로 바라봤다.

"네?"

혹독한 야근의 여파로 피로가 가득 몰린 얼굴로 지유가 되물었다. 선희 역시 누적된 피로로 시멘트 빛깔이 된 얼굴로 지유를 보며 말했다.

"우리가 여러 가지로 준비한 리스크 대처방법이 지금 전혀 필요하지 않잖아요."

"아아."

무슨 말인지 알아들은 지유가 고개를 주억거렸다.

"이정훈의 비리가 터졌음에도 이사님이 후계자가 되는 게 알려지자마자 오히려 내부에선 좋아하고 있잖아요. 주가 방어도 꽤 선방하고 있고."

"그러게요. 다행이죠."

지유는 어느 정도 예상하고 있던 일이긴 했다. 하지만 생각보다 더 말이 나오지 않는 걸 보니 아무래도 BX 건이 큰 것 같다는 생각이 들었다.

'이런 상황까지 전부 미리 예상하고 밀어붙인 건 아닐 텐데, 참 대단하단 말이지.'

지유가 속으로 감탄하고 있는데 그녀의 휴대폰 벨이 울렸다.

'모르는 번호네?'

잠시 액정을 보던 지유가 전화를 받았다.

"네. 정지유입니다."

– 나 최명진 사장이에요.

"!"

최명진 사장님?!

순간 지유의 퀭한 눈이 커다래졌다.

'지유 씨 따로 볼 수 있을까요? 이 이사는 몰랐으면 하는데.'

명진의 전화를 받은 지유는 잔뜩 긴장한 채로 약속 장소로 나갔다.

"드디어 물싸대기의 차례인가?"

드라마에서 숱하게 봤던 그 장면을 떠올리자 겁이 덜컥 났지만 고개를 푸르르 저었다.

"어차피 겪어야 될 일이야! 괜찮아!"

서국과 본격적인 연애를 하게 되면서 언젠가는 이런 날이 올 거라고 생각했다. 어찌 보면 당연하다고도 할 수 있는 일일 테니까.

'으으, 그래도 떨려!'

지유는 잔뜩 긴장이 됐지만 겉으론 최대한 태연을 가장하고서 카페로 들어섰다.

카페 한쪽에 명진이 도도하게 앉아 있었다. 곧게 허리를 피고 앉은 자세로 서류를 확인하고 있는 명진은 누가 들어오는지 관심도 없어 보였다.

'서국 씨랑 닮았네.'

그 모습에서 서국이 떠오르자 왠지 긴장이 조금 풀리는 느낌이었다.

지유가 심호흡하고 명진에게 걸어갔다.

"안녕하세요."

그녀가 다가가서 인사하는 소리에 명진이 서류에 향했던 시선을 들어 올렸다. 지유를 확인한 명진이 안경 너머로 예리하게 눈을 빛냈다. 그 시선에 지유는 속으로 숨을 들이켰다. 명진은 눈빛만으로도 카리스마가 느껴지는 사람이었다.

"우리 구면이죠?"

"네."

지유가 긴장한 얼굴로 살짝 미소를 지으며 대답했다.

“우선 앉아요.”

지유가 조심스럽게 맞은편에 앉은 뒤 명진이 점원을 불렀다.

“뭐 마시겠어요?”

“아, 전 에스프레소 진하게 마실게요.”

“이 시간에? 괜찮겠어요?”

명진이 안경을 추켜올리며 물었다.

“들어가서 처리해야 할 일이 남아서요.”

지유가 미소 지으며 말했다. 명진이 알았다는 듯 진한 에스프레소 두 잔을 주문했다.

“사장님도 같은 걸 드세요?”

“나도 일이 아직 남았거든요.”

담담하게 대답한 명진이 지유를 쳐다봤다.

‘윽. 역시 강하네.’

시선으로도 사람 기를 죽이다니. 차갑고 도도한 명진의 눈을 지유가 최선을 다해 도망치지 않고 마주 봤다.

지유를 가만히 보고 있던 명진이 입을 열었다.

“좀 놀랐어요.”

“네?”

지유가 눈썹을 살짝 올리며 물었다. 명진이 눈을 가늘게 뜨고 말했다.

“이 이사가 이렇게 요란하게 연애할 줄은 몰랐거든.”

“아…….”

스캔들 기사 때문에 하는 말인가 싶어 지유는 바짝 긴장이 됐다. 하긴 대기업 이사 자리에 있는, 더구나 이젠 후계자가 되는 아들과 그 비서의 요란한 스캔들 기사가 터졌는데 어느 부모가 반가워할까.

'지금부터 잘 버텨야 해.'

지유가 어떤 말을 들어도 정신을 차리자고 속으로 다짐했다.

그런데 예상과 달리 명진은 화가 나지 않은 무감한 표정으로 말했다.

"다른 사람을 좋아하게 될 줄은 몰랐는데…… 참 의외네."

……응?

명진은 지유가 아닌 스스로에게 하는 혼잣말처럼 말했다. 시선도 테이블 위를 향해 있었다.

생각에 잠긴 듯 있던 명진이 지유를 다시 바라봤다.

"이 이사에게 얘기 들었죠? 어릴 때 큰 수술이 있던 거."

"네. 들었어요."

지유가 단정히 대답했다. 명진의 시선이 다시 테이블 위로 떨어졌다.

"난 그때 이 이사 옆에 있어 주지 못했어요. 그때 옆에 있어 줬더라면, 아마 그런 눈으로 살게 하진 않았겠죠."

"……."

지유가 조용히 있자 명진이 날카로운 라인의 안경을 추켜올렸다. 그러고는 지유를 똑바로 응시했다.

"알죠? 어떤 눈인지."

"네. 알고 있어요."

지유가 고개를 끄덕였다. 그건 서국이 변화하기 전의 모습이었다. 무엇에도 관심이 없던 시절의 모습. 사실 그리 오래된 일은 아닌데도 다시 떠올리려니 까마득하게 느껴졌다. 그 정도로 지금의 서국에게 익숙해져 있는 모양이었다.

잠자코 생각하고 있는 지유를 빤히 보며 명진이 말했다.

"그런 내 아들이 이제야 좀 사람 같아 보여. 당신 때문이겠지. 고마워요."

"아……."

의외로 고맙다는 말을 듣자 지유가 어떻게 대답해야 할지 몰라 눈을 깜빡였다. 물싸다귀를 각오하고 나왔는데 고맙다니? 어리둥절한 얼굴로 보고 있던 지유가 표정을 정돈하고 말했다.

"저도 서국 씨에게 여러 가지로 도움을 많이 받고 있어요. 고마운 거로 따지자면 제가 훨씬 더할 거예요."

"……."

지유를 가만히 넘겨다보던 명진이 테이블 위의 서류를 정리했다.

"그 말 하려고 오늘 보자고 한 거였어요. 일이 많은 것 같은데 시간 많이 뺏은 게 아닌가 모르겠네요."

응? 이게 다라고?

정리한 서류를 가방에 넣는 명진을 지유가 조금 당황한 눈빛으로 바라봤다. 그런 그녀의 표정을 읽었는지 명진이 말했다.

"내가 만나자고 해서 무서웠죠?"

속을 들킨 지유가 어색하게 웃었다.

"솔직히 조금…… 내 아들과 헤어지라고 물벼락이나 돈 봉투가 나오지 않을까 걱정하긴 했어요."

"별걱정을 다."

피식 웃은 명진이 가방을 들고 자리에서 일어섰다.

"이 이사가 당신 말고는 어떤 여자하고도 결혼 안 한다니까, 조만간 다시 보겠네요. 또 봐요."

"아, 네. 안녕히 가세요."

자리에서 일어선 지유가 예의 바르게 고개를 숙였다.

살짝 고개를 숙여 인사를 받은 명진이 그녀를 지나쳐 카페 입구 쪽으로 걸어갔다.

명진이 카페를 빠져나갈 때까지 보고 있던 지유가 자리에 털썩 앉았다.

"후아."

긴장이 풀린 얼굴로 앉은 지유가 그제야 식은 에스프레소 잔을 쳐다봤다.

'긴장돼서 마시지도 못했네.'

잔을 입술로 가져가 그제야 한 모금 마신 그녀가 고개를 갸웃거렸다.

'아무리 생각해도 이상한데.'

분명 당장 내 아들과 헤어지라고 고함을 칠 줄 알았는데 오히려 고맙다는 말을 듣다니……. 게다가 둘이서 만나 보니 생각보다 무섭다는 기분은 들지 않았다. 물론 긴장은 됐지만, 저를 보는 시선에서 악의가 느껴지진 않았다.

'특히 마지막 말은 결혼을 용인해 주겠다는 뜻 아닌가?'

조용히 앉아 에스프레소를 마시던 지유가 벌떡 일어섰다.

"앗! 이럴 때가 아니잖아? 일단 들어가서 일해야 해!"

손목시계를 확인한 지유가 남은 에스프레소를 원샷하고 빠르게 돌아섰다.

◇ ◆ ◇

서국의 스캔들 기사로 언론의 눈이 쏠리면서 상대적으로 정훈의 기사가 묻히는 현상이 발생했다.

동시에 뜻밖에도 새로운 후계자에 대한 홍보 역할도 됐다. 일반인 비서와의 로맨스가 대중에게 환상을 심어 줘서 후계자 비리 사건 직후인데도 여론이 나쁘지 않게 흘러갔다.

"다 알고 하신 거예요?"

서국의 집에서 태블릿피시로 여론 동향을 파악하고 있던 지유가 옆에서 노트북을 보고 있는 그에게 물었다. 두 사람은 한 소파 위에서 각기 다른 업무를 보는 중이었다.

서국이 호기심 어린 눈으로 저를 보고 있는 지유를 바라봤다.

"부정적 기사를 덮으려는 의도는 있었습니다. 그보다 더 큰 이유도 있었지만."

서국은 안경을 쓰고 있어서 이지적인 분위기가 흘렀다. 회사에선 안경을 쓰지 않았지만 요즘 눈이 피로한 모양인지 집에서는 종종 착용하고 일했다. 지유는 집이라 편한 차림으로 머리를 하나로 높이 묶고 동그란 안경을 쓰고 있었다.

"그게 뭔데요?"

지유가 궁금하단 표정을 지었다. 서국이 그녀를 가만히 바라보며 말했다.

"더는 집안에서 밀어붙이는 강제적인 약혼에 따를 생각이 없다는 조치였습니다. 언론에 공표해 버리면 더는 그런 말이 안 나올 테니까."

지유의 동그란 눈이 더욱 동그래졌다.

"그런 생각이었어요?"

서국의 의도를 이제야 알게 된 지유는 내심 놀랐다.

'이 이사가 당신 말고는 어떤 여자하고도 결혼 안 한다니까, 조만간 다시 보겠네요. 또 봐요.'

그래서 최명진 사장님이 그런 말씀을 하신 거였나? 지유가 곰곰이 떠올리고 있는데 서국이 노트북을 테이블 위로 내려놨다.

달칵.

안경도 벗어 내려놓은 서국이 지유에게 시선을 옮겼다.

'무슨 남자가 안경을 써도 잘생기고 벗으면 더 잘생겼담?'

지유가 서국의 수려한 얼굴에 습관적으로 홀리고 있는데 그가 말했다.

"결혼식은 회사 일이 정리된 이후로 생각하고 있습니다."

"아, 네."

지유가 고개를 끄덕였다. 지금은 너무 바빠서 결혼식 같은 건 꿈도 못 꾸는 상황이긴 했다.

"그 전에 미국에 가서 지유 씨를 키워 주신 분들께 허락을 받고 진행할 겁니다."

지유가 멈칫거렸다.

"우리 아빠네요?"

"네."

서국이 진지하게 쳐다보는 시선을 가만히 마주 보던 지유가 방긋 웃었다.

"서국 씨 만나는 거 알고 아빠가 보고 싶다고 데려오라고 자주 말씀하시긴 했어요."

"다행이군요."

생글거리던 지유가 문득 눈썹을 모았다.

"그런데 인사하는 자리가 결혼 승낙을 받는 자리가 되어 버리면 엄청나게 놀라시겠어요."

남자 친구를 데려오라고는 했지만 남편을 데려오라고 한 건 아니었으니 분명 놀라 자빠질 게 뻔했다. 지금껏 남자 친구를 한 번도 사귄 적이 없었으니 더 그럴 거였다.

"잘 보여야겠군요. 그분들께."

서국이 근사하게 미소 지었다. 그 얼굴을 보던 지유가 다시 입술을 끌어 올렸다.

"서국 씨와 함께 미국에 가고 인사를 드리고, 그걸 생각하니까 갑자기 결혼에 대한 실감이 드는 것 같아요."

"……."

서국이 생각에 잠긴 지유를 조용히 응시했다. 머릿속으로 여러 가지를 떠올려보던 지유가 작게 웃었다.

"물론 아직 닥친 일이 코앞에 산적해 있지만요. 그래도 서국 씨 보면 그분들도 안심하실 거예요. 빨리 가정을 이뤄서 행복하게 사는 모습을 보고 싶다고 하셨거든요."

늘 한국에서 혼자 생활하는 자신이 걱정돼서 연애 안 하냐는 말을 수시로 했다는 걸 지유는 알고 있었다. 이왕 데려가는 거 남친보다는 남편이 훨씬 낫겠지.

지유가 그렇게 생각하며 고개를 주억거렸다. 그런 그녀를 가만히 바라보던 서국이 말했다.

"어떤 마음인지 알 것 같습니다. 최선을 다해 결혼식을 앞당겨야겠군요."

지유가 깜짝 놀란 얼굴로 손을 저었다.

"네? 아, 그런 의미로 한 말은 아니었어요! 천천히 해도……."

"내가 그러고 싶은 겁니다."

"……."

똑바로 응시하는 시선에 지유가 입을 다물었다. 그녀의 뺨에 홍조가 돌았다.

"……지금도 거의 반동거 아닌가. 맨날 같이 있는데……."

지유가 눈을 수줍게 내려 뜨며 말했다.

"이젠 당신이 돌아가는 그 짧은 시간조차도 버티기 힘듭니다."

낮은 목소리에 그녀의 시선이 다시 그에게 향했다. 서국의 눈이 짙게 타올랐다.

"당신이 어디에 있든, 돌아오는 곳이 내 집이었으면 좋겠습니다."

"……."

그가 손을 뻗어 지유의 뺨을 어루만졌다.

"짧은 순간에도 당신을 다른 곳에 보내기 싫다는 말이야."

매혹적으로 짙어진 눈빛에 현혹되어 있던 지유의 입매가 둥글게 휘어 올라갔다.

"서국 씨에게 결혼의 의미는 그런 거구나."

가슴이 따스해지는 것을 느끼며 그녀가 말했다.

"나도 당신과 계속 함께 있고 싶어요."

"……."

그의 눈동자가 뜨겁게 일렁였다. 그 미소를 마주 보며 지유가 부드럽게 웃었다.

"그래도, 중요한 시기는 지난 다음에 해요. 불안한 마음으로 결혼 준비하고 싶지는 않아요."

아직은 급작스러운 승계 문제로 신경 써야 할 게 너무 많았다. 정훈이 남겨 놓은 계약들도 정리가 덜된 상황임을 서국도 잘 알고 있기에 그가 한숨을 내쉬었다.

"……압니다."

당장 결혼하고 싶은 마음과 다르게 현실은 먼저 처리해야 할 일들이 산적해 있었다. 그걸 알면서도 자신이 조급함을 보인다는 것 역시 알고 있었다.

참아야 한다는 것도.

그의 얼굴을 들여다보고 있던 지유가 작은 목소리로 말했다.

"나요. 짝사랑 기간만 너무 길고 서국 씨랑 연애는 얼마 못 했단 말이에요."

그가 지유를 바라봤다. 지유가 동그란 안경 너머로 사랑스러운 웃음을 머금고 있었다.

"연애 기간 너무 짧게 가지면 나중에 아쉽대요. 추억 쌓는 기간을 조금 더 늘린다고 생각하고 우선 회사 일 먼저 처리하기로 해요."

지유를 보던 서국이 살짝 미간을 좁혔다.

"그런 얼굴로 말하면 거절할 수가 없잖아."

그가 신음처럼 내뱉었다. 찡그려진 잘생긴 얼굴을 보던 그녀가 예쁜 웃음을 흘리며 상체를 기울여 서국의 입술에 입을 맞췄다.

촉.

부드럽게 입술을 닿았다가 뗀 지유가 반짝이는 눈빛으로 그의 눈을 바라봤다.

"아직은 당신의 아내보다 애인이고 싶단 말이에요."

"……."

서국의 눈동자가 순식간에 어둡게 타올랐다.

"뭐든 좋으니 키스해 줘."

탁해진 음성으로 말하자 지유가 입꼬리를 부드럽게 휘어 올렸다. 지유가 제 안경을 벗었다. 그러고는 살짝 그의 얼굴을 잡고 고개를 기울여 섬세한 입술에 입을 맞췄다.

입술을 간지럽히는 듯한 숨결이 달아오르며 키스가 점차 진해져 갔다.

주말 한낮의 오후가 그렇게 달콤하게 흘러가고 있었다.

에필로그

서국의 회장 취임식은 한여름에 진행됐다.

본사 전 직원이 모여 있는 대강당 단상 위에 서국이 섰다. 임원을 포함한 수많은 직원들의 시선이 그에게 집중됐다. 그는 처음부터 후계자의 위치에 있던 사람처럼 그 자리가 잘 어울렸다.

젊은 나이에도 일말의 긴장이나 주눅 듦 없이 마이크 앞에 선 그가 입을 열었다.

"이서국입니다. 최근 벌어진 일들로 심려가 많으셨을 걸 압니다. 하지만 우리 태림은 반세기의 유구한 역사를 가진 기업입니다."

낮고 명료한 목소리는 듣는 이로 하여금 신뢰를 갖게 했다.

전 직원을 천천히 눈에 담은 그가 말을 이었다.

"큰 바람에도 흔들림 없는 강한 태림을 만들겠다고 약속드립니다. 저를 믿고 함께해 주시기 바랍니다. 감사합니다."

짝짝짝-!

짧지만 강한 워딩에 모든 사람들의 박수가 이어졌다.

서국의 뒤에 선 지유가 끊기지 않고 커져 가는 박수 소리를 흐뭇하게 들으며 그를 보고 있었다.

취임식이 끝나고 난 뒤 서국이 단상에서 내려왔다. 아래에서 대기하고 있던 지유가 환하게 웃으며 그에게 꽃다발을 건넸다.

"축하해요. 회장님. 이건 저희 비서팀에서 준비한 거예요."

"그 호칭은 아직 낯설군요. 고마워요."

서국이 부드럽게 미소 지으며 그녀가 건넨 꽃다발을 받았다.

"오늘 완전 멋졌어요. 역시 서국 씨는 남들 앞에 있을 때 가장 빛나는 사람 같아요."

지유가 눈을 반짝거리며 엄지를 치켜세우고 하는 말에 그의 미소가 짙어졌다.

"나는 정지유 앞에 있을 때 가장 빛나고 싶은데."

어머, 회사에서.

지유가 눈을 동그랗게 뜨고 슬쩍 주변을 두리번거리고는 배시시 웃었다.

"제 앞에선 언제나 반짝반짝 빛나는데, 모르세요?"

"다행이군요."

진한 눈웃음을 지은 그가 말을 이었다.

"본가에 다녀와야 하니 집에 바래다줄게요."

"아! 오늘 팀원들과 취임식 축하주 마시기로 했어요. 오늘 준비하느라 다들 애썼거든요."

"그럼 끝나면 데리러 갈 테니 연락해요."

"네. 서국 씨도 조심히 다녀와요."

인사한 지유가 비서실로 총총 향했다. 그녀의 뒷모습을 잠시 보던 그가 꽃다발을 든 채 엘리베이터 쪽으로 향했다.

꽃을 든 수려한 남자에게 직원들의 선망 어린 시선이 남몰래 닿고 있었다.

천호의 저택에 서국이 들어섰다. 기다리고 있던 명진이 그를 맞았다. 그가 정중히 고개를 숙이는 모습을 본 그녀가 물었다.

"취임식은 잘 했니?"

"잘 마쳤습니다."

서국이 단정한 얼굴로 대답했다. 그의 얼굴을 시선으로 훑은 명진이 소파를 가르켰다.

"회장님 모시고 올 테니 앉아 있어."

"네."

2층으로 향하는 명진을 잠시 쳐다본 서국이 소파가 있는 곳으로 걸어갔다.

그가 잠시 앉아 있으니 천호의 목소리가 들렸다.

"유 실장에게 얘기 들었다."

천호를 본 서국이 몸을 일으켰다. 2층에서 내려온 천호가 서국이 있는 곳으로 다가왔다.

"잘했다던데."

"건강은 괜찮으십니까."

"쉬는데 더 나빠질 일이 있나. 무료할 뿐이지."

그의 말대로 안색은 좀 나아져 있었다. 천호가 소파에 앉은 뒤 명진도 와서 앉았다. 세 명이 마주 보는 자리에서 천호가 서국에게 말했다.

"고생 많았다. 신경 쓸 게 많았을 텐데."

"아닙니다. 유 실장님이 많은 도움 주셨습니다."

서국의 겸손한 발언에 명진이 말했다.

"그래도 쉬운 게 아니지. 짧은 시간에 이만큼 수습한 건 대단한 거야."

"감사합니다."

그가 예의 있게 고개를 숙였다. 명진의 말대로 서국이 한 일은 쉬운 일이 아니었다. 고작 몇 개월의 시간 동안 정훈의 사건으로 인한 회사 내외의 악재를 차단하고, BX 신규 사업을 전면에 내세워 주가를 빠르게 상승시켰다. 기존 서국의 이미지로 회사 내부에서의 불만도 상쇄시켰다.

그건 지금까지 그가 보여 준 업무 능력 덕분에 가능한 일이었다. 그래서 오늘 취임식까지 훌륭히 마무리지을 수 있던 거였다.

정훈의 일은 천호뿐만 아니라 명진에게도 뼈아픈 일이었지만, 그나마 서국이 회사 일이라도 제대로 잡아 줘서 걱정을 덜 수 있었다.

명진이 조용히 그런 생각을 하고 있는데 천호가 서국에게 말했다.

"그래서, 언제 데려올 거냐."

서국이 천호를 바라봤다.

"대강 정리됐으면 자리 한번 만들어야지. 얼굴 안 보일 거냐."

지유를 두고 하는 말에 명진이 끼어 들었다.

"알아서 하겠죠. 이제 겨우 취임식 끝났는데 벌써 부담을 주고 그러세요."

명진이 힐난하자 천호가 눈썹을 찌푸리며 말했다.

"취임식까지 했는데 계속 혼자 있는 것도 보기 안 좋아. 이른 나이에 취임한 만큼 안정된 모습을 보여야지."

"요즘 시대에 그런 고리타분한 말씀 마세요."

"뭐야?"

천호가 명진에게 인상을 쓰는데 서국이 담담하게 말했다.

"당분간은 처리해야 할 일이 많아 어렵겠지만 최대한 빠른 시간 내에 상의해서 자리 만들어 보겠습니다."

서국의 대답을 들은 천호가 만족스럽게 고개를 끄덕였다.

"그래. 얼굴 보이는 거야 뭐 어려운 일이라고, 한번 데려와. 식사나 같이하게."

"알겠습니다."

눈을 가늘이고 두 사람의 대화를 듣고 있던 명진이 서국에게 당부하듯 말했다.

"둘이 잘 상의해서 날짜 잡아. 그 아가씨에겐 꽤 부담될 수 있으니."

"부담은 무슨 부담."

천호가 불만스럽게 대꾸했지만 명진이 지유를 신경 써 주는 걸 느낀 서국의 표정이 부드러워졌다.

"네. 그렇게 하겠습니다."

"……."

한결 부드러워진 서국의 얼굴을 명진이 의외감이 담긴 눈으로 보고 있었다.

"모두들 수고 많았어요! 건배!"

"건배!"

비서팀의 와인 잔들이 공중에서 요란하게 부딪혔다.

다들 체력 소모가 많았다며 든든하게 고기를 먹어야 된다는 육식주의자 지유의 말에 스테이크 하우스로 온 참이었다. 접시마다 두툼한 스테이크를 두고 사이드로 파스타와 리조또 등 다양한 요리가 테이블 위에 풍성하게 차려져 있었다.

"정말 오늘이 오긴 오네요. 영영 안 올 줄 알았는데."

선희가 퀭한 얼굴로 말했다.

"저도요."

마찬가지로 퀭한 얼굴로 효린이 거들었다.

"급작스럽게 결정된 일이라 다들 고생이 많았어요. 매일 야근하고 주말도 일하고, 힘들었죠?"

"괜찮습니다. 그래도 보람도 되고요."

남식이 고깃조각을 입안에 넣고 우물거리며 하는 말에 은주도 동조했다.

"너무 뿌듯하긴 해요. 우리 이사님이 회사 총수가 되다니! 사실 작년 중반까지만 해도 생각도 못 한 일이었잖아요."

"맞아요. 상무님 오시고 어쩌다 보니 그렇게 진행이 됐죠."

"어떻게 보면 상무님 덕분에 이사님, 아니 이제 회장님이라 불러야 되는구나. 회장님이 후계가 될 수 있던 거 같아요."

비서들의 말에 지유가 고개를 끄덕였다.

"그런 일이 없었더라면 아마 먼저 나서진 않았을 테니까요."

"회사를 위해선 지금이 훨씬 좋은 결과죠! 만약 상무님이 맡았어봐요. 회사 말아먹는 건 시간문제였지."

다들 생각하기도 싫다는 듯 진저리를 치는데 지유가 미소 지었다.

"그 모든 게 가능했던 건 여러분 덕이 커요. 정말 고마워요."

"실장님이 가장 고생하셨죠."

"맞아요. 우리 중에서 가장 고생한 건 실장님이죠. 수고 많으셨어요!"

지유가 살짝 부끄러운 표정으로 다시 잔을 들어 올렸다.

"다시 건배합시다!"

효린이 다급하게 건배를 종용하는 지유를 옆에서 보며 웃었다.

"실장님 이런 건 부끄러워하시는 것도 귀여움 포인트인 거 아세요?"

"귀, 귀엽다뇨. 일단 건배!"

얼굴이 더 붉어지는 지유를 미소로 보며 다들 잔을 들어 올렸다.

"수고 많았어요! 열심히 먹고 2차는 호프집입니다!"

"와! 좋아요!"

챙!

웃음소리와 함께 여러 개의 잔이 맑은 소리를 내며 부딪혔다.

◇ ◆ ◇

서국은 집에서 시계를 응시하고 있었다.

밤 10시가 넘은 시간.

"……."

그가 미간을 좁힌 채 소파 옆에 놔둔 휴대폰을 쳐다봤다.

지유의 연락을 기다리느라 내내 잡고 있다가 소파에 내려 둔 휴대폰을 그가 다시 잡았다. 그는 마치 대역죄를 지은 죄인을 쳐다보듯 휴대폰을 노려봤다. 아무리 액정을 노려봐도 지유에게서 연락이 오지 않았다.

보통 회식을 해도 9시 전에는 집에 들어오던 그녀였다. 집에 들어올 땐 늘 그가 데리러 가기 때문에 8시 즈음엔 항상 연락이 왔다.

'이렇게 늦어지는 건 처음인데…….'

서국의 눈썹이 더 좁혀 들었다.

먼저 연락해 볼까 하는 마음도 있었지만, 그녀 말대로 취임식 준비로 요즘 계속 야근했던 비서팀의 회식을 방해할까 봐 휴대폰만 노려볼 수밖에 없었다.

지이이잉.

"!"

진동이 울리자 초조해하던 서국의 눈이 커졌다. 그가 곧장 전화를 받았다.

"끝났습니까?"

곧장 전화를 받은 서국이 묻는데 통화 저편은 주변이 시끌시끌했다.

– 서국 씨이~

……이 목소린?

혀가 꼬인 지유의 목소리에 서국이 멈칫거렸다. 아주 가끔 그녀가 만취 상태가 될 때만 나오는 목소리였다. 그의 눈썹이 사납게 꿈틀거리는데 지유의 목소리가 다시 들렸다.

– 나 안 취했는데 자꾸 취했대여~ 나빴져?

하아, 나지막하게 신음을 흘린 서국이 얼굴을 찌푸린 채 몸을 일으켰다.

"어딥니까? 거기."

곧장 지유를 데리러 간 서국이 술집 안으로 들어섰다.

그의 걸음이 조급했다. 평소 그녀를 데리러 갈 땐 늘 밖에 차를 세워 두고 기다렸지만, 오늘은 전화 속 지유의 상태가 심히 위험해 보여 직접 들어갔다.

집에서 바로 나왔기 때문에 그는 깔끔한 그레이 색상 반팔 셔츠에 블랙 슬랙스를 입고 있었다.

훤칠한 키에 넓은 어깨, 그리고 반팔 셔츠로 숨길 수 없는 탄탄한 피지컬의 서국이 술집 안으로 들어서자 사람들의 시선이 그에게 확 쏠렸다.

"역시 이사님, 아니 우리 회장님은 걸작이네요."

입구가 보이는 쪽에 앉은 은주가 취한 얼굴로 중얼거리는 소리에 마찬가지로 취한 지유가 발간 얼굴로 돌아봤다.

"응? 회장님이면 우리 서국 씬데?"

이쪽을 보고 모델처럼 걸어오는 서국이 지유의 시야에도 들어왔다.

"걸작 맞네. 걸작 내 남자……."

지유가 취한 눈으로 보며 흐뭇하게 중얼거리는데 효린이 말했다.

"여기 여자들 다 쳐다보는 거 봐요. 눈을 못 떼네. 아주."

"어? 정말……?"

서국만 보고 있던 지유가 주변을 둘러보고는 눈이 가늘어졌다. 대화도 멈춘 채 마치 연예인을 본 듯 그를 보고 있는 여자들을 보자 넘실거리는 취기에도 심술이 뽀롱뽀롱 솟아났다.

지유를 똑바로 보고 걸어온 서국이 테이블 쪽으로 다가왔다. 그가 가까이 오자 술에 취한 비서들이 환호했다.

"우리 회장님 오셨다!"

"회장님 취임 축하드려요!"

평소와 다르게 한껏 업 되어 있는 그들에게 짧게 인사한 서국이 지유를 유심히 바라봤다.

"정 실장."

게슴츠레한 지유의 눈을 서국이 걱정스럽게 보며 물었다.

"괜찮습니까?"

"저 안 취했는데여."

지유가 샐쭉하게 말하자 서국이 비서들을 바라봤다.

"정 실장은 내가 데려가도 되겠습니까? 가서 쉬어야 할 거 같은데."

"네, 네. 암요. 모시고 가세요."

"실장님이 취임식 준비하느라 너~무 고생하셨어요. 꼭 수고했다고 해 주셔야 돼요?"

은주가 애교 섞인 목소리로 하는 말에 서국이 지유에게 시선을 둔 채 고개를 끄덕였다.

"그러겠습니다. 정 실장. 가죠."

"나 안 취했다니까여."

지유가 서국을 보지 않고 토라진 듯 시선을 내리깔았다. 그녀를 가만히 내려다보던 그가 조심스럽게 일으켰다.

"그만 들어갑시다."

"안 취했는데에."

투덜거리면서도 지유는 서국이 이끄는 대로 얌전히 일어나서 그에게 포옥 기댔다.

테이블에서 지유의 짐을 챙긴 그가 비서들에게 카드를 내밀었다.

"다들 고생했으니 오늘 마음껏 회포 풀고 즐기세요. 그럼 월요일에 보죠."

번쩍이는 카드에 비서들이 환호를 질렀다.

"와, 감사합니다!"

"회장님! 우리 회장님!"

신이 나서 테이블을 두들겨 대는 비서들을 뒤로한 서국이 지유를 부축하며 멀어졌다.

그들이 멀어지자 둥둥거림이 뚝 멈췄다. 비서들의 시선이 그들의 뒷모습에 은밀히 닿았다.

“꺄! 너무 설레요, 그쵸?”

효린이 제 손으로 양 얼굴을 감싸며 꺄악거렸다. 은주도 홍조 띤 얼굴로 부러운 듯 말했다.

“나도 꽐라 되면 저렇게 데리러 오는 남자 어디 없나? 너무 부럽네, 진짜.”

은주의 말에 안주를 먹고 있던 남식이 인상을 찌푸렸다.

“맨날 나랑 마시잖아요. 내가 데려다주는데, 뭘.”

남식이 투덜대듯 말하며 맥주 잔을 입술로 가져가자 효린이 눈을 부릅떴다.

“네에? 두 사람 맨날 술 마셔요?!”

“언제부터?”

선희도 득달같이 따져 물었다. 매서운 시선들이 자신에게 꽂히자 은주가 슬쩍 눈을 피하면서 말했다.

“어? 어…… 아니. 그냥 뭐 남식 씨가 심심해하니까.”

“또 내 핑계 대면서 같이 술 먹자 하고 데리러 오는 건 다른 남자 찾지.”

남식이 마른 육포를 질겅거리며 투덜거렸다. 은주가 당황한 얼굴로 그를 쳐다봤다.

“뭐야? 남식 씨 삐졌어?”

“아닙니다.”

남식이 은주를 쳐다보지 않고 맥주를 벌컥거리고 마셨다.
"아니 난 그런 뜻은 아니었는데…… 기분 상했다면 미안해. 남식 씨."
"괜찮습니다."
눈치를 보는 은주와 심기가 불편한 티를 팍팍 내고 있는 남식을 선희와 효린이 응시하고 있었다.
선희가 효린과 시선을 맞추고는 고개를 절레절레 저었다.
"이야, 우리 팀에 벌써 두 커플 생긴 건가?"
"우리 팀이 음양의 조화가 좋나 봐요. 이번 신입, 남자로 뽑아 주시면 안 돼요?"
효린이 고양이처럼 갸르릉거리며 선희에게 어필하자 은주가 펄쩍 뛰었다.
"무슨 소리야? 커플은 무슨! 남식 씨, 그만 마셔!"
은주가 남식의 술잔을 빼앗으려 했지만 남식이 피하는 손이 더 빨랐다.
"그만 마시라니까??"
시끌시끌한 술자리가 그 뒤로도 계속 이어지고 있었다.

서국은 지유를 부축하며 엘리베이터에서 내렸다.
"조심히."
거실로 들어서며 그가 걱정이 담긴 목소리로 말했다. 그 소리에 지유가 중얼거렸다.
"안 취했다니까여."
오는 동안 백 번쯤 말했지만 서국은 짜증 하나 없이 걱정스러운 표정이었다. 그가 지유를 조심스럽게 소파에 앉혔다.

털썩.

"하아."

앉자마자 지유가 발간 얼굴로 더운 숨결을 내쉬었다. 그녀의 상태를 잠시 살핀 그가 몸을 돌렸다. 그가 어디론가 빠른 걸음으로 사라졌다.

"잠시 기다려요."

다시 돌아온 서국이 물과 술 깨는 약을 가져와서 지유에게 건넸다.

"마셔요. 이거 먹으면 좀 나아질 테니까."

"……."

지유는 그가 내민 것을 받을 생각도 없이 눈을 게슴츠레하게 뜨고 쳐다보고 있었다.

"어서요."

서국이 재촉하는 말에도 지유는 힘이 들어가지 않는 눈에 애써 힘을 주며 그를 보고 있었다. 뺨을 붉게 물들인 취한 얼굴로 지유가 입을 열었다.

"서국 씨, 나 할 말 있어여."

서국이 그녀를 가만히 응시했다. 지유가 제대로 떠지지 않는 눈에 억지로 힘을 줘 들어 올리려 하는 모습이 몹시 귀여웠다.

"말해요."

하지만 이렇게 취한 모습은 확실히 걱정이 됐다. 걱정과 사랑스러움이 뒤섞인 복잡한 심정으로 그가 보고 있는데 그녀가 제딴엔 단호하게 말했다.

"당신 몸 그만 만들어야겠어여."

"……몸 말입니까?"

서국이 의아하게 묻는데 지유가 결연하게 고개를 끄덕였다.

"네. 운동 그만해여."

"갑자기 그건 왜……."

"다른 여자들이 당신 몸 쳐다보는 거 신경 쓰여 죽겠단 말이에여."

지유가 입술을 삐죽대는 모습에 잠시 놀란 표정을 지었던 서국이 입술을 휘어 올렸다.

"상관없지 않나. 난 당신만 보니까."

"안 돼여!"

지유가 으르렁거리며 양손을 뻗어 달려들었다.

"운동을 그만하든, 이거 다 가리는 두꺼운 옷만 입고 다니든……! 어머!"

서국의 티셔츠 밖으로 살짝 윤곽이 드러난 가슴근육으로 냅따 두 손을 가져간 지유가 눈을 번쩍 떴다.

"이 단단한 몸 좀 봐!"

지유가 감탄한 얼굴로 손바닥 안의 탄탄한 근육을 조물딱거렸다. 제 가슴을 떡 주무르듯 주무르고 있는 지유의 손길에 서국의 눈썹이 꿈틀거렸다.

"그만하고 이거 마시……."

"잠깐 있어 봐요! 지금 그게 중요한 게 아니에여!"

지유가 반짝반짝 빛나는 눈으로 서국의 가슴근육을 만지작거렸다.

"이거 보라구요. 이 점점 딴딴해지는…… 어머머! 세상에!"

그녀의 손길에 팽창된 근육이 불끈거리며 꿈틀거리자 지유가 호들갑을 떨었다.

"……후."

반대로 서국의 미간은 점점 더 좁혀 들고 있었다.

"오늘은 위험합니다. 물부터 마셔요."

"아니, 서국 씨 요즘 운동 더 많이 했나 봐여? 안 그래도 걸작인데 몸이 더 좋아졌…… 어머, 어머나아."

지유가 연신 감탄한 얼굴로 탄탄한 가슴근육을 만졌다.

서국이 미간을 찌푸리고 낮게 신음을 흘렸다. 지유가 연애 기간을 더 갖자고 한 상태라 위험한 날은 피하고 있었다. 그런 시기에는 운동을 더 격렬하게 하긴 했다.

안 그러면 참기 힘들 것 같으니.

그런데 그런 그의 심경은 알 바 아니라는 듯 지유는 운동으로 펌핑된 서국의 가슴근육을 조물딱대고 있었다.

"……."

점차 인내심의 한계를 느낀 서국이 뜨거운 숨을 토해 냈다.

"안 마실 겁니까?"

"네? 아……."

낮게 말한 그가 물을 제 입술에 머금은 뒤 지유의 턱을 들어 올렸다. 잠시 눈을 맞춘 그가 그대로 고개를 기울였다.

"아, 읍."

입술을 포갠 그가 살짝 벌어진 그녀의 입술 틈으로 물을 흘려보냈다.

……꿀꺽.

"으음."

서국이 흘려 준 물을 달게 받아마신 지유가 발간 얼굴로 천천히 눈을 떴다. 눈앞엔 욕망에 타오르는 그의 눈동자가 있었다.

"……시원해…… 더 줘여."

지유의 달콤한 목소리에 서국이 목울대를 꿈틀거리더니 다시 컵을 제 입술로 가져갔다. 조금 전보다 거칠어진 움직임으로 턱을 잡아 고정한 뒤 입술을 맞물렸다.

꿀꺽, 꿀꺽.

지유가 모이를 받아먹는 아기 새처럼 물을 삼켰다.

"하아."

숨을 내쉰 지유가 목적은 물이 아니라 그의 입술이었다는 듯 물기 어린 입술을 쪽쪽 빨기 시작했다. 간질거리는 감촉에 서국이 인상을 쓰고 숨을 들이켰다.

"……후."

낮게 숨을 토해 낸 그가 단정한 눈썹을 찌푸리며 지유의 입술을 벌려 혀를 밀어 넣었다.

"하읍, 응……."

서국이 진하게 키스하자 지유의 고개가 뒤로 젖혀지며 입술이 크게 벌어졌다. 물컹한 혀가 야릇하게 엉켜들자 두 사람의 숨결이 순식간에 달아올랐다. 촉촉하게 맞물렸다 풀어질 때마다 뜨거운 숨결이 서로의 입술 안으로 흘러 들어갔다. 물을 삼키듯 타액을 빨아 삼키던 서국은 인내가 급속도로 사라지는 것을 느꼈다.

"……안 돼. 그만."

서국이 거친 숨결 몰아쉬며 물러나자 지유가 그의 입술을 빼앗기지 않으려 칭얼거렸다.

"싫어여, 더 할래."

"안 된다니……."

서국이 달아오른 숨결을 진정시키지 못하고 눈썹을 바짝 모으는데 지유가 그의 몸을 두 손으로 밀어 바닥으로 쓰러뜨렸다.

털썩.

서국의 몸 위를 타고 앉은 지유가 내려다봤다.

그가 거친 숨결을 몰아쉬며 그녀를 올려다보고 있었다.

"지……."

"쉬잇."

서국이 난감한 얼굴로 그녀를 부르려는데 지유가 제 입술에 손가락 하나를 갖다 대며 생긋 웃었다. 그러고는 자신의 머리칼을 하나로 그러모아 섹시하게 틀어쥐고는 고개를 숙였다.

그 모습을 본 서국의 어둡게 물든 눈이 흔들렸다.

"잠깐……읏."

서국의 목덜미에 살랑이는 입술이 닿고 동시에 하아, 하는 야릇한 숨결이 느껴졌다. 그 자극에 그의 몸이 흠칫거렸다. 목울대가 꿈틀거리는 남성적인 목을 쪽쪽거리며 내려가며 그녀가 그의 티셔츠를 아래에서 과감하게 잡아 올렸다.

"정지유."

짓눌린 목소리가 겨우 흘러나왔지만 지유는 제 할 일 하기 바빴다.

“가만히 있어요.”

지유가 속삭이고는 울록불록한 명품 복근을 감상했다.

“어머머. 예술이다, 정말.”

들춰올린 티셔츠 아래 드러난 단단한 복근을 그녀가 두 손으로 야릇하게 만지작거렸다.

“으읏.”

서국의 입술에서 탁한 신음이 흘러나오며 복근이 꽉 조여든 채 오르내렸다.

“세상에! 움직여! 살아 있는 거 같아여!”

“그렇게 만지면 당연히…….”

짓눌린 신음을 흘리는 서국은 아랑곳하지 않은 지유가 그의 복근을 초콜릿처럼 갈라진 모양대로 조물락거렸다. 단단해서 손에 쥐이지도 않는 근육을 만지는 지유의 얼굴이 더욱 더 상기되었다.

“하아, 단단해애…….”

한숨처럼 흘린 지유가 티셔츠를 가슴 위까지 대담하게 끌어올렸다.

“!”

팽팽하게 팽창된 넓은 가슴근육으로 지유의 얼굴이 내려갔다. 그걸 본 그의 온몸에 터질 듯 힘이 들어갔다.

진한색의 유두를 입술로 삼키는 순간 서국의 입술에서 야릇한 신음이 흘러나왔다.

“하…….”

“어머, 더 커졌……!”

입술 안에서 작은 혀로 굴리던 지유가 깜짝 놀란 표정을 지었다.

"위험한 날이라고 했잖아."

목에 핏대가 드러난 채 서국이 탁한 목소리로 헐떡였다. 지유가 움직임을 멈추지 않고 말했다.

"우리에겐 그게 있잖아여."

"그래도, 위험해. 전에도……흣."

"알아여, 찢어진 거."

전에 콘돔을 사용하다 찢어진 적이 있어서 서국은 더욱 위험한 날을 피하고 있었다.

"조심하면 될 거예여."

유혹적인 목소리로 속삭이며 지유가 점차 입술을 아래로 내렸다. 올록볼록한 단단한 복근이 꿈틀거리고 있었다. 그 아래로 지유가 그대로 계속 내려가자 서국이 벌떡 몸을 일으켜 세웠다.

"어?"

지유가 하아, 하아 숨을 몰아쉬며 서국을 의아하게 바라봤다. 발간 얼굴로 보고 있는 그녀의 입술이 타액에 번져 반들거렸다. 그의 시선이 거기에 박혔다.

"……."

눈동자가 완전히 새까맣게 물든 서국이 그대로 지유를 안아 올렸다.

그녀를 안고 침실로 걸어간 서국이 거대한 침대에 지유를 눕혔다.

서국이 가슴에 걸쳐졌던 티셔츠를 머리 위로 벗어 냈다. 툭,

바닥에 떨어 뜨린 그가 야성적인 시선으로 그녀를 똑바로 응시하며 제 바지 버클로 손을 가져갔다.

그가 저를 보며 제 옷을 벗어 내자 지유는 온몸이 참을 수 없이 뜨거워졌다.

'하아…… 흥분돼.'

운동을 독하게 했는지 평소보다 더 남성적인 근육질 몸이 지유를 홀리고 있었다. 다비드상 저리 가라 할 정도로 완벽한 조각 몸매를 보고 있으려니 입안에 침까지 바짝 말랐다.

침대로 다시 와서 그녀의 옷까지 거침없이 벗겨 낸 서국이 사이드 테이블 서랍을 열었다.

드륵, 그 안에서 은박포장지를 빼냈다.

욕정으로 새까맣게 물든 눈으로 지유를 노려보며 포장지를 입에 물고서 찢어 냈다.

"최대한 조심할게."

야해…….

지유의 얼굴이 붉어졌다. 서국이 꺼덕이는 거대한 페니스에 콘돔을 씌우는 모습이 지독히도 야했다. 그 모습에 지유는 흥분으로 참을 수가 없어졌다.

"서국 씨, 어서……."

지유가 제 몸 위를 타고 오르는 단단한 어깨를 매만지며 안달을 냈다. 보드라운 몸이 달싹이며 그를 자극하자 서국이 하얀 다리를 잡아 올리며 짓눌린 목소리를 냈다.

"……술 취한 정지유는 너무 위험하군."

"아아!"

서국이 여유 없는 몸짓으로 강하게 들이쳤다. 이미 흥분으로 젖어 있었음에도 단번에 좁은 질구를 벌리고 들어오는 사나운 근육 덩어리의 힘에 지유의 입술에서 탄성이 터져 나왔다.

"내 인내를 완전히 끊어 놓는데."

"서, 서국 씨……응! 아앗!"

취해서인지 지유가 평소보다 더 적극적으로 매달리며 신음을 터뜨렸다. 조바심을 내는 듯 달싹이는 하얗고 통통한 엉덩이를 잡아 쥔 그의 턱이 단단히 굳었다.

"후우. 돌겠군."

단정한 이마를 일그러뜨리며 말한 서국이 격렬해지려는 욕망을 필사적으로 참아 눌렀다. 엉덩이를 움직이지 못하도록 꽉 움켜쥔 그가 느릿하게 속살 안으로 짓쳐 들어갔다.

"하응, 응. 시, 싫어. 더 세게……."

지유가 칭얼대듯 숨을 몰아쉬며 고개를 저어댔다. 강하게 들쑤실 듯 들어와 놓고 애간장을 태우듯 느리게 내벽을 벌려 대는 통에 숨이 넘어갈 것 같았다.

"안 돼. 다쳐."

그녀의 조급함을 알면서도 서국은 미쳐 날뛸 것 같은 제 욕망을 필사적으로 참아 누르며 그녀의 우윳빛 애액이 크림처럼 발라져 있는 도톰한 음순 안으로 빳빳한 페니스를 천천히 밀어 넣었다. 그대로 좁은 내벽을 굵게 휘어 올라간 모양대로 넓히며 쑤셔 올라갔다가 둥근 귀두까지 느릿하게 빠져나오길 반복했다.

"흐읏, 아, 아아……."

지유의 몸이 흠칫거리며 신음이 가늘게 떨렸다. 그녀의 눈이 쾌감으로 찌푸려졌다.

'처, 천천히 하니까 더 미치겠……!'

거칠고 강하게 해 주길 바랐는데 막상 느릿하게 움직이며 내부를 찔러 올리자 뭉툭한 귀두에 예민한 지점이 뭉개지듯 쓰셔지며 허벅지가 덜덜 떨릴 정도로 자극됐다.

"서, 서국, 씨, 아앙, 앙, 아……."

서국이 그녀의 엉덩이를 붙잡고 깊이 쑤셔 넣은 채 안에서 둥글게 돌렸다.

"하읏! 아, 그거 안……!"

순간 지유가 비명처럼 신음을 터뜨렸다. 절정의 문턱에 빠르게 닿은 그녀의 둥근 엉덩이 모양이 엉망으로 망가지도록 강하게 움켜쥔 서국이 망치질 하듯 강하게 처박아 대기 시작했다.

"……응! 흐, 으응!!"

퍽퍽거리며 들쑤시는 감각을 몇 번 참아 내지 못한 지유가 그의 어깨에 손톱을 박아 넣었다. 고개를 한껏 젖힌 채 몸을 바르르 떠는 모습을 서국이 뜨겁게 일렁이는 눈으로 내려다봤다.

"세게 해 달라며. 못 버티면서."

"서, 서국 씨, 서국 씨가……."

지유가 할딱이며 몸을 떨었다. 서국이 자신의 페니스를 잡고 빼냈다.

"하읏!"

그 자극에도 지유가 자지러질 듯 교성을 터뜨렸다. 두꺼운 페니스가 박혀 있던 구멍에서 애액이 터져 나왔다. 그의 페니스를 흥건하게 적신 크림 같은 미끌미끌한 애액이 뿌리에 링처럼 맺혀 있었다. 그러고도 흘러넘쳐 아래로 뚝뚝 떨어지는 그것을 그가 사납게 내려다봤다.

고개를 든 서국이 그녀의 발간 얼굴을 내려다보며 말했다.

"앞으로 밖에선 많이 마시지 마. 내 앞에서만 취해."

지유는 그의 말이 안 들리는지 열락에 완전히 취한 눈으로 숨을 몰아쉬고 있었다.

"정지유."

서국이 지유의 아랫입술을 살짝 깨물었다.

"아, 응!"

통각마저 쾌감으로 느껴지는지 지유가 짤막한 신음을 터뜨렸다. 그녀의 흐릿한 눈에 시선을 맞춘 채 서국이 말했다.

"알아들은 건가? 다른 사람 앞에서 취하지 말라는 말."

"네, 아, 알았……흣!"

대답하던 지유의 목소리가 턱 막혔다. 조금 전 오르가슴에 올랐던 뜨거운 내벽에 불끈거리는 페니스가 다시 거칠게 박혀 들었다.

퍽! 퍼억!

"으핫! 앗!"

빠르게 출렁이는 지유의 눈이 아찔하게 찌푸려지며 쾌락으로 범벅이 됐다. 그 눈을 이글거리는 눈으로 노려보며 서국이 난잡하게 허리를 쳐올렸다. 한껏 부드러워진 속살 안쪽이 검붉은 페니스가 세차게 박혀 들 때마다 혀로 빨듯 조여 댔다.

"정지유 진짜,"

서국이 미간을 사납게 일그러뜨리고 상체를 숙였다.

"앗, 아앗! 아……으읍!"

정신없이 터져 나오던 신음이 서국의 입술에 삼켜졌다. 그가 그녀의 할딱이는 숨결을 삼킨 채 두손을 시트와 그녀의 등 사이로 밀어 넣었다. 탱글한 양쪽 엉덩이를 한껏 크게 잡아 쥔 서국이 무서운 속도로 쑤셔 들기 시작했다.

"음! 으음! 읍……!!"

그의 입술 안에서 지유의 신음이 막힌 채 터져 나왔다. 양쪽으로 한껏 벌리는 손아귀 힘이 뿌리까지 깊이 박혀 든 페니스를 더욱 깊이 짓쳐들게 했다. 서국은 오밀조밀한 주름들까지 최대치로 벌어질 정도로 강하게 잡아쥔 채 퍽퍽 박아 넣어 댔다.

"……하! 더는 안……! 읍! 아읍!"

온몸이 뒤흔들릴 정도로 거친 움직임에 지유의 입술이 풀려났다가 다시 삼켜졌다. 땀에 젖은 몸이 요란하게 맞물리고 그의 강한 가슴근육에 그녀의 말랑한 젖가슴이 짓눌렸다. 뾰족하게 곤두선 젖꼭지가 팽팽한 가슴에 이리저리 쓸리는 통에 지유는 더 아찔해졌다.

서국은 집요하게 그녀의 입술을 삼키고서 유연하게 풀린 속살 안으로 불끈거리는 사나운 페니스를 격렬하게 쑤셔 넣었다.

"아으읍……!"

오싹오싹한 쾌감에 몸을 떨며 지유가 그의 어깨를 껴안고 매달렸다. 그녀의 내부가 뜨겁게 조여드는 것을 느끼며 서국의 남성적인 목울대가 꿈틀거렸다.

아……!

평소보다 빠른 속도로 지유가 절정으로 치달았다. 고개를 젖힌 그녀가 땀에 젖은 몸을 힘껏 끌어안은 채 온몸을 바르르 떨었다. 울컥 터져 나오는 그녀의 뜨거운 애액을 느낀 서국도 낮게 헐떡였다.

지유가 흐물흐물 몸이 풀린 채 만족스러운 한숨을 내쉬었다.

"하아…… 너무…… 좋았……."

서국을 끌어안고서 귓가에 속삭이던 지유의 몸에 힘이 툭 풀렸다.

그대로 익숙하게 잠으로 빠져드는 지유를 서국이 거친 숨을 몰아쉬며 내려다봤다. 오늘도 그녀는 그를 감당하기엔 너무나도 코끼리를 상대하는 개미 같은 체력이었다.

"……후우."

길게 숨을 뱉어 낸 서국이 지유의 땀에 젖은 몸을 제 몸에 찰싹 붙인 채 옆으로 누웠다.

촉.

뜨끈뜨끈한 지유의 이마에 입을 맞춘 서국이 지유를 강한 팔로 안으며 낮게 속삭였다.

"잘 자요."

단단한 품에 안긴 채 새근새근 잠이 든 지유의 표정이 한결 더 편안해졌다.

행복한 그들의 밤은 그렇게 깊어 가고 있었다.

외전 1

"나 괜찮아? 안 이상해? 역시 아까 푸른 셔츠가 더 낫지 않았나?"

동수가 거울 앞에서 안절부절못하고 있는 모습에 윤선이 핀잔을 줬다.

"괜찮다니까 몇 번을 말해? 당신도 참, 지유가 남자 데려온다고 그렇게 긴장돼?"

"당연히 긴장되지!"

동수가 단호한 얼굴로 비장하게 말을 이었다.

"지유가 순진한 데가 있어서 이상한 놈 만났으면 어쩌나 싶고."

"그렇게 애인 만들라고 성화더니 걱정도 많네요."

윤선이 고개를 절레절레 저었다. 동수가 문득 침울한 표정을 지었다.

"그러게. 사람 마음이 참…… 이래도 걱정, 저래도 걱정이라는 말이 맞는 것 같아."

윤선이 이해한다는 듯 그의 어깨를 가볍게 탁탁 쳤다.

"그냥 지유를 믿어. 아무나 만날 애가 아니잖아."

"……하긴, 그런가."

동수의 얼굴에 가득했던 근심이 살짝 걷히는 듯 하는데 윤선이 창밖을 보며 말했다.

"어머, 지유 오네!"

"정말? 벌써??"

윤선이 몸을 돌려 얼른 문밖으로 향했다. 동수도 헐레벌떡 뒤따라갔다.

주위에 푸른 밀밭이 펼쳐진 아름다운 곳에 위치한 저택은 나무와 호수에 둘러싸여 평화로운 분위기를 자아냈다.

넓은 정원으로 지유와 서국이 들어서자 저택에서 윤선과 동수가 달려나왔다.

"지유야!"

무섭게 달려오는 그들을 본 지유도 반가운 얼굴로 달려갔다.

"엄마, 아빠!"

햇빛이 쏟아지는 정원 한가운데서 그들이 서로를 얼싸안았다. 와락 지유를 안은 윤선이 함박웃음을 터뜨렸다.

"이게 얼마 만이야? 너무 반가워!"

지유도 활짝 웃었다.

"저도 보고 싶었어요!"

"아픈 덴 없고?"
"네. 건강해요! 아, 그리고 저기에……."
지유가 생각난 듯 멈칫거리더니 수줍게 돌아봤다. 그곳엔 존재감을 뿜으며 서 있는 남자가 있었다.
그를 본 윤선의 눈이 휘둥그레졌다.
"아니 우리 집에 웬 조각상이 서 있어? 지유야, 설마 저 남자가 네……."
윤선이 놀랍다는 듯 쳐다보는 시선에 지유가 조금 부끄러운 얼굴로 고개를 끄덕였다.
"맞아요."
수줍어하면서도 한편으론 뿌듯한 듯 고개를 끄덕이고 있는 지유를 윤선이 놀란 눈으로 쳐다봤다.
"세상에! 너 엄마랑 똑같은 얼빠였구나!"
"네?"
지유가 눈을 동그랗게 뜨고 윤선을 쳐다봤다.
"네 엄마가 네 아빠 얼굴에 반해서 몇 년을 짝사랑하다 결혼했잖아. 몰라?"
"아, 그랬어요……?"
"피는 물보다 진하다더니. 이야, 지유는 더 강렬한 조각을 데려왔네."
윤선이 혀를 내두르는 사이 그들 쪽으로 서국이 가까이 다가왔다.
"처음 뵙겠습니다. 이서국입니다."
서국이 단정히 고개를 숙였다. 그를 앞에 둔 동수가 살짝 긴장된 얼굴로 웃었다.

"지유 아빱니다. 이쪽은 내 처이고."

"말씀 많이 들었습니다."

서국이 동수를 바라보며 정중히 말했다. 그런 그의 얼굴을 동수가 저도 모르게 멍하니 쳐다봤다. 그러다 퍼뜩 정신을 차린 동수가 민망한 얼굴로 말했다.

"……허, 나도 모르게 빤히 보게 되는 얼굴이네. 일단 안으로 들어와요."

동수가 현관 쪽으로 그를 이끌었다. 서국이 짧게 묵례를 하고 그 뒤를 따랐다.

얼른 따라가려던 지유의 팔을 윤선이 팔짱을 끼며 잡아끌었다.

"아니, 어디서 저런 잘생긴 남자를 찾은 거야? 응? 키도 엄청 크고 몸도 장난 아닌데."

윤선이 엄지를 척 세우며 호기심 넘치는 얼굴로 물었다. 지유가 살짝 민망한 표정으로 웃었다.

"그냥 어쩌다 보니……."

"연예인이야? 배우나 뭐 그런 일 하는?"

"그건 아니에요. 들어가서 말씀드릴게요."

지유가 생긋 웃으며 말을 돌렸지만 윤선은 궁금함을 참지 못하고 성화를 부렸다.

"궁금하게 얘가, 엄마한테만 살짝 말해 주면 안 되니?"

"아하하. 빨리 들어가요."

지유가 웃음으로 얼버무리며 윤선과 함께 저택으로 들어갔다. 안쪽으로 향하자 소파에 서국과 동수가 앉아 있었다.

서국 맞은편에서 긴장한 표정을 짓고 있는 동수를 보자 윤선이 슬쩍 옆에 앉으며 물었다.

"왜 긴장하고 있어?"

속닥거리는 소리에 동수가 긴장을 풀지 않고 복화술 하듯 말했다.

"잘생겨도 너무 잘생겼잖아. 저런 얼굴 실제로 처음 봐."

"그래도 아버지로서 위엄 있게 좀 해 봐. 자네가 내 딸과 만난다고? 뭐 이런 거 있잖아."

"그, 그래. 흠, 흠."

목을 가다듬은 동수가 진지한 얼굴로 서국을 보며 말했다.

"우선 먼 길 오느라 수고 많았습니다."

"아닙니다. 평소 이쪽에도 출장을 자주 옵니다."

서국이 대답하자 동수가 물었다.

"아, 그럼 하는 일이……."

"지유 씨와 같은 회사에 있습니다."

"그럼 같은 비서실에 근무하고 있나 봐요. 그렇지?"

윤선이 끼어들며 지유를 바라봤다.

"아, 비서실……."

동수가 고개를 주억거렸다.

'지유가 회장실 비서실이랬던 거 같은데, 저 비서실은 직원을 외모로 뽑나?'

동수가 속으로 그렇게 생각하고 있는데 서국 옆에 앉아 있는 지유가 말했다.

"우리 회사 회장님이세요."

"아아, 그렇구나. 비서가 아니라 회장…… 뭐? 회, 회장?!"

순간 동수의 눈이 번쩍 떠졌다. 동시에 옆에 있던 윤선의 눈도 번쩍 뜨였다.

"회장이라면 그, 태림그룹 회장 말하는 거야??"

"맞습니다."

서국의 담담한 목소리에 윤선과 동수가 쟁반만큼 커진 눈으로 서로를 바라봤다.

"세상……에나……."

그들이 놀라움을 숨기지 못하고 있는데 쿵쾅거리며 옆집 남자들이 들이닥쳤다.

「지유가 왔다고?!」

건장한 체구의 두 미국인을 본 지유가 반가워하며 벌떡 일어섰다.

"샘! 폴!"

「맙소사! 지유! 이게 얼마 만……!」

양팔을 벌려 포옹하려는 그들 사이를 서국이 빛의 속도로 막아섰다.

「엇?」

커다란 신장을 가진 그들에게도 꿀리지 않는 동양 남자를 샘과 폴이 놀란 눈으로 쳐다봤다.

「처음 뵙겠습니다. 지유 씨와 결혼할 이서국이라고 합니다.」

서국의 말에 다들 놀란 표정을 지었다.

「결혼?!」

"결혼?!"
소파에서 벌떡 일어난 동수와 윤선이 입을 벌린 채 서국을 보고 있었다.
서국이라는 거대한 벽 뒤에 가려져 있던 지유가 슬쩍 빠져나오며 말했다.
"네. 실은 인사드릴 겸 결혼 승낙도 받으러 온 거예요."
"태림 회장이랑 결혼한다는 소리야?"
동수가 당황한 얼굴로 지유를 쳐다보며 물었다. 서국이 대신 대답했다.
"그건 제 배경에 지나지 않습니다. 지유 씨를 누구보다 사랑할 자신이 있습니다. 허락해 주십시오."
서국이 진지한 얼굴로 동수를 쳐다봤다. 동수가 난처한 표정으로 윤선과 시선을 마주쳤다.
"아…… 그……."
동수와 윤선이 당황한 가운데 샘과 폴은 어리둥절한 얼굴이었다.
「방금 뭐라고 한 거야? 응? 우리에게도 알려 줘, 동수.」

넓은 정원에서 바비큐 준비가 한창이었다. 샘과 폴의 와이프, 그리고 그들의 아이들까지 와서 뛰어다니는 통에 시끌벅적했다.
윤선의 음식 준비를 돕던 지유가 빨강머리와 금발을 한 10대 여자아이들을 바라봤다.
"애들 많이 컸네요. 몇 년 만에 쑥쑥 큰 것 같아."

지유가 신기하다는 듯 쳐다보자 윤선이 웃었다.
"지유 너도 결혼하면 저런 쑥쑥 크는 애들을 갖게 되겠지."
"……."
윤선의 말에 지유가 저쪽에서 동수와 함께 불을 피우고 있는 서국을 힐끔 바라봤다.
"사실 결혼도 아직 실감이 안 나서 잘 모르겠어요. 흐음, 쑥쑥 크는 애들이라……."
지유가 고개를 비스듬히 기울이자 윤선이 말했다.
"저런 미남 유전자를 후세에 남기지 않는 건 사회에 죄악이 될걸?"
"역시 그러려나요?"
지유도 같은 생각이라는 듯 진지하게 맞받았다. 윤선이 씩 웃으며 말했다.
"그리고 우리 귀여운 지유 유전자도 후세에 길이길이 남겨야지."
"네? 아하하."
지유가 맑게 웃다가 다시 서국을 쳐다봤다.
"서국 씨는 능력도 참 뛰어난 사람이에요. 가장 가까이서 오래 봐 왔기 때문에 잘 알거든요."
"그럼. 우리 지유가 고른 남잔데 어련할까."
윤선이 고개를 끄덕였다. 그녀의 말에 지유는 서국에게서 시선을 옮겨 윤선을 바라봤다.
"……아까 많이 놀라셨죠?"
갑자기 결혼을 선포했으니 놀랄 만도 할 거였다. 자주 왕래할 수 없는 거리이다 보니 소개도 처음 받는 마당에 결혼이라니.

"놀라긴 했는데 네 아빠만큼은 아니야. 정말 충격받은 얼굴이던데."

"놀라셨을 거예요."

지유가 미안한 표정을 지었다. 놀랄 거라는 건 예상하긴 했지만, 그래도 너무 갑작스러웠나 하는 생각에 미안한 마음이 들었다.

윤선이 가볍게 어깨를 으쓱였다.

"말끝마다 일찍 결혼하라던 사람이 저러는 것도 우습지. 그래도 지금은 아까에 비해 많이 나아졌어."

윤선이 동수를 가리키며 말했다. 아까보다 정말 한결 풀린 동수의 표정을 확인한 지유가 입술 끝을 둥글게 끌어 올렸다.

"다행이에요."

"우린 어쨌든 네 선택을 지지하고 네 행복을 최우선으로 생각하니까. 지유 네가 행복하다고 느끼는 길로 가면 그게 맞는 거야."

"……."

지유가 윤선을 가만히 보는데 윤선이 손나팔을 만들어 사람들을 향해 소리쳤다.

「자, 이제 구웁시다! 다들 모여요!」

긴 테이블에 사람들이 모여 앉았다. 그들 옆에서 동수가 익숙하게 바비큐를 굽고 있었다.

한 손에는 집게를, 다른 한 손엔 맥주병을 든 동수가 병을 높이 들어 올렸다.

「오랜만에 집에 온 지유와, 앞으로 지유와 함께 행복한 나날을 보낼 이서국 씨를 환영합니다!」

「환영합니다!」

「잘 왔어요!」

다들 맥주병과 음료수 잔을 든 채 환영했다. 서국이 부드럽게 미소 지었다.

「감사합니다.」

챙!

사방에서 요란하게 병과 잔이 부딪혔다. 그들 사이에서 서국과 지유의 시선이 다정하게 마주쳤다.

"……."

보기 좋은 눈웃음을 지으며 서로를 보는 모습을 동수와 윤선이 응시하고 있었다.

그때 지유 맞은편에 있던 폴의 와이프 샬롯이 구불구불한 빨강 머리칼을 쓸어 넘기며 말했다.

「정말 놀랐어. 지유가 갑자기 결혼한다니!」

「지유는 동안이라 더 놀라워. 아직 학생 같잖아.」

샘의 와이프 캐서린도 초롱초롱한 눈으로 옆에서 덧붙였다. 두 사람 다 몇 년 전에 봤던 모습보다는 풍채가 좋아진 모습이었다. 그건 샘과 폴도 마찬가지였다.

「당장 결혼하는 건 아니지만 내년쯤 생각하고 있어요.」

「내년? 어쨌든 좋겠다…….」

샬롯이 서국을 흐뭇하게 쳐다보다가 제 남편에게 시선을 돌렸다.

맥주를 벌컥벌컥 들이켜던 폴이 샬롯의 시선에 두툼한 턱으로 싱긋 웃었다.

「응? 왜?」

샬롯의 시선의 의미를 알지 못하는 폴이 해맑게 물었다.

「아니야. 아무것도.」

어깨를 으쓱거린 샬롯이 한숨을 내쉬며 맥주병을 집었다.

그때 샘이 지유에게 말했다.

「결혼식은 꼭 갈게. 한국도 궁금했는데.」

「맞아. 동수, 윤선과 지유의 나라니까.」

폴이 맞장구치며 고개를 주억거리자 서국이 말했다.

「최선을 다해 준비할 테니 꼭 참석해 주시길 바랍니다. 제 피앙세가 고마운 분들이라고 늘 말했으니까요.」

「그랬어? 그런 말 들으니 기분 좋네! 우린 지유와 재미있게 논 기억밖에 없는데.」

「맞아. 재밌었지!」

샘과 폴이 싱글벙글 웃고 있는데 옆에 있던 빨강머리 여자아이가 지유에게 말을 걸었다.

「근데 지유, 한국 남자는 다 동수처럼 생긴 줄 알았는데 이렇게 잘생긴 남자도 많아?」

눈을 빛내며 하는 말에 샘이 구시렁거렸다.

「왜, 그렇다고 하면 한국 가서 살려고?」

「우리 학교 애들보다 훨씬 잘생겼잖아. 저런 얼굴이 많으면 한국 가도 좋을 것 같아.」

「동수 같은 얼굴이 훨씬 많을걸.」

「뭐야?!」

동수가 눈썹을 찌푸리는데 빨강머리 여자애가 개의치 않는 듯 지유에게 말했다.

「서국은 혹시 동생 없어?」

그때 뒤에서 다른 빨강머리가 불쑥 끼어 들었다.

「동생 있으면 나 소개시켜 줘!」

「무슨 소리야? 지금 내가 물어보고 있는데!」

「먼저 꼬시면 임자지! 이중에선 내가 제일 낫잖아?」

「제시카 뭐래? 미쳤나 봐.」

여자아이들의 시끌시끌한 대화를 듣고 있던 지유가 싱긋 웃으며 말했다.

「아쉽게도 동생은 없답니다.」

「아아…….」

일동 탄식하는데 제시카가 고개를 번쩍 들었다.

「그럼 지유가 빨리 아들 낳아 줘!」

「아들?」

지유가 눈을 동그랗게 뜨고 서국과 시선을 교환했다. 그때 윤선이 옆에서 제시카에게 말했다.

「그럼 열두 살도 넘게 차이 나는데?」

제시카가 훗, 하고 웃더니 우아한 손동작으로 자신을 가리켰다.

「요즘 시대에 나이는 상관없어. 뷰티풀한 마스크와 나이스한 바디가 중요하지, 바로 나처럼.」

「제시카 뭐래? 미쳤나 봐.」

여자애들이 다시 수군거리는 소리에도 제시카는 새끼손가락을 들고 도도하게 음료수 잔을 들어 올렸다.

"……."

지유가 실눈을 뜨고 서국을 쳐다봤다. 시선을 느낀 그가 그녀를 쳐다보니 두 사람의 눈이 마주쳤다. 지유가 입술을 삐죽거리며 말했다.

"서국 씨 인기 많아서 좋겠네요. 애들까지 난리라니."

불퉁한 목소리에 서국이 고개를 비스듬히 기울였다.

"기분 안 좋습니까?"

그녀의 얼굴을 살피며 묻는 말에 지유가 가늘게 뜬 눈을 옆으로 돌렸다.

"아뇨. 전혀요. 너무 좋은데. 기분."

로봇처럼 말한 지유가 들고 있던 병의 맥주를 단번에 꿀꺽꿀꺽 마셨다. 그걸 본 서국이 병 쪽으로 손을 들었다.

"술은 천천히 마시지 그래요."

"괜찮거든요?"

저지하려는 그의 손을 피해 지유가 얼른 병을 비우고 새 병을 낚아챘다.

꿀꺽, 꿀꺽.

호기롭게 새 병을 들이켜는 지유를 서국이 걱정스러운 시선으로 바라봤다.

식사가 끝나자 지유의 얼굴은 딸기처럼 발갛게 물들어 있었다.

가자미처럼 가늘어진 눈을 한 그녀의 어깨를 제 쪽으로 당기며 서국이 동수와 윤선에게 말했다.

"지유 씨와 산책 좀 하고 오겠습니다."

"안 취했다니까여."

지유가 삐죽대는 모습을 힐끔 본 윤선이 말했다.

"그래요. 이 근처 밀밭이 예쁘거든요. 소화도 시킬 겸 한 바퀴 돌고 와요."

"너무 늦지 않게 오겠습니다."

서국이 가볍게 고개를 숙이고 지유의 어깨를 부드럽게 잡아 돌렸다.

"안 취했다니까여."

"알겠습니다. 발 조심."

서국이 지유를 챙기며 멀어지는 모습을 동수와 윤선이 응시했다.

"……보기 좋네. 두 사람."

"그러게."

픽 웃음을 흘린 그들이 저택 입구로 들어갔다.

서국과 지유는 오후로 접어든 밀밭 길을 걸어갔다. 휘청휘청거리는 지유의 어깨를 가만히 잡은 서국은 그녀의 보폭에 맞춰 천천히 걸었다.

서국이 시리도록 푸른 밀밭을 둘러보며 물었다.

"이곳이 당신이 예쁘다고 했던 그 길입니까?"

"네에."

여전히 불퉁한 목소리로 대답하는 지유를 서국이 내려다봤다.

"지유 씨."

걸음을 멈춘 서국이 그녀를 마주 보게 했다. 복숭아처럼 발갛게 익은 얼굴과 마주한 그가 진지한 말투로 말했다.

"나에게 기분이 상한 거면 말을 해요. 사과할 테니까."

"……."

게슴츠레한 눈이 서국에게 가만히 닿았다. 그 시선에 그의 눈빛이 짙어졌다.

"안 되겠습니까?"

지유가 동그란 눈을 데굴데굴 굴리더니 아래로 내리깔았다.

"……서국 씨 잘못이 아니니까 그렇져."

지유가 기다란 속눈썹을 내리고 한숨을 포옥 내쉬었다.

"그냥…… 다들 서국 씨 잘생겼다고 하니까…… 애들까지 그러니까 질투가 나서 그랬어여. 내가."

"……."

지유가 시무룩한 얼굴로 작게 하는 말에 서국이 말없이 그녀를 내려다봤다.

지유가 꾹 다문 입술을 달싹거리다가 말했다.

"알아여. 나 속 좁은 거. 그러니까 그렇게 쳐다보지 말……."

"그런 뜻으로 보는 거 아닌데."

그녀의 말을 잘라 낸 서국이 두 손으로 뺨을 감싸고 고개를 비스듬히 기울였다.

촉.

그녀의 입술에 부드럽게 입을 맞춘 그가 가까이에서 시선을 맞췄다.

"더 질투해 줬으면 좋겠어."

서국이 회색빛이 감도는 짙은 눈동자로 그녀를 응시하며 말했다.

"더 화를 내고, 나에게 안달 내 줬으면 좋겠어."

"……."

낮은 목소리에 지유가 천천히 숨을 들이켰다. 가까이서 시선이 엉켜들수록 심장의 울림이 점차 커지고 있었다.

"제발 그래 줬으면 좋겠어. 정지유가."

시선을 포박한 채 말한 그가 다시 지유의 입술을 머금었다. 진하게 키스하고 놔주자 그녀의 입술에 촉촉한 물기가 맺혔다.

사랑스러운 눈을 깜빡이며 서국을 바라보던 지유가 입을 열었다.

"정말 내가 계속…… 질투해도 괜찮아요?"

서국이 그녀의 두 뺨을 커다란 손으로 가만히 어루만졌다.

"내 반의반만큼만이라도 질투해. 그럼 내가 아주 즐거울 것 같으니까."

입술 끝을 말아 올린 서국이 그녀의 동그란 이마에 입을 맞췄다. 그제야 지유의 눈이 둥글게 휘어지며 맑은 미소를 지었다.

드넓은 밀밭 사이에서 사랑스러운 시선이 서로를 향하고 있었다.

산책을 마치고 돌아오니 해가 뉘엿뉘엿 넘어가는 시간이었다.

정원에서 티타임을 준비하던 동수와 윤선은 두 사람을 보고 환하게 웃었다.

"티타임 시간 딱 맞춰서 왔네?"

"와, 오랜만이네. 서국 씨. 이쪽으로 앉아요."

눈을 빛내며 다가간 지유가 자신의 옆자리를 가리켰다.

'그리웠는데.'

지유의 입가에 미소가 떠올랐다. 이곳에 살 때 늦은 오후마다 밀밭을 보며 식구끼리 여유롭게 티타임을 가졌던 일상은 아직도 즐거운 기억으로 남아 있었다.

"들어요."

윤선이 서국 앞에 찻잔을 놔줬다.

"감사합니다."

허리를 곧게 펴고 앉은 서국이 정중하게 인사하는 모습을 윤선이 미소로 바라봤다. 지유 앞에도 찻잔을 놔 준 그녀가 말했다.

"술은 좀 깼어?"

"아…… 네."

지유가 살짝 머쓱한 얼굴로 웃었다. 동수가 찻잔을 들고는 싱글거리며 지유에게 말했다.

"지유 취한 모습은 처음 보는데. 내 딸이 언제 주정뱅이가 된 거야?"

"주, 주정뱅이 아니거든요. 살짝 술기운이 올랐을 뿐이지."

빨이 붉어진 지유가 억울한 듯 눈썹을 모았다. 동수가 서국에게 말했다.

"서국 씨. 지유가 취해서 못살게 군 거 아니에요? 아까 눈이 게슴츠레해선 제대로 삐졌던데."

"삐진 거 아니……."

"귀여웠습니다."

항변하던 지유가 서국의 말에 눈을 둥글게 떴다.

"네?"

그녀의 토끼처럼 떠진 눈을 서국이 부드러운 시선으로 응시했다.

"내 눈엔 무척 귀여웠거든요."

"……."

지유의 뺨이 홍시처럼 더 붉어지는데 동수가 너털웃음을 지었다.

"하하. 우리 지유가 좀 귀엽긴 하죠."

윤선도 따라 웃자 민망한 듯 얼굴을 붉히고 있던 지유가 서국 쪽으로 얼굴을 슥 가져갔다. 그러고는 수줍게 그의 귓가에 속삭였다.

"……더 마셔 줄까요? 나 더 귀여워질 수 있는데."

그녀의 귀여운 속삭임에 서국이 이마를 살짝 찡그리며 보기 좋은 웃음을 흘렸다. 낮게 웃던 그가 테이블 아래에서 지유의 손을 가만히 잡았다.

"자, 그럼."

탁.

동수가 다 마신 찻잔을 테이블 위에 내려 두고 몸을 일으켰다. 그러고는 지유와 서국을 번갈아 보며 말했다.

"지금부터 남자들끼리의 중요한 대화가 있을 예정이니 네 낭군님은 내가 잠시 빌려 간다."

"어디 가시게요?"

서국이 일어서자 지유가 눈을 깜빡이며 동수를 쳐다봤다.

"멀리 안 가니까 걱정 마. 엄마랑 대화 나누고 있어."

"다녀올게."

커다란 손으로 지유의 어깨를 살짝 쥐었다 놓은 서국이 동수를 따라 정원을 가로질렀다.

"……."

저녁노을이 깔린 정원을 걸어가는 두 사람의 뒷모습을 지유가 가만히 보고 있었다. 그런 그녀의 시선을 살피며 윤선이 물었다.

"걱정돼? 아빠가 이상한 말 할까 봐?"

윤선의 목소리에 지유가 그녀에게 시선을 돌렸다.

"아니, 그건 아니에요."

지유가 작게 고개를 흔들었다. 그러고는 찻잔을 만지작거렸다.

"그냥 신기해서요. 아빠랑 서국 씨가 이 집 정원을 함께 걸어가는 걸 보는 게요."

"그렇기도 하겠네."

윤선이 고개를 끄덕이고는 차를 한 모금 마셨다. 잠시 생각하는 듯 가만히 있던 윤선이 지유를 보며 입을 열었다.

"지유 네가 다시 한국에 간다고 했을 때, 네 아빠나 나나 상심이 컸어."

"그때요?"

지유가 놀란 표정을 지었다. 자신의 기억 속에 동수와 윤선은 한국행을 적극적으로 추천했기 때문이었다. 윤선이 옅은 미소를 띠고 말했다.

"우리가 권한 거기도 하고, 네 미래를 생각하면 그게 맞는 걸 알면서도 내심 속상했어. 이 집에 네가 계속 있어 주길 바라는 마음 때문에."

"……."

그랬구나. 마냥 밝은 모습으로 응원해 줬던 윤선과 동수의 모습을 떠올리니 지유는 가슴이 찡해졌다.

"그래도 네가 그곳에서 잘 적응하고 살아가고 있다는 게 참 대견했어. 우리 지유 많이 강해졌구나, 해서."

윤선이 기특하다는 표정을 짓자 지유가 실룩대는 콧등을 매만졌다.

"……여기서 지내는 동안 긍정적인 성격으로 많이 바뀌어서 가능했던 것 같아요. 엄마 아빠 덕분에요."

"어쨌든 장해. 우리 지유. 다 커서 저렇게 멋진 남자도 데려오고."

윤선이 팔을 뻗어 지유의 머리를 쓰다듬어 줬다. 오랜만에 느끼는 윤선의 다정한 손길에 지유는 또 콧등이 찡해졌다.

'울보처럼 보이면 안 돼.'

지유가 턱을 호두처럼 만들며 차오르는 눈물을 참고 있는데 윤선이 갑자기 심각한 얼굴로 말했다.

"그런데 한 가지가 걱정인데……."

"네?"

지유가 묻자 윤선이 예리한 시선으로 바라봤다.

"그 집에선 결혼, 허락하셨어?"

"아아…… 서국 씨 집이요? 아직 인사 못 드렸어요. 사장님, 아니. 서국 씨 어머님은 만나 뵌 적 있지만요."

"뭐라셔? 내 아들과 헤어지라고 물 뿌리고 막 그런 봉변 당한 건 아니야?"

윤선이 걱정 어린 시선으로 묻는 말에 지유가 포스스 웃었다.

"엄마도 드라마 많이 봤나 봐요. 나도 그런 일이 있을까 걱정했는데 다행히 별일은 없었어요."

"아, 그래?"

윤선은 우선 안도한 얼굴로 다시 상체를 바짝 당겨 앉았다.

"그럼 어머니는 허락하는 분위기셔?"

"정확히는 모르겠지만 비슷한 말씀은 하셨어요."

"뭐라고 하셨는데?"

"음, 그러니까……."

기억을 더듬어 명진과의 대화를 떠올리며 지유가 말했다.

"서국 씨가 나 아니면 결혼 안 한다고 했다면서 그러니 조만간 다시 보겠네요, 라고 하셨어요."

"그랬어?"

윤선이 의외라는 표정을 지었다. 그 얼굴을 본 지유가 작게 말했다.

"저도 좀 놀랐어요. 더 세게 말씀하시는 분일 줄 알았거든요. 워낙 강하신 분이라서요."

"그래도 다행이네. ……하긴 우리 지유가 어디서든 사랑받을 아이긴 하지."

고개를 끄덕거린 윤선이 입술을 휘어 올리고 다시 물었다.

"그럼 그 아버지는 아직 못 뵌 거고?"

"네. 아직……."

지유가 머뭇거리자 윤선의 표정이 다시 심각해졌다.

"왜? 많이 무서우셔?"

"솔직히 좀 무서워요. 아버님은."

지유가 살짝 미간을 좁히며 웃었다. 서국을 믿고 흔들림 없이 나아갈 생각이긴 하지만, 내심 걱정되는 건 사실이었다. 회사에서 보아 오던 이천호 회장에 대한 이미지는 두말할 거 없이 무섭다, 였으니까. 중역회의나 회장실에서 마주칠 때마다 그 완고한 표정과 카리스마는 숨을 죽이게 만들곤 했다.

지유가 이천호 회장을 떠올리고 있는데 윤선이 가만히 생각에 잠겼다가 말했다.

"음…… 엄마가 멀리서 해 줄 수 있는 건 없지만, 지지 말고 힘내란 의미로 딸 보약은 한 제 지어 줘야겠네."

"보약이요?"

지유가 눈을 둥글이자 윤선이 진지한 표정으로 고개를 주억거렸다.

"응. 엄마가 한국에 잘하는 사람을 알거든. 그거 먹으면 기운이 불끈불끈 날 거니까 지지 말고 어떤 장애든 잘 뛰어넘어서 이겨 내. 알았지?"

윤선의 진지한 얼굴에 지유도 덩달아 심각한 표정으로 고개를 끄덕였다.

"응. 그럴게요."

앞으로 넘어야 할 산들이 많기 때문에 지유도 몸보신을 위해 뭐든 먹을 준비가 되어 있었다.

'붕어든 녹용이든 거북이든…… 아, 거북이는 좀 그렇지만 어쨌든 뭐든 먹어 줄 테다.'

지유가 독하게 마음을 먹고 있는데 윤선의 목소리가 들렸다.

"넌 누구에게나 사랑받을 가치가 있는 아이야. 절대 기죽을 거 없어."

멈칫.

"……."

지유가 윤선을 빤히 바라봤다. 그 시선에 윤선의 표정이 의아해지는데 지유가 입술 끝을 둥글게 휘어 올렸다.

"오랜만에 듣네요. 그 말."

"아, 어릴 때 자주 했던 말이지?"

윤선도 생각났다는 듯 말했다.

"응. 어릴 때…… 여기 살 때도 엄마가 자주 해 준 말인데, 약해질 때마다 그 말을 생각했어요."

지유가 신발을 벗고 의자 위로 두 무릎을 모아 양팔로 끌어안았다. 그 위에 살짝 고개를 기대고 작게 말을 이었다.

"난 사랑받을 가치가 있는 사람이니까 절대 기죽지 말자, 힘내자. 하고."

습관처럼 해 줬던 윤선의 말은 그런 힘을 갖게 했다. 그래서 사고가 너무 마이너스적으로 흐르거나, 비관적인 모드가 되면 거기서 끊어 내고 다른 일을 하거나 스스로 힘을 내자고 입버릇처럼 말하게 된 거였다.

"……."

윤선이 말없이 지유를 보다가 부드럽게 말했다.

"그럼. 우리 지유는 엄마 아빠가 두 명씩 있으니까, 남들보다 사랑을 두 배씩 받은 거야. 그러니까 그분 대할 때도 그런 마음으로 대해. 당당하게."

"응. 힘낼게요."

지유가 해맑은 미소를 지었다. 혹여나 자신이 더 겁을 낼까 봐 염려하는 윤선의 마음이 느껴져 일부러 더 밝게 웃었다.

지유의 웃음에 안도한 윤선이 말을 덧붙였다.

"그래도 힘들 땐 엄마한테든 아빠한테든 전화하고. 알았지?"

"네."

"꼭!"

"알았어요."

지유가 생글거리는데 마침 동수와 서국이 돌아왔다.

"무슨 얘기 했어요? 어? 손에 그건 뭐예요?"

서국 손에 들린 쇼핑백을 본 지유가 궁금한 눈으로 물었다. 그러자 다가온 동수가 말했다.

"그냥 첫 방문 선물 좀 줬다. 우린 예의 민족이잖아. 식구 될 사람 접대를 서운하게 하면 안 되지."

동수의 말에 지유가 갸웃거렸다.

"미국 살면서 무슨 예의 민족이에요?"

"어쨌든 그만 들어가자. 멀리서 와서 피곤할 텐데 오늘은 우선 쉬어야지."

어느새 사위가 어두워져 있었다. 테이블을 정리하고 앞장서는 윤선과 동수를 따라 지유와 서국도 집 안으로 들어섰다.

윤선이 2층으로 향하는 계단 앞에서 지유에게 말했다.

"2층 네가 쓰는 방에 침구 정리해 뒀어. 2층은 편하게 써도 되니까 우리 신경 쓰지 말고 오붓하게 보내."

"네? 아직 결혼도 안 했는데……."

지유가 수줍게 말하는데 동수가 쿨한 제스처를 취하며 말했다.

"우리 이런 데 꽉 막힌 사람 아니다. 아메리칸 스타일 몰라?"

"아깐 예의 민족이라더니……."

지유가 중얼거리는데 동수가 지유의 등을 툭툭 쳤다.

"어쨌든 올라가서 쉬어. 내일은 같이 차 타고 여기저기 놀러 갈 데가 많으니까."

지유가 생긋 웃었다.

"그럴게요."

"안녕히 주무십시오."

서국이 정중히 고개 숙여 두 사람에게 인사했다. 그를 보며 윤선이 미소 지었다.

"잘 자요. 사위."

어머, 사위라니. 사위라는 말이 주는 묘한 어감에 지유는 왠지 기분이 이상했다. 게다가 자신이 살던 방에 서국과 함께 들어온 느낌도 신기했다.

"이 방에서 지냈군요."

"네."

서국은 지유의 방을 유심히 둘러봤다. 지유가 가끔 놀러 올 때마다 그녀가 사용하는 방이라 예전과 크게 달라지지 않은 모습이었다. 인형들이 방 여기저기 많았다. 작은 인형부터 꽤 덩치가 있는 인형들까지 장식장과 책상, 침대를 차지하고 있는 걸 서국이 조용히 바라봤다.

"……."

말없이 둘러본 서국이 지유 쪽으로 천천히 몸을 돌렸다.

"서국 씨?"

그가 팔을 뻗어 그녀를 가만히 안아 주자 지유가 눈을 깜박였다.

서국은 조용히 지유의 동그란 머리를 쓰다듬었다. 머리칼을 따라 천천히 쓸어내린 뒤 등을 토닥거려 줬다.

한동안 그러고 있던 서국이 지유의 어깨를 잡고 조심스레 몸을 떼어 냈다. 가까이서 시선을 맞춘 그가 다정함이 담긴 눈으로 말했다.

"당신 옆엔 내가 있어."

"……."

지유가 말간 눈으로 그의 눈을 마주 봤다. 서국이 잔잔한 음성으로 말했다.

"항상, 언제나. 그리고 언제까지나."

인형에 의지했던 과거의 그녀를 위로하는 듯한 말에 지유의 입술이 둥글게 휘어 올라갔다.

"알아요."

그녀의 미소에 서국도 미소 지으며 지유를 다시 품에 안았다. 지유를 넓은 가슴으로 안은 서국이 그녀의 귓가에 속삭이듯 말했다.

"이곳에 오길 잘한 것 같습니다."

"그래요?"

지유가 그를 마주 안으며 작게 되물었다.

"예상은 했지만, 다들 좋은 분인 걸 알고 나니 안심이 됩니다."

"맞아요. 다들 좋은 분들이죠."

지유가 서국의 단단한 가슴에 뺨을 부비적거리며 말했다. 머리 위에서 서국의 목소리가 다시 내려왔다.

"당신이 살던 곳을 볼 수 있던 것도 행운이고."

"……나도 보고 싶다. 서국 씨 살던 곳."

지유가 한숨 쉬듯 말했다.

"곧 보게 될 겁니다."

속삭이듯 말한 서국이 잠시 조용히 있다가 입을 열었다.

"그리고 또 하나 행운이 있었습니다."

"뭔데요?"

지유가 동그란 눈을 뜨고 고개를 살짝 들었다. 눈앞에서 서국의 수려한 얼굴에 매혹적인 미소가 어려 있었다.

"……비밀입니다. 그건."

낮게 말한 그가 그녀의 입술을 살짝 머금었다.

촉촉한 입술이 부드럽게 맞물리자 더운 한숨이 새어 나왔다.

"궁금한데……."

지유가 달짝지근한 숨소릴 내며 입술을 벌리자 그 안으로 그가 혀를 밀어 넣었다. 말캉한 혀가 엉키고 그가 타액을 빨아들이자 키스가 점차 진해졌다.

'아무 생각도 안 나…….'

지유가 몽롱해진 머릿속으로 그렇게 생각하고 있는데 서국이 그녀를 번쩍 안아 올렸다.

"앗."

그가 지유를 안은 채 시선을 맞춘 채 침대로 걸어갔다. 짙게 물든 눈동자에 지유의 심장이 콩닥콩닥 뛰어 댔다.

침대에 그녀를 눕힌 서국이 자신의 두 팔 아래 가두고 강렬하게 응시했다. 뜨거워진 눈빛에 홀린 듯 취해 있는데 서국이 지유에게 고개를 숙였다. 그녀의 감은 눈에 입을 맞추자 지유가 크게 숨을 들이켰다.

"기분이 이상해요……."

"왜 이상합니까?"

낮은 음성이 귓가를 간질이자 지유가 어깨를 움츠렸다.

"아."

"말해 봐요."

서국이 그녀의 작은 귓불을 입술로 물고 속삭였다. 지유가 색색거리며 숨을 몰아쉬고는 말했다.

"그냥…… 이 방은 어릴 때 지내던 곳인데…… 다 커서 서국 씨와 이러고 있으니까 왠지…… 하아."

바르작거리는 지유의 몸을 올라탄 서국이 귓바퀴를 훑고는 목덜미를 따라 내려갔다.

"다 컸으니 이래도 되는 겁니다."
"그, 그렇긴 하지만……앗."
헐렁한 티셔츠가 지유의 머리 위로 벗겨졌다. 서국이 브래지어를 밀어 올리고 다시 고개를 숙였다.
"으응!"
부드러운 젖가슴이 뜨거운 입술에 빨려 들어가는 감촉에 지유가 신음을 흘리며 허리를 비틀었다.
"으, 흐읏, 읏……."
축축한 혀가 도도록 솟아 오른 젖꼭지를 휘감아 빨아들이는 통에 지유의 등허리가 움찔거렸다.
'기, 기분이 이상해.'
지유의 흐려진 시야에 익숙한 천장이 보이자 왠지 묘한 기분이었다. 인형에 둘러싸인 이 방에서 야한 행위를 하는 게 조금 부끄러우면서도 흥분이 됐다.
'왜 기분이 이렇게…….'
여기가 미국이라서? 살던 집이라서?
지유가 어지러운 머릿속으로 이유를 생각하고 있는데 서국의 낮은 음성이 들렸다.
"다른 생각을 할 여유가 있습니까?"
"네? 아, 그게 아니……!"
벽지 때문에요!
지유가 얼른 해명하려는데 서국이 그녀의 입술로 목소리를 막아 버렸다.
"하읍, 응."

촉촉한 혀가 뒤엉키는 감촉에 지유는 머릿속이 어지러웠다. 그가 숨을 할딱이는 그녀의 입술을 놔주고 바지와 팬티를 단숨에 벗겨 냈다. 그러고는 몸을 뒤로 돌려 무릎으로 침대 위를 지탱하게 했다.

'어?'

지유가 의아하게 뒤를 돌아봤다.

"서국……꺅!"

놀란 소리를 지른 지유가 얼른 제 입을 제 손으로 막았다. 자신은 지금 아무것도 입고 있지 않은 엉덩이를 뒤로 빼낸 채였다. 약간 동물 같은 자세가 되어 버려 지유의 얼굴이 발갛게 물들었다.

'부끄러워.'

뒤에서 바지 버클을 푸는 소리가 많은 것을 상상하게 했다. 지유가 숨을 꿀꺽 삼키는데 서국이 흠칫거리는 그녀의 엉덩이를 잡았다.

"나와 이러고 있을 땐 다른 생각 하면 안 됩니다. 내가 질투하잖아."

말캉한 엉덩이를 거머쥐고 크게 주무르며 그가 탁한 숨결을 내뱉었다.

"흣, 앗, 그, 그게 아니라……아!"

지유의 몸이 크게 흔들렸다. 엉덩이를 양쪽으로 벌리며 그가 그 사이로 무섭게 발기한 페니스를 거칠게 욱여넣었다.

"하읏……! 응! 아응!"

삐걱, 삐걱.

침대가 거칠게 흔들리기 시작했다. 지유 혼자 쓰던 침대가 커다란 남자의 무게를 버티지 못하고 삐걱거리는 소리를 냈다. 앞뒤로 요란하게 흔들리며 지유가 헐떡였다.

"서, 서국, 씨, 이, 이 소리 너무 민망……하윽!"

퍽!

깊이 쑤셔드는 힘에 지유의 엉덩이가 확 치솟았다.

"다른 생각 하지 말라니까."

"응! 흐읏! 읏……!"

빳빳하게 발기한 두꺼운 페니스가 사정없이 뒤에서 박혀 들었다. 좁은 입구를 최대치로 벌리며 음란하게 들락거리는 자신의 검붉은 페니스를 내려다보며 서국이 낮게 읊렀다.

"오직 당신을 갖는 나만 생각하란 말입니다."

"읏! 아! 지, 지금 그렇게, 만들고 있잖……아아!"

거센 힘에 뚝뚝 끊어지던 지유의 목소리가 더 깊이 들이 박히는 단단함에 비명처럼 커졌다.

'안 돼!'

깜짝 놀란 지유가 얼른 손으로 제 입술을 막았다. 그대로 끙끙거리며 신음을 참아 내는 그녀 뒤에서 서국이 하얀 엉덩이를 노려보며 무지막지한 욕망을 퍽퍽 찔러 넣었다.

"응, 으읏, 읏……!"

시트를 붙잡은 지유의 상체가 매트 위로 떨어졌다. 서국이 뒤에서 손을 뻗어 그녀의 머리칼을 한쪽 어깨로 치우고 고개를 숙였다.

"으, 응."

동그랗게 드러난 어깨에 닿는 입술의 감촉에 지유가 몸을 흠칫거렸다. 거대한 페니스가 아랫배까지 치밀 듯 깊이 쑤셔 박힌 채 입술로 자극당하자 모든 곳이 성감대가 된 것 같았다.

서국이 속도를 늦춰 느릿하게 움직이며 그녀의 귓가에 낮게 물었다.

"목소리 내기 부끄럽습니까?"

"그야…… 하아…… 여기선……."

지유가 입술을 깨물며 고개를 흔들었다. 1층까지 제 목소리가 들릴 리는 없지만 왠지 긴장이 되어 자꾸 소리를 참게 됐다.

'힘들어…….'

자극은 너무나 강한데 소리를 참느라 시트를 쥔 손에 잔뜩 힘을 줘야 됐다. 통통한 엉덩이를 한껏 들어 올린 채 얼굴을 시트에 비비며 지유가 어쩔 줄 모르고 끙끙거렸다.

흠칫거리며 신음을 참는 지유의 모습을 내려다본 서국의 눈동자가 더 강렬하게 타올랐다.

"당신은 어떻게 해야 내가 미치는지 알고 일부러 그러는 거 같아."

"내, 내가 뭘 어떻게, 했다는……아아!"

퍼억! 느릿하게 움직이던 서국이 뿌리까지 단번에 박히도록 강하게 찔러 넣었다. 신음을 참지 못한 지유의 몸이 크게 흔들렸다.

서국이 그녀의 조갯살처럼 부푼 귀여운 속살을 들락거리는 자신의 우악스러운 페니스를 노려봤다.

"아! 아아!"

끼익, 끼익.

지유의 신음이 커지고 침대가 흔들리는 소리가 점차 요란스러워졌다. 시간이 지날수록 온몸이 땀에 젖어 가고 있었다. 목구멍까지 턱턱 차오르는 숨결에 숨이 가빠 오고 몸은 점점 제 몸이 아닌 것만 같았다. 아래에서 탁탁 치받치는 힘이 강해질수록 뜨거운 샘이 고여 든 듯한 안쪽이 들들 끓어댔다.

"앗, 서, 서국……하으읏."

지유가 시트에 발갛게 달아오른 얼굴을 비비며 엉덩이를 한껏 세웠다. 그녀의 땀에 젖은 엉덩이를 크게 주무르며 그가 거침없이 자신의 욕망을 들쑤셔 댔다.

"이제 얼굴을 보고 싶어."

"……아!"

서국이 지유의 몸을 끌어와 정면을 향해 눕게 했다.

하아, 하아. 달뜬 숨을 몰아쉬는 촉촉한 입술과 열락으로 발갛게 물든 두 뺨을 보자 서국이 신음을 흘렸다.

"예뻐, 아주."

고개를 내린 그가 그녀의 입술을 뜨겁게 삼켰다.

"으음."

진하게 키스하는 그의 강한 어깨를 지유가 끌어안았다.

"더 단단히 안아 봐."

서국의 말에 지유가 더 힘껏 그를 안았다. 하얀 다리가 그의 허리를 감싸고 땀에 젖은 몸이 빈틈없이 맞붙자 서국의 목울대가 크게 꿈틀거렸다.

"후우…… 지유."

목에 핏대가 선 그가 지유의 귓가에 들끓는 목소리를 낮게 토해 냈다. 그대로 근육질 엉덩이에 힘을 준 그가 사납게 허리를 쳐올리기 시작했다.

"……으! 흣! 하읏!"

들어오는 각도가 바뀌어 예민한 지점까지 퍽퍽 치받는 힘에 지유의 눈이 열락으로 완전히 흐릿해졌다. 격렬해진 움직임 속에 터질 듯 빳빳하게 부푼 근육 덩어리가 애액으로 흥건하게 젖은 속살을 마구잡이로 들쑤셔 댔다.

"더, 더는 안 되겠……! 응! 아! 아아!"

지유가 서국의 등을 힘껏 껴안은 채로 눈을 질끈 감았다. 꽉 힘을 준 그녀의 몸이 가늘게 떨렸다. 동시에 그를 물고 있는 속살도 힘껏 경련했다.

……하아.

스르륵. 그를 안은 손에 힘이 풀리는 걸 느끼자 서국이 상체를 세웠다.

새근, 새근.

역시나 지유는 만족스러운 얼굴로 잠에 빠져들어 있었다. 아이처럼 잠든 모습을 그가 거친 숨을 몰아쉬며 바라봤다.

"후우."

크게 숨을 내쉰 서국이 땀에 젖은 지유의 이마에 입을 맞췄다. 아직 열기가 남은 붉은 뺨에도 자잘하게 입을 맞춘 그가 조심스럽게 몸을 비켜 냈다.

지유에게 이불을 끌어와 덮어 준 서국이 침대 끝에 앉았다.

옆에 내려놨던 동수가 준 쇼핑백을 조심스럽게 들어 올렸다.

그러고는 안에서 앨범을 꺼냈다.

"……."

서국이 진지한 눈빛으로 앨범을 내려다보며 겉면을 손끝으로 천천히 쓸었다.

'원래는 우리 부부의 보물이었지만 이제 넘겨줘야 할 거 같아서요. 우리 건 몇 장 따로 챙겨 뒀으니 이건 이서국 씨가 소중히 간직해 줘요.'

이 앨범을 건네며 동수가 했던 말을 떠올리자 서국의 눈빛이 더 짙게 가라앉았다.

팔랑.

앨범을 넘기자 지유의 어릴 때 사진이 빼곡히 담겨 있었다. 순간 보물을 찾은 듯한 기쁨이 그의 눈에 차올랐다. 그는 벅찬 시선으로 차마 넘기지도 못하고 오래도록 보고 있다가 다음 장으로 넘겼다.

그 밤이 다 가도록 서국은 앨범에 담긴 지유의 사진들을 소중하게 눈에 담았다.

입가에 부드러운 미소를 띤 채로.

미국에서 한국에 들어온 지 얼마 안 되어 지유는 회사에서 윤선의 전화를 받았다.

"네. 엄마."

– 엄마가 그때 말한 보약 오늘 보낸다니까 내일쯤 도착할 거야.

"아, 정말요?"

지유가 밝게 물었다.

– 효과 좋은 거니까 잘 챙겨 먹고. 용한 한의사가 지어 준 거니까 잘 들을 거야. 사람은 일단 체력이 있어야 뭐든 버텨 내는 거 알지?

윤선의 당부에 지유가 웃으며 대답했다.

"응. 잘 챙겨 먹을게요. 고마워요."

– 그래. 그럼 이 서방에게도 안부 전해 주고.

"네. 그럴게요."

지유가 미소를 머금고 전화를 끊었다. 미국에 있는 동안 서국은 이 서방이 되어 있었다.

그 말이 친밀하기도 하고 뭔가 간질거리기도 해서 저도 모르게 헤실거리던 지유가 퍼뜩 생각난 듯 말했다.

"아! 내일 퇴근하면서 집에 들러서 가져가야겠네."

서국의 집에서 출근하는 일이 많다 보니 꼬박꼬박 챙겨 먹으려면 보약도 거기 두는 게 나을 거 같았다.

지유가 그렇게 생각하고 있는데 은주가 지유의 자리로 슬쩍 다가왔다.

"실장님. 혹시 방금 부모님 전화예요?"

"아, 네."

지유가 고개를 끄덕이자 은주가 의미심장한 눈빛으로 물었다.

"보약이라도 지어 주시나 봐요? 잘 챙겨 먹겠다는 말을 보니."

"맞아요. 잘 아시는 분 있다고 보내 주신다고 하더라고요."

"아…… 그렇구나."

은주가 말끝을 흐리더니 주변을 휙휙 둘러봤다. 그러고는 지유 쪽으로 바짝 고개를 숙여 소곤거렸다.

"그럼…… 2세를 먼저 만드실 생각이에요? 빼도 박도 못 하게?"

"네? 아뇨. 그런 건 아닌……."

지유가 눈을 크게 뜨는데 은주가 다 안다는 듯 씩 웃었다.

"에이, 그거 정력 강해지는 보약 맞잖아요. 아니에요?"

"정력이요? 그냥 몸보신용이래요. 앞으로 힘내야 할 일이 많다면서요."

지유가 얼른 설명하자 은주의 얼굴에 실망감이 스쳤다.

"아아, 그렇구나……. 요즘 임신이 어려운 사람들한테 유행하는 약이 있다기에 그건 줄 알았어요."

"아니랍니다."

지유가 사심 없이 생긋 웃는 얼굴을 은주가 유심히 바라봤다.

"그러고 보니 요즘 피곤하신지 실장님 좀 마르신 것 같아요."

은주의 말에 지유가 순간 흠칫거렸다.

"아…… 그래요?"

지유가 제 얼굴을 슬쩍 쓸었다.

"어쨌든 몸에 좋은 거라니까 보약빨 받고 힘내세요!"

"네. 고마워요."

가까스로 표정 유지에 성공한 지유가 은주를 보내고 작게 한숨을 내쉬었다.

'사실 요즘 마른 건 서국 씨 때문인데…….'

자신 체력은 좀처럼 늘지 않는데 서국은 점점 더 강해지고 있었다. 어젯밤에도 초장부터 기절하듯 잠이 들었다가 깨 보니 아침인 게 아닌가.

'고기는 많이 먹고 있는데 이상하네. 더 먹어야 하나?'

매번 참아야 하는 서국이 안 그래도 신경 쓰이던 요즘이었다. 서국은 거기에 어떤 불만도 말한 적 없지만, 항상 자신만 먼저 끝내 버리고 잠드는 것도 상대에 대한 매너가 아닌 것 같다는 생각에 고민이 됐다.

'보약이 그쪽으로도 조금 효과가 있었으면 좋겠는데.'

속으로 중얼거린 지유가 다시 업무에 집중했다.

그 시간, 용한 한의원에선 보약 제조에 한창이었다.

"이건 왜 이렇게 잘나가요?"

들어온 지 얼마 안 된 신입 김 간호사가 선배 간호사에게 물었다.

그러자 선배 간호사가 눈을 빛냈다. 주변을 휘휘 둘러본 그녀가 김 간호사에게 소리 죽여 말했다.

"말도 마. 이게 아주, 밤에 끝장이래. 밤새 여자를 안 놔준댄다. 그래서 애도 벌떡벌떡 들어서고."

"어머, 이게요?"

김 간호사의 눈도 번쩍 뜨였다.

"가격이 비싸서 그렇지 효과는 장난 아니래. 한번 지어 간 집은 무슨 마약 중독자가 마약을 찾듯 찾아 댈 정도야."

"어머나……."

"김 간호사, 이쪽으로 와 봐요!"

흥미로움이 가득한 눈으로 보던 김 간호사가 저를 부르는 소리에 퍼뜩 대답했다.

"네!"

보던 한약 봉지를 놓고 급히 나가던 김 간호사가 세워 놓은 약상자를 툭 치고 지나갔다.

팔랑, 팔랑.

위의 약상자에 놓여 있던 택배 송장이 아래로 떨어졌다. 쌓여 있는 약상자 위에 착 안착한 송장은 마치 처음부터 제자리였던 것처럼 자연스러운 모습이었다.

『정지유』

송장 위에 반듯하게 써 있는 이름이 또렷이 보이고 있었다.

지유가 탕비실에서 보약을 쪽쪽 빨고 있는데 지나가던 은주가 물었다.

"실장님, 그게 얼마 전에 말씀하신 그 약이에요?"

"네."

지유가 약봉지를 물고서 고개를 끄덕였다.

"지금 드신 지 얼마나 되셨어요?"

지유가 약봉지를 문 채로 웃었다.

"아직 일주일도 안 됐어요."

"아아, 그렇구나. 드시고 효과 좋으면 저도 알려 주세요. 몸 보신 좀 하게요. 내 몸은 내가 챙겨야지."

"그럴게요."

웃으며 대답한 지유는 은주가 돌아서자 다시 열심히 쪽쪽 빨았다.

퇴근 시간이 되자 지유는 서국과 함께 지하 주차장으로 내려갔다. 대기하고 있던 상현이 두 사람에게 꾸벅 인사하고 문을 열어 줬다.

"감사합니다."

지유가 생긋 웃으며 열어 준 문 안으로 들어갔다. 최근 운전은 상현이 다시 맡았다. 그전까진 두 사람만 있을 땐 서국이 운전했지만 이젠 그가 너무 바빠져 이동 시간이라도 쉬게 해 주려는 의도였다.

나란히 뒷좌석에 앉자 서국이 그녀 쪽으로 몸을 숙였다.

'응?'

평소처럼 벨트를 매 주는 익숙한 손길이 몸을 스치자 지유는 순간 아랫배가 찌릿거렸다.

'왜 이러지?'

지유가 순간 당혹스러운 눈을 굴리는데 서국이 그녀 앞에서 얼굴을 바라봤다.

두근!

가까이서 시선이 마주치자 이번엔 심장이 크게 울렸다.

지유를 의아하게 보던 서국이 그녀의 이마에 손을 가져다 댔다.

"얼굴이 붉은데, 혹시 감기 기운 있습니까?"

"아뇨…… 괜찮은데……?"

낮은 목소리가 귓속을 자극하고 고급스러운 앰버 향과 섞인 체향이 코를 스치자 또 몸이 찌릿거렸다. 게다가 저 얼굴.

'정말 왜 이러지? 서국 씨 잘생긴 게 하루 이틀 일도 아닌데 왜 오늘따라 더 잘생겨 보이고…… 저 입술은 또 왜 저리 섹시해 보이니.'

지유는 속으로 탄식을 흘렸다. 더운 숨결이 저도 모르게 입 밖으로 새어 나올 지경이었다.

그러자 서국의 얼굴에 더 걱정이 어렸다.

"호흡도 불편한 것 같은데 정말 괜찮습니까?"

"네. 괜찮아요."

지유가 그의 유혹적인 얼굴을 피하며 창밖으로 슬쩍 고개를 돌렸다.

"안 좋아지면 바로 말해요. 병원으로 갈 테니."

"그럴게요."

당부하는 말에 지유가 얼른 대답했다.

집으로 오는 동안 그 이상한 열기는 점점 더 뜨거워지고 있었다.

'난감하네. 정말.'

지그시 입술을 문 지유가 얼른 차에서 빠져 나왔다.

"감사합니다. 조심히 들어가세요."

"내일 뵙겠습니다."

상현에게 인사하고 발개진 얼굴로 돌아선 지유가 제 볼에 슬쩍 손등을 갖다 댔다.

'이상하다. 회사에선 괜찮았는데…….'

차에 서국과 탄 순간부터 이상하게 몸이 뜨거워졌다.

'아니 퇴근할 때 서국 씨가 집무실에서 나오는 모습을 봤을 때부터? 아님 엘리베이터에서부터였나?'

지유가 제 이상 증상의 시작을 머릿속으로 더듬고 있는데 집으로 들어온 서국이 그녀의 얼굴을 가만히 내려다봤다.

"괜찮습니까?"

"네."

지유가 살짝 고개를 내린 채 대답했다. 그 얼굴을 집요하게 따라 내려와 살피며 서국이 다시 물었다.

"정말 괜찮아요?"

"네. 괜찮아요."

지유가 고개를 끄덕였다.

"식사할 수 있겠어요?"

꿀꺽. 순간 식사란 말에 지유는 그의 탄탄한 슈트핏 몸을 시선으로 훑었다.

'앗! 뭐 하는 거야?'

게슴츠레한 눈으로 그의 몸을 훑던 지유가 고개를 푸르르 저었다.

"역시 생각이 없는 모양이군요. 그럼 약이라도 먹고 좀 쉬는 게……."

지유가 고개를 흔드는 모습을 보고 오해한 서국이 말하자 그녀가 빠르게 입을 열었다.

"아, 아니에요! 서국 씨도 식전인데 밥 먹어야죠. 배고파요."

지유가 어색한 미소를 지어 보이자 서국이 그녀의 얼굴을 살피다 손을 뻗었다.

"그럼 옷 갈아입고 잠시 쉬고 있어요. 따듯한 걸로 금방 만들 테니까."

지유의 뺨을 매만지며 말하자 그 손길에 지유는 오싹오싹할 정도로 기분이 좋았다.

"……네."

겨우 대답하며 그의 손길에서 벗어난 지유가 드레스룸으로 향했다.

"하아, 정말 이상해."

더운 숨을 흘리며 옷을 갈아입은 지유가 약간의 어지러움을 느꼈다.

"몸이 안 좋은 건가 정말……? 열 기운 때문에 몸이 이런 걸까?"

제 이마와 볼을 만져 본 지유가 고개를 갸웃거리고는 드레스룸을 나왔다.

우뚝.

소파로 향하던 지유의 걸음이 멈췄다.

재킷을 벗고 흰 셔츠 차림으로 요리 중인 서국의 뒷모습을 그녀가 홀린 듯 바라봤다.

자주 본 모습인데 오늘따라 등짝이 태평양처럼 넓고 단단해 보였다. 그 아래 날렵하게 이어지는 허리 라인을 따라 시선을 내리던 지유의 다리가 저절로 키친룸으로 향하고 있었다.

'너무 탄탄해 보여…….'

지유가 몽롱한 표정으로 커다란 둥근 팬을 잡고 있는 서국에게 다가갔다.

"서국 씨……."

그녀가 뒤에서 살포시 두 팔을 뻗어 안았다.

멈칫.

서국이 움직임을 멈추는데 뒤에서 뻗은 지유의 손이 더듬거리며 그의 셔츠 위로 타고 올랐다.

하아, 등에다 대고 달콤한 숨결을 훅 내쉬며 지유가 그의 탄탄한 가슴근육을 은밀히 쓸었다. 순간 그의 몸이 단단하게 굳는 것이 느껴졌다.

"위험합니다."

서국이 낮게 말했지만 그녀의 손길은 찰진 가슴근육의 라인을 따라 더듬거리고 있었다.

"너무 탄탄하고 좋네요……."

혼잣말처럼 중얼거리며 매만지던 지유의 손길이 아래로 내려갔다. 셔츠 위로 올록볼록한 복근을 매만지자 성난 근육이 꽉 조여드는 게 느껴졌다.

"어머!"

지유가 눈을 번쩍 떴다.

“위험하니 그만…….”

서국이 탁한 숨을 내쉬며 말하는데 지유는 복근을 더듬다가 멈추지 않고 손을 아래로 내렸다.

탁.

그녀의 손이 바지 버클에 닿자 서국이 팬을 놓고 그녀의 손을 잡았다.

그대로 몸을 돌린 서국이 거친 숨결을 흘리며 말했다.

“위험하다고 했잖습니까.”

그가 낮게 뱉어 내며 미간을 좁히는데 지유는 촉촉하게 달아오른 눈으로 그에게 바짝 다가갔다.

“키스해 줘요.”

“!”

야릇한 지유의 눈빛에 서국의 표정이 굳었다. 그녀의 눈은 흥분으로 젖어 있었고 눈가가 묘하게 붉었다. 살포시 서국의 목덜미를 끌어안고 매달린 지유가 유혹적인 목소리로 말했다.

“어서요.”

그녀의 벌어진 입술을 본 서국의 굵은 눈썹이 꿈틀거렸다. 더운 숨결로 반들거리며 젖은 붉은 입술 안에 유혹적인 말캉한 혀가 시선을 잡았다.

……후.

결국 참지 못한 그가 고개 숙여 지유의 입술에 키스했다.

“아음.”

달짝지근한 숨을 흘리며 지유가 적극적으로 키스하자 그의 몸에 터질 듯 힘이 들어갔다. 서국이 탁한 신음을 내뱉으며 지유의 허리를 바짝 끌어당겼다. 빈틈없이 몸이 맞붙자 키스가 더 거칠어졌다. 축축한 혀가 사납게 엉켜들며 거대하게 치솟은 욕망이 그녀의 아랫배를 쿡쿡 찔러 댔다.

탁.

"하……!"

서국의 엉덩이가 싱크대에 닿고 두 사람의 입술이 떨어졌다. 하아, 하아. 거친 숨이 서로의 입술에서 흘러나오고 열기가 오른 시선이 엉켜들었다.

"만지고 싶어요."

지유가 손을 뻗어 대범하게 그의 셔츠를 풀어 헤쳤다. 그 사이로 드러난 불끈거리는 가슴을 만지자 그의 남성적인 목울대가 크게 꿈틀거렸다.

"후우, 지유……."

그의 허스키한 목소리가 괴로운 듯 내뱉어졌다.

그 목소리에 지유는 더욱 심장이 뛰어 댔다. 흥분으로 빨라진 심장 소리가 그녀의 행위를 부추겼다.

'펄떡이는 것 좀 봐.'

거친 숨결에 따라 오르내리는 그의 가슴근육을 홀린 듯 쳐다보던 지유가 까치발을 하고 입술을 가져갔다. 진한 색의 유두를 작게 베어 무는 순간,

"읏……!"

서국의 헐떡임이 커지고 바지앞섶이 터질 듯 부풀었다. 작은 알갱이를 물고 굴리던 지유의 입술이 점차 아래로 내려갔다.

달칵.

버클을 풀어낸 지유가 바닥에 무릎을 대고 앉았다. 달뜬 숨결을 흘리며 바지 위에 치솟은 거대한 형체를 매만졌다.

"하…… 지유."

"내가 이상한 것 같아요. 왜 이러지……?"

대범한 그녀의 행동을 서국이 헐떡이며 내려다봤다.

"평소 당신과 다른 것 같……읏."

손을 멈추지 않고 지유가 말했다. 드로어즈에서 빳빳하게 휘어 올라간 근육 덩어리를 꺼낸 지유가 두 손으로 거머쥐었다. 뜨거운 손바닥이 육중한 몸체를 감싸 쥐는 감각에 서국의 미간이 일그러졌다.

"세상에, 너무 커……."

꿈틀거리는 페니스를 앞에 둔 지유가 숨을 들이켰다. 이렇게 가까이서 보는 건 처음인 것 같은데도 지유는 투명한 선액을 흘리는 핏대 솟은 페니스를 쥐고 감탄하듯 바라봤다. 원래는 너무 커서 좀 무서운 감이 있었는데 이상하게 지금은 쳐다보기만 해도 밑에서 액이 줄줄 흐르는 게 느껴질 정도였다.

지유가 손을 위아래로 움직이기 시작했다.

관능적으로 얼굴을 찌푸린 그가 탁한 숨결을 잇새로 내뱉었다. 지유의 손바닥에 흘러내린 쿠퍼액이 굵은 기둥의 매끈한 겉면에 발라지는 감각에 페니스가 더 발기하는 게 느껴졌다. 질척거리는 소리가 빨라질수록 그의 남성적인 목에 핏대가 솟고 싱크대를 지탱하고 있는 팔뚝에도 불끈거리며 힘줄이 솟았다.

"……제길."

사납게 내뱉은 서국이 지유의 몸을 잡아 일으켰다. 그대로 그녀를 안아 올려 커다란 아일랜드 식탁에 앉혔다.

지유는 마주 본 채 이글거리는 서국의 눈과 똑바로 시선이 마주쳤다. 하아, 하아. 완벽히 흥분한 남자의 얼굴을 보자 지유는 입안이 바짝 말랐다.

'몸이 뜨거워.'

참을 수 없이 뜨거워진 열기가 그녀의 다리 사이에 맺혔다.

서국이 이글거리는 눈으로 노려보며 말했다.

"날 이렇게 흥분시켜 놓고, 감당할 수 있겠습니까?"

"모르……겠어요. 하아, 어서……."

지유가 채근하자 서국이 거침없이 그녀의 긴 스커트를 들쳐 올렸다.

"난 이미 전혀 여유가 없어."

꽉 억눌린 목소리로 말한 서국이 지유의 팬티를 벗겨 내렸다. 한쪽 발목에 얇은 팬티가 걸쳐지게 두고 밴드 스타킹을 신은 하얀 허벅지를 뜨거워진 두 손바닥으로 하나하나 잡았다. 그대로 양쪽으로 크게 벌리며 애액으로 흥건하게 젖어 있는 속살에 빳빳한 페니스를 거침없이 쑤셔 넣었다.

"핫……!"

지유의 입술이 크게 벌어지고 상체가 뒤로 젖혀졌다. 단숨에 아주 깊은 곳으로 박혀 든 거대함이 안쪽 속살을 바들거리며 떨리게 했다.

"흣! 아! 아아!"

떠밀리는 힘에 팔을 뒤로 뻗어 테이블을 짚은 그녀의 몸이 사정없이 흔들리기 시작했다. 서국이 그녀의 힘이 들어간 허벅지를 꽉 움켜쥔 채 사납게 핏대가 솟은 검붉은 페니스를 무지막지하게 쑤셔 넣었다. 이미 젖을 대로 젖어 든 내부를 가차 없이 찔러 대자 넘쳐흐른 샘이 단단한 몸에 부딪혀 사방으로 튀어 댔다.

찌걱, 찌걱.

"이렇게 야한 소리가 나는 건 처음인데."

"응, 으응……! 서, 서국 씨."

지유의 열락으로 흐릿해진 눈을 가까이에서 노려보며 그가 그녀의 양쪽 허벅지를 확 잡아당겼다.

"아아!"

테이블 끝에 엉덩이가 걸쳐지며 무섭게 발기한 남성이 더 깊숙이 찔러 들어갔다. 순간 그녀의 눈에 가득 차오른 쾌락을 서국이 놓치지 않고 응시했다.

"앗, 아! 아응! 조, 좋아요……!"

내벽이 찢어질 듯 깊이 박혀 든 상태에서 저릿저릿한 쾌감을 느끼며 지유가 온몸을 떨었다. 강하게 조여드는 질 안쪽의 힘을 주시하며 서국이 거칠게 허리를 처올렸다. 아슬아슬하게 테이블에 걸쳐진 엉덩이를 흔들며 지유는 아찔한 신음을 흘려 댔다.

"아, 좋아! 아앙, 앙!"

퍼억!

"핫……!"

서국이 그녀의 양쪽 허벅지를 꽉 잡은 채 뿌리까지 사납게 박아 넣었다. 너무 많이 흘러나온 애액 덕분에 평소에는 진입하지 못하게 한 곳까지 짓쳐 들어갔다.

"으, 응, 응……."

숨이 턱 막힐 정도로 깊숙이 박혀든 상태로 지유의 허벅지가 바르르 떨렸다. 테이블 바깥에서 공중에 뜬 채 두꺼운 페니스로만 이어진 몸에서 묽은 크림 같은 애액이 바닥으로 뚝뚝 떨어지고 있었다.

그걸 노려보며 서국이 그 상태에서 한 번 더 허리를 처올렸다.

"아흐……!"

지유의 입술이 한껏 벌어진 채 몸이 유연하게 휘어지자 서국이 그녀의 목덜미에 이를 박았다. 낮은 숨결을 토해 낸 그가 지유의 얼굴을 잡아 자신 쪽으로 고정했다.

"평소와 다른데."

열락으로 흐릿해진 눈을 강렬하게 응시하며 서국이 물었다.

"왜지?"

분명 지유가 평소에 감당할 수 있는 지점을 훨씬 넘어서 있었다. 둥근 귀두부터 음모와 애액이 엉켜든 뿌리까지 양껏 삼키고도 모자라 오물거리고 있는 속살은 격한 삽입으로 통통하게 부어 있었다.

"모……모르, 겠어요."

지유가 가쁜 숨을 흘리며 할딱였다.

"날 삼킨 이곳이 지나치게 뜨거워. 델 것 같아."

"으응……!"

인상을 쓴 서국이 허리를 느릿하게 움직이며 지유의 입술을 삼켰다. 그녀의 입술도 뜨거워져 있었다.

"후, 이러면 내가, 자제가 안 될 것 같은데."

내뱉듯 말한 서국의 움직임이 더 거칠어지기 시작했다.

"응! 아! 아앗!"

격렬한 움직임에 지유의 하얀 다리가 공중에서 정신없이 달랑거렸다. 그녀 발목에 걸쳐진 팬티까지 세차게 흔들렸다.

서국이 힘을 주체하지 못하고 짐승처럼 쑤셔 들어가도 지유는 신음을 터뜨리며 더욱 뜨거워지기만 했다.

"읏, 정지유."

그가 쾌감에 젖은 섹시한 신음을 흘렸다. 그 소리에 지유의 안쪽이 더 조여들며 속살로 그를 힘껏 빨아댔다.

"미치겠네. 정말."

"아……!"

관능적으로 이마를 일그러뜨린 서국이 지유의 발목을 잡아 쥐었다. 그대로 두 다리를 높이 들어 올린 채 격렬하게 쑤셔 들어갔다.

"흐, 아, 깊어……!"

지유는 두 다리가 한껏 들려 올라가며 거의 엉덩이가 허공에 뜬 상태로 터질 듯 팽창한 근육 덩어리를 받아 내야 했다.

한계치까지 그녀를 몰고 간 순간, 동시에 달궈진 팬이 끓어넘쳤다.

"앗! 서국 씨, 저기……."

끓어넘치는 팬을 보고 지유가 놀란 목소리를 냈지만 곧 서국의 입술에 삼켜졌다.

"음, 으음, 흡……!"

뜨거운 입술에 삼켜진 채 지유의 속살이 난잡하게 들쑤셔졌다. 통통하게 부어오른 속살을 드나드는 굵은 기둥이 요플레처럼 묽은 애액으로 흠뻑 젖어 들어 번들거렸다. 거친 마찰에 그 액이 부딪혀 사방으로 튀어 댔지만 서국은 멈추지 않았다.

"하으읍……!"

치지직—

요란한 소리를 내던 팬이 곧 자동 시스템에 인해 불이 꺼졌다.

잠시 뒤 끓어넘치던 팬이 소강상태가 되자 지유도 할딱거리며 소강상태가 됐다. 발간 얼굴로 숨을 몰아쉬는 그녀의 몸을 자신 쪽으로 바짝 붙이며 그가 뺨에 입을 맞췄다.

"으응."

열기로 따끈따끈한 뺨에 서국이 입을 맞추자 지유가 달짝지근한 숨결을 흘렸다.

서국이 그녀의 허리를 단단히 팔로 받쳤다.

이제 그녀가 평소처럼 곧바로 잠이 들 거라고 생각했지만, 예상외로 가느다란 다리가 그의 허리를 감싸 왔다.

"……?"

멈칫거린 서국이 지유의 얼굴을 바라봤다.

지유가 유혹적인 눈으로 그를 바라보고 있었다. 열감으로 촉촉한 그녀의 눈을 보자 서국이 숨을 들이켰다.

"……괜찮아?"

"괜찮으니 더……."

지유가 그의 허리를 감싼 다리를 당기자 서국의 가슴이 크게 들썩였다.

"하, 지유……."

지유의 등을 지탱하고 있는 그의 강한 팔에 힘이 들어갔다.

지유가 두 번째 소강상태에 접어들자 두 사람의 몸은 온통 땀으로 번들거렸다.

서국 품에서 가쁜 숨을 내쉬며 지유가 말했다.

"타는 냄새…… 나는데…… 어쩌죠?"

"신경 쓰지 않아도 됩니다."

쉰 듯한 목소리로 말한 서국이 안고 있던 지유의 몸을 떼어 내고 얼굴을 바라봤다.

관능적으로 흐트러진 머리칼이 그의 잘생긴 얼굴에 살짝 내려와 있었다. 가슴이 저릿할 정도로 수려한 얼굴을 지유가 홀린 듯 보고 있는데 서국이 말했다.

"씻겨 줄게요."

"네? 아……."

서국이 격렬한 행위를 보여 주듯 흐트러진 옷차림의 지유를 안아 들고 욕실로 걸어갔다.

둥근 욕조에 그녀를 앉히고 옷을 벗겨 내자 지유가 눈동자를 굴렸다.

"같이 욕실에 있으니까 왠지 부끄러워요."

서국은 그녀의 반쯤 벗겨진 스타킹을 마저 벗겨 내며 담담하게 말했다.

"난 매번 이렇게 하고 싶었습니다."

"하긴 내가 매번 잠들어 버려서……."

평소엔 자신이 잠든 사이 서국이 따스한 타월로 닦아 주고 샤워는 아침에 일어나면 했다. 그와 함께 욕실에 들어온 건 처음이고 그가 씻겨 주는 것도 처음이었다.

물 온도를 맞추던 서국이 말했다.

"잠든 당신을 보는 것도 좋습니다."

"……."

지유가 그를 가만히 보다가 입을 열었다.

"매번 나만 만족해 버려서 얄밉지 않아요?"

서국이 비스듬히 고개를 기울였다.

"당신을 만족시키는 게 행복한데. 난."

"그래도 서국 씨는 항상 참고 있는……."

"참는다고 생각 안 합니다."

서국이 손을 뻗어 지유의 얼굴을 매만졌다. 시선을 똑바로 맞춘 채 그가 말했다.

"이렇게 사랑스러운 여자를 매일 안을 수 있는 게 기적 같다고 생각할 뿐."

"……."

지유가 감동받은 얼굴로 그를 바라봤다. 서국이 따스한 물로 그녀의 몸을 부드럽게 씻겨 주기 시작했다. 아이처럼 얌전히 앉아 있던 지유의 표정이 점차 난감해졌다.

'그, 그런데…… 또 몸이…….'

방금 전에 두 번이나 만족했으면서 이상하게 다시 몸이 달아오르고 있었다.

그의 손길이 닿는 곳마다 기분이 야릇해지더니 이젠 물줄기까지 자극적으로 느껴지기 시작했다.

입술을 잘근거리며 참고 있는데 보드라운 거품이 몸을 스쳤다.

"……으응."

저도 모르게 신음을 흘린 지유가 깜짝 놀라 얼른 입을 다물었다. 그녀의 얼굴이 화르륵 붉어졌다.

'씻겨 주는데 신음이라니! 음란하다고 생각하면 어쩌지?'

지유가 난처하게 눈을 데록데록 굴려 댔다.

서국은 전혀 다른 뜻 없이 자신을 씻겨 주는 데에만 집중하고 있는데 혼자 흥분하고 있는 게 무척 난감했다.

'표정은 괜찮아 보이는데…….'

지유가 그의 얼굴을 살피는데 순간 눈앞에 서국에 상체가 보였다.

꿀꺽.

흐트러진 셔츠 안에 탄탄한 근육질 몸이 보이자 지유는 입안에 침이 고였다.

'하아…… 만지고 싶…….'

저 몸이 음란하게 움직이던 모습을 떠올리며 저도 모르게 입술을 멍하니 벌리던 지유가 퍼뜩 정신을 차렸다.

'안 돼! 방금도 덮쳤잖아! 정신 차려!'

지유가 머릿속으로 참을 忍자를 새기고 있는데 서국이 말했다.

"일어나 봐요."

지유가 일어서자 그녀의 몸을 부드럽게 뒤로 돌린 서국이 등을 씻겨 주기 시작했다. 보들거리는 거품을 내며 등부터 엉덩이로 내려가는 손길엔 끈적임이라고는 전혀 없었다. 그럼에도 지유는 자꾸만 흥분이 됐다. 입술을 잘근잘근 깨물어 참아 봤지만 그의 손길이 닿는 곳마다 홧홧한 불길이 일었다.

'안 되겠어!'

지유가 몸을 휙 돌렸다. 의아한 눈빛의 서국과 그녀의 달아오른 눈이 마주쳤다.

"나도 서국 씨 씻겨 줄게요!"

"나는 괜찮습……."

"일단 벗어 봐요!"

지유가 그를 벽으로 밀어붙이며 들짐승처럼 달려들자 서국이 순간 당황했다.

"잠깐……."

그의 미약한 반항은 안중에도 없는 듯 지유는 불끈대는 근육에 걸쳐져 있는 셔츠와 탄탄한 허벅지를 감싼 바지를 벗겨 냈다.

"정지유."

위험한 목소리가 서국의 입술 밖으로 흘러나왔다.

지유가 상체를 천천히 세우자 거친 숨을 몰아쉬는 서국이 그녀를 강렬하게 응시하고 있었다.

그의 헐떡이는 가슴을 손바닥으로 쓸며 지유가 한 발짝 가까이 다가갔다.

"씻기 전에…… 먼저 할 일이 생각났어요."

지유가 유혹적으로 말하며 젖은 몸으로 다가서자 서국의 눈이 무섭게 어두워졌다.

"그걸 먼저 안 하면……."

속삭이듯 말한 지유가 살랑이는 손을 뻗어 그의 목을 제 쪽으로 끌어 당겼다.

"또 씻어야 할 거 같아서요."

"……."

지유가 키스하듯 얼굴을 가까이 가져갔다.

그러자 서국이 먼저 그녀의 뒷머리를 거머쥐고 사납게 입술을 삼켰다.

순식간에 뜨거워진 열기로 욕실이 후끈후끈해지고 있었다.

한참 뒤.

지유는 침대 위에서 정신없이 흔들리고 있었다.

"아, 아아, 서국 씨……."

그녀의 입술에서 달짝지근한 신음이 흘러나왔다. 살짝 쉰 목소리가 오히려 섹시하게 느껴졌다. 오늘 지유는 몇 번을 해도 잠이 들지 않았다. 오히려 점점 더 뜨거워지며 그를 자극하고 있었다.

끊임없이 달아오르는 지유의 위에서 서국은 낮은 숨을 토해냈다.

"후, 지유, 오늘……."

"나, 나도 내가 이상……하긴 한데……아! 읏……히, 힘들죠?"

"힘든 게 아니라, 미칠 것 같아."

섹시하게 인상을 찌푸린 서국이 상체를 세웠다. 땀에 젖은 관능 어린 육체가 번들거리고 있었다.

"벌써 몇…… 시간짼지 모르겠는데, 서국 씨도 정말 대단…… 하읏!"

그도 세 번이나 사정했음에도 전혀 크기가 줄어들지 않은 흉포한 페니스가 그녀의 쾌감에 잠식된 내부에 거칠게 박혀 들었다.

"하읏! 앗! 아아!"

더 격렬해지는 움직임에 거대한 침대가 뒤흔들렸다.

다음 날 아침이 되자 지유는 눈을 번쩍 떴다.

"앗! 출근! ……아야야!"

벌떡 일어나려던 그녀는 허리와 온몸이 아파서 풀썩 다시 앉았다. 욱신거리는 몸의 통증이 한두 군데가 아니었다.

"병가 처리할 테니 쉬어요. 못 일어날 겁니다."

응?

서국의 목소리에 고개를 들어 보니 출근 준비를 마친 그가 슈트 차림으로 걸어오고 있었다.

커프스단추를 채우며 슈트 모델처럼 걸어오는 그를 홀린 듯 보던 지유가 정신을 차리고 물었다.

"나…… 언제 잠들었어요?"

"얼마 안 됐습니다."

그럼 아침까지 한 거야?

지유의 눈이 더 커졌다. 부, 분명 아주 오랜 시간 그랬던 거 같긴 한데…… 정확한 시간을 확인하지 못하긴 했지만…… 그래도 정말 아침까지?

'읏, 더, 더요. 서국 씨.'

'하아, 아직은 싫어. 좀 더…….'

꺅! 어떡해!

기억을 더듬던 지유의 얼굴이 화끈거렸다. 술도 취하지 않았던 맨정신이라 자신이 계속 졸랐던 게 생생하게 기억이 났다.

지유가 당황한 얼굴로 눈을 굴리다가 침대를 빠져나오려 했다.

"그, 그래도 출근은 해야……아야야."

발끝이 바닥에 닿자마자 허벅지 안쪽에 느껴지는 통증에 지유의 얼굴이 찌푸려졌다.

"못 일어난다니까."

서국이 다정한 손길로 지유를 침대에 다시 눕혔다.

그녀의 옆에 앉아 몸 위에 이불까지 끌어다 주자 지유가 슬그머니 이불 끝자락을 코 밑까지 끌어 올렸다.

붉어진 얼굴을 가린 채 빼꼼 눈만 내놓고는 민망한 목소리로 말했다.

"……당신 한숨도 못 잤겠어요. 나 때문에……."

지유가 새벽의 기억들로 부끄러워하며 웅얼거리자 서국이 입술 끝을 부드럽게 휘어 올렸다.

"난 밤새 행복했는데."

그가 손을 뻗어 지유의 머리칼을 매만졌다.

"……."

"정말입니다."

서국이 다시 말하자 지유가 눈만 내놓은 채로 시선을 맞췄다.

그녀의 데록데록 굴리는 눈을 사랑스럽다는 듯 응시하던 서국이 고개를 숙였다.

촉.

지유의 이마에 살짝 입을 맞춘 서국이 침대에서 몸을 일으켰다.

"간단한 아침 식사 만들어 뒀으니 일어나면 먹어요."

"……고마워요."

지유가 작게 대답하자 서국이 미소 띤 얼굴로 몸을 돌렸다.

"더 자요."

그가 일말의 피곤함도 없는 산뜻한 모습으로 방을 나섰다. 그 뒷모습을 지유가 가만히 바라보고 있었다.

"……."

눈동자만 움직여 쳐다보고 있던 지유가 슬쩍 이불을 턱 밑으로 내렸다.

"밤새 하다니……."

지유가 신기한 얼굴로 중얼거렸다.

어디서 그런 에너지가 생긴 건지, 지유 스스로도 알 수가 없었다. 그런데 무척 기분이 좋았다. 시간이 지날수록 더 좋아지는 게 신기했다.

"지금까진 그걸 모르고 살았단 말이야……? 그렇게 좋았는데……?"

하면 할수록 좋아진다니. 세상에.

지유가 놀라운 표정으로 지난 밤을 되새기고 있는데 갑자기 전화벨이 울렸다.

Rrrr. Rrrr.

"어? 누구지?"

침대 위에서 꾸물꾸물 옆으로 이동한 지유가 협탁 위에서 휴대폰을 들어 올렸다.

'모르는 번혼데?'

잠시 액정을 보던 지유가 전화를 받았다.

"여보세요."

– 안녕하세요. 활기찬 한의원인데요. 정지유 씨 맞나요?

"네. 맞는데요."

지유가 의아한 얼굴로 대답하자 곧 난처한 목소리가 들려왔다.

– 죄송한데 저희가 실수를 해서요. 얼마 전 보내 드린 약이 다른 분 거와 바뀌었거든요.

"아…… 정말요?"

그 약 때문이었구나!

지유가 깨달은 얼굴로 눈을 번쩍 떴다. 일주일 동안 열심히 빨아 댄 보약에 이런 효과가 있을 줄이야?

"그랬군요. 그 약이 그런……."

지유가 중얼거리고 있는데 간호사의 말이 이어졌다.

– 정말 죄송해요. 저희가 원래 약으로 다시 보내 드리…….

"괜찮아요."

– 네?

지유가 곧바로 말하자 의아한 물음이 들려왔다.

지유는 입술을 끌어 올리고 말했다.

"이 약이 몸에 잘 받는 거 같아서 계속 먹으려고요."

– 아…… 그러시겠어요?

지유가 휴대폰에서 귀를 떼어 내 액정을 바라봤다.

"다 먹으면 이 번호로 전화해서 약을 주문하면 될까요?"

병원 전화 번호를 확인한 그녀의 눈이 번뜩였다.

– 네. 잘 받으신다면 그러시면 되세요.

"알겠습니다. 그럼 다 먹고 다시 전화드릴게요."

지유가 생글거리며 전화를 끊었다.

"이제 의문이 풀렸네."

해답을 찾은 지유가 속이 시원해진 듯 말했다.

그녀의 얼굴이 하룻밤 사이에 윤기가 반들반들해져 있었다.

"도착했습니다."

상현이 차를 세우고 말했다. 차창 밖엔 이천호 회장의 저택이 보였다.

뒷좌석에 지유와 나란히 앉아 있는 서국이 그녀의 얼굴을 들여다봤다.

"괜찮습니까?"

"네. 준비됐어요."

지유가 비장하게 고개를 끄덕였다. 오늘은 정식으로 서국의 부모님께 인사를 드리는 날이었다. 가을도 무르익은 계절이라 해가 바뀌기 전엔 인사를 드려야 할 것 같아서 신중히 날을 잡았다.

달칵. 먼저 차에서 내린 서국이 지유를 자연스럽게 에스코트했다.

"혹여 자리가 불편해지면 언제든 나에게 말해요. 바로 나올 테니까."

현관으로 향하며 그가 당부하듯 말했다. 지유가 올려다보며 생긋 웃었다.

"괜찮을 거예요."

마음의 준비를 열심히 했기 때문인지 지유는 크게 긴장되진 않았다.

오히려 서국이 그녀를 많이 신경 쓰고 있었다. 걱정이 섞인 눈빛이 그녀에게 닿는 동안 현관문이 열렸다.

"오셨어요?"

일하시는 분이 문을 열어 주며 친근하게 인사했다. 서국도 고개를 숙여 보였다.

"잘 지내셨습니까."

"안녕하세요."

지유도 옆에서 깍듯이 인사하는데 명진이 다가왔다.

"어서 와요. 지유 씨."

명진은 집에서도 날카로운 분위기를 주는 안경을 착용한 상태였지만, 옷차림은 한결 편해 보였다. 긴 기장의 심플한 블랙 드레스 위에 우아한 숄을 걸친 명진에게 지유가 다소곳하게 고개를 숙였다.

"안녕하세요. 잘 지내셨어요?"

"오랜만에 보네요."

두 사람의 대화에 서국의 눈이 가늘어졌다.

"전에 만난 적이 있습니까?"

지유에게 묻는 말에 그녀가 의미심장한 미소를 지었다.

"비밀이에요."

"……?"

"안으로 들어와요."

서국이 의아한 표정을 짓는데 명진이 그들을 안쪽으로 이끌었다. 지유는 눈만 굴려 주변을 살폈다. 과연 이천호 명성에 어울리는 대저택이었다. 규모부터 모든 것이 압도적이라 표현해야 할 정도였다.

'이 집에서 서국 씨도 살았겠지?'

지유가 그런 생각을 하며 세련된 인테리어의 거실로 들어섰다.

소파에 앉아 있던 이천호 회장이 몸을 일으키는 게 보였다.

"왔구나."

집 안에서도 흐트러짐 없는 옷차림의 천호가 서국을 바라보며 말했다. 서국이 그 앞에 단정히 섰다.

"건강은 좀 어떠십니까."

"멀쩡한데 매번 그 소리. 인사부터 시켜."

지유를 힐긋 쳐다보며 천호가 말하자 서국이 그녀의 어깨를 가볍게 감싸 쥐며 소개했다.

"저와 결혼할 사람입니다."

"정지유입니다."

지유가 고개 숙여 인사했다. 그녀의 동그란 머리통이 숙여졌다 일어나는 동안 천호의 주시하는 시선이 따라붙었다.

"……."

찌르는 듯한 시선을 지유가 생글거리는 미소로 받고 있는데 천호가 물었다.

"이 회장 비서실에 얼마나 있었다고?"

"9년 됐습니다."

옆에 있던 서국이 끼어들어 대답했다. 천호가 그를 보며 미간을 모았다.

"누가 너한테 물어봤어?"

"그렇게 날카롭게 물어보시면 이 사람이 긴장하지 않겠습니까."

서국이 똑바로 시선을 맞추고 하는 말에 천호의 미간이 더 좁혀 들었다.

"허, 이놈 말하는 거 보게."

"괜찮아요, 서국 씨. 제가 말씀드릴게요."

지유가 얼른 서국을 저지했다. 그때 옆에서 명진이 참견했다.

"당신 말투가 좀 험악하긴 하잖아요. 우선 앉아서 얘기해요. 언제까지 사람들 세워 둘 거예요?"

명진의 말에 천호가 못마땅한 얼굴로 소파에 앉았다.

"일단 앉아라."

"네."

천호를 상석에 두고 명진의 맞은편에 서국과 지유가 나란히 앉았다. 그녀가 앉은 뒤에도 천호의 주시하는 시선이 닿아 있었다.

"9년이면 회사에서 분명 만난 적이 있을 텐데."

천호가 지유에게 묻는 말에 그녀가 얼른 대답했다.

"네. 임원회의 때 종종 뵈었습니다."

지유에게 예리한 시선을 둔 천호가 눈을 가느스름하게 떴다.

'딱히 기억에는 없는 얼굴이군.'

비서실장이면 분명 마주친 일이 많을 텐데 천호의 기억에는 뚜렷하게 남지 않았다.

"유 실장이 일을 꽤 잘한다고 하던데. 실제 그런가?"

"과찬이십니다. 저는 최선을 다해 보좌한 것밖에 없습니다."

"……."

천호가 관찰하듯 날카로운 시선으로 지유를 바라봤다. 지유는 미소를 유지한 채 흔들림 없이 그 시선을 맞받았다.

"……보기와 다른 면이 있군."

"네?"

혼잣말처럼 하는 말에 지유가 눈을 둥글였다. 천호는 그녀에게서 시선을 거두며 말했다.

"내가 뒷방 늙은이 신세가 됐다지만 아직도 내 눈을 똑바로 못 보는 사람 천지인데."

"누가 뒷방 늙은이래요? 영향력 있는 사람들만 만나고 다닌다고 숨은 실세라 소문이 자자하던데."

명진이 픽 웃으며 말했다. 순간 지유가 그녀를 바라봤다.

'분위기가 조금 다른가?'

밖에서는 카리스마 넘치는 모습의 명진은 집 안에선 한결 유한 이미지인 것 같았다. 기본적으론 차가운 분위기가 있지만, 그렇다고 해서 마냥 얼음 같진 않았다. 말투도 조금 더 부드럽게 느껴졌다.

"숨은 실세는 무슨."

천호가 콧방귀를 뀌고는 말을 이었다.

"은퇴한 마당에 친구들 만나서 술 한잔 하는 게 무슨 대수라고 소문까지."

"그 친구들이 보통 친구들인가요? 순 거물급만 만나고 다니시던데."

천호의 카리스마야말로 보통이 아니었지만 명진은 전혀 주눅 들지 않는 모습이었다. 말 한 마디 지지 않는 그녀를 천호가 못마땅하게 쳐다봤다. 하지만 별말 없이 다시 시선을 옮겼다.

"쓸데없는 소문에 신경 쓸 거 없어."

눈썹을 모으고 일축한 천호가 서국을 보며 말했다.

"식은 언제쯤 할 생각이냐."

서국의 눈빛이 묘해졌다.

"허락하신 겁니까?"

천호가 인상을 썼다.

"내가 반대하면 안 할 거야? 정략결혼 싫다고 원하는 여자와 결혼하지 못한다면 회사도 버린다던 놈이."

순간 지유가 눈이 커다래져선 서국을 쳐다봤다.

"그랬어요?"

처음 듣는 이야기에 지유가 놀란 얼굴로 물었다.

"……."

서국은 대답 없이 지유를 부드럽게 응시하고만 있었다.

그때 천호의 목소리가 다시 들렸다.

"이왕 할 거면 빨리 날 잡아. 회장 취임하고 나서도 가정을 이루지 않으면 중진들 신임 얻기 힘들어."

"당장은 처리해야 할 일들이 많았습니다."

"그러니까 이제라도 속도를 내란 소리야. 해가 바뀌기 전엔 식을 올려야지, 날 추워지기 전에."

천호의 확고한 말에 서국이 천호처럼 미간을 모았다.

"겨울 오기 전 말씀입니까?"

"그 안에 해야지. 너는 회사 일로 영 바쁘니 우리가 준비하마."

"올해는 두 달밖에 남지 않았습니다."

"그러니 우리가 하겠다는 거 아니냐."

천호가 당당하게 말하자 서국의 미간이 더 좁혀 들었다.

"저희는 아직 구체적으로 상의하지 않았습니다. 우선 상의한 뒤……."

그때 지유가 끼어들었다.

“아버님 말씀 듣는 게 좋겠어요. 서국 씨.”

모두의 시선이 지유에게 향했다. 서국이 멈칫거리며 그녀를 보고 있었다. 그 얼굴을 보며 지유가 은은한 미소를 띠고 말을 이었다.

“중진들의 신임 문제까진 생각하지 못했는데 그런 이유라면 아버님 말씀대로 한시라도 빨리 하는 게 좋을 것 같아요.”

“그런 건 이유가…….”

“그렇게 해요.”

지유가 명료한 목소리로 말하며 서국을 바라봤다.

“…….”

잠시 지유를 보고 있던 서국이 천호에게 고개를 돌렸다.

“그렇게 하겠습니다.”

“잘 부탁드릴게요. 어머님, 아버님.”

지유가 생긋 웃으며 말했다.

“…….”

두 사람의 모습을 보던 천호가 입을 열었다.

“준비 과정에서 너희 시간은 최소한 덜 뺏는 방향으로 할 테니까, 걱정할 건 딱히 없을게다.”

“네. 신경 써 주셔서 감사합니다.”

지유가 사근사근하게 대답했다. 그녀의 얼굴에 걸린 구김 없는 미소를 천호가 생각에 잠긴 듯 응시하고 있었다.

그때 명진이 서국에게 말했다.

“우선 식사 준비될 때까지 이 회장 쓰던 방이라도 구경시켜 주지 그래?”

"아! 보고 싶어요!"

지유가 눈을 반짝였다.

"그럼 올라갔다 오겠습니다."

서국이 몸을 일으키는 걸 보고 지유도 따라 일어섰다.

"다녀올게요."

공손히 인사한 지유가 서국을 따라 계단 쪽으로 향했다.

두 사람이 2층을 향하는 계단에 오른 뒤, 명진이 천호를 바라봤다.

"어때요?"

"어떻긴 뭘 어때. 어차피 다른 수도 없는데."

탐탁지 않다는 듯 천호가 대답했다. 명진은 그럴 줄 알았다는 듯 대수롭지 않은 얼굴로 자리에서 일어섰다.

"나는 마음에 들어요."

시크하게 말한 명진이 음식이 준비되고 있는 키친룸으로 몸을 돌렸다.

여전히 불만스러운 표정으로 명진의 뒷모습을 보던 천호가 생각에 잠겼다.

'비서실장 출신이라.'

태희 일도 있었고, 정훈도 그런 일이 있는 마당에 서국 결혼에 이것저것 따질 입장은 아니긴 했다. 게다가 서국은 결혼에 있어선 절대 그의 의사에 맞춰 줄 사람도 아니었다. 정훈의 일에서 자신의 잘못도 있으니 우선 서국은 상대가 누구든 결혼부터 시킬 생각으로 이미 식장은 잡아 놓은 상태였다.

하지만 지금도 서국과의 혼담을 원하는 명문가의 제안이 여기저기서 들어오는 와중이라 속이 복잡했다.

'만나는 여자가 있다고 전국적으로 나간 와중에도 왜 사람 심란하게.'

천호가 인상을 썼다. 마음을 비우고 결혼을 추진하는 와중이지만, 막상 그런 말을 들으면 사람인지라 흔들리는 것도 사실이었다.

천호의 시선이 2층으로 향하는 복도로 다시 향했다.

'사람이 밝긴 한데…….'

직접 만나 보니 정지유는 꽤 강한 면도 있어 보이고, 성격도 밝아 보였다.

'그래서 회사에서의 모습과 매치가 잘 되지 않았던 건지도 모르겠군.'

언뜻 기억나는 서국의 비서실장은 철저한 이미지였던 것 같으니. 잠시 회사에서 봤던 지유의 이미지를 기억 속에서 떠올려 보던 천호가 한숨을 내쉬었다.

'욕심은 어쩔 수가 없군.'

안경을 벗은 천호가 고개를 천천히 저었다.

"여기가 서국 씨 방이에요?"

채광이 좋은 넓고 모던한 인테리어의 공간을 둘러보며 지유가 눈을 반짝였다. 드레스룸과 욕실이 안쪽에 따로 있는 구조였는데 전체적으로 차분한 그레이톤이었다. 한 바퀴 둘러본 지유가 작게 웃음을 흘렸다.

"정말 심플하다. 침대, 책상, 소파가 다네요? 이 넓은 공간에."

지유가 책상을 살펴보러 가며 말했다.

"다른 건 필요를 못 느꼈습니다."

서국이 시선을 그녀에게 향한 채 소파에 걸터앉으며 대답했다.

"……."

지유가 잠시 서국을 바라보다가 입술 끝을 둥그렇게 끌어 올렸다.

"이 집에 안 산 지 오래됐는데도 이 방은 그대로 둬서 고맙네요. 덕분에 내가 이렇게 구경할 수도 있잖아요."

"너무 이르지 않습니까?"

"네?"

지유가 눈을 깜빡이며 서국을 바라봤다. 그가 그녀를 가만히 응시했다. 지유의 얼굴을 걱정이 담긴 표정으로 보며 그가 입을 열었다.

"한두 달 내 결혼은 지나치게 빠른 것 같아서 말입니다."

"그건 그렇지만……."

책상 위의 책들을 손가락으로 훑고 있던 지유가 서국 옆으로 총총 다가왔다. 그의 옆에 사뿐히 앉으며 그녀가 말했다.

"아버님 말씀도 맞는 것 같아서요."

"억지로 따를 필요는 없습니다."

서국이 조용히 시선을 맞췄다. 무리할 필요 없다는 확고한 시선이 그녀를 향하고 있었다. 그 의미를 알고 있는 지유가 생긋 웃었다.

“억지로 따르려는 건 아니에요. 아직 바쁜 일이 다 정리되진 않았지만, 내년에도 바쁜 건 여전할 거고, 더 이상 미룰 수는 없다고 생각하던 참이었거든요.”

“…….”

서국이 관찰하듯 지유의 표정을 살피자 그녀의 입가에 미소가 진해졌다.

“정말이에요. 내가 마음의 준비도 안 됐는데 무리해서 진행하는 성격은 아니잖아요. 오늘도 충분히 마음의 준비를 하고 온 거고요.”

“……그건 그렇지만.”

서국이 짧게 한숨을 내쉬었다. 그 역시 결혼을 바라지만 두 사람 사이에서 조율되지 않은 이야기를 받아들여도 되는지 확신이 서지 않았다.

그의 고민 어린 눈빛을 보고 있던 지유가 생글거렸다.

“표정이 왜 이리 심각해요?”

“당신이 걱정돼서 그래.”

서국의 진지한 눈빛에 지유가 손을 뻗어 그의 뺨을 부드럽게 매만졌다.

“걱정할 거 없다니까요? 아, 그런데요.”

지유가 갑자기 벌떡 일어나더니 책상 쪽으로 향했다.

“어릴 때 사진 정말 없어요? 학생 때 사진이나.”

지유가 매의 눈으로 책상 위를 살피며 묻자 서국이 소파에서 그녀를 바라봤다.

"따로 가지고 있는 건 없습니다."

지유가 책장에 시선을 고정한 채 눈을 번뜩였다.

"저기 있는 건 졸업앨범 같은데요?"

"……그게 있었습니까?"

서국은 인식하지 못하고 있던 듯 눈을 가늘게 떴다. 지유는 얼른 졸업앨범을 뽑아 들며 눈을 초롱초롱 빛냈다.

"봐도 되죠?"

"물론입니다."

서국이 고개를 끄덕였다. 지유가 앨범을 들고 다시 그의 옆으로 날아왔다.

"너무 궁금해요. 서국 씨 고등학교 졸업앨범!"

지유가 흥분을 감추지 못하는 얼굴로 빠르게 앨범을 펼쳤다.

"몇 반이었어요?"

"내가 찾아 줄게요."

서국이 기다란 손가락으로 앨범을 넘겼다. 몇 장 넘기는데 지유가 소리쳤다.

"여깄네요!"

지유가 가리키자 페이지를 넘기려던 서국이 멈칫거렸다.

"아, 거기 있었군요."

서국이 전혀 몰랐다는 눈으로 자신의 사진을 쳐다봤다.

"이 한 명만 딱 눈에 들어오는데 어떻게 못 봐요? 와, 세상에! 완전 아이돌 저리 가라네! 이럴 줄 알았어!"

지유가 콧김을 훅훅 내뿜을 듯 흥분해선 서국의 사진을 감탄 어린 시선으로 쳐다봤다.

"이때부터 조각이었구나, 와아……."

침이 흐를 정도로 잘생긴 얼굴에 지유는 감탄을 멈출 수가 없었다. 지금보다 앳된 티는 나지만 이서국임이 분명한 수려한 얼굴을 뚫어져라 보며 지유가 중얼거렸다.

"나 얼빠 맞나 봐요. 와, 정말, 어쩌면 이렇게 잘생겼지?"

"이제 그만 봐요."

서국이 살짝 민망한 듯 앨범을 접으려 하니 지유가 재빨리 낚아챘다.

"잠깐만요! 아직 단체 사진은 못 봤단 말이에요. 어디 있……아! 여기!"

단체 사진에서도 맨 뒷줄에 서 있는 그를 한눈에 찾을 수 있었다. 단체 사진은 오히려 더 찾기 쉬울 정도였다. 키가 남들보다 월등히 컸고, 넓은 어깨와 작은 두상은 그야말로 시선강탈남이었다.

"이야…… 진짜……."

지유가 감탄의 한숨을 흘리며 고개를 절레절레 저었다. 놀라움을 감추지 못하던 그녀가 갑자기 고개를 번쩍 들더니 서국을 쳐다봤다.

"중학생 때랑 초등학생 때 졸업앨범은 어디 있어요?"

지유가 눈을 번뜩이며 묻는 말에 서국이 잠시 생각하다가 대답했다.

"모르겠습니다."

"그래요? 좀 이따 찾아봐야지. 이 방 어딘가에 있을 것 같은데…….”

주변을 매의 눈으로 살피던 지유가 다시 서국을 쳐다봤다.

“그런데 왜 지금 집에 이거 안 가져간 거예요?”

보통 독립할 때 자신의 물건이나 졸업앨범은 가져가는데 아직도 이 집 책상에 있는 게 신기해서 지유가 물었다. 서국은 담담하게 대답했다.

“필요성을 못 느꼈습니다.”

“하아, 이 소중한 걸 왜…….”

앨범을 꼬옥 안고 통탄스럽게 말한 지유가 고개를 들었다.

“나 이거 가져가도 되죠……?”

그녀가 눈을 반짝이며 물었다. 마치 새끼고양이처럼 쳐다보는 귀여운 시선에 서국의 입술 끝이 부드럽게 휘어졌다.

“편한 대로 해요.”

“고마워요!”

지유가 앨범을 안고서 무척 기쁜 표정을 지었다. 그 모습에 그의 입술에 맺힌 미소가 더 짙어졌다. 그녀를 보고 있던 서국이 가만히 고개를 기울여 지유의 입술에 짧게 입을 맞췄다.

촉.

“…….”

입술이 떨어지자 가까이에서 시선이 엉켜들었다. 진지하게 그녀를 응시하며 서국이 다시 고개를 기울였다. 지유의 눈이 천천히 감겼다.

이번엔 한층 진해진 키스가 이어졌다.

식사가 끝난 뒤 네 사람은 소파에 앉아 디저트와 차를 마셨다. 달지 않은 수제 양갱과 과일을 두고 허브티를 마시던 중, 천호가 서국에게 말했다.

"잠깐 서재에서 얘기 좀 하자. 온 김에 회사 일 물어볼 게 좀 있으니."

천호가 몸을 일으키자 서국도 따라 일어섰다.

"잠시만 있어요."

일어서며 지유에게 속삭이듯 말한 그가 자리를 빠져나갔다.

두 사람만 남은 자리에서 명진이 찻잔을 내려놓으며 지유에게 물었다.

"집에 와 보니 어때요? 많이 긴장했을 것 같은데."

"두 분 다 잘 대해 주셔서 편히 있었어요."

지유가 입술 끝을 둥글이며 대답했다. 명진이 고개를 천천히 끄덕였다.

"다행이네요. 이 회장이 잘해 줘요?"

"네. 정말 잘해 줘요. 누구보다 다정하고요."

지유의 눈이 부드럽게 휘어지며 사랑스러운 미소를 지었다. 진심임이 느껴지는 얼굴이었다.

그 얼굴을 가만히 보던 명진이 혼잣말처럼 말했다.

"그래요……."

명진이 시선을 내려 찻잔을 응시했다. 지유가 생각에 잠긴 듯한 명진을 힐끔 쳐다봤다.

'물어봐도 되려나?'

명진에게 궁금한 게 있었는데 지금 물어봐도 될지 조금 망설

여졌다.

'에잇, 물어보자.'

명진의 눈치를 살피던 지유가 마음을 정하고 조심스럽게 입을 열었다.

"저……."

지유가 꺼내는 말에 명진의 시선이 다시 지유에게 향했다.

"서국 씨 어릴 때는 어땠어요? 듣기론 많이 아팠다고 하던데."

숨길 수 없는 호기심을 드러내며 지유가 물었다.

"……."

왜 대답이 없지?

지유의 표정에 의구심이 어렸다. 명진은 여전히 생각에 잠긴 듯한 얼굴로 말없이 자신을 보고 있을 뿐이었다.

'괜히 물었나?'

서국이 살던 집을 보고, 그리고 그의 졸업앨범도 봐서 그런지 어린 시절이 더 궁금해졌다. 다들 있을 때는 못 물어봤지만 명진과 둘이 있을 때 용기를 낸 것이었는데 대답 없이 보고만 있는 시선에 지유는 내심 당황했다.

"저…… 제 질문이 곤란하시면……."

지유가 다시 말을 꺼내는데 한동안 보고 있던 명진이 천천히 숨을 들이쉬곤 말했다.

"난 나쁜 엄마여서 그런 말을 해 줄 자격이 있는지 모르겠네."

"네? 아……."

무슨 의미인지 몰라 지유가 눈을 굴렸다.

'나쁜 엄마라서? 아, 혹시?'

지유의 머릿속에 전에 명진과 둘이 만났을 때의 대화가 떠올랐다.

'난 그때 이 이사 옆에 있어 주지 못했어요. 그때 옆에 있어 줬더라면, 아마 그런 눈으로 살게 하진 않았겠죠.'

업계에서 신화적인 사람이다 보니 어쩔 수 없이 가정에 소홀했을 거였다. 그건 서국의 말로도 어느정도 유추할 수 있었다. 명진은 아마 그 이유로 엄마로서 자격이 없다고 말하는 것 같았다.

"혹시 그때 회사 많이 일로 바쁘셔서……."

"이 회장이 수술했을 때."

말을 꺼낸 명진이 다시 입을 다물었다. 지유가 쳐다보니 명진의 표정이 가라앉아 있었다.

"……."

지유는 궁금함을 참고 명진의 말이 이어지길 기다렸다. 날카로운 안경 너머 미간을 살짝 찌푸린 그녀가 말했다.

"그때 난 유산을 했어요."

"……유산이요?"

지유의 눈이 조금 커졌다. 명진이 차분한 어조로 말을 이었다.

"자궁을 들어내고, 그 상태에서 망가진 내 정신과 몸을 돌볼

새도 없이 격무에 시달렸어요. 그때 하필 회사에 큰 위기도 있는 상황이라 내 일을 대신해 줄 사람이 없었거든요."

"……."

예상하지 못한 이야기에 지유는 뭐라 말을 해야 할지 몰라 명진을 보고만 있었다.

"그래서 내 아들의 수술에도 같이 있어 주지 못했어요. 그 애가 그렇게 무심하고 건조한 사람이 된 건, 사실 내 탓이에요."

듣고만 있던 지유가 조심스럽게 입을 열었다.

"저…… 서국 씨는 부모님 탓이라고 생각하지 않아요."

"그 애가 어떻게 생각하든 그렇게 만든 건 나니까."

명진이 드라이하게 말하며 찻잔을 들어 입술로 가져갔다.

'많이 힘드셨나 보다.'

겉으로는 무감해 보였지만 지유는 그 일이 지금껏 명진에게 상처가 되었으리라는 걸 짐작했다.

잠시 고민하던 지유가 마음을 먹고 입을 열었다.

"어머님도 사정이 있으셨잖아요. 누구의 잘못은 아닌 것 같아요."

"……."

명진이 지유에게 시선을 주자 지유가 살짝 난처한 표정으로 말했다.

"죄송해요. 주제넘은 말 같아서 하지 않으려 했는데……."

입술을 잘근거리는 지유를 말없이 보던 명진의 표정이 한결 부드러워졌다.

"위로받으려고 한 말은 아닌데. 고마워요."

명진이 안경 너머 보일락 말락 한 옅은 미소를 지었다. 지유가 저를 위로하려 한 말이라는 걸 알고 있었다. 저를 어려워하면서도 필사적으로 그렇게 하려는 그 마음이 나빠 보이지 않았다. 가만히 쳐다보고 있던 명진이 말을 이었다.

"그래도 내 원죄가 사라지는 건 아니에요. 수술 전에도 난 내 일이 우선이었거든. 수술이 결정적인 일이 된 것뿐."

"……."

"어쨌든 그 애는 방치된 채로 죽음과 싸워 왔어요. 그러다 보니 세상 무엇에도 관심을 갖지 못하고 수동적인 삶만 살아왔고."

명진이 조용히 찻잔을 매만졌다. 그저 시키는 대로만, 주어진 일만 하면서 삶을 이어 가는 서국을 볼 때마다 죄책감이 들었다. 그럼에도 자신의 잘못을 인정하고 그때 일의 상처를 들추는 일이 힘들어 사과도 하지 못했다.

"나약하고 비겁했어요. 난."

씁쓸한 눈빛으로 말한 명진이 표정을 바꿔 지유를 바라봤다.

"그래서 그런 서국이를 바꾼 당신이 궁금했어요. 그때 만나자고 했던 이유도 그래서였고."

"아, 그러셨군요."

"당신에게 고마웠으니까요."

달라진 서국의 모습 덕분에 죄책감이 한결 가벼워질 수 있었다. 이 아가씨가 의도한 건 아닐 지라도.

"서국이가 당신을 만난 건 행운이겠죠. 고마워요. 진심으로."

"……."

명진의 말에 어떻게 답해야 할지 몰라 입술만 달싹이던 지유가 입을 열었다.

"전 처음 볼 때부터 서국 씨를 짝사랑했어요."

명진이 주저하면서도 또렷한 음성으로 말하는 지유를 지그시 바라봤다. 살짝 붉어진 뺨으로 지유가 말을 이었다.

"저에게도 행운이죠. 오랫동안 짝사랑한 사람이 저를 이렇게나 사랑해 주니까요."

지유가 해사한 미소를 지었다. 보는 사람까지 기분 좋은 미소가 지어지게 만드는 미소에 명진의 입가도 덩달아 휘어 올라갔다.

"이 회장이 인연을 바로 앞에 두고 너무 오래 방치했네."

"아니에요."

지유가 고개를 젓고는 단호한 표정을 지었다.

"사람마다 이어지는 타이밍이 있다고 생각하거든요. 그전엔 아마 제 감정도 설익었을 거예요."

"좋은 마인드네요. 긍정적이고."

"감사합니다."

지유가 생긋 웃었다. 명진이 한결 편해진 표정으로 그녀를 마주 봤다.

"이 얘긴 이 회장에게 모른 척해 줘요."

"그럴게요."

지유가 열심히 고개를 끄덕였다. 명진이 입술 끝을 휘어 올렸다.

"그리고 나 너무 어려워하지 말아요. 그런 사람 아니니까."

“네. 노력할게요.”

방긋 웃는 지유에게 명진이 미소로 말했다.

“고마워요.”

대화가 끝난 지 얼마 되지 않았을 때 마침 서국과 이 회장이 내려왔다. 서국이 지유에게 다가오며 명진에게 말했다.

“저희는 그만 가 보겠습니다.”

“그래. 그만 일어나야지.”

명진이 일어서자 지유도 따라 일어서서 서국의 옆으로 갔다. 졸업앨범을 소중히 품에 안은 그녀가 그의 옆에서 고개를 숙였다.

“오늘 감사히 잘 먹었습니다. 또 뵐게요.”

“가 보겠습니다.”

서국도 같이 인사하자 천호가 고개를 끄덕이며 말했다.

“그래. 식은 최대한 신경 써서 알아보마.”

“조심히 들어가요.”

“네. 어머님.”

맑은 미소를 남긴 지유가 몸을 돌려 서국과 함께 총총 멀어졌다.

그녀의 뒷모습을 유심히 보고 있던 천호가 명진에게 물었다.

“뭘 안고 간 거야?”

명진이 멀어지는 지유의 뒷모습을 힐긋 보며 대답했다.

“이 회장 졸업앨범인 것 같은데요.”

“그게 뭐 대단한 거라고 저렇게 소중히 안고 가나.”

천호가 탐탁지 않은 듯 눈썹을 모으는데 명진이 그를 쳐다봤다.

"누군가에겐 대단할 수 있죠. 우리 이 회장 어릴 때 사진, 별로 없잖아요."

"……."

천호의 얼굴이 슬며시 굳어졌다. 그 얼굴을 똑바로 보며 명진이 말을 이었다.

"잘못한 거예요. 이젠 인정할 때 되지 않았어요? 나는 나대로, 당신은 당신대로, 살날 얼마 남지 않은 아들에게 정 붙이지 않으려 무던히 애썼던 거."

"……."

"그러다가 결국 방치 상태로 크게 한 거."

표정이 굳은 채로 서 있는 천호를 보며 명진이 한숨을 내쉬었다.

"국내 최고의 치료를 받게 하는 걸로 면죄부 받으려던 것도 이젠 인정하고 사과해야 해요."

"면죄부 아니었어."

"네?"

천호의 낮게 흘러나오는 말에 명진이 안경 너머 눈을 좁혔다. 그가 그녀를 쳐다보지 않고 말했다.

"살 거라는 기대를 가지고 한 거였어."

천호의 음성이 무겁게 가라앉았다. 명진이 시선을 피하고 있는 그를 말없이 바라봤다.

"……그 기대가 커지는 게 두려워서 회사 일로 도망친 건 사실이지만."

눈썹을 모은 천호가 몸을 돌리며 칼칼한 목소리로 말했다.

"나쁜 짓 한 거 안단 소리야, 나도."

"……."

2층을 향해 멀어지는 천호에게 명진의 조용한 시선이 따라붙었다.

◇ ◆ ◇

지유는 집에 오자마자 서국의 졸업앨범을 소중히 책상 위에 올려놨다.

"이런 보물을 건지다니."

지유의 얼굴에 기쁨이 차올랐다. 어릴 때 사진은 없다는 서국의 말을 들었을 땐 졸업앨범 생각은 미처 못했다. 아까 그가 쓰던 방에서 보고서야 눈이 번쩍였다.

"왜 생각을 못 했을까?"

다시 앨범을 펼쳐 감탄이 흐르는 잘생긴 얼굴을 응시하며 지유가 중얼거렸다. 내심 서운했는데 이렇게 하나라도 건지고 보니 다른 사진들도 궁금했다.

'아무리 사진이 없어도 몇 장쯤은 있을 텐데…….'

다음에 가면 그 집을 샅샅이 뒤져 보리라 다짐한 지유가 거실로 나왔다.

소파에 조용히 앉아 있는 서국을 본 그녀가 얼른 다가갔다.

"여기서 뭐 해요?"

생각에 잠긴 듯 앉아 있던 서국이 지유에게 시선을 들었다.

의아하게 그를 보고 있는 지유를 올려다보던 서국이 가만히 손을 뻗었다. 작은 손을 끌어와 잡고서 다시 시선을 맞췄다.

"정말 괜찮겠습니까?"

그의 진지한 목소리에 지유가 눈을 깜빡였다.

"뭐가요?"

"결혼식 말입니다."

서국이 시선을 똑바로 맞추고 말하자 지유가 가볍게 웃음을 흘렸다.

"나 마음의 준비 다 됐다니까요. 혹시 이번엔 서국 씨가 준비 안 된 거예요?"

"……."

그녀의 달달한 미소를 올려다보던 서국이 잡고 있던 손을 당겨 지유를 제 무릎 위에 앉혔다. 시선이 가까워지자 서국이 짙은 눈동자로 그녀를 보며 말했다.

"그럴 리가 없잖아. 나는 항상 당신과의 결혼을 원해 왔으니까."

지유가 그의 무릎에 앉은 채 진지한 얼굴을 내려다봤다. 서국이 낮게 한숨을 내쉬고 말을 이었다.

"하지만 당신은 연애 기간을 더 갖고 싶다고 했는데, 이런 식으로 무리하게 결혼을 진행하는 건 옳은 방향이 아닌 것 같아."

그의 눈동자엔 지유에 대한 배려와 걱정이 어려 있었다. 서국의 그 눈을 조용히 보던 그녀가 그의 얼굴을 두 손으로 살짝 감쌌다.

"서국 씨와 살아 보니까요."

수려한 얼굴을 잡고 시선을 더 가까이에서 맞춘 지유가 부드럽게 속삭였다.

"연애는, 이렇게 같이 살면서도 충분히 가능할 것 같아요."

"……."

서국이 회색빛이 도는 어두운 눈동자로 지유를 보고 있었다. 매혹적인 그의 눈을 가만가만 응시하며 지유가 속삭임을 이어 갔다.

"연애 기간 짧으면 후회할까 봐 걱정한 것도 있었지만, 사실 그땐 마음의 준비가 덜 되었기 때문도 있거든요."

"……."

점점 짙어지는 그의 눈동자를 응시하며 지유가 미소 지었다.

"그런데 이젠 마음의 준비도 됐고, 그리고 결혼하고 나서도 연애하는 것처럼 지낼 거라는 확신이 생겼어요."

그녀가 더 고개를 기울이며 시선을 가까이에서 맞춰 왔다. 숨결이 닿을만큼 가까워진 거리에 서국의 눈이 어둡게 타올랐다. 그 눈을 가만히 보며 지유가 말했다.

"당신이…… 늘 나를 이런 눈빛으로 보니까요."

"어떤 눈빛인데."

그가 욕망으로 낮아진 목소리로 말했다. 지유가 사르르 녹을 듯한 미소를 지었다.

"나만 아는 눈빛이요."

서국의 얼굴을 감싼 채 고개를 기울인 지유가 보드랍게 입술을 겹쳤다. 살짝 벌어진 입술 사이로 촉촉한 혀가 야릇하게 섞여 들었다.

"후."

그의 숨결이 순식간에 거칠어지더니 손을 뻗어 그녀의 원피스 뒷지퍼를 내렸다.

"아."

원피스 위쪽이 튤립처럼 벌어지며 지유의 동그란 맨어깨가 드러났다. 그 위에 그의 뜨거운 입술이 닿았다.

하아…….

지유가 달뜬 숨결을 뱉어 냈다. 최근 그 약의 효과가 너무 강해서 한동안 복용을 쉬고 있었다.

'그런데도 몸이…… 너무 뜨거워.'

빠른 속도로 달궈지는 몸의 반응에 지유의 숨결이 거칠어져 가슴이 가쁘게 오르내렸다.

"……지유."

서국이 탁한 목소리로 그녀의 이름을 부르며 벌어진 원피스 지퍼 사이로 손을 집어 넣었다.

연약한 등을 단단한 손으로 지탱한 서국이 할딱이는 젖가슴으로 입술을 내렸다. 그러고는 얌전한 원피스와 달리 귀여운 토끼 모양이 프린트 된 브래지어를 이로 물어 들춰 올렸다. 출렁! 쏟아지듯 드러난 흔들리는 젖가슴을 그가 크게 베어 물었다.

"흣……!"

지유의 고개가 위로 젖혀졌다.

'아, 가, 감각이…….'

꼼짝 못 하게 등을 고정한 커다란 손과 예민한 돌기를 삼킨 뜨거운 입술의 감촉에 지유는 오싹오싹한 쾌감을 느꼈다. 서국은 축축한 혀로 한껏 팽팽해지는 유두를 감싸 진하게 빨며 다른 쪽 젖가슴을 거머쥐고 주물렀다.

"으, 흣, 아……."

못 참겠어!

집요하게 지분거리는 입술에 발갛게 물든 얼굴로 지유가 도리질쳤다.

"하아, 안 되겠어요. 모, 몸이 너무 뜨거워서……."

지유는 도저히 제 몸을 주체할 수가 없었다. 은밀하게 달싹이는 귀여운 엉덩이를 서국이 강한 손아귀로 움켜쥐었다.

"더 버텨 봐."

"하, 하지만…… 앗!"

어쩔 줄 모르던 지유의 눈이 순간 커졌다. 작은 엉덩이를 고정한 그가 단단한 제 허벅지 위로 바짝 끌어당기자 잔뜩 힘이 들어간 그의 욕망이 고스란히 느껴졌다. 지유의 비부에 갖다 댄 그가 은밀히 비벼 댔다.

"어떡……해. 읏, 서, 서국 씨. 아, 앗."

서국의 바지 앞섶에 불룩하게 치켜 올라간 거대한 페니스가 지유의 가랑이 사이에 더 난잡한 소리를 내며 문질러졌다. 스타킹 위를 쿡쿡 찌르며 자극하는 힘에 그녀는 저도 모르게 통통한 엉덩이를 흔들고 있었다.

"으, 응……하아."

지유는 마치 마른 장작에 불이 붙은 것처럼 온몸이 뜨거워지는 것을 느꼈다. 홧홧한 불길이 마찰되는 곳에서 지펴져서 점점 더 참을 수가 없어졌다. 원피스 아래 스타킹에 쓸리는 야한 소리가 열기를 더욱 뜨겁게 달궜다.

"잠시만."

서국이 꽉 잠긴 음성으로 말하며 지유가 엉덩이를 세우게 했다. 그녀의 스커트를 들춰 올리고서 스타킹을 강한 손아귀로 잡고 찢어 냈다.

"앗!"

얇은 팬티와 스타킹이 동시에 찢어지는 감각에 지유의 몸이 흠칫거렸다. 바지 버클을 푼 서국이 지유의 목덜미를 핥으며 허스키한 목소리로 말했다.

"앉아 봐."

흥분으로 잔뜩 뜨거워진 숨결에 지유가 침을 꿀꺽 삼키고는 그의 넓은 어깨를 두 손으로 잡았다. 그러고는 엉덩이를 살짝 들었다가 다시 아래로 내렸다. 뭉툭하게 솟아오른 빳빳한 페니스를 옴찔거리는 속살로 맞추고 허벅지에 힘을 줬다.

"하으……."

엉덩이를 아래로 내릴수록 좁은 속살 사이로 두꺼운 근육 덩어리가 찌르듯 쑤셔 들었다. 숨이 턱 막히는 기분에 지유의 얼굴이 야하게 찌푸려졌다.

그 얼굴에 시선을 박고 있던 서국의 입술에서 신음이 흘러나왔다.

"당신의 그 얼굴을 보면, 미치겠는 거 알아?"

"하아, 부끄럽……게 보지 말……."

지유가 민망하게 붉어진 얼굴을 제 손으로 가리려 하자 서국이 그 손을 끌어왔다. 그녀의 손가락 하나를 입술로 삼키는 모습을 지유가 눈을 깜빡이며 쳐다봤다.

'야해.'

시선을 똑바로 맞춘 채 제 손가락을 삼키는 모습이 너무나 자극적이었다. 그때 서국이 허리를 튕겨 그녀 안으로 빳빳한 페니스를 깊숙이 짓쳐 올렸다.

"……아, 앗!"

오싹, 손가락에 느껴지는 축축한 혀와 아랫배 깊숙이 찔러 드는 감각에 지유가 신음을 흘렸다.

"흐, 으! 아응!"

거칠게 튕겨 올리는 힘에 지유의 몸이 아래위로 사납게 출렁이기 시작했다. 브래지어 아래에서 덜렁거리며 흔들리는 젖가슴을 커다란 손아귀로 그러모아 쥔 서국이 쾌감이 번지는 그녀의 얼굴에 시선을 박았다.

"너무 예뻐. 정지유."

"흣! 응! 으응……!"

음란하게 찢어진 스타킹 사이로 검붉은 페니스가 팽팽하게 발기한 채 박혀 들었다. 푹푹 찔러 올리는 두꺼운 몸체에 그녀의 애액이 윤활유처럼 발라져서 반들거렸다. 힘줄이 곤두선 거대한 기둥이 난잡한 소리를 내며 습한 살결을 헤집고 들이쳤다.

지유가 발갛게 물든 얼굴로 고개를 흔들어 댔다.

"나, 나 큰일…… 났어요. 으응!"

"뭐가 말입니까?"

서국이 거칠게 쑤셔 올리며 나지막하게 물었다.

"하아, 요즘 몸이 이, 이상해요, 몇 번을 해도……흐, 읏, 자, 자꾸만 좋아지고……아!"

크게 출렁이면서 신음 섞인 음성으로 말한 지유가 살짝 눈썹을 찌푸렸다.

"이거 봐요. 또 몸이…… 이렇게 제멋대로 막, 움직이고…… 하, 하읏."

할딱이며 말하는 지유는 저도 모르게 그의 어깨를 붙잡고 엉덩이를 흔들고 있었다. 거대한 페니스로 강하게 찔러 올릴 때마다 찌푸려지는 그녀의 눈썹을 서국이 똑바로 응시했다.

"원하는 대로 움직여. 맞출 테니까."

"으, 흣! 그, 그렇게 하면……!"

지유가 고개를 뒤로 젖히며 그의 어깨를 잡아 쥐고 야릇하게 통통한 엉덩이를 달싹였다. 가쁜 숨을 신음과 함께 흩뿌리며 두덩 안으로 단단한 것을 삼킨 채 이리저리 엉덩이를 달싹였다. 비비듯이 둥글게 흔드는 야한 움직임을 지켜보던 서국이 주무르고 있던 젖가슴으로 고개를 숙였다.

"하으, 서, 서국 씨……!"

지유의 동그랗게 팽창한 유두를 입술로 삼킨 그가 강하게 빨며 허리를 거칠게 쳐올렸다.

"응! 아! 아흣!"

그녀는 쾌감 어린 신음을 터뜨리며 가슴을 더 그의 입술 쪽으로 내밀었다. 다리 사이에서 사납게 치받치는 무서운 힘이 젖꼭지를 빨리는 쾌감과 더해져 더욱 몸이 달아올랐다. 정신없이 출렁이는 움직임이 강해질수록 지유는 머릿속에 아무런 생각을 할 수가 없었다.

"아, 안 돼요! 아……! 모, 못 견디겠어."

지유가 고개를 흔들어댔다. 서국이 입술을 떼어 내고 자신의 타액으로 번들거리는 젖꼭지를 엄지로 짓뭉개듯 문질렀다.

"……흐읏! 으, 응!"

젖꼭지가 파르르 떨리며 지유의 속살 사이에서 미끌미끌한 애액이 주르륵 흘러나왔다. 그대로 강한 힘으로 퍽퍽 쑤셔 들어가자 허벅지까지 젖어 든 애액으로 질척거리는 소음이 들렸다.

"저, 정말 못 견디겠……!"

지유가 쾌락을 견딜 수 없다는 듯 관능 어린 입술을 한껏 벌렸다. 열락으로 한껏 찌푸려진 그녀의 눈을 서국이 강렬하게 응시했다.

"좀 더 버텨 봐."

"……앗, 잠, 깐! 학!"

서국이 그녀의 엉덩이를 잡아 고정하고서 짐승 같은 힘으로 쳐올리기 시작했다. 감당할 수 없는 강한 힘에 지유의 몸이 튕겨 나갈 듯 출렁이며 신음이 터져 나왔다. 뜨거움을 참지 못하고 어쩔 줄 모르는 그녀의 얼굴을 노려보며 서국이 터질 듯 발기한 페니스를 무서운 힘으로 쑤셔 올렸다.

"응! 아! 아흐! 핫!"

들들 끓어오르듯 뜨거워진 안쪽에 사납게 박혀 드는 두꺼운 근육 덩어리가 아무 생각도 할 수 없게 만들었다.

"아, 안 돼……아아아!"

결국 버티지 못한 지유가 팔을 뻗어 서국의 목을 감싸 안았다. 한껏 뜨거워지는 그녀의 몸을 느끼며 그가 땀에 젖은 그녀의 등을 어루만졌다.

"……하아."

지유가 어깨를 들썩이며 크게 숨을 내쉬는 순간 서국이 그녀를 안아 올렸다.

"단단히 잡고 있어."

귓가에 낮게 속삭인 서국이 그대로 걸어 갔다.

"앗……! 아, 아직 안에……! 흐, 흐읏, 응!"

걸어가는 걸음마다 질 내벽 깊숙이 박혀 있는 페니스의 둥근 귀두가 안쪽을 여기저기 찔러 댔다. 그 자극에 신음을 터뜨리며 흠칫거리는 지유를 그가 침대 위로 눕혔다.

삽입된 채 침대에 누운 지유 위에 올라탄 서국이 그대로 다시 움직이기 시작했다. 지유의 눈이 순간 확 커졌다.

"지금, 은, 안……!"

지유는 자극이 지나친 나머지 온몸을 바르르 떨며 서국을 받아 냈다. 그가 위에서 거침없이 움직이며 그녀의 발갛게 달아오른 얼굴이 어쩔 줄 모르고 찌푸려지는 모습을 내려다봤다.

"하으, 응! 앗!"

쾌감을 참지 못하고 그녀의 커다란 눈에 눈물이 가득 차 있었다. 한껏 유연해진 속살에 꿈틀거리는 페니스를 거칠게 찔러 넣으며 서국도 신음을 토해 냈다.

"이렇게 꽉 물고 놔주질 않으면 내가 못 견뎌."

그를 속살로 힘껏 물고서 울컥거리며 애액을 쏟아 내는 통에 그의 매끈한 미간도 일그러졌다. 그녀의 흐릿하게 물든 눈을 서국이 뜨겁게 이글거리는 눈으로 내려다봤다.

퍼억! 퍽! 퍽!

"아……! 아! 아아!"

못 견딘다고 해 놓고서 그의 힘은 점점 더 강해지고 있었다. 온몸의 근육을 꿈틀거리며 남성적으로 움직이는 관능 어린 모습이 그녀의 시야에서 부서질 듯 흔들렸다. 그가 튕겨 나갈 듯 탁탁거리며 흔들리는 말캉한 젖가슴을 강하게 움켜쥔 채 불끈거리는 근육 덩어리를 거세게 쑤셔 넣었다. 뾰족하게 곤두선 젖꼭지를 엄지와 검지로 세게 비비는 힘에 지유의 입술에서 숨 넘어갈 듯한 신음이 터져 나왔다.

"그 소리, 가까이에서 듣고 싶어."

"아……!"

서국이 상체를 숙여 그녀를 안았다. 뜨끈한 뺨에 제 뺨을 맞붙힌 채 다리로 제 허리를 감게 한 뒤 빠르게 쑤셔 들었다.

"자, 잠깐, 너무 깊……! 응! 하읏!"

그녀의 신음이 그의 귓가에서 정신없이 터져 나왔다. 야릇한 숨결이 섞인 한껏 고조된 신음이 그를 더 흥분시켰다. 서국이 낮게 헐떡이며 지유의 목덜미를 빨았다.

"후우, 너무 좋아."

쾌감 섞인 신음을 흘린 그가 그녀를 안은 손에 힘을 줬다. 그러고는 그대로 미친 듯이 빠르게 들이치기 시작했다.

"아아아! 서국……!"

순간 그를 안고 필사적으로 버티던 그녀의 하얀 허벅지에 잔뜩 힘이 들어갔다. 더 이상 참지 못한 지유의 내벽이 빳빳한 남성을 강한 힘으로 조여 댔다.

"하으읏……!"

절정에 오른 그녀의 타이밍에 맞춰 서국이 달아오른 속살 안에서 뜨겁게 사정했다.

……하, 하아!

완전히 옷이 흐트러진 지유가 탄탄한 몸을 안은 채 달뜬 숨을 몰아쉬었다. 서로의 거친 숨이 조금 잦아 든 뒤 지유가 침을 삼키고 말했다.

"죽는 줄 알았어요……."

서국이 나른하게 웃으며 그녀의 등을 길게 쓸어내렸다.

"나도 죽는 줄 알았습니다."

고개를 든 지유가 그와 시선을 맞췄다.

"……거짓말."

서국의 말을 믿을 수 없다는 듯 그녀가 중얼거리자 그가 섹시한 얼굴로 미소를 지었다.

"정말인데."

"……."

서국의 근사한 미소에 지유는 약발이 다시 도지는 느낌이었다.

'약도 안 먹고 있는데 왜 이러는 거야?'

지유가 온몸에 넘실거리는 흥분을 느끼며 난감하게 제 입술을 잘근거렸다.

'혹시 그새 내 체질이 완전히 바뀌어 버린 걸까?'

세상에, 그런 엄청난 약이 다 있다니…….

서국의 얼굴을 보며 침을 꼴깍 삼킨 지유가 슬쩍 눈을 내리깔았다.

"왜 그럽니까?"

망설이는 듯한 지유의 뺨에 입을 맞추며 서국이 물었다.

"읏."

볼에 닿은 입술의 감촉에도 찌릿거리는 감각에 지유가 어느새 거칠어진 숨을 몰아쉬었다.

"……?"

복숭앗빛으로 붉어진 얼굴로 숨을 색색거리는 그녀의 얼굴을 서국이 의아하게 보고 있었다.

도톰하게 보풀아 오른 제 입술을 잘근거리던 지유가 서국의 목을 다시 살짝 껴안았다. 그러고는 수줍은 목소리로 그의 귓가에 작게 말했다.

"……더 안아 줘요."

그 말에 아직 식지 않은 그의 욕망이 더욱 크게 부푸는 것이 느껴졌다.

'어머!'

지유가 눈을 크게 뜨고 데굴데굴 굴리고 있는데 서국의 탁하게 물든 목소리가 들렸다.

"괜찮겠습니까?"

"네. 어서……요."

지유가 그의 목에 매달린 채 부끄러운 듯 말했다.

그 말에 서국이 상체를 세웠다. 그녀의 몸에서 흐트러진 옷을 벗겨 내는 동안에도 뜨겁게 타오르는 눈동자가 그녀에게 향해 있었다. 그 시선에 몸이 더 뜨거워지는 것을 느끼며 지유가 땀과 윤기로 반들반들해진 얼굴로 작게 숨을 들이켰다.

그 밤도 무척 길 것 같다는 생각을 하면서.

외전 2

함께 퇴근한 서국과 지유는 스테이크가 맛있는 레스토랑에서 건배했다.

챙.

"오늘도 수고 많았어요."

지유가 살포시 웃으며 말했다. 서국도 입술 끝을 휘어 올렸다.

"당신도."

오늘도 근사한 슈트 매력을 발산하는 서국을 흐뭇한 시선으로 보고 있던 지유가 말했다.

"서국 씨, 우리 비서실에 커플 생긴 거 알아요?"

"박 비서입니까?"

신입인 박 비서를 말하자 지유가 씩 웃었다.

"아니에요. 이거 비밀인데요. 은주 씨와 남식 씨요."

지유가 은밀하게 속닥거리는 소리에 서국의 눈이 조금 커졌다.

"의외군요."

"의외죠? 두 사람 남매처럼 맨날 투닥거려서 몰랐는데요. 세상에…… 아까 비상구 계단에서 나오다가 저한테 딱 걸린 거 있죠?"

지유가 애피타이저로 나온 블랙올리브 타프나드를 오물거리며 조잘거렸다.

"비상구 계단에서?"

서국의 눈에 의문이 어리자 지유가 의미심장한 표정을 지었다.

"네. 두 사람 옷이 막, 이렇게 막 흐트러져 있고 은주 씨 립스틱이 남식 씨에게 다 묻어선……."

소리 낮춰 숙덕이던 지유가 얼굴을 발그레하게 물들이고는 눈을 반짝였다.

"세상에, 남식 씨가 보기와 달리 아주 짐승 같은 면이 있는 모양이더라구요."

놀랍다는 듯 속살거리는 지유를 서국이 잠시 바라봤다.

"……짐승 같은 건 내가 더 잘할 수 있는데."

"네?"

지유가 동그란 눈으로 쳐다보는 시선에 서국의 얼굴이 서늘해졌다.

"비상구가 그런 용도인 줄은 몰랐는데, 조만간 보여 주죠. 누가 더 짐승 같은지."

표정을 굳히고 말한 서국이 샴페인을 한 모금 마시고 내려놨다. 그 모습을 본 지유가 신기하다는 듯한 표정을 지었다.

"서국 씨 지금…… 남식 씨한테 질투하는 거예요?"

서국이 미소 없이 냉랭하게 말했다.

"난 당신이 다른 남자를 말하면 누구든 질투합니다."

지유가 눈을 크게 떴다가 이내 환하게 웃었다.

"어머나, 남식 씨가 이 사실을 알면 무척 기뻐하겠네요! 늘 본의 아니게 비교의 대상이 되는 서국 씨가 자신을 질투한다는 걸 알면."

"……."

지유가 그의 속도 모르고 생글거리고 있는데 메인 요리인 스테이크가 나왔다. 오늘도 그녀 취향의 육즙이 잘잘 흐르는 두툼한 스테이크를 보자마자 지유가 인상을 찡그렸다.

"읍."

그녀가 제 입을 막으며 급히 일어나 화장실로 달려갔다.

"지유 씨?"

그 모습을 본 서국이 심각해진 표정으로 곧장 일어나 그녀를 따라갔다.

잠시 뒤, 지유가 핼쑥해진 얼굴로 화장실에서 나왔다.

"괜찮습니까?"

기다리고 있던 서국이 빠르게 다가와 물었다.

"어디가 안 좋은 겁니까."

그의 걱정 가득한 표정에 지유가 새하얘진 얼굴로 애써 웃으며 말했다.

"점심을 많이 먹었더니 속이 좀 안 좋나 봐요."

"병원으로 가죠."

서국이 표정을 굳히고 손을 잡았다. 지유가 고개를 흔들었다.

"아니에요. 체한 걸로 병원까지 갈 건 없고 집에 가서 좀 쉬면 나아질 거예요."

"……."

근심 어린 얼굴로 자신의 안색을 살피는 서국에게 지유가 핀잔주듯 웃었다.

"누가 보면 중병에라도 걸린 사람 같겠어요. 그냥 체한 거라니까요?"

"단순한 체기도 우습게 보면 안 됩니다."

"평소에도 가끔 체하는 일이 있는데 오늘이 그런 것 같아요. 자주 그러진 않으니 걱정 말아요."

지유가 아무렇지도 않게 말하자 미간을 좁히고 그녀를 내려다보던 서국이 낮게 한숨을 내쉬었다.

"우선 들어가서 쉬는 게 좋겠군요."

서국이 지유의 손을 놔주고 그녀의 허리를 잡아 제 쪽으로 조심스럽게 끌어당겼다. 그의 에스코트를 받으며 걸어가던 지유가 미안한 얼굴로 올려다봤다.

"나 때문에 서국 씨 식사도 못 해서 어떡해요?"

"그런 걱정을 할 때가 아닙니다."

심각하게 말한 서국이 지유를 제 몸에 더 바짝 기대게 한 뒤 빠르게 걸음을 옮겼다.

다음 날 아침. 지유가 반짝 눈을 뜨자 서국이 그녀를 내려다보고 있었다.

언제부터 보고 있던 건지 옆에 누워 비스듬히 턱을 괸 채 응시하던 그가 말했다.

"속은 어때요."

서국이 그녀의 뺨을 부드럽게 매만지자 지유가 그의 커다란 손에 얼굴을 비비며 입술 끝을 올렸다.

"이제 나아졌어요."

그녀의 말에 안도한 표정을 지은 서국이 몸을 일으켰다.

"잠시만 기다려요."

침대를 벗어나 방을 나선 그가 곧 트레이를 들고 들어왔다. 따끈한 전복죽과 물 잔이 놓인 트레이를 가져온 서국이 지유 앞에 놔줬다. 그걸 본 그녀의 눈이 동그래졌다.

"서국 씨가 만든 거예요?"

"식기 전에 들어요."

아프다고 죽까지 만들어 오다니…….

서국의 정성에 지유가 감동 어린 표정을 지었다.

"……고마워요. 잘 먹을게요."

생긋 웃은 지유가 후후 불어 가며 전복죽을 맛있게 먹기 시작했다. 그 모습을 세심히 관찰하며 서국이 말했다.

"오늘은 쉬는 게 어때요."

"네?"

콧방울에 땀이 송골송골 맺힐 정도로 열심히 먹고 있던 지유가 고개를 들었다. 서국은 여전히 걱정이 어린 눈으로 그녀를 보고 있었다.

“몸이 안 좋으니 집에서 쉬는 게 좋을 것 같아서 말입니다.”

“보시다시피 이제 멀쩡해요.”

지유가 죽 한 그릇을 뚝딱 해치우곤 물 잔을 잡으며 말했다. 하지만 그녀의 당찬 말에도 서국의 얼굴에선 우려가 가시지 않았다.

“걱정되어서 그럽니다. 오늘은 집에서 쉬어요.”

“정말 괜찮아요. 오늘 처리해야 할 일도 많은데 멀쩡한 몸으로 집에서 걱정만 하고 있으면 더 힘들 것 같고요.”

“…….”

시원한 물까지 꼴깍꼴깍 마신 지유가 합리적으로 하는 말에 서국이 대답없이 그녀를 바라봤다.

“멀쩡하다니까요?”

맑게 웃는 지유의 얼굴에 그가 낮게 한숨을 내쉬었다.

“그럼 몸이 안 좋아지면 바로 퇴근하는 겁니다.”

“네. 그럴게요.”

어쩔 수 없다는 듯 말하는 서국에게 지유가 고개를 끄덕이며 대답했다.

“약속해요.”

“알았어요. 꼭 그럴게요.”

당부를 받듯 진지하게 하는 말에 지유는 결국 환하게 웃었다.

똑똑.

지유가 회사에 출근하자 은주가 노크하고는 실장실로 들어왔다. 조심스럽게 들어온 은주가 난처한 표정으로 지유에게 말했다.

"실장님 어제 놀라셨죠……?"

"어제요? 아아, 조금 놀랐지만 괜찮아요. 사적인 영역이잖아요."

지유가 걱정 말라는 듯 미소를 지어 보이자 은주가 슬쩍 뺨을 붉혔다.

"미리 말씀드리지 못해서 죄송해요. 정말 남식 씨와 이런 사이가 될 줄은 몰랐거든요."

"원래 남녀 사이는 모르는 법이잖아요. 난 회사에서 모른 척할 테니 너무 걱정 말아요."

지유가 웃는 얼굴로 산뜻하게 말했다. 그 모습에 은주가 안도한 표정을 지었다.

"고맙습니다. 실장님."

"당연한 건데 고맙긴요."

한결 표정이 풀어진 은주가 맞잡은 제 손가락을 꼼질거리며 말했다.

"저, 그런데 종종 실장님께 상담 드려도 될까요?"

"나에게요?"

지유가 눈을 둥글였다. 은주가 살짝 부끄러워하는 얼굴로 말했다.

"실장님은…… 사내 연애 선배시잖아요."

사내 연애?

은주의 말을 들으니 왠지 간질간질한 기분이 들었다. 하긴 생각해 보면 사내 연애의 범주에 들기는 하네. 고개를 천천히 끄덕인 지유가 말간 미소를 지어 보였다.

"물론이죠."

"정말요? 감사합니다!"

"감사할 것까지야. 의논할 일이 있으면 언제든 상담해요."

"네. 그럴게요. 그럼 나가 보겠습니다!"

한층 밝아진 얼굴로 은주가 실장실을 나갔다. 그 뒷모습을 미소를 담은 눈으로 보고 있던 지유가 혼잣말처럼 말했다.

"은근 잘 어울리는 거 같기도 하고……?"

생각해 보면 두 사람은 콤비처럼 같이 다닌 지 오래되었고 사내 워크숍 때도 한 팀으로 스포츠댄스를 추기도 했으니.

'뭔가 싹트기 딱 좋은 상황이긴 했네.'

고개를 주억거린 지유가 다시 업무 모드로 들어갔다.

오후에 서국과 전체회의에 참석했던 지유는 그와 함께 회장실이 있는 층으로 올라왔다.

"몸은 괜찮습니까?"

서국이 그녀를 살피며 물었다. 벌써 오늘만 해도 몇 번은 들은 질문이라 지유가 생긋 웃으며 말했다.

"네. 점심에 비빔밥 나왔는데 밥도 많이 먹었어요. 오늘따라 평소보다 더 맛있는 것 같던데요?"

"……다행이군요."

안도의 눈빛을 한 서국이 곧 진지하게 말했다.

"그래도 당분간은 소화가 잘되는 음식으로 먹는 게 좋을 것 같습니다.”

“그럴게요. 아, 서국 씨. 저기가 어제 말한 그 비상구…….”

지유가 회장실이 있는 층의 한쪽 비상구를 가리키는데 순간 문이 벌컥 열렸다.

“어?”

지유의 눈이 커지는데 그 안에서 은주와 남식이 허둥지둥 밖으로 나왔다. 뭘 하고 나왔는지 발개진 얼굴로 흐트러진 옷을 급히 추스르며 나오던 그들이 두 사람을 보고 흠칫거렸다.

“회, 회장님!”

“실장……님.”

얼어붙은 남식과 은주가 당혹감에 싸인 얼굴로 굳어 있었다.

“당신이 본 게 그 장면이었군요.”

집으로 가는 차 안에서 서국이 하는 말에 지유가 후후 웃었다.

“오늘은 어제보다 더 숨차 보이던데요?”

“그랬습니까.”

“어제 그런 일이 있어서 장소를 옮길 법도 한데 그쪽이 인적이 드문 편이긴 해서 그런가 봐요.”

지유가 가벼운 어투로 하는 말에 서국이 그녀를 진지한 눈빛으로 바라봤다.

‘응? 왜 그러지?’

그의 묘한 시선에 지유가 의아한 얼굴로 마주 봤다. 서국이 고개를 기울여 지유의 귓가에 입술을 가까이 가져가 낮게 말했다.

"인적이 더 드문 곳을 내가 알고 있는데."

"아……."

야릇한 성적인 뉘앙스가 담긴 말에 지유의 뺨이 화르륵 붉어졌다. 서국이 그대로 그녀의 귓가에 입술을 가까이 댄 채 속삭이듯 말했다.

"당분간은 참겠습니다. 당신 몸 상태가 더 중요하니까."

서국이 다시 고개를 물리자 뺨을 발그레하게 물들이고 있던 지유가 수줍게 말했다.

"저…… 다 나았는데…… 어제 잠깐 안 좋았던 거거든요."

은밀한 기대감으로 지유의 심장이 콩콩 뛰고 있었다. 하지만 서국은 단호한 얼굴로 말했다.

"그래도 한동안은 건강을 살피고 식사도 조심하는 게 좋습니다."

"정말 괜찮은데……."

"저녁은 흑임자죽으로 해 줄게요."

"멀쩡한데……."

지유의 안타까움이 담긴 목소리가 중얼중얼 흘러나왔지만 서국은 눈치채지 못했다.

다음 날 아침이 되자 은주가 다시 실장실로 찾아왔다. 그녀의 얼굴이 부쩍 어두워져 있었다. 은주가 난처한 표정으로 말을 꺼냈다.
“저…… 회장님이 뭐라고 안 하세요?”
“직원 사생활인데 뭐라 하겠어요? 걱정 마세요.”
지유가 산뜻한 미소를 지어 보이며 말했지만 은주의 표정은 여전히 어두웠다.
“그래도 신성한 회사에서…… 남사스럽다고 안 하세요……?”
“회장님이요?”
지유가 눈을 깜빡였다.

‘인적이 더 드문 곳을 내가 알고 있는데.’

아차!
서국의 말을 떠올리고 입꼬리가 저도 모르게 실실 올라가려던 지유가 얼른 아래로 내렸다. 표정을 정돈한 그녀가 빠르게 말했다.
“정말 별말씀 없으셨으니까 신경 쓰지 말아요. 업무 시간에만 좀 조심해 주고.”
“네. 명심하겠습니다. 죄송합니다. 실장님.”
고개를 꾸벅 숙인 은주가 몸을 돌렸다.
난감한 얼굴로 돌아선 은주가 제 입술을 깨물거렸다.
“이놈의 최남식 진짜, 어휴!”
작게 내뱉은 은주가 화끈거리는 얼굴로 실장실을 나갔다.

점심시간이 되자 지유는 팀원들과 함께 구내식당으로 내려갔다.

“오늘 메뉴가 뭐예요?”

“아, 오늘 함박스테이크요. 또 하나는 순두부 정식이고요.”

“함박요?”

지유의 눈이 반짝거렸다. 그녀의 반응에 효린이 웃으며 말했다.

“실장님은 고기러버니까 당연히 함박 고르실 줄 알았어요. 전 어제 술을 좀 마셨더니 해장이 필요해서 순두부 먹으려고요.”

효린의 말을 들은 지유가 우울한 표정을 지었다.

“그런 이유도 있지만…… 요즘 본의 아니게 점심 외엔 내내 죽을 먹고 있거든요.”

“실장님 어디 아프세요?”

선희가 걱정스러운 표정으로 묻는 말에 지유가 얼른 다시 웃어 보였다.

“아아, 그건 아닌데 얼마 전에 속이 잠깐 안 좋았어요.”

“그럼 실장님도 부드러운 순두부 드시는 게 낫지 않을까요?”

“아뇨. 절대 함박이에요!”

비장한 얼굴로 물러설 수 없다는 듯 말한 지유가 구내식당으로 앞장서서 들어갔다.

동그란 함박스테이크를 식판에 받아 든 지유가 행복한 얼굴로 자리에 앉았다.

‘향기롭기도 하…… 응?’

뭔가 냄새가 이상하게 느껴진 지유가 순간 고개를 갸웃거렸다.

'뭐지? 혹시 함박이 상했나? 에이, 아니겠지.'

지유가 고개를 저으며 나이프로 한 조각 썰었다. 포크로 집어 입술로 가져가려는 순간, 지유의 얼굴이 확 찡그려졌다.

"읍."

덜컹! 손으로 입을 가린 지유가 자리에서 일어났다.

"실장님?"

입을 가리고 뛰어가는 지유를 팀원들이 놀란 듯 쳐다봤다.

"왜 그러시지? 속이 안 좋으신가?"

"그러게. 갑자기……."

자리에 남은 그들이 걱정 어린 시선들을 교환하는데 잠시 후 지유가 자리로 돌아왔다.

"실장님 괜찮으세요?"

은주가 묻는 말에 지유가 창백해진 얼굴로 자리에 앉으며 우울하게 대답했다.

"요즘 고기만 보면 이상하게 이러네요…… 분명 먹고 싶었는데 말이죠."

눈앞에 두고 왜 먹지를 못하니.

지유가 미련이 가득 담긴 눈으로 함박스테이크를 보고 있는데 선희가 예사롭지 않은 손놀림으로 안경을 추켜올렸다.

"고기만 보면요?"

선희의 예리한 시선에 팀원들의 눈빛들도 덩달아 예리해졌다.

"네. 이번이 두 번짼데…… 지금까지 한 번도 이런 적이 없었거든요. 고기에 대한 내 사랑은 변함이 없는데 왜 이러지?"

한층 더 우울해진 눈으로 식판을 내려다보던 지유가 아직 속이 안 좋은지 물만 마셨다. 그런 지유를 보던 선희가 조심스럽게 말했다.

"실장님. 그거 혹시……."

"네?"

지유가 물컵을 들고 쳐다보자 선희가 단호한 눈빛으로 물었다.

"입덧 아니에요?"

푸우!

저도 모르게 마시던 물을 분사한 지유가 화들짝 놀라 일어섰다.

"어머! 미안해요!"

다급한 목소리로 말한 지유가 다급한 손길로 얼른 휴지를 좍좍 뽑아냈다.

그날 밤. 지유는 집에서 임신테스트기를 앞에 두고 심각한 얼굴로 앉아 있었다.

'임신이라니……?'

생각도 하지 못한 말을 듣고서야 깨달았다. 최근 생리가 늦어지고 있다는 걸.

"오늘 서국 씨가 약속 있는 날이라 다행인가."

기 싸움을 하듯 테스트기를 노려보던 지유가 손을 뻗었다.

멈칫.

"……."

그녀의 손이 허공에서 멈췄다.

"안 되겠어. 아무래도 마음의 준비가……."

자리에서 벌떡 일어난 지유가 초조한 얼굴로 서성거렸다. 같은 자리를 뱅글뱅글 돌고 있던 그녀가 문득 걸음을 멈췄다.

"잠깐, 그러고 보니!"

지유가 고개를 번쩍 쳐들었다.

보약 먹은 뒤로 지나치게 혈기왕성해진 탓에 위험한 날을 딱히 가리지 않았던 것 같은데? 그, 그래. 생각해 보면 그날도 위험한 날이었고 그날도 위험…….

"아니, 죄다 위험한 날 투성이잖아?"

지유의 눈이 불안으로 흔들렸다. 그녀가 다시 같은 자리를 뱅글뱅글 맴돌기 시작했다. 한참을 같은 자리를 서성이듯 맴돌던 그녀가 우뚝 멈춰 섰다.

"에잇, 고민만 해서 뭐 해! 일단 해 보자!"

주먹을 불끈 쥔 지유가 결의에 찬 얼굴로 테스트기를 낚아챘다.

그러고는 빠르게 욕실로 들어갔다.

◇ ◆ ◇

그 시간, 서국은 재벌 3세들이 정기적으로 갖는 사교 모임 장소에 도착했다. 그가 존재감을 드러내며 건물 안으로 들어서자 흥미를 보이며 사람들이 하나둘 모여들었다.

"여어, 이서국."

평소 그와 거리를 두던 사람들도 친밀감을 표하며 먼저 인사해왔다.

"어때? 요즘 지낼 만해?"

"꽤 시끄럽더니 지금은 자리 잡아 가는 거 같던데."

모여든 사람들이 자연스럽게 회사 운영에 대한 질문을 던졌다. 그들 중 총수의 자리에 가장 빨리 오른 서국은 부러움의 대상이었다. 아직 식구들과 승계권을 두고 다투는 경우가 대부분이기 때문이었다.

서국이 그들에게서 비슷한 질문을 받는 데 지겨움을 느낄 때쯤 익숙한 목소리가 들렸다.

"여, 세기의 로맨티스트 이서국!"

민호가 싱글거리며 다가오는 모습을 본 서국이 픽 웃었다. 민호는 친밀하게 서국의 어깨를 툭 치며 말했다.

"언론에 도배됐더라. 결국 결혼까지 골인이라고."

"부모님이 식을 올해 안에 올리길 바라셔서."

서국이 담백하게 대답했다. 민호가 비치된 샴페인 잔을 하나 집어 들며 말했다.

"그래도 생각보다 빠른데?"

"그렇긴 해."

서국도 예상하지 못한 일이긴 했다. 민호가 서국에게도 샴페인 잔을 내밀며 말했다.

"너희 아버지가 바로 허락하실까 했는데. 하긴 이제 와서 반대해 봐야 별수 없겠지만, 네가 말을 들을 리가 없으니."

어깨를 으쓱인 민호가 씩 웃으며 제 잔을 들었다.

"어쨌든 축하한다. 세기의 로맨티스트 이서국."
"1절만 해."
"아무튼 부럽다고."
민호가 속없이 웃었다. 서국이 미간을 좁히며 그가 내민 잔에 제 잔을 부딪혔다. 건배한 샴페인 잔을 입술로 가져가던 서국이 문득 움직임을 멈췄다.
"……."
그가 잠시 황금빛이 도는 잔을 바라봤다. 집에 먼저 와 있을 지유를 생각하니 혼자 샴페인을 마시고 들어가고 싶진 않았다.
달칵.
서국이 결국 마시지 않고 잔을 그대로 테이블로 내려놓는데 주변을 둘러보던 민호가 말했다.
"아, 박태희 소식 들었냐?"
"무슨?"
서국이 묻는 말에 민호가 입술 끝을 비틀었다.
"약혼 추진하던 거 파투 나고 그 집도 난리가 났잖아. 바로 해외로 보내 버린 모양이야. 박태희도 국내에선 얼굴 들고 다니기 힘들겠지."
"……."
"채은하가 독기 품고 박태희 물먹일 증거 찾아다녔다던데."
"그 얘긴 들었어."
서국이 서늘한 표정을 지었다. 민호는 고개를 저으며 샴페인 잔을 입술로 가져갔다.
"이래서 사람이 죄를 짓고 살면 안 돼. 그 잘난 박태희, 채은하 때문에 해외로 쫓겨난 거 봐. 이정훈도 그렇고."

서국이 시선을 내리깔고 민호의 말을 듣고 있었다.

그때 그의 휴대폰에서 진동이 울렸다. 주머니에서 휴대폰을 꺼낸 서국이 액정을 확인했다.

[오늘 언제쯤 들어와요?]

메시지를 본 서국의 눈이 가늘어졌다. 평소 그가 외부 약속이 있을 때 지유는 한 번도 이런 메시지를 보낸 적이 없었다.

"들어가 봐야겠어."

서국이 곧장 몸을 돌리자 민호가 의아하게 쳐다봤다.

"뭐? 벌써 간다고?"

"다음에 봐."

뒤도 돌아보지 않고 입구로 향하는 서국을 민호가 황당한 시선으로 응시했다.

"진짜 세기의 로맨티스트야. 같이 살다시피 한다더니 그새를 못 참고 보러 가냐."

고개를 절레절레 저은 민호가 웃음기 섞인 얼굴로 픽 웃었다.

곧장 집으로 온 서국은 거실에 그녀가 없는 것을 확인하고 침실로 들어갔다.

"지유……."

그녀를 부르던 서국이 멈춰 섰다.

지유가 침대 위에서 임신테스트기를 앞에 두고 오도카니 앉아 있었다.

그녀의 모습을 본 서국이 표정을 굳히고 다가왔다. 그가 가까이 오자 지유가 조용히 테스트기를 집어 내밀었다.

"확인해 보겠어요?"

"……."

서국이 말없이 받아 들었다.

곧장 시선을 내리지 못한 그가 잠시 그 자리에 서 있었다. 움직이지 않고 그대로 있던 서국은 미세하게 떨리는 손을 천천히 들어 올렸다.

굳은 얼굴로 테스트기를 보던 그가 가슴을 들썩거리며 깊이 숨을 들이켰다.

"……후우."

길게 내뱉는 숨결이 떨리고 있었다. 목울대를 꿈틀거린 그가 침대 위에 무릎을 댔다.

끼익.

침대 위를 무릎으로 디딘 서국이 팔을 뻗어 지유를의 어깨를 끌어당겨 품에 안았다. 가늘게 떨리는 손으로 그녀를 안은 그가 지유의 귓가에 뜨거운 숨을 토해 냈다.

"믿기지 않아."

낮은 목소리가 그의 입술에서 흘러나왔다.

"……나도요."

지유가 서국의 커다란 등을 살짝 마주 안으며 대답했다. 그녀의 귓가에 그의 떨리는 목소리가 다시 들려왔다.

"그런데, 심장이 터질 듯 뛰고 있어."

“…….”

그의 말처럼 쿵쿵거리며 세차게 울리는 심장 박동이 맞닿은 가슴에서 느껴졌다. 지유가 그 심장 소리를 조용히 듣고 있는데 서국이 조심스럽게 그녀의 몸을 다시 떼어 냈다.

시선이 마주치자 붉어진 그의 눈이 지유의 시야에 들어왔다.

뭉클.

서국의 그 눈을 보자 지유는 그제야 실감이 나는 것 같았다. 자신이 임신했다는 실감이.

그가 손을 뻗어 지유의 뺨을 천천히 어루만지며 말했다.

“……이런 벅찬 기분을 뭐라고 표현해야 할지 모르겠어.”

목이 메는 듯 짓눌린 음성이 탁하게 새어 나왔다. 감격 어린 얼굴로 지유의 뺨을 어루만지며 서국이 말했다.

“어떻게 말해야 하는지…… 모르겠어. 도저히.”

그의 눈이 붉게 충혈되어 있었다.

“…….”

그 눈을 마주 보던 지유의 눈에도 눈물이 그렁그렁 맺혔다. 숨을 뱉어 낸 그녀가 입을 열었다.

“설마 했는데…… 진짜인 걸 알고 실은 많이 당황했어요. 전혀 예상하지 못했던 일이라서요.”

우선 결혼식을 올리면 몇 년 뒤에나 생길 일이라고만 막연히 생각했었다. 그전까진 조심했기 때문인지 그런 일이 없어서 방심한 탓도 있을 거였다.

그래서 서국이 오기 전까지 여러 가지 현실적인 걱정에 휩싸여 있었다.

'결혼 준비는 어떻게 해야 하지?'

'당장 일은 또 어떻게?'

'팀원들에게 양해도 안 구했는데 이래도 되는 걸까?'

걱정은 꼬리에 꼬리를 물고 이어졌다. 그러다 보니 혼자만의 고민에 빠진 채 기쁜 것도 느끼지 못하고 있었다.

"……그런데 방금 서국 씨의 눈을 보고 실감이 났어요. 그제야, 알게 됐어요."

지유가 작게 숨을 내쉬고 서국을 바라봤다.

"우리에게 너무나 소중한 존재가 찾아왔단 걸요."

지유가 눈물이 맺힌 반짝이는 눈으로 그를 보며 미소 지었다.

"너무나 축복 같은 일인데 바보처럼 현실적인 고민에만 빠져 있었던걸요."

"……."

이 일이 기적 같은 일임을 서국이 일깨워 줬다. 뜨거운 심장 박동과 떨리는 목소리로. 붉어진 눈으로.

지유가 자신의 손을 잡고 있는 서국의 커다란 손을 보며 말했다.

"고마워요. 서국 씨."

이 축복을 실감하게 해 줘서.

"……그래."

서국이 잠긴 목소리로 대답하며 다시 그녀를 끌어와 소중히 품에 안았다. 귓가에 그의 진지한 목소리가 들려왔다.

"막연히 상상해 본 적이 있었어. 아이에 대해."

"……."

“결혼은 현실적으로 상상할 수 있었지만 아이는 그렇지 않았어. 노력해 봤지만, 떠올릴 수가 없었어.”

지유는 조용히 그의 말을 듣고 있었다. 잠시 말을 멈춘 서국이 낮게 숨을 내쉬고 이어 말했다.

“그러다 내 문제라는 걸 알았어.”

서국의 목소리가 가라앉아 있었다.

“내가 어릴 때 행복하지 않았기 때문에 아이에 대해선 두려움이 있었던 것 같아.”

“나도…… 이해할 수 있을 것 같아요.”

지유도 비슷한 감정을 느꼈다. 동수와 윤선이 너무나 잘 대해주긴 했다. 자식이 없던 그들이 아낌없이 사랑해 줬으니까.

하지만 어릴 때 부모의 사고로 인해 정서적으로 큰 문제를 겪고 얼마 전까지도 인형 집착에서 헤어 나오지 못했기에 불안했다.

“그래서 임신 사실을 알았을 때. 당신이 오기 전에…… 마음 한편으론 불안했던 것 같아요.”

혹시나 그런 자신이 아이를 잘 키울 수 없을까 봐.

서국도 그럴 거였다. 삶에 아무런 애착이 없는 상태로 어린 시절을 보냈던 그도, 자신과 비슷한 걱정을 했을 것 같았다.

서국이 그녀를 안은 팔에 힘을 주고 말했다.

“그런데 조금 전에 막상 그 일이 현실이 되자 알았어.”

“…….”

“당신과 내 아이가 찾아와 준 걸 안 순간, 머릿속이 하얘지고 아무 생각도 없어진 순간에.”

서국의 음성이 낮게 떨려 왔다.

“처음 느끼는 감정을 알게 됐어. 너무나 벅차고…… 그저 벅찬. 두려움 같은 건 어디에도 없었어.”

단단한 가슴을 들썩인 서국이 다시 그녀의 어깨를 천천히 떼어 냈다. 붉어진 눈에 뜨거운 눈물이 차올라 있었다.

지유의 눈에서도 투명한 눈물이 흘러내렸다. 그녀의 뺨에 흐르는 눈물을 엄지로 닦아 주며 서국이 잔잔한 목소리로 말했다.

“최선을 다해서 좋은 아버지가 되도록 노력할게.”

그의 말에 지유가 말갛게 웃어 보였다.

“나도 노력할게요.”

“……그래.”

눈물 맺힌 그의 얼굴에 근사한 미소가 어렸다. 그 얼굴을 보며 지유가 입술을 끌어 올리고 말했다.

“분명 좋은 부모가 될 수 있을 거예요. 우리.”

지유는 지금 이 순간 그런 확신이 들었다. 서로 이렇게 두려워하는 만큼, 오히려 더 노력할 수 있을 거라고. 충분한 사랑을 받고 자란 아이로 키울 수 있을 거라고.

“이건 정말…… 기적 같은 일이에요.”

지유가 제 눈물을 닦아 주는 서국에게 작게 속삭였다.

“그래. 기적이지.”

그가 눈물로 젖은 그녀의 뺨에 입을 맞추고 하얀 두 손을 잡았다. 예기지 못한 상태로 주어진 커다란 축복 앞에서 서국과 지유는 가만히 손을 잡고 벅찬 감정을 나눴다.

감동 어린 시선과 마주 잡은 손의 체온도 함께.

◇ ◆ ◇

서국의 본가에서 천호가 놀란 얼굴로 한쪽 눈썹을 추켜올렸다.

"……임신했다고?"

지유와 나란히 앉은 서국이 대답했다.

"네. 어제 병원에서 검사받았습니다."

"아니……."

천호와 명진이 할 말을 잊은 듯 눈을 크게 뜨고 바라봤다. 한동안 당황한 눈빛을 숨기지 못했던 명진이 서국과 지유를 번갈아 보며 물었다.

"얼마나 됐다고 하는데?"

"아직 초기라고 합니다."

"5주 정도래요."

지유가 미소 지으며 서국의 말에 덧붙였다.

"5주…… 아직 얼마 안 됐네."

명진이 천천히 고개를 끄덕이다가 지유를 바라봤다.

"많이 놀랐겠어요."

그녀의 말에 지유가 부드러운 미소를 머금고 서국을 보며 대답했다.

"식도 올리기 전에 갑작스럽게 생긴 일이라 조금 당황하긴 했어요. 그래도 서국 씨가 안심시켜 줘서 지금은 괜찮아요."

명진이 안경을 추켜올리며 걱정 어린 기색을 보였다.

"그럼 다행이긴 한데, 결혼 준비가 무리가 되지 않으려나 모르겠네."

"아직 배가 많이 부르진 않은 상태라 괜찮을 거예요."

"그래도 초기가 중요한데 말이죠."

아무래도 마음에 걸리는 듯 명진의 표정에 걱정이 어리자 서국이 나섰다.

"제가 최대한 신경 쓰겠습니다. 그러니 결혼식도 가급적이면 제가 움직이는 쪽으로 준비해 주셨으면 합니다."

서국이 단호함이 담긴 목소리로 말했다. 사실 그도 그녀가 걱정이 되는 건 마찬가지였다. 그래서 어젯밤 결혼을 미루는 방안에 대해서도 말해 봤지만, 지유의 의견은 달랐다.

'배가 커져서 식장 들어가고 싶진 않아요. 오시는 분들도 많을 텐데…….'

'아예 나중에 하는 방법도 있습니다.'

'아이 태어나기 전엔 하고 싶어요. 그러니 차라리 빨리 하는 게 좋을 것 같아요.'

그 말에 서국은 최대한 지유가 신경 쓰지 않아도 되는 방향으로 자신이 노력하기로 결정했다. 그녀가 하고 싶은 대로 하는 것이 우선이었으니까.

"그래. 두 사람이 그런 생각이라면 그래야겠네."

명진이 서국의 뜻을 따르겠다는 의미로 대답했다. 그러고는 지유를 바라봤다.

"급작스럽긴 하지만 축하해요. 내가 해 줄 수 있는 건 많지 않겠지만 그래도 필요한 게 있으면 언제든 연락해요."

"네. 감사합니다."

지유가 예의 바르게 고개를 숙였다.

"회사 일은 당분간 쉬어야겠네요?"

명진의 질문이 이어지자 지유가 밝은 얼굴로 대답했다.

"이번 주는 일단 휴가를 낸 상태인데 다음 주부터는 무리하지 않는 선에서 출근하려고요."

"그래도 되겠어요?"

명진이 예리한 시선으로 보며 물었다.

"네. 병원에서도 적당히 움직여 주는 게 좋다고 했거든요."

지유가 방긋방긋 웃으며 대답했다. 그 미소에 예리했던 명진의 눈빛도 곧 수그러들었다. 어쨌든 그녀가 예민하게 받아들인 것도 지유가 걱정되는 마음에서였다. 유산을 했던 경험 때문에 더 그랬다.

"초기는 중요하니까 스트레스받지 않도록 조심해요. 뭐든 무리는 좋지 않다는 걸 명심하고."

"그럴게요. 신경 써 주셔서 감사합니다."

지유가 얌전히 대답하는데 명진이 천호를 힐긋 바라봤다.

"당신은 할 말 없어요?"

"……."

천호는 아까부터 복잡한 표정으로 지유를 보고 있었다. 무슨 생각을 하는지는 알 수 없지만 눈을 가늘이고 지유를 빤히 보고 있었다. 그런 천호를 명진이 다시 불렀다.

"할 말 없으시냐고요. 회장님."

"아, 나 말인가?"

그제야 정신을 차린 듯한 그가 자세를 고쳐 앉으며 짐짓 근엄한 투로 말했다.

"지금은 안정이 중요한 시기니까 이 회장이 잘 신경 쓰고, 너도 중요한 일 앞두고 있어서 걱정은 되겠지만 건강 신경 써라."

천호가 형식적인 말을 늘어놓자 지유가 웃으며 대답했다.

"네. 아버님."

"……."

지유의 생글생글 웃는 얼굴에 천호의 표정이 더 복잡해졌다.

그때 서국이 용건이 끝났다는 듯 소파에서 몸을 일으켰다.

"그럼 들어가 보겠습니다."

"그래. 들어가서 쉬어야지."

명진이 곧장 따라 일어났다. 서국이 몸을 돌리기 전 천호를 바라봤다.

"결혼식 진행 상황은 저에게 미리 알려 주셨으면 합니다."

"유 실장에게 들으면 될 거다."

"네. 그럼."

"안녕히 계세요. 또 뵐게요."

천호에게 고개 숙여 인사한 서국과 지유가 물러났다.

현관까지 나가 배웅한 명진이 소파 쪽으로 돌아왔다.

"……."

그녀가 다시 돌아온 뒤에도 천호는 여전히 생각에 잠긴 얼굴로 그 자리에 앉아 있었다.

"당신은 표정이 왜 그래요?"

명진이 소파 옆에 서서 물었다.

"기쁘지 않아요? 이 회장의 결혼을 원하던 것도 후계를 빨리 만들어야 한단 생각 때문이었잖아요."

"그렇긴 해. 그렇긴 한데……."

천호가 눈썹을 모으고 표정을 살짝 찌푸렸다.

"너무 갑작스러워서 그런가."

그가 중얼거리듯 하는 말에 천호를 보고 있던 명진이 천천히 몸을 돌렸다.

"그렇겠죠. 곧 실감 날 거예요."

실감 나지 않는 건 명진도 마찬가지였다. 생각을 정리하고자 그녀는 그대로 서재로 향했다.

"……."

그녀가 자리를 떠난 뒤에도 천호는 미간을 풀지 않은 채 그 자리에 앉아 있었다.

집에 도착한 서국과 지유는 주차장에서 실랑이를 벌이고 있었다.

"괜찮다니까요?"

"안정기에 접어들 때까지 더 조심해야 한다는 말 못 들었습니까."

"그래도 이럴 것까진……."

차에서 내리는 순간부터 공주님 안기 자세로 지유를 안아 든 서국이 엘리베이터 입구로 향했다.
"내, 내려 줘요. 서국 씨."
지유가 소리 죽여 다급히 말했다. 뒤에서 운전비서인 상현이 다 보고 있을 것을 생각하니 볼이 새빨개졌다. 하지만 서국은 요지부동이었다.
"안 내려 줄 겁니다."
"정말 안 내려 줄 거예요?"
"네."
서국이 걸음을 옮기며 단호하게 대답했다. 지유가 난처한 표정으로 입술을 잘근거리다가 서국의 귓가에 작게 속닥거렸다.
"차 비서님이 뭐라고 생각하시겠어요?"
서국은 그런 건 안중에도 없다는 듯 엘리베이터에 오르며 말했다.
"다른 사람의 생각은 궁금하지 않습니다."
"어휴, 서국 씨도 참."
집 안으로 이어지는 엘리베이터 안에서 지유는 얼굴이 화끈거렸다. 임신한 사실을 안 순간부터 서국은 내내 이런 식이었다. 이러다 제 발로 걸어 다니는 걸 잊게 될까 봐 걱정이 될 정도로 극진히 대했다.
"이러다 버릇 돼서 나중에 안 안아 주면 서운해할 수도 있어요. 그땐 어쩌려고 그래요?"
지유가 입술을 삐죽거리며 말하자 서국이 근사한 얼굴로 가벼이 웃었다.
"계속 안고 다니면 되죠."

……할 말 없게 만드네.

지유가 매혹적인 미소를 홀린 듯 보며 입술만 달싹였다.

집 안으로 들어온 서국이 소파 위에 그녀를 조심스럽게 내려놓으며 말했다.

“잠시 앉아 있어요.”

욕실로 향한 서국이 동그란 모양의 대나무 통에 따스한 물을 받아 왔다. 그걸 지유가 앉아 있는 소파 앞에 내려놓은 그가 피로 회복에 좋은 아로마 오일과 도톰한 수건도 옆에 놔뒀다.

“이건 언제 산 거예요?”

처음 보는 족욕 풀세트를 보고 지유가 눈을 둥글게 떴다.

“어제 구했습니다.”

서국이 대답하며 지유의 바지를 걷어 올리고 양말을 벗겨 냈다. 작고 하얀 그녀의 맨발을 부드럽게 손으로 감싼 그가 따스한 물 안으로 조심스럽게 넣었다.

아, 따뜻해…….

절로 혈관이 확장되며 풀어지는 듯한 따스한 온도에 지유가 작게 한숨을 내쉬었다.

“온도 괜찮습니까?”

“네.”

서국이 그녀의 양발을 통 안에 넣은 뒤 한쪽 발을 꺼내 아로마 오일로 부드럽게 마사지하기 시작했다. 그가 제 발을 정성껏 마사지해 주고 있는 모습을 내려다보자 지유는 왠지 민망한 기분이었다.

‘아직 나갔다 와서 씻지도 못했는데.’

지유가 부끄러운 듯 작은 발가락을 꼼질거렸지만 서국은 진지한 얼굴로 발 마사지에만 집중한 모습이었다. 지유가 슬쩍 발을 빼려고 하며 말했다.

"발이 별로 피곤하진 않은데…… 하아, 시원해……. 어머!"

저도 모르게 속마음을 말한 지유가 깜짝 놀라 제 입을 막았다. 어떡해! 눈을 크게 뜬 지유가 낭패감에 휩싸였다.

'피곤하지 않으니 하지 말라고 하려고 했는데, 내가 뭐라고 한 거야?'

지유가 당황한 채 눈을 깜빡거리는데 서국이 그녀를 올려다보며 미소 지었다.

"다행이군요."

지유의 반응이 정말 다행이라는 듯 수려한 얼굴에 그림같이 떠오른 미소에 지유는 발가락을 다시 꼼질거렸다.

"……서국 씨 마사지 솜씨가 너무 좋아서 그렇죠. 꼭 배운 사람 같아요."

"어제 잠깐 배웠습니다."

"잠깐 배운 걸로 이렇게 잘해요? 하긴, 서국 씨는 다 잘하긴 하지. 스포츠댄스 출 때도 그렇고요."

집중해서 발 마사지를 하던 서국이 다시 고개를 들어 지유와 시선을 맞췄다.

"……."

그가 말없이 응시하는 시선에 지유는 괜히 꿀꺽 침을 삼켰다.

'발 마사지하면서 저렇게 쳐다보니까…… 왠지 기분이 묘해.'

지유가 데굴데굴 눈을 굴리고 있는데 서국이 잔잔한 목소리로 말했다.

"다 잘했다면 당신 마음고생 시킬 일도 없었겠죠."

초기에 무심했던 제 모습에 대해 말한 그가 시선을 내려 지유의 다른 쪽 발을 부드럽게 거머쥐었다.

"지금도 다른 사람의 감정이 파악되지 않아서 난관에 부딪힐 때가 많습니다."

자신의 발을 정성껏 마사지하는 서국을 지유가 가만히 내려다봤다. 한동안 말없이 보고 있던 그녀가 입을 열었다.

"완벽한 사람은 없다잖아요. 난 서국 씨 무심한 부분도 좋은데요?"

움직임을 멈춘 서국이 고개를 들었다. 그와 시선이 마주치자 지유가 입술을 둥글게 휘어 올렸다.

"나 외에 다른 사람한테만 무심한 거요."

지유가 생긋 웃자 그의 진지했던 얼굴에도 옅은 미소가 맺혔다.

"당신이 그렇게 생각한다면 다행입니다."

"그럼요. 서국 씨는 나한테만 관심 가지면 되거든요."

지유가 웃음기 섞인 목소리로 단호하게 말했다. 서국이 다시 따스한 물에 지유의 발을 담그며 입을 열었다.

"걱정 안 해도 됩니다. 난 오직 당신에게만 관심이 있으니까."

찰랑.

지유의 발을 물에서 꺼내 폭신한 감촉의 수건으로 천천히 닦아 주며 그가 말을 이었다.

"나는 하루 종일 당신 생각밖에 하지 못하는 사람입니다."

"……."

담담한 목소리에 오히려 지유는 심장이 더 떨려 옴을 느꼈다. 말없이 보고 있던 지유가 작게 한숨을 내쉬고 말했다.

"일부러 나 기분 좋게 해 주려는 말 같아요."

"어떤 부분이 그렇게 느껴집니까?"

서국이 진심으로 알 수 없다는 눈으로 보자 지유가 미소 지었다.

"그걸 모르는 게 더 기분 좋거든요."

생긋 웃은 그녀가 고개를 앞으로 내밀었다.

"키스해 줘요."

귀엽게 입술을 내민 지유의 얼굴을 본 서국의 눈동자가 짙은 색으로 물들었다.

"……상을 주는 건가. 이건 내가 원해서 한 일인데."

"어서요."

지유가 눈을 감고 채근하자 매혹적인 미소를 지은 서국이 그녀의 입술에 입을 맞췄다.

감미롭게 이어지는 키스에 지유의 입술에서 행복한 미소가 새어 나갔다.

다음 날 지유는 집에서 클래식 음악을 듣고 있었다. 평소 클래식에 취미는 없었지만 나름 태교를 위해 틀어 본 거였다.

'근데 졸려…….'

역시 이런 고상한 음악과는 맞지 않나? 그래도 좀 더 들어 봐야지.

지유가 그렇게 생각하며 소파 위에서 꾸벅꾸벅 졸고 있는데 인터폰 소리가 울렸다.

"응? 이 시간에 누구지?"

졸던 지유가 퍼뜩 깨선 화면으로 입구를 확인했다. 순간 그녀의 순둥한 눈이 둥그렇게 커졌다.

"어머님?"

화면엔 명진이 서 있었다.

– 갑자기 찾아와서 미안한데 문 좀 열어 줄래요?

"아, 네!"

지유가 얼른 문을 열어 주고 부랴부랴 현관으로 향했다. 곧 명진이 직원들을 대동하고 나타났다.

"어, 어머님. 그건……."

직원들의 양손에 가득 담긴 선물 상자들을 본 지유의 동공이 흔들렸다.

앞장서서 들어온 명진이 도도한 얼굴로 말했다.

"우리 백화점에서 우연히 보게 돼서 가져왔어요."

"네? 이걸요……?"

"열어 봐요."

명진의 말에 지유가 바닥에 내려놓은 상자들을 조심스럽게 열어 봤다. 상자를 연 지유의 동공이 또 한 번 흔들렸다.

'이, 이건…….'

누가 봐도 여아 옷이 분명한 파스텔 톤 화사한 색감의 아기 옷들이 상자마다 가득 담겨 있었다. 지유가 침을 꿀꺽 삼키고 중얼거리듯 말했다.

“저…… 아직 아들인지 딸인지도 모르는데…….”

명진이 안경테를 추켜올리며 대답했다.

“난 아들밖에 안 키워 봐서 딸이었음 좋겠는데, 부담은 갖지 말아요. 남아용도 많이 사 올 테니까.”

“아니 그만 사셔도…… 이미 다섯 쌍둥이를 낳아도 남아돌 지경인데…….”

거실 가득 늘어선 엄청난 선물의 양을 흔들리는 시선으로 보며 지유가 말했다. 하지만 명진은 단호한 표정을 지었다.

“그럴 순 없지. 만약 아들이라면 자기 게 없어서 서운하지 않겠어요?”

“아니 괜찮…….”

“그리고 이건 지유 씨 거.”

명진이 제 손에 들고 있던 쇼핑백을 지유에게 건넸다.

“이건 뭐예요?”

지유가 의문 어린 얼굴로 받아 들며 물었다.

“임산부에게 좋다는 것만 넣어서 만들었는데 잘 들을지 모르겠네요.”

“아아, 보약이에요?”

묵직하다 했더니 명진이 직접 지은 보약인 모양이었다. 지유가 해사하게 웃었다.

“저 보약 엄청 잘 받는 체질이니 괜찮을 것 같아요. 감사합니다. 어머님.”

이미 놀라운 보약의 경험을 해 본 지유가 감사히 고개를 숙였다. 그걸 본 명진이 안경을 추켜올렸다.

“다행이네. 그럼 쉬어요.”

“네? 벌써 가시게요?”

곧장 몸을 돌리는 명진을 지유가 놀란 눈으로 쳐다봤다.

“예비 시어머니가 오래 있어 봐야 스트레스지. 일하다 잠깐 들른 거니 쉬어요.”

“아…… 가, 감사합니다. 어머님!”

뒤도 안 돌아보고 직원들과 나가 버리는 명진의 뒷모습에 대고 지유가 서둘러 인사했다. 멀어지는 명진의 뒷모습을 그녀가 멍하니 바라봤다.

“정말 멋진 분이셔.”

혼잣말을 중얼거린 지유가 뒤를 힐긋 쳐다봤다.

“근데 저건 다 어쩌지……?”

유아매장을 통째로 옮긴 듯한 방대한 양의 아기 옷들을 보자 지유의 표정이 심란했다.

“그래도 신경 써 주신 건 감사하니까.”

지유가 긍정적으로 생각하기로 마음 먹으며 고개를 주억거렸다.

‘뭐, 정리는 천천히 하면 되겠지.’

몸을 돌린 지유가 우선 심신의 안정을 위해 클래식을 들으러 소파 쪽으로 총총 걸어갔다.

◇ ◆ ◇

다음 날, 명진이 또 들이닥쳤다.

"지나가다 들렀어요. 마침 내려오는 길에 이걸 봐서요."

시크하게 말한 명진의 뒤에서 직원들이 화려한 레이스 커튼이 달린 원목형의 유아용 침대와 모빌 등을 날랐다. 입이 떡 벌어지는 규모에 지유의 얼굴이 창백해졌다.

"저어…… 마침 봤다고 하기엔 너무 많……."

"이건 지유 씨 거."

이번에도 명진이 들고 있던 것을 그녀에게 건넸다.

"이건 뭐예요……?"

이번에도 꽤나 묵직한 쇼핑백을 받아든 지유가 불안한 시선으로 물었다.

"임산부의 숙면을 도와주는 허브 테라피 아로마 오일과 바디제품 같은 거예요."

"정말요? 감사합……."

"아, 그러고 보니 남아 옷을 깜빡했지 뭐야? 내일 또 들를게요."

생각났다는 듯 말한 명진이 그대로 몸을 돌렸다. 그러자 지유가 깜짝 놀란 얼굴로 황급히 손을 뻗었다.

"아, 아니 어머님! 그만 사셔도……!"

"쉬어요."

짧은 말을 남긴 채 오늘도 명진은 직원들과 함께 휘리릭 사라졌다. 타이밍을 놓친 지유는 쇼핑백을 든 채 망연자실 그 자리에 서 있었다.

"그랬군요."

퇴근한 서국과 식사하며 지유가 오늘 있던 일을 말하자 그가 별다른 표정 변화 없이 대답했다.

"서국 씨는 당황하지 않네요. 난 몹시 당황했는데……."

지유가 젓가락 끝을 입술에 가져다 대며 아까 일을 떠올렸다.

'다시 생각해 봐도 신기하네.'

그 카리스마 넘치는 최명진 사장이 그런 아기자기한 선물을 산더미처럼 사 오다니.

서국이 깔끔한 젓가락질로 생선 살을 정성스레 발라 그녀의 수저 위에 놔 주며 말했다.

"살가운 성격은 아니어서 그런 식으로 표현하시는 걸 겁니다."

"그렇겠죠. 그건 알겠는데, 그래도 무척 놀랐지 뭐예요?"

그가 직접 굽고 살까지 발라 준 생선을 지유가 익숙한 듯 맛있게 받아먹었다. 귀여운 뺨으로 오물오물 씹고 있는 지유를 잠시 보던 서국이 다시 보얀 생선 살을 발라 그녀의 수저 위에 올려놨다.

"나도 잘 상상은 가지 않습니다."

"서국 씨도 그렇죠?"

지유가 숟가락을 든 채 서국을 보며 물었다.

"한 번도 겪어 보지 못한 거라서."

"역시, 그럴 줄 알았어요."

지유가 고개를 끄덕이고는 생선 살이 올려진 숟가락을 야무지게 입술로 밀어 넣었다.

임신한 뒤로 육류는 냄새도 맡지 못하게 된 그녀로 인해 서국은 매일 생선을 굽고 다양한 한식 레시피를 연구했다. 워낙 요리 센스가 있는 사람이라 그런지 뭘 하든 맛있어서 지유는 매번 감탄하며 먹곤 했다.

"그런데 어머님이 내일도 오시면 어쩌죠? 이미 너무 많이 받았는데……."

맛있게 식사를 마친 지유가 근심 어린 표정을 지었다.

서국은 따스한 차를 그녀에게 건네며 말했다.

"당신이 부담 갖길 바라고 하시는 일은 아닐 테니 너무 부담 갖지 말아요."

"……."

받은 찻잔을 내려다보던 지유가 미소지었다.

"그래야겠네요. 고마워요."

생각해 보면 명진이 임신한 저를 그만큼 생각해 준다는 의미라서 서국의 말처럼 부담은 갖지 않는 게 좋을 것 같았다.

'그래. 감사히 생각하자.'

지유가 속으로 그렇게 다짐하며 향긋한 차를 호로록 마셨다.

어김없이 울린 인터폰 소리에 지유가 잰걸음으로 달려갔다.

"오셨…… 응?"

당연히 명진인 줄 알고 인터폰 수화기를 들던 지유가 멈칫했다.
화면에는 엄격한 표정의 천호가 서 있었다.
"아버님??"
지유가 눈을 크게 뜨고 화면을 쳐다봤다. 곧 칼칼한 음성이 이어졌다.
– 안 열 게냐?
"아, 죄송해요! 잠시만 기다리세요. 바로 나갈게요!"
또 당황해 버리고만 지유가 도도도 달려가 얼른 입구 문을 열었다. 곧장 나가려는데 인터폰에서 굵고 카랑카랑한 목소리가 들렸다.
– 내가 올라갈 테니 안에 있어. 괜히 움직이다 넘어질라.
"아, 네. 아버님."
대답한 지유가 현관 쪽으로 걸어갔다.
"무슨 일로 오신 거지?"
현관문을 열고 침을 꼴깍 삼키고 있는데 잠시 뒤 정원을 걸어 올라온 천호와 유 실장이 등장했다. 지유가 두 사람에게 공손히 인사했다.
"아버님 안녕하세요. 실장님도 오셨어요?"
유 실장이 특유의 유한 미소를 지으며 그녀에게 말했다.
"소식 들었습니다. 축하드립니다."
"감사합니다. 실장님. 저, 그런데 무슨 일로……."
지유가 천호와 유 실장을 번갈아 바라봤다.
'저건…… 뭘까?'

유 실장의 손에 들린 커다란 상자가 왠지 몹시 신경이 쓰였다.

천호가 지유에게는 시선을 두지 않고 불퉁한 표정으로 물었다.

“몸은 괜찮고?”

“네. 건강해요.”

지유가 얼른 고개를 끄덕이며 대답했다. 천호는 여전히 시선을 정원 어딘가로 향한 채였다.

“병원엔 다녀왔고?”

“어제도 다녀왔어요. 아가도 잘 크고 있대요.”

“흠, 그래…….”

찬찬히 고개를 주억거린 천호가 미간을 좁힌 채 유 실장을 쳐다봤다. 눈빛으로 신호를 알아들은 유 실장이 커다란 상자를 들고 지유 쪽으로 한 걸음 다가갔다.

“이거 사모님께 드리는 회장님 선물이십니다.”

“저에게요?”

지유가 둥근 눈으로 상자를 쳐다보자 유 실장이 설명했다.

“회장님 부탁으로 제 아내가 사모님께 어울릴 만한 홈웨어를 몇 벌 골라 줬습니다.”

“어머, 박 실장님께서요?”

지유의 눈이 더 커지는데 옆에 서 있던 천호가 헛기침을 했다.

“험, 험. 임신하면 그, 산모들 우울해지고 그런다는데 집에서 아무거나 입지 말고 이왕이면 최고로 좋은 거로 입고 그러란 소리야."

"아……."

지유가 놀란 듯한 표정으로 천호를 쳐다보자 유 실장이 뿌듯한 얼굴로 말했다.

"제가 조언해 드렸습니다."

"아, 유 실장님께서."

지유가 감탄하는 소리에 싱글거리던 유 실장이 이실직고했다.

"물론 저도 제 아내의 도움을 받은 거지만요."

"그러셨구나. 너무 감사해요. 신경 써 주셔서 감사합니다."

지유가 작은 머리를 숙여 인사했다. 그 모습을 보고 있던 천호가 유 실장에게 고갯짓했다.

"안까지 들여다 놓게."

"괜찮아요. 제가 들게요!"

지유가 얼른 받아 들려 했지만, 유 실장이 옆으로 날렵하게 피했다.

"이거 꽤 무겁습니다. 안에 들여다 놓겠습니다."

상자를 든 유 실장이 집 안으로 재빨리 들어갔다. 그러자 현관 앞에는 지유와 천호만 덩그러니 남았다.

'앗, 내 정신 좀 봐!'

두 사람만 남자 지유가 퍼뜩 정신을 차렸다. 예비 시아버님을 내내 현관에 세워 두고 있다니?

"아버님, 안으로 들어오세요. 차라도 한 잔 하시겠어요?"

지유가 얼른 입구 옆으로 비켜섰다. 천호는 여전히 시선을 딴

데에 둔 채 말했다.

"지나가다 들른 거라 저것만 두고 가 봐야지."

"그래도 여기까지 오셨는데……."

"지나다 들른 거라니까 그러네."

딴청 피우듯 뒷짐을 지고 한 걸음 물러난 천호가 정원을 보며 말했다.

"괜히 일한다고 무리하지 말고 웬만하면 집에 있어. 이 회장은 유 실장이 당분간 도와줄 거니까."

"집에만 있으면 더 답답할 것 같아서요. 걱정하시지 않게 최대한 조심할게요. 아버님."

지유가 생글거리는 얼굴로 대답했다.

"……흠."

그녀의 말간 웃음을 힐끔 쳐다본 천호가 다시 헛기침을 하며 시선을 돌렸다.

"다 됐습니다."

유 실장이 밖으로 나오자 천호가 곧장 몸을 돌렸다.

"그만 가지."

"네. 다시 한번 축하드리고, 다음에 또 뵙겠습니다."

"감사합니다. 잘 입을게요."

단정히 고개를 숙여 인사한 지유가 정원을 걸어가는 두 사람의 뒷모습을 바라봤다.

"……."

입구 쪽에 다다를 때까지 한동안 보고 있던 지유가 입술에 미소를 매단 채 몸을 돌렸다.

띠리리링- 띠리리링-

"어?"

집 안으로 들어오자마자 다시 인터폰이 울렸다.

"뭐 두고 가셨나?"

지유가 고개를 갸웃거리며 인터폰 수화기를 드는데 화면 안에는 명진이 서 있었다.

'어머! 이번엔 어머님?'

지유가 당황한 얼굴로 쳐다보고 있다가 인터폰으로 말했다.

"지금 열게요!"

빠르게 입구 문을 연 지유가 현관쪽으로 다시 향했다.

'이게 무슨 일이야? 연달아 시댁 어른들이 방문하다니.'

당황하지 말아야지 했는데 오늘도 당황해 버린 지유가 현관 앞에 오도카니 서서 명진을 기다렸다. 어김없이 직원들과 거대한 상자를 대동하고 나타난 명진이 우아한 투피스 슈트 차림으로 집 안으로 들어섰다.

"어머님, 오셨어요?"

지유가 인사하자 명진이 안경테를 추켜 올리며 물었다.

"저 양반은 무슨 일로 온 거래요?"

"아버님이요?"

타이밍이 너무 절묘하다 했더니 역시 밖에서 마주친 모양이었다. 지유가 방실거리며 말했다.

"선물을 주시고 가셨어요."

명진의 눈이 가늘어졌다.

"선물? 뭘?"

"홈웨어라고 하셨어요. 박 실장님께서 골라 주셨다고요."

"박 실장이?"

눈을 더욱 가늘게 뜬 명진이 날카롭게 주변을 살폈다.

"저건가?"

유 실장이 놔두고 간 박스를 본 명진이 물었다.

"네."

지유가 대답하자 예리한 눈으로 보던 명진이 곧장 그쪽으로 걸어갔다.

"잠깐 봐도 될까요?"

이미 상자로 다가가며 묻는 말에 지유가 사근사근하게 대답했다.

"보셔도 돼요."

명진이 심각한 표정으로 상자를 열어 확인했다. 안을 살펴본 명진의 얼굴이 어두워졌다.

"……역시 박 실장이네. 센스가 있어."

진지한 말투로 중얼거린 그녀가 다시 몸을 세웠다. 그러고는 지유를 똑바로 바라봤다.

"나는 더 괜찮은 디자인으로 사 올게요. 저것들은 너무 치렁치렁하잖아."

도도하게 안경을 추켜올리며 하는 말에 지유가 머리와 손을 동시에 흔들었다.

"괜찮아요. 저걸로 충분……!"

"내일 다시 올 테니 기다려요."

"네?"

비장한 얼굴로 말한 명진이 곧장 몸을 돌리며 직원들에게 지시했다.

"일단 그건 여기 내려놓고 가죠."

"네. 사장님."

명진의 지시에 직원들이 일사불란하게 따랐다.

"앗, 어머……."

지유가 뒤늦게 불렀지만 명진은 이미 바람처럼 현관을 빠져나가고 있었다.

"안녕히 계세요!"

그 뒤를 따르는 직원들이 인사하고 문이 닫혔다.

탁!

덩그러니 남은 지유가 입을 뻐끔거리고 있었다.

"……정말 괜찮은데."

난감한 얼굴로 중얼거린 지유가 잠시 무언가를 떠올리고는 풋, 하고 웃음을 흘렸다.

'이건 내가 가져갈 겁니다. 똑같은 걸로, 아니, 더 큰 걸로 가져오겠습니다.'

서국이 처음 그녀의 집에 왔던 날, 정훈이 선물했던 가필드 인형을 낚아채 가며 했던 말이 떠올랐다.

"그게 어머님 성격을 닮은 거였구나. 몰랐네."

작게 후후 웃은 지유가 명진이 내려놓고 간 상자와 쇼핑백들을 둘러봤다.

"이번엔 남아 옷들이구나. ……응?"

살펴보던 지유는 하늘색과 연두색의 옷들 사이에서 무언가를 발견하고 멈칫거렸다. 그 와중에 여아 옷이 섞여 있는 것 같은……?

핑크색 꽃무늬의 내복과 손싸개, 발싸개 세트를 든 지유가 눈을 깜빡이며 바라봤다.

"어머님은 정말 딸을 바라시는구나."

웃음을 흘린 지유가 다시 소중히 상자 안에 넣었다.

"어머님 성격에 그런 귀여운 면이 있는 줄은 몰랐어요. 집에서 뵐 때 이미지가 평소보단 부드럽긴 했지만 그래도 워낙 카리스마 있으신 분이니까요."

퇴근한 서국에게 발 마사지를 받으며 지유가 조잘거렸다.

"의외군요."

짧게 말한 서국은 그녀의 마사지에만 집중한 듯 보였다. 소파에 달랑 앉아 작은 발을 익숙하게 내준 지유가 신기한 듯 말했다.

"네. 이렇게 챙겨 주실 줄은 몰랐어요. 특히 아버님 마음에 들려면 시간이 아주 오래 걸릴 줄 알았거든요."

그 말에 서국의 시선이 들려 올라갔다. 진한 눈동자가 그녀를 조용히 응시했다.

"그런 생각을 했습니까?"

그가 진지한 어조로 묻자 지유가 입술에 옅은 미소를 매달았다.

"제가 썩 마음에 차는 사람이 아니란 건 아니까요."

"……."

서국이 움직임을 멈추고 그녀를 보고 있었다. 지유는 입술 끝을 부드럽게 끌어올리고는 밝은 목소리로 말했다.

"이해해요. 사실 당연한 거죠. 서국 씨와 혼담을 원하는 재벌가가 한둘이 아닌 걸 아니까요."

서국이 말없이 응시하자 지유가 말을 이었다.

"어머님이 별다른 조건 없이 찬성해 주신 것만으로도 행운이었어요. 더 엄청난 일들도 각오했었는데 말이죠."

"그런 일은 내가 용납하지 않을 겁니다."

서국의 낮은 목소리에 지유가 눈을 깜빡이며 잠시 그를 마주봤다.

"맞아요. 그랬겠네요."

곱게 미소 지은 지유가 작게 숨을 들이켜고는 말을 이었다.

"아무튼 참…… 오늘 여러 가지 감정이 교차했어요."

"……."

서국이 시선을 내리고 다시 그녀의 발을 마사지하기 시작했다.

그의 조각상 같은 높은 콧날을 내려다보며 지유가 입을 열었다.

"두 분이 쌓아 두고 간 상자들을 보며 내가 이렇게 극진한 대접을 받는구나 싶고요."

"당신에겐 그럴 자격이 충분히 있으니까."

낮지만 단호한 울림이 있는 목소리가 그의 입술에서 흘러나왔다.

"……."

정성껏 제 발을 마사지하는 서국을 지유가 유심히 쳐다봤다.

"피곤할 텐데 이제 그만해요."

"조금만 더 하겠습니다."

"그래도 퇴근하고 매일 마사지를 이렇게 오래해 줄 필요까지는……."

서국이 커다란 손으로 그녀의 종아리까지 부드럽게 마사지해 주기 시작했다.

'하아, 기분 좋다…….'

지유는 그의 손길에 온몸이 노곤노곤해지며 이완되는 것이 느껴졌다.

"서국 씨 피곤할…… 텐데……."

소파에 깊이 등을 기댄 지유가 작게 웅얼거리다가 잔뜩 무거워진 눈꺼풀에 힘을 줬다. 기분 좋게 이완된 느낌 때문인지 갑자기 졸음이 쏟아지고 있었다.

억지로 눈에 힘을 주고 버티던 그녀의 눈꺼풀이 이내 천천히 내리감겼다.

코오-

귀여운 콧소리에 서국이 고개를 들었다. 올려다보니 지유가 새근새근 잠들어 있었다.

"……."

그녀의 모습을 본 그의 입가에 다정한 미소가 떠올랐다.

지유가 잠든 사이에도 서국은 멈추지 않고 그녀의 다리를 부드럽게 마사지하고 있었다.

◇ ◆ ◇

함께 출근한 지유와 서국이 회장실 자동센서 입구를 통과했다.

안으로 들어서자마자 남식의 목소리가 터져 나왔다.

“축…… 아차!”

“쉿!”

다들 당황한 얼굴로 남식에게 조용히 하라는 모션을 취하자 남식도 놀란 눈으로 얼른 제 입을 막았다.

“어머나? 다들…….”

지유가 놀라지 않도록 조용조용 케이크와 꽃다발을 들고 다가오는 팀원들을 본 지유의 눈이 크게 떠졌다.

“실장님. 너무 축하드려요~”

“회장님도 축하드립니다!”

“정말정말 축하드려요! 너무 기쁘네요!”

환한 얼굴로 진심 어린 축하를 해 주는 팀원들을 보자 지유는 가슴이 뭉클해졌다.

“다들…… 고마워요.”

지유가 꽃다발을 받아 들고는 찡한 목소리로 말했다.

“그런데 실장님, 출근해도 되는 거예요?”

선희가 걱정 어린 얼굴로 묻자 은주도 덧붙였다.

“아직 초기면 집에서 안정을 취하는 게 좋을 것 같은데……

결혼 준비도 하셔야 하잖아요."

"맞아요. 무리하면 안 돼요."

효린도 고개를 열심히 끄덕였다.

"걱정말아요. 나에게 최고의 태교는 일이거든요."

지유가 생긋 웃으며 말했다. 순간 다들 놀란 표정을 지었다가 이내 수긍했다.

"과연 워커홀릭 부부다운 멘트네요."

"회장님과 실장님은 정말 천생연분이세요."

팀원들이 서국과 지유를 번갈아 보며 의미심장한 미소를 지었다.

"케이크는 다들 나눠 먹기로 하고, 꽃다발 고마워요."

지유가 꽃다발을 들고 실장실로 걸어가려는데 서국이 팔을 뻗어 자연스럽게 가져갔다.

"내가 들겠습니다."

"아…… 고마워요."

그대로 꽃다발을 들고 집무실로 향하는 서국의 뒷모습에 대고 지유가 말했다. 그 모습을 보던 은주와 효린이 감탄한 얼굴로 고개를 절레절레 저었다.

"오…… 회장님 너무 다정해. 반하겠어."

"정말요."

"반하면 곤란합니다."

삐죽 말한 남식이 케이크를 자르기 위해 몸을 돌려 탕비실로 걸어갔다.

"응? 남식 씨, 같이해요."

은주가 남식의 눈치를 보며 얼른 탕비실로 따라 들어갔다.
'귀여운 커플이네.'
두 사람의 뒷모습을 보던 지유도 미소를 지으며 실장실로 향했다. 가방을 내려놓고 코트를 벗은 그녀가 브리핑 준비를 하고 일어섰다.
똑똑.
집무실로 가려는데 노크 소리가 들렸다.
"네."
지유가 태블릿피시를 들고 일어선 채 대답하니 문이 열렸다. 그 사이로 서국이 들어오고 있었다.
"회장님?"
갑자기 실장실로 들어오는 서국을 지유가 의아한 시선으로 바라봤다.
그는 그녀와 눈을 맞춘 채 책상 앞까지 다가왔다. 책상 위에 느른히 걸터앉은 서국이 그녀를 보며 말했다.
"브리핑 시작해요. 당분간 여기서 들을 테니까."
"아…… 제가 집무실로 가서 하는 것이."
"내용이 중요하지 장소가 중요한 건 아니지 않습니까. 시작해요."
서국은 물러설 마음이 없어 보였다. 지유는 할 수 없이 태블릿피시로 시선을 내렸다.
"네. 그럼 오늘 일정은……."
"앉아서 하시죠."
서국의 말에 지유가 다시 고개를 들어 그를 바라봤다.

"그래도 회장님 앞에서 브리핑 하는 건데 앉아서 할 수는 없죠."

지유가 단호하게 말했다.

"나도 브리핑 듣기에 적절한 자세는 아닌 것 같지 않습니까?"

서국이 책상 위에 걸터앉아 가슴 위에서 팔짱을 낀 채 느른히 보며 묻는 말에 지유는 잠시 고민에 빠졌다.

'듣고 보니 맞는 말 같기도 하고…….'

지유가 혼란스러운 표정을 짓고 있는데 서국이 부드럽게 말했다.

"앉아서 해요."

"네. 그럼 앉겠습니다."

지유가 의자 위에 앉아 다시 브리핑 하기 시작했다.

"오늘 오전에 SU브랜드 해외 총괄팀과 회의가 있습니다. 오찬은 주영건설 회장님과 예정되어 있고, 장소는 연희동의 채화당입니다."

"……."

지유가 태블릿피시를 보며 차분하게 일정 브리핑을 하는 동안 서국은 그녀를 감미로운 눈빛으로 내려다보고 있었다.

"그리고 내일은 울산과 포항 공장의 현장 점검이 있습니다."

"거긴 최 비서와 함께 가겠습니다."

"네?"

지유가 의문 어린 시선으로 올려다봤다. 서국이 그녀의 시선을 가만히 휘어 감으며 말했다.

"출장은 최 비서와 다녀올 테니 정 실장은 무리하지 말고 회사에 있어요.”

“하지만 제가 가서 체크해야 할 것이 있는데요?”

“그건 내가 하겠습니다.”

음성은 부드러웠지만 단호함이 엿보였다. 서국이 그렇게 결정을 내린 이상 지유도 더는 토를 달 수가 없었다.

“……그럼 확인 사항을 최 비서에게 전달해 놓겠습니다.”

지유가 시선을 내리며 말했다.

그때 서국이 팔을 뻗어 그녀의 뺨을 다정하게 매만졌다.

멈칫. 그 움직임에 지유의 시선이 다시 그에게 향했다. 매혹적인 눈동자가 그녀를 부드럽게 응시하고 있었다.

“서운해하지 말아요. 당신이 무리할까 봐 내가 일에 집중할 수 없어서 그런 거니까.”

“…….”

서국의 진지한 목소리에 지유가 가만히 그를 마주 봤다. 짙은 눈으로 응시하며 서국이 말을 이었다.

“나는 당신이 집에서 쉬고만 있어도 걱정이 되는 사람이라, 불편해도 당분간은 이해해 줬으면 합니다.”

서국의 눈엔 그녀에 대한 숨길 수 없는 걱정이 담겨 있었다. 그 눈에는 혹여나 이런 업무적인 배려에도 그녀가 서운해하지 않을까 하는 염려도 함께 담겨 있었다.

‘……저 눈을 보고 어떻게 서운해해.’

작게 한숨을 내쉰 지유가 말갛게 미소 지었다.

“걱정하는 거 알아요. 신경 쓸게요.”

그녀의 미소에 서국의 얼굴에 안도가 어렸다.

"고마워요."

낮게 말한 그가 상체를 기울여 지유 입술에 가볍게 입을 맞췄다. 촉. 입술을 떼어 낸 서국이 책상에서 내려와 몸을 돌리며 말했다.

"당분간 오전 브리핑 포함해서 집무실에 올 일이 있으면 날 불러요. 곧장 올 테니까."

당연하게 하는 말에 지유의 눈이 커졌다.

"네? 그래도 매번 회장님을 오라 가라 하는 건 좀……."

"날 위해 그렇게 해 줘요. 정 실장."

당부하듯 말한 서국이 그대로 실장실을 나갔다.

"아니…… 그래도……."

지유는 닫힌 문을 보며 난감한 표정을 짓고 있었다.

퇴근 시간이 되자 지유는 서국과 회장실을 나와 함께 엘리베이터에 올랐다.

"피곤하지 않습니까?"

두 사람만 있는 공간에 오자 서국이 그녀의 얼굴을 유심히 살피며 물었다. 지유가 생글거리는 얼굴로 대답했다.

"전혀요. 오히려 집에 있다 나와 일을 해서 그런지 에너지가 넘치는데요?"

확실히 그녀는 워커홀릭 기질이 다분해서 일주일 쉬는 동안 못 했던 일들을 처리하는 것이 무척 즐거웠다. 피부도 반질반질하니 윤이 났다. 정말 기분이 좋아 보이는 지유의 얼굴을 살핀 서국이 조용히 고개를 끄덕였다.

"다행이군요."

"네. 그러니 서국 씨도 야근 좀 한다거나 하는 정도로 너무 걱정할 건 없어요."

지유가 야근을 불사할 수도 있다는 듯 하는 말에 그의 미간이 당장 좁혀졌다.

"안정기가 되기 전까진 무리하면 안 된다고 의사가 말했지 않습니까."

"일은 나 즐겁자고 하는 일인데 무리가 될 리가 없죠."

이번엔 지유가 물러설 수 없다는 듯 강경하게 말했다. 회사에 놀러 나오는 게 아닌 이상 임신을 했더라도 제 할 일은 확실히 처리하고 싶었다.

"내가 아니더라도 회사 다니는 모든 임신한 여성들이 이런 식으로 일하고 있어요. 나만 특별 대우 받는 건 바라지 않아요."

"……."

잠시 그녀를 내려다보던 서국이 엘리베이터가 멈추는 소리에 고개를 들었다. 문이 열리자마자 서국이 그녀를 달랑 안아 들었다.

"꺅! 뭐 하는 거예요?"

지유가 깜짝 놀라선 소리쳤다. 서국은 그녀를 안은 채 임원 주차장을 성큼거리며 걸어 나갔다.

"이제 퇴근 시간 지났고, 내가 내 아내 안고 차에 타는데 누가 뭐라고 하겠습니까."

"그, 그래도……."

"야근하는 건 이해하겠지만 퇴근은 항상 같이 할 겁니다. 그러니 익숙해져요."

"네??"

지유의 동그란 눈이 더 커졌다. 매번 이렇게 안아 나르겠단 소리?

그녀가 당황한 표정을 짓고 있는데 대기하고 있던 상현이 익숙한 듯 차 문을 열어 줬다.

"차, 차 비서님 감사합니다."

서국에게 안긴 채 지유가 조금 민망한 얼굴로 인사했다.

그녀를 조심스럽게 뒷좌석에 태운 서국은 그녀의 옆자리에 올라탔다. 그러고는 상체를 기울여 지유의 벨트를 매 줬다.

"답답하지 않습니까?"

서국이 벨트를 심각한 얼굴로 보며 말했다. 지유가 얼른 대답했다.

"괜찮아요."

"……."

그녀의 말에도 서국은 그녀의 가슴 사이를 압박하고 있는 벨트를 예리한 시선으로 응시하고 있었다. 서국이 운전석 쪽을 쳐다봤다.

"차 비서, 벨트가 가슴을 조이지 않게 하는 장치가 있다고 알고 있는데."

서국의 목소리에 앞자리에 올라탄 상현이 곧장 대답했다.

"자동차용품에 있습니다. 제가 설치해 둘까요?"

"그래 주면 좋겠군요. 가급적 빨리 부탁합니다."

"네. 회장님."

"괜찮은데……."

지유의 웅얼거렸지만 서국은 계속 벨트가 신경 쓰이는지 진지한 얼굴로 시선을 떼지 않고 있었다.

◇ ◆ ◇

다음 날 서국은 출장 가기 전 지유를 먼저 실장실로 데려다줬다. 출근은 혼자 할 수 있다고 해도 그는 안하무인이었다. 무조건 그녀를 실장실까지 데려다준 뒤 출장을 가겠다고 하는 통에 결국 지유도 포기하고 함께 온 참이었다.

실장실에 딱 들어오자마자 지유가 손목시계를 보며 말했다.

"데려다줘서 고마워요. 이제 출발하셔야죠."

"그럴 겁니다."

서국이 대답했다.

"아."

지유가 생각났다는 듯 고개를 들었다.

"아, 어제 말씀드린 현장에서 체크할 상황은 최 비서에게 넘겨 뒀으니 그걸로……."

그녀가 그를 보며 말하는데 서국이 고개를 기울였다. 그러고는 곧장 지유의 입술을 머금었다.

"앗, 서국……으음."

놀란 듯 말하던 지유의 눈이 커졌다가 사르르 감겼다. 부드럽게 입술을 자극하는 감미로운 키스에 빠져들었다. 입술을 벌린 서국이 축축한 혀를 밀어 넣었다. 어제처럼 담백한 키스가 아니라 진하게 얽혀 드는 혀의 감촉에 심장이 찌릿거릴 정도였다.
"하아."
야릇한 키스 뒤에 입술이 풀려나자 그녀가 막힌 숨을 작게 터뜨렸다.
순식간에 흐릿해진 지유의 눈을 서국이 열망 어린 눈으로 뜨겁게 응시하고 있었다.
'저 눈 때문에 몸이 더…….'
점차 달아오르는 체온을 느끼며 지유가 달짝지근한 한숨을 내쉬었다. 작고 통통한 그녀의 입술을 가볍게 빨았다 놔준 서국이 짙어진 눈빛으로 응시했다.
"돌아와서 퇴근 같이 할 거니까 기다려요."
"……네. 그럴게요."
지유가 얌전히 대답했다. 서국이 욕망 어린 눈빛으로 그녀를 잠시 응시하다가 몸을 돌려 실장실을 빠져나갔다.
"하아, 몸이 너무 뜨거워졌어. 회산데……."
지유가 발개진 뺨에 손등을 살짝 가져다 대며 중얼거렸다. 방금 전 서국의 눈빛이 자꾸만 그녀의 몸을 화르륵 뜨거워지게 만들고 있었다.
'임신한 뒤 금욕 생활 중이라 그런가? 키스만으로도 이렇게 후끈후끈해지다니.'
멍한 얼굴로 조금 전 키스를 되새기고 있던 지유가 생각났다는 듯 가방을 뒤적거렸다.
"언제까지 조심하라고 했었지?"
발개진 얼굴로 비장하게 임산부 수첩을 꺼내 든 지유가 자신이 적어 놓은 메모를 살펴 봤다. 곧 그녀의 입술에서 한숨이 흘러나왔다.

"……아직 멀었네."

우울하게 말한 그녀의 어깨에 힘이 탁 풀렸다.

"어쩔 수 없지. 의사 선생님이 당분간은 조심해야 한다고 했으니……."

시무룩한 얼굴로 말한 지유가 입술을 삐죽거렸다. 의사 선생님 말씀을 잘 들어야 되는데 왜 몸은 식지도 않고 자꾸 뜨거워지냐고.

"이건 다 서국 씨가 너무 섹시한 탓이야."

고개를 살레살레 저으며 말한 지유가 억지로 마음을 다잡으며 책상으로 향했다.

퇴근 준비를 하고 있던 지유는 서국의 전화를 받았다.

"네. 서국 씨."

– 차가 많이 막혀서 20분 정도 늦어질 것 같습니다.

"아, 그래요?"

지유가 눈으로 시간을 확인했다. 원래는 곧 도착 예정이었는데 아무래도 퇴근 시간이다 보니 차가 많이 막히는 모양이었다.

"괜찮아요. 준비하고 내려가 있을 테니 조심해서 와요."

– 최대한 빨리 가겠습니다.

"천천히 와도 돼요. 조금 이따 봐요."

전화를 끊은 지유가 일어서서 코트를 챙겼다.

"이미 준비는 다 끝났으니 미리 내려가 있지, 뭐."

파스텔 톤의 코트를 입고 가방을 멘 지유가 산뜻하게 실장실을 나섰다. 나와 보니 팀원들은 대부분 아직 근무 중이었다.

"먼저 퇴근할게요."

"네. 조심히 들어가세요. 실장님."

인사를 받으며 걸음을 옮기려던 지유가 우뚝 멈춰 섰다. 팀원들을 지유가 가만히 보고 있자 선희가 물었다.

"하실 말씀이라도 있으세요?"

"다들 야근하는데 먼저 가려니 미안하네요."

지유가 미안한 얼굴로 말하자 선희가 빠르게 받아쳤다.

"실장님이 남아 계시면 저희가 더 걱정돼서 능률이 떨어져요. 빠른 퇴근이 저희를 위한 길이라는 사실을 유념해 주세요."

안경을 추켜올리며 진지하게 하는 말에는 지유에 대한 배려가 담겨 있었다. 그 배려에 지유가 부드럽게 미소 지었다.

"고마워요. 그럼 염치 불고하고 먼저 갈게요. 다들 수고해요."

"네. 내일 뵐게요!"

인사를 마친 지유가 사무실을 빠져나갔다.

회사 정문 근처 서국이 언제나 그녀를 태우러 오는 곳에 도착한 지유가 시간을 확인했다.

"아직 좀 기다려야겠…… 어머!"

순간 지유의 눈이 커다래졌다. 눈앞에서 할머니가 넘어지는 것을 본 지유가 놀라서 달려갔다.

탁!

급히 달리느라 코트 주머니에 대충 쑤셔 넣으려던 그녀의 휴대폰이 바닥으로 떨어졌다.

"괜찮으세요?"

지유가 바닥에 넘어진 할머니를 일으켜 세워 주며 걱정스럽게 물었다. 꽃무늬 원피스로 귀엽게 단장하신 할머니는 의기소침한 얼굴로 절뚝거렸다.

"아이고, 다리를 좀 접질렀나 본데……."

"정말요? 큰일이네. 걸을 수 있으세요?"

지유가 할머니를 부축하며 살폈다.

"걸을 수는 있는데……."

영 불편해 보이는 걸음에 지유가 안 되겠다는 듯 말했다.

"구급차 불러 드릴까요?"

"아니 이 정도로 무슨, 그냥 집에 가서 파스나 붙여야지. 좀 불편해도 걸을 수는 있으니 그만 가 봐요. 고마워요."

할머니가 손사래를 치며 말하고는 절뚝이며 걸어 나갔다.

'아무래도 불편하신 듯한데…….'

그 모습을 뒤에서 잠시 보던 지유가 안절부절못하며 다시 달려가 할머니를 부축했다.

"댁이 어디신데요? 멀어요?"

"여기서 가까우니 신경 쓰지 말아요. 난 정말 괜찮으니."

할머니가 미안한 얼굴로 사양하려 했지만 지유가 단호히 말했다.

"제가 모셔다 드릴게요."

"미안하게 뭘 그렇게……."

부담스럽지 않도록 지유가 생긋 웃었다.

"저도 지금 시간이 조금 비어서요. 제 손을 잘 잡으세요."
"아이고, 고마워라."
"어디로 가면 돼요?"
"여기서 5분 정도만 가면 되니까, 저기 저 골목으로."
"네. 할머니."
지유가 고개를 끄덕이며 할머니를 골목 쪽으로 이끌었다. 걸음을 옮기던 그녀의 시선이 잠시 서국과 만나기로 한 장소를 향했다.
'도착하면 전화하겠지? 가까우니 금방 다녀올 수 있을 거야.'
지유는 그렇게 생각하며 할머니와 함께 골목으로 총총 들어갔다.

잠시 후, 지유가 서 있던 자리 앞에 서국의 차가 도착했다.
"아직 안 내려오신 것 같은데요?"
상현이 창밖을 쳐다보며 말했다. 밖을 살펴보던 서국이 휴대폰으로 지유에게 전화를 걸며 차에서 내렸다.
멈칫.
바닥에서 울리고 있는 지유의 휴대폰을 발견한 그가 눈을 가늘였다. 휴대폰을 귀에 댄 채 천천히 다가간 서국이 바닥에서 휴대폰을 집어 들었다.
"……."
지유의 휴대폰이 맞다는 걸 확인한 그의 얼굴이 딱딱하게 굳었다.

"아유, 고마워요. 아가씨."

집 앞에 도착한 할머니가 지유에게 고마움을 표시했다.

"고맙긴요. 생각보다 가까운데요? 그럼 전 가 볼게요."

방글거리며 웃은 지유가 몸을 돌리려 하자 할머니가 얼른 붙잡았다.

"이대로 가면 미안하니 내가 뭔가 보답을……."

지갑을 꺼내는 할머니를 본 지유가 깜짝 놀라 재빨리 도망쳤다.

"괜찮아요! 할머니, 그럼 전 가 볼게요!"

"아니 그냥 가면 어떡해. 음료라도 사 먹여야……."

"정말 괜찮아요! 아프시면 병원 꼭 가 보시구요!"

멀어지며 외친 지유가 몸을 돌려 골목을 빠르게 걸어갔다. 휴우, 숨을 몰아쉬며 종종걸음으로 걸던 그녀는 휴대폰을 찾기 위해 코트 주머니를 뒤적거렸다.

"아직 도착 안 했나? 전화가 왜 안 오…… 응?"

빈 주머니를 뒤적거리던 지유가 그 자리에 멈춰 서더니 메고 있던 가방을 확인했다.

"어머, 큰일이네. 내가 휴대폰을 어디다 흘렸지?"

당황한 얼굴로 주변을 두리번거려봤지만 어디서 떨어뜨렸는지 도통 감을 잡을 수가 없었다.

"서국 씨 기다릴 테니 일단 가자."

우선 찾는 걸 포기한 지유가 왔던 길을 잰걸음으로 걸어갔다.

회사 근처에 도착하니 갓길에 세워져 있는 서국의 차가 보였다.

"역시 와 있네."

지유가 차가 있는 곳으로 달려갔다. 가까워지자 차 앞에서 왠지 초조하게 서성이고 있는 상현이 보였다.

'왜 나와 계시지?'

평소 대기 시간에는 운전석에 앉아 있는 상현이 밖에 나와 있는 것을 지유가 의아한 시선으로 보며 다가갔다.

안절부절못하며 서성이던 상현이 마침 다가오는 지유를 보고 눈을 크게 떴다.

"사모님!"

"깜짝이야! 왜, 왜요?!"

놀란 듯 소리치는 상현에 지유도 덩달아 놀라 소리쳤다. 그러자 상현이 지지않고 말했다.

"저도 깜짝 놀랐습니다! 갑자기 사라지시면……! 아니, 이럴 때가 아니지. 우선 전화부터."

"네?"

상현이 급히 휴대폰을 꺼내며 전화를 거는 모습을 지유가 알 수 없다는 얼굴로 보고 있었다.

"회장님, 사모님 찾았습니다! 지금 차가 있는 곳으로 오셨어요! 네, 경호원들 철수시키겠습니다."

경호원? 철수? 상현의 말에 지유의 머릿속이 복잡하게 돌아갔다. 혹시 내가 할머니를 도와 드리러 간 사이에……?

지유의 머릿속으로 당혹스러운 가정이 떠오르는 사이 상현이 경호팀장과 통화했다.

"사모님 찾았습니다. 네. 다행히 별일 없습니다."

"저…… 무슨 일이……."

전화를 끊은 상현에게 지유가 불안한 얼굴로 물었다. 그가 한숨을 내쉬며 말했다.

"어휴, 난리도 아니었어요. 사모님은 사라졌지, 사모님 휴대폰은 바닥에 떨어져 있지. 납치라도 되신 줄 알고 회장님이 완전히 정신이 나가셔선……."

"납치요?"

지유의 눈이 경악으로 커졌다.

'아니 할머니를 도와 드린 사이에 납치로 오해받는 상황까지 가다니?'

고작 10분에서 15분 정도 되는 그 짧은 시간에 이런 일들이 벌어졌다는 데에 지유는 놀라움을 금치 못했다.

"회장님께서 당장 경찰에 연락하겠다는 걸 제가 일단 경호인력 써서 주변 검색부터 하자고 뜯어말려서 망정이지…… 아, 저기 오시네요."

자신의 노고를 구구절절 설명하던 상현이 지유가 왔던 길을 쳐다보며 말했다.

지유의 시선이 따라가자 순간 그녀의 눈이 흔들렸다.

아…….

거친 숨을 몰아쉬고 있는 서국의 온몸이 땀으로 젖어 있었다. 내내 달리며 필사적으로 그녀를 찾고 있었음이 고스란히 드러나는 모습이었다.

그 모습을 본 지유가 숨을 삼켰다.

서국이 굳은 얼굴로 그녀 쪽으로 다가갔다.

"서국……."

단걸음에 가까이 다가온 그가 두 팔을 뻗어 지유를 강하게 끌어안았다. 잔뜩 힘이 들어가 있는 단단한 가슴이 심장박동에 맞춰 크게 오르내리고 있었다.

"……걱정, 했잖아."

거친 숨결에 그의 짓눌린 음성이 뚝뚝 끊겼다.

그가 자신을 얼마나 걱정했는지 느껴지는 목소리에 지유가 울컥했다.

어떡해…….

그녀를 꽉 안고 있는 서국을 조심스레 마주 안으며 지유가 말했다.

"미안해요. 어떤 할머니가 넘어지셔서 바래다 드리느라……."

지유가 미안한 목소리로 말하는데 서국이 낮은 숨을 토해 내며 그녀를 더 단단히 끌어안았다.

"괜찮아. 지금…… 여기 있으니까."

서국은 제 품 안에 그녀가 있는 것을 확인하듯 안고 있는 팔에 더 힘을 줬다. 그러고는 지유의 목덜미에 높은 콧날을 묻으며 깊이 숨을 내쉬었다.

"……미안해요. 정말로."

작게 말한 지유가 그의 품에 얌전히 안겨 있었다.

◇ ◆ ◇

집에 도착한 지유는 머뭇거리며 서국에게 다시 사과했다.

"정말 미안해요. 휴대폰 떨어진 것도 한참 지나고 알았지 뭐예요……?"

아직도 얼굴이 창백해져 있는 서국을 지유가 미안한 얼굴로 올려다봤다. 그는 핏기 없는 얼굴로 미소를 지었다.

"이제 괜찮습니다. 다음부터는 조금만 더 신경 써 줘요."

"그럴게요. 앞으론 잠깐이라도 서국 씨한테 꼭 연락하고 움직일게요."

지유가 단호하게 말했다. 그 모습에 고개를 끄덕인 서국이 재킷을 벗으며 욕실 쪽으로 향했다.

"땀을 흘려서 먼저 씻겠습니다."

"아, 서국 씨."

그녀가 부르자 재킷을 벗던 서국이 고개를 돌렸다. 뛰느라 흐트러진 머리칼이 묘하게 관능 어린 분위기를 자아내고 있었다.

아차!

그 모습에 홀리려던 지유가 정신을 차리고 결연하게 말했다.

"오늘은 내가 씻겨 줄게요."

"아닙니다."

서국이 곧바로 사양했지만 지유는 굴하지 않고 다시 말했다.

"나 때문에 이렇게 땀을 흘렸는데 내가 씻겨 줘야죠. 옷도 내가 벗겨 줄……."

셔츠 단추를 풀어 주려던 지유의 손을 그가 커다란 손으로 가만히 잡았다.

"?"

지유가 의아한 시선을 들어 올리자 그가 그녀를 내려다보며 말했다.
“그랬다간 내가 무슨 짓을 할지 몰라서 그래.”
“아…….”
뜨거운 욕망이 일렁이는 눈에 지유의 얼굴이 순간 붉어졌다. 가만히 잡고 있던 지유의 손을 천천히 내린 뒤 놔준 그가 낮은 목소리로 말했다.
“마음은 고맙지만, 내가 씻고 나올 테니 소파에서 쉬고 있어요.”
“……네.”
지유가 발갛게 물든 얼굴로 작게 고개를 끄덕였다.
서국이 욕실로 멀어질 때까지 보고 있던 그녀가 제 얼굴에 손부채질을 했다.
“어휴, 얼굴 뜨거워.”
지유가 화끈거리는 얼굴을 두 손으로 감쌌다.
‘요즘 금욕생활 중이라 키스에도 몸이 뜨거워지긴 했지만 이젠 눈빛으로도 막 후끈후끈해지고…….’
게다가 지금 욕실에서 옷을 벗고 있을 그를 생각하니 입안에 침이 바짝 마르고 심장이 두근거렸다.
“큰일이네. 점점 더 심해지네.”
난감하게 내뱉은 지유가 고개를 푸르르 저었다.
“우선 서국 씨 나오기 전에 나도 간단히 씻어야겠어.”
지유는 도망치듯 다른 욕실 쪽으로 달려갔다.

빠르게 샤워를 마치고 나온 지유가 편한 옷으로 갈아입고 소파로 향했다. 먼저 나온 서국이 족욕세트를 준비하고 기다리고 있었다.

"앉아요."

"출장 다녀와서 피곤하지 않아요? 오늘은 안 해 줘도 되는데."

"이게 내가 피로를 푸는 방법입니다. 앉아요."

서국이 그녀를 보며 부드럽게 말했다. 지유는 결국 소파에 앉았다. 익숙하게 그녀의 발을 가져와 따스한 물에 담그는 그를 지유가 조용히 내려다봤다.

서국은 말없이 그녀의 발을 정성껏 마사지해 주고 있었다.

'이제 괜찮은가……?'

오늘 그의 그런 모습은 처음 봐서 그런지 계속 마음에 걸렸다. 고민하며 서국을 살피고 있던 지유가 입을 열었다.

"오늘 걱정 많이 했죠."

작게 흘러나오는 목소리에 서국이 시선을 들지 않고 잠시 멈칫거렸다. 움직임을 멈추고 있는 그를 지유가 의아하게 바라봤다.

"서국 씨?"

"보도블록에서 울리는 당신 휴대폰을 봤을 때."

낮게 흘러나오는 목소리에 지유가 입을 다물었다. 그가 고개 숙인 채 잠시 텀을 두고 말을 이었다.

"심장이 바닥에 내던져지는 기분이었습니다."

"아……."

"그다음은 손끝에서 온몸의 피가 빠져나가는 기분이었고."

"……."

"그 뒤는 잘 기억나지 않습니다. 내내 달리면서 당신을 찾던 기억밖에는."

지유는 서국의 말에 심장에 통증이 느껴졌다.

'정말 많이 걱정했구나……. 나한테 무슨 일이 생겼을까 봐.'

화를 내는 목소리는 아니었지만 오히려 그래서 더 미안했다. 입술을 잘근거리던 지유가 망설이다가 입을 열었다.

"……미안해요."

미안하다는 말밖에는 할 수가 없었다. 다른 말들은 전부 변명이 되어 버릴 거였다.

서국이 천천히 고개를 들었다.

욱씬, 그의 깊어진 눈과 마주치자 지유는 심장의 통증이 강해졌다. 그녀를 진한 시선으로 응시하며 서국이 말했다.

"다신 내 눈앞에서 사라지지 말아 줘. 당신이 사라진 그 15분의 시간이…… 나에겐 몇 년처럼 고통스러웠어."

그녀를 찾던 동안의 공포가 다시 그의 눈에 떠올라 있었다.

창백한 그의 얼굴을 아프게 보던 지유가 단호하게 말했다.

"절대 없어요. 그런 일."

"……그래."

그녀의 말에 서국이 안심이 담긴 옅은 미소를 지었다.

다시 고개를 내린 그가 부드럽게 마사지를 시작했다. 지유는 조용히 그 모습을 내려다봤다. 이 커다란 남자가 그렇게 당황했다는 걸 알고 나니 너무나 안쓰러웠다. 방금 전 그의 공포가 어린 표정을 봐서 더 그렇게 느껴졌다.

손을 뻗은 지유가 아직 젖어 있는 그의 머리칼을 살짝 매만졌다.

"……."

순간 서국이 멈칫거렸다.

"걱정 많이 했구나. 우리 서국 씨."

그의 머리칼을 가만가만 매만지며 지유가 달래듯 말했다.

"이젠 절대 걱정하지 않게 할게요. 항상 연락하고, 조금이라도 시간이 비면 미리 말할 테니까."

"……."

"앞으로는 절대 그런 일 없어요. 그러니 안심해요."

지유가 작게 말하며 부드럽게 머리칼을 매만지자 서국이 천천히 고개를 들었다.

"!"

순간 뜨겁게 타오르는 강렬한 눈동자와 마주치자 지유가 숨을 들이켰다.

서국이 그대로 상체를 일으켜 그녀의 입술을 거칠게 삼켰다.

"읍……!"

순식간에 입술을 벌리고 들어간 그가 그녀의 촉촉한 혀를 끌어내 빨아들였다. 최근의 가벼운 키스가 아니라 아주 사나운 키스에 지유의 몸이 뒤로 떠밀렸다. 소파 등받이에 지유의 뒷머리가 닿고 격렬한 키스가 이어졌다.

숨도 쉴 수 없을 정도로 몰아치다 풀려나자 그녀의 입술에서 막힌 숨결이 터져 나왔다.

"하, 하아!"

지유가 사과처럼 달아오른 얼굴로 헐떡였다. 달뜬 숨을 내쉬던 입술이 곧 다시 그에게 삼켜졌다.

타액을 모조리 들이마실 듯 진하게 키스하는 통에 지유는 머릿속이 하얗게 되고 정신이 하나도 없었다.

'어지러워……!'

심장이 쿵쿵거리고 온몸에 피가 빠르게 도는 게 느껴졌다. 흥분으로 더욱 거칠어진 그녀의 숨결을 달게 마시며 그가 지유의 헐렁한 티셔츠 안으로 손을 집어 넣었다.

"앗……."

바르작거리는 몸을 타고 오르는 손길에 지유가 흠칫거렸다. 그의 손길이 닿는 곳마다 더욱 화끈한 불길이 일었다. 서국이 제 탄탄한 몸을 그녀에게 바짝 붙이는 통에 지유는 흥분이 극에 달하고 있었다.

"하아, 서국…… 씨. 흐읏."

서국이 그녀의 작은 귓불을 머금자 지유가 야릇한 신음을 흘렸다.

그 소리에 그의 움직임이 더욱 거칠어졌다.

뜨거운 숨결을 그녀의 귓속으로 밀어 넣으며 하얀 젖가슴을 거머쥐자 지유가 할딱이며 고개를 젖혔다.

"아, 아아."

오랜만의 손길에 발딱 곤두선 유두를 그가 엄지로 빠르게 문질렀다. 흠칫거리며 몸을 떠는 지유가 서국의 어깨를 붙잡았다. 하, 하아. 서로의 입술에서 흘러나오는 달아오른 숨결이 서로를 점점 더 자극시키고 있었다.

거친 손놀림으로 긴 스커트를 들춰 올린 그가 그녀의 통통한 엉덩이를 단단히 잡았다.

"하읏, 서국…… 씨. 하아."

야릇한 자세가 되려는 순간, 서국이 움직임을 멈췄다.

표정을 굳힌 그가 지유의 목덜미에 높은 콧날을 묻었다.

"……후우."

깊은숨을 내쉰 서국이 단단한 가슴을 크게 들썩이며 헐떡였다. 그가 숨결을 진정시키는 동안 지유도 색색거리며 흥분된 숨결을 몰아쉬고 있었다.

한동안 그 상태로 있던 서국이 긴 숨을 뱉어 내고는 말했다.

"어렵군요. 당신을 눈앞에 두고 참는다는 것이."

갈라진 목소리가 허스키하게 흘러나왔다.

"나도…… 어려워요."

지유도 육체적 본능과 필사적으로 싸우고 있었다. 이미 흥분된 몸은 서국을 너무나 원하고 있었지만, 위험한 일은 하면 안 된다는 것도 머리로는 알고 있었다.

이성과 본능 사이에서 번뇌하며 지유가 침을 꼴깍 삼켰다.

"지금도…… 서국 씨가 안 멈췄으면 위험할 뻔……했어요."

지유가 열감 어린 얼굴로 말하자 서국이 천천히 고개를 들었다.

"놀라게 해서 미안합니다."

아직 열망이 가득 어린 눈이 지유의 시선에 들어왔다.

두근, 두근.

그 눈에 심장이 뛰는데 서국이 기다란 손가락으로 그녀의 옷을 정리해 줬다.

차분해진 손놀림을 보며 지유가 중얼거렸다.

"놀라진 않았어요. 아쉬워서 그렇지……."

서국이 진한 미소를 지었다.

"나보다 아쉽진 않을걸."

옷을 다 정리해 준 그가 지유의 이마에 가볍게 입을 맞췄다. 도장을 찍듯 입술로 살짝 누르고 떼어낸 서국이 가만히 시선을 맞췄다.

아쉬움과 열기가 가득 맺힌 눈동자가 가까이서 얽혀 들었다.

"사랑해."

낮게 말한 서국이 고개를 숙여 그녀의 입술에 가까이 다가갔다. 입술이 닿을 듯 가까운 곳에서 그가 매혹적인 시선을 들어 올려 다시 눈을 맞췄다.

"사랑하고 있어. ……지유."

속삭이듯 말한 서국이 지유의 입술을 부드럽게 머금었다. 달콤한 키스에 지유의 입술이 사랑스럽게 휘어 올라갔다.

한 달 뒤.

연말의 들뜬 분위기 속에서 대형 웨딩홀엔 성대한 결혼식 준비가 한창이었다. 태림의 명성에 걸맞는 최고의 전문가들이 맡아 준비되었기 때문에 결혼식에 천문학적인 금액이 투입됐다.

그만큼 화려하게 장식된 신부대기실에 지유가 앉아 있었다.

막 준비를 끝내고 자리에 앉자마자 동수와 윤선이 찾아왔다.
"세상에, 지유야! 너무 예쁘다."
귀여우면서도 화사한 웨딩드레스를 입은 지유를 보고 윤선이 감탄했다.
"우리 딸 정말 예쁘다."
동수도 흐뭇하게 지유를 바라봤다.
"감사합니다."
지유가 환하게 웃자 공들인 메이크업이 빛을 발하며 광채가 발산됐다.
"긴장되지 않아? 잠은 잘 잤어?"
윤선이 지유의 옆에 앉으며 그녀의 손을 꼬옥 잡고서 물었다.
"신기하게 별로 긴장은 안 돼요. 아직 밖에 사람들을 못 봐서 그런가?"
지유가 고개를 갸웃거리며 미소 지었다.
"축하해 주러 온 사람들이니까 긴장할 거 없어."
동수의 말에 윤선도 고개를 끄덕였다.
"그래. 이렇게 예쁜데 뭘 걱정해. 그래도 혹시 힘들어지면 식 중에라도 언제든 손을 번쩍 들어. 엄마가 달려갈 테니까."
윤선이 단호하게 말하자 지유가 작게 웃었다.
"괜찮을 거예요."
"이 서방이 있으니 걱정은 안 되지만…… 그래도 몸은 좀 걱정이네. 절대 안정이 필요한 시긴데."
윤선이 염려가 담긴 시선으로 지유의 배를 바라봤다. 임신 중이라 많이 조이지 않는 드레스였다. 게다가 아직 겉으로 드러날 정도로 배가 부른 상태는 아니라서 전혀 티가 나지 않았다.

지유는 윤선과 동수가 며칠 전 한국에 입국했을 때 임신 사실을 알렸다.

알면 분명 모든 일을 제쳐 두고 바로 한국으로 올 사람들이라 결혼식 참석으로 한국에 들어왔을 때 말하게 된 거였다.

다행히 두 사람 다 진심으로 축하해 줬다. 하지만 역시 결혼식은 걱정이 되는지 윤선의 얼굴에 걱정이 어려 있었다. 그 모습을 본 지유가 웃어보였다.

"생각보다 떨리지 않아서 괜찮을 것 같아요. 결혼 준비도 서국 씨가 다 해 줘서 전혀 힘들지 않았거든요."

지유가 생글거리며 말하는데 마침 대기실로 서국이 들어왔다.

"아, 서국 씨."

턱시도 차림의 서국을 보자 지유의 얼굴이 더 환해졌다. 우아한 턱시도를 입고 머리칼에 웨이브를 넣어 부드럽게 넘긴 그는 정말 걸어다니는 조각상처럼 멋졌다.

그 모습을 저도 모르게 멍하니 보고 있던 동수가 퍼뜩 정신을 차렸다.

"사위 볼 때마다 놀라서 원, 축하하네. 이 서방."

"감사합니다. 아버님."

서국이 정중히 동수와 윤선에게 인사하자 동수가 흐뭇하게 웃었다.

"아버님이라는 말이 이렇게 든든할 수가 없군."

윤선이 지유의 옆자리에서 일어섰다.

"우린 나가 있을 테니 두 사람 대화해요. 곧 손님들도 오실 텐데 그때 되면 둘이 얘기할 시간도 없을 거예요."

"고마워요. 엄마."

"배려해 주셔서 감사합니다."

"좀 이따 봐요. 지유도."

"네."

그들이 문을 닫고 나갔다. 둘만 남게 된 곳에서 서국과 지유가 미소가 담긴 얼굴로 서로를 마주 봤다. 그가 부드럽게 물었다.

"컨디션은 괜찮습니까?"

"아주 좋아요. 서국 씨는요?"

지유의 얼굴에서 시선을 떼지 않고 그가 말했다.

"솔직히 말하면, 지금 내 아내가 너무 아름다워서 아무 생각도 할 수 없군요."

홀린 듯한 얼굴로 진지하게 쳐다보며 하는 말에 지유가 배시시 웃었다.

"서국 씨도……."

똑똑. 지유가 말하는데 다시 노크 소리가 들렸다.

"네."

서국이 뒤를 보며 대답했다. 문이 열리고 비서팀이 등장했다.

"회장님! 실장님! 결혼 축하드려요!"

"어머, 실장님 너무 아름다우시다!"

"회장님도 멋지세요!"

호들갑스럽게 들어온 그들이 지유에게 꽃다발을 건넸다.

"다들 일찍 왔네요? 고마워요."

지유가 꽃을 받으며 환한 얼굴로 웃었다. 작은 꽃다발을 따로 챙겨 온 은주가 의미심장한 얼굴로 말했다.

"부케 받는 연습 하고 있으려고요."

부케 연습용 꽃을 따로 챙겨 온 은주가 결연하게 말했다. 지유가 눈을 동그랗게 떴다.

"연습까지?"

"누구보다 잘, 완벽하게 받고 싶거든요."

은주가 몹시 진지한 얼굴로 받는 손동작까지 했다. 그걸 본 남식이 옆에서 피식 웃었다.

"은주 씨는 이상한 데 승부욕이 있다니까? 그냥 대충 받으면 되지 뭘 그렇게……."

핀잔주듯 말하던 남식이 은주의 찌릿한 눈빛에 움찔했다. 은주가 남식을 째려보며 말했다.

"부케 잘 받으면 시집 잘 간댔단 말이에요. 내 시집에 남식 씨는 상관없는 모양이죠?"

"아, 아니 무슨 말을 또 그렇게…… 일단 이쪽으로 와 봐요."

당황한 남식이 진땀을 흘리며 은주를 데리고 구석으로 향했다.

"아니 내 말은 그런 뜻이 아니라……."

"됐거든요? 맨날 그런 뜻 아니래."

멀리서 아웅다웅하고 있는 그들을 힐끔거리며 효린이 지유에게 속닥였다.

"남식 씨는 이기지도 못하면서 매번 저렇게 토를 단다니까요."

"얼마 전에 결혼식 얘기로 크게 싸워서 지금 은주 씨가 화가 많이 난 상태예요."

"아아……그랬군요."

지금은 팀 내에서 공인된 커플이 되었기에 지유가 고개를 끄덕였다. 선희도 말을 덧붙였다.

"아무래도 두 분이 예쁜 사랑 하면서 힘든 일 다 이겨 내고 결혼에 골인하셨으니까, 은주 씨가 그 부케로 좋은 기운을 받고 싶었나 봐요."

"남식 씨는 진짜 눈치 없어서 여자 마음 1도 모르죠."

"그래도 일편단심이긴 하니까."

"하긴 그건 그래요."

선희와 효린이 속닥거리는 소리를 들으며 지유는 멀리 떨어진 은주와 남식을 바라봤다.

남식은 어느새 시무룩한 멍멍이처럼 풀이 죽은 모습으로 은주 앞에 서 있었다. 은주도 한층 기가 꺾인 모습이라 두 사람을 흥미진진하게 보고 있는데 선희가 말했다.

"그럼 저희는 여기 예쁜 포토존이 많으니 사진 좀 찍고 있을게요. 홍보팀도 만나 보고요."

"이따 식장에서 뵈어요!"

"두 분 다시 한 번 축하드립니다!"

시끌시끌하게 인사하는 사람들 옆에서 남식과 은주도 와서 같이 인사했다.

"고마워요."

소란스럽던 비서팀이 나가고 다시 두 사람만 남게 되었다.

"다들 축하해 주니까 실감이 나네요."

지유가 작게 하는 말에 서국이 그녀가 앉은 의자 팔걸이에 느른히 걸터앉았다.

"떨립니까?"

그의 질문에 잠시 생각하던 지유가 고개를 저었다.

"실감은 나는데 막 떨리진 않아요. 그냥 설렌다고 해야 하나……?"

꿈꾸는 듯한 지유의 반짝이는 눈을 서국이 지그시 내려다봤다.

"아까 여기서 드레스 입고 준비하는데 기분이 묘했어요. 예전에 서국 씨를 혼자 좋아하던 시절엔 상상도 못 하던 일이었는데…… 이렇게 현실이 되다니, 하고요."

지유가 천천히 눈을 깜빡이며 말을 이었다.

"그때 만약 누군가가 넌 몇 년 후에 서국 씨와 결혼한다고 말했어도 아마 절대 믿지 못했을 거예요."

"……."

지유가 여전히 꿈을 꾸듯 신기한 표정을 짓고 있는데 서국이 말했다.

"이젠 믿어 주지 그래요."

그의 목소리에 지유가 꿈에서 깨어난 듯 서국을 올려다봤다. 그는 진지한 시선으로 그녀를 내려다보고 있었다.

"내가 정지유 남편이라는 걸."

낮은 음성으로 말한 서국이 지유의 손을 가만히 끌어와 잡았다. 소중히 잡은 그가 보드라운 손등을 쓸며 잔잔하게 말했다.

"내 아내가 되어 줘서 고마워. 진심으로."

"……당신도 내 남편이 되어 줘서 고마워요."

지유가 달콤하게 미소 지었다. 서국이 그녀의 턱을 가볍게 들어 올렸다.

미소 어린 두 사람의 시선이 가까이에서 부딪혔다. 예쁜 미소를 가득 머금은 입술이 천천히 가까워지고 있었다.

수많은 사람이 모인 웨딩홀 안에서 주례자의 목소리가 울려 퍼졌다.

"신랑 이서국은 신부 정지유를 평생 사랑할 것을 맹세합니까?"

주례자 앞에서 서국과 지유가 서로 마주 보고 서 있었다. 그녀에게만 시선을 둔 채 서국이 말했다.

"맹세합니다."

"신부 정지유도 마찬가지로 신랑 이서국을 평생 사랑할 것을 맹세합니까?"

지유 역시 반짝이는 눈망울로 서국을 바라보며 대답했다.

"네. 맹세합니다."

"그럼 오늘 이 자리에 모인 많은 증인 앞에서 두 사람이 부부가 되었음을 선포합니다."

주례사가 끝나자 커다란 박수 소리가 대형홀 안에 크게 울려 퍼졌다.

지유의 미소가 어여쁘게 빛나고, 그런 그녀의 얼굴을 서국이 사랑에 빠진 남자의 눈으로 진하게 응시하고 있었다.

한겨울이었지만 사랑과 축복으로 가득한 그들의 결혼식은 그 자리에 모인 수많은 사람들의 마음을 따스하게 물들이고 있었다.

외전 3

천호는 소파 위에 근엄한 표정으로 앉아 있었다. 경제 뉴스가 방송 중인 TV에 시선을 고정하고 있는 그에게 누군가가 아장아장 걸어갔다.

"할부지~"

순간 천호의 엄격한 표정이 마치 다른 사람처럼 활짝 펴졌다.

"아이고 우리 공주님~ 할아버지 불렀어요?"

갓 세 살이 된 미유는 아기 천사처럼 사랑스러운 모습이었다. 오동통한 뺨과 짧은 팔다리, 양쪽으로 삐죽 묶은 머리와 턱받이가 달린 노란색 아가 옷을 입고 있는 모습에 천호의 눈에서 꿀이 뚝뚝 떨어졌다.

천호가 미유를 두 손으로 번쩍 안아 올렸다. 무릎 위에 작고 통통한 몸을 올려 헤벌죽한 표정으로 보고 있는 그에게 미유가 동그란 눈을 깜빡였다.
“할무니는 어디써여?”
“할머니는 바쁘니까 우리 공주님 할아버지랑 놀아요. 알았죠?”
천호가 미유의 찹쌀떡처럼 말캉말캉한 볼따구니를 만지작거리며 세상 다정한 목소리로 회유했다. 그때 날카로운 목소리가 들렸다.
“나 안 바쁜데요.”
할머니라는 말을 듣기엔 지나치게 젊어 보이는 명진이 거실에 나타났다. 그녀를 본 천호가 마음에 들지 않는 듯 한쪽 눈썹을 치켜올렸다.
“어? 할무이-!”
미유가 눈을 반짝 뜨고는 단풍잎 같은 두 손을 명진을 향해 좍 펼쳤다. 쌀쌀맞은 얼굴로 등장했던 명진이 미유에게 온화하게 웃으며 다가왔다.
“할무이 모해써여?”
“우리 미유 건강식 만들어 왔죠?”
명진이 소파에 앉아 들고 있는 귀여운 그릇에서 정체불명의 걸쭉한 것을 작은 숟가락으로 떴다. 그걸 본 미유가 움찔거렸다.
“몸에 좋은 것만 넣어서 만든 거니까 아~ 해 봐요.”
“으응, 그건 시러…….”
명진이 얼굴 앞으로 내민 숟가락을 흠칫거리며 피한 미유가 안겨 있는 천호 쪽으로 고개를 돌렸다. 그걸 본 천호가 저도 모르게 함박웃음을 짓고는 미유를 자신 쪽 소파 옆으로 숨겼다.

"안 먹겠다잖아. 애 음식을 맨날 그런 걸로 만들어 오면 어떡해?"

명진은 포기하지 않고 숟가락을 들고 미유 쪽으로 더 접근했다.

"여기 영양소가 얼마나 많이 들었는데요. 건강을 위해서 먹어야 해요. 자, 미유야. 아~ 해 볼까요?"

"미유 그거 시러."

미유가 천호의 겨드랑이 밑으로 작은 머리통을 콕 박아 넣었다. 천호는 기쁨을 감출 수 없는 얼굴을 하고서 미유를 안고서 슬그머니 몸을 일으켰다.

"험, 험. 애가 안 먹겠다는데 뭘 그렇게까지 해서 먹이려고."

"몸에 좋은 거라니까요? 미유야, 한 입만, 딱 한 입만 먹자. 아~"

"어허, 싫어한다니까 그러네?"

미유를 숨기며 주춤주춤 물러서는 천호와 귀여운 그릇 위에 숟가락을 받쳐 들고 집요하게 미유의 얼굴을 향해 접근하는 명진이 대치했다. 요리조리 피하는 천호를 명진이 열받은 얼굴로 쳐다봤다.

"당신만 좋은 사람 될 거예요? 이리 와요!"

천호가 잡히지 않겠다는 듯 미유를 안고서 내달렸다. 나이도 잊고 우당탕탕 계단을 오르는 천호를 명진이 뒤따라 달리자 미유는 그게 재밌는지 까르륵 웃음을 터뜨렸다.

그때 명진이 소리쳤다.

"잠깐, 스톱! 거기 멈춰 서요!"
천호가 미유를 안은 채로 멈춰 서서 돌아봤다. 명진은 한 손으로 그릇을 잡고 재빨리 다른 손으로 주머니에서 휴대폰을 꺼냈다.
"그대로 있어요!"
명진이 목젖이 보이도록 깔깔 웃고 있는 미유의 사진을 찍어 대기 시작했다. 그걸 본 천호도 진지한 어조로 말했다.
"더 찍어. 다양한 각도로."
"찍고 있으니 잘 안고 있어 봐요. 팔로 얼굴 가리지 말고."
"이렇게? 아니, 이렇게인가?"
천호가 자세를 바꿔 가며 미유의 얼굴이 잘 보이도록 했다.
"동영상도 찍고."
"이미 찍고 있어요."
진지한 표정으로 동영상을 찍는 명진의 휴대폰 화면엔 미유가 까르르르 웃고 있는 얼굴이 크게 잡히고 있었다.

그 시간, 서국과 지유는 극장 VIP관에서 영화를 보고 나오고 있었다. 경호를 받으며 밖으로 나온 지유가 뭉클한 표정을 지었다.
"너무 감동적이었어요."
서국이 다정하게 어깨를 감싼 지유를 내려다봤다. 영화의 여운이 진하게 남은 지유의 얼굴을 본 그의 입술이 다정하게 휘어 올라갔다.
"마음에 든다니 다행이군요."

"네, 너무…… 어머?"

작게 한숨을 내쉬며 휴대폰을 꺼내던 지유가 눈을 동그랗게 떴다. 그러고는 이내 환한 웃음을 지으며 서국에게 휴대폰을 내밀었다.

"서국 씨, 이 사진 좀 봐요. 미유 너무 환하게 웃고 있죠?"

그가 화면 속 미유의 밝은 웃음을 유심히 들여다봤다.

"그렇군요."

부드러운 미소를 지으며 서국이 말했다. 지유는 명진이 보낸 사진 여러 장을 하나하나 확인하다가 시간을 확인했다.

"지금 데리러 가면 어머님이 서운해하시겠죠? 저녁 식사 마치고 느지막이 오라고 하셨는데."

"아마 그럴 겁니다. 천천히 식사하고 움직이죠."

서국이 지유의 손을 부드럽게 잡았다.

"그래요."

지유가 미소 지으며 대답했다.

주말엔 두 사람도 데이트를 해야 한다는 핑계로 명진과 천호는 매주 미유를 데려가곤 했다. 덕분에 주말마다 육아에서 벗어나 연인처럼 데이트를 하면서 보낼 수 있긴 했지만, 지유로서는 그래도 되는지 걱정이 되는 것도 사실이었다.

미유를 얼마나 예뻐하시는지는 누구보다 잘 알고 있었지만 에너지가 넘치는 아이를 돌보는 게 쉽지 않은 일이었으니까.

하지만 두 분의 체력을 걱정해서 일찍 미유를 데리러 가면 세상 안타까운 얼굴로 우울한 표정을 짓고는 했다. 조금 더 놀고 오지 그랬냐며 아쉬움이 가득한 눈으로 미유를 보는 천호를 볼 때마다 주말 데이트의 죄책감은 살짝 덜어지긴 했다. 미유도 천호와 명진을 아주 좋아해서 다행이었다.

서국은 지유를 에스코트해서 근처 유명한 스테이크 전문 레스토랑으로 자리를 옮겼다. 가는 동안에도 어찌나 다정하게 손깍지를 하고 뺨을 건드리고 사랑이 가득 담긴 눈으로 지유를 보는지, 부러움이 담긴 시선이 여러 번 그녀에게 닿았다.

서국의 애정이 담긴 손길에 익숙해진 지유는 레스토랑에 도착한 뒤엔 그가 만지든 입을 맞추든 반짝이는 눈으로 커다란 고깃덩어리만 쳐다보고 있었다.

"와아, 너무 맛있겠다……."

육즙 가득한 스테이크를 눈앞에 둔 지유의 눈에 하트가 뿅뿅 솟았다. 서국은 그녀의 얼굴을 보다가 슬쩍 미간을 좁혔다.

"이젠 음식에게까지 질투하게 할 겁니까."

"네?"

지유가 입에서 침을 한 방울 뚝 흘릴 듯한 표정으로 서국을 바라봤다. 작게 입술을 벌린 채 상기된 얼굴로 보고 있는 그녀의 얼굴에 서국은 결국 웃지 않을 수 없었다.

"아닙니다. 맛있게 먹어요."

서국이 지유가 먹기 좋도록 스테이크를 잘게 조각내 포크로 집어 지유의 입술로 가져갔다.

"아앙."

지유는 익숙하게 그가 먹여 주는 고기를 받아먹었다.

사실 임신했을 때 고기를 입도 대지 못했던 지유는 모유 수유가 끝날 때까지 고기를 먹지 못했다. 그 한이 분출되는 건지 그 뒤엔 다시 식성이 돌아와 예전보다 더욱 강렬한 고기러버의 모습이 되어 있었다.

아기 새에게 먹이를 물어다 주듯 고기를 잘게 잘라 입에 넣어 줄 때마다 지유는 입을 앙, 앙 벌려 잘도 받아먹었다. 그녀는 거대한 스테이크의 대부분을 먹어 치운 뒤에야 만족스러운 얼굴로 말했다.

"너무 맛있었어요."

"다행입니다."

지유 먹여 주느라 정작 자신은 얼마 먹지도 못한 서국은 그런 건 전혀 상관없다는 듯 수려한 미소를 지었다. 포만감으로 눈이 헤실헤실 풀어진 지유가 그 미소를 마주하다가 생각난 듯 말했다.

"아, 그런데 한 가지 아쉬운 게 있어요."

"어떤?"

서국의 표정이 진지해졌다. 그의 시선이 지유가 거의 먹어 치운 스테이크의 남은 조각으로 향했다. 뭐가 문제였는지 살피는 눈이 가늘어지는데 그녀가 작게 한숨을 내쉬었다.

"이런 극장 데이트도 오붓하고 좋긴 한데요. 한 번쯤은 사람 북적거리는 극장에서 남자 친구랑 데이트해 보고 싶었거든요."

평범하다면 평범한 꿈이지만 지유도 어릴 때 남자 친구와 영화관에서 데이트하는 꿈을 꿨었다. 서국을 짝사랑하는 동안에도 그와 둘이 영화를 보는 상상을 혼자 꿈꾸듯 한 적이 몇 번 있었다. 그때 상상한 장면은 자신이 알고 있는 익숙한 영화관에서 서국과 데이트하는 거였다. 이렇게 전체를 빌려 경호원이 곳곳에 서 있는 곳에서 영화를 보는 호사스러운 상상은 해 본 적이 없었다.

하지만 지금은 서국이 너무 알려져 버려서 사실 불가능한 일이니까…….

워낙 잘생긴 외모에다 비서실장과 결혼한 신데렐라 스토리로 유명하다 보니 서국의 팬덤이 아이돌 못지않게 공고할 정도였다. 늘 거절하는데도 수시로 방송국에서 섭외 요청이 올 만큼 서국의 인기는 대단했다.

"하면 되죠. 뭐가 어렵습니까."

산뜻한 목소리에 지유가 그를 바라봤다. 잠시 기대에 찬 그녀의 얼굴에 고민이 어리더니 이내 고개를 저었다.

"하지만 경호 문제도 있고…… 걱정돼서 영화에 집중도 못 할 것 같아요."

지유가 웃어 보였다.

"내가 너무 배부른 투정 한 것 같아요. 신경 쓰지 말아요. 그냥 어릴 때 생각을 말한 것 뿐이었으니까요."

"……."

서국이 여전히 진지한 얼굴로 바라봤다.

"정말이라니까요? 아, 디저트 나왔네요."

마침 디저트를 들고 오는 직원을 보며 지유가 말을 돌렸다.

"와, 내가 좋아하는 딸기!"

생딸기가 올라간 먹음직스러운 케이크를 보고 눈을 빛내는 지유에게 서국의 시선이 조용히 닿아 있었다.

"하읏, 서, 서국 씨……!"

호텔 스위트룸 안에서 지유가 시트를 움켜쥐고서 땀을 뻘뻘 흘리고 있었다. 그녀는 나신의 몸으로 시트 위에 두 무릎을 대고서 고양이처럼 엉덩이를 한껏 올리고 있는 자세였다. 오래 이어진 정사로 그녀의 뽀얀 엉덩이엔 땀이 반들반들 맺혀 있었다.

그 엉덩이를 강하게 거머쥔 서국이 뒤에서 거칠게 움직였다.

"응! 하! 아응!"

유연하게 풀어진 촘촘한 속살에 굵은 페니스가 세차게 박혀들 때마다 시트를 움켜쥔 지유의 손이 가늘게 떨렸다.

서국은 평소에는 집에 미유가 있으니 많이 자제하는 편이었지만, 주말에 둘만 있는 공간에서는 쌓아 둔 욕망을 숨기지 않고 내보이곤 했다.

퍽!

"하으으……!"

뿌리까지 깊이 내리박히는 힘에 엎드린 지유의 고개가 뒤로 확 들쳐 올라갔다. 저릿저릿한 쾌감에 헐떡이는 지유의 등에 그가 입을 맞추며 낮게 말했다.

"허리 좀 더 들어 봐."

"더, 더는……! 앗! 너무 깊……!"

고개를 흔들던 지유의 몸이 엉망으로 출렁이기 시작했다. 서국이 땀으로 젖어 든 그녀의 몸을 내려다보며 지치지도 않고 허리를 처올렸다.

"앗! 아아!"

잔뜩 먹은 고기로 얻은 힘을 오늘도 호텔 안에서 다 쓰고 가게 생겼다는 걸 지유는 흐릿해진 의식 속에서 아스라하게 느꼈다.

◇ ◆ ◇

"엄마! 아빠!"

미유가 양손을 쫙 펼치고 짧은 다리로 오도도 달려 나왔다. 서국이 다리를 굽혀 앉아 다정한 얼굴로 미유를 안아 줬다. 그에게 와락 안긴 미유가 뺨에다 뽀뽀를 쪽 하곤 헤실헤실 웃었다.

미유의 삐죽 튀어나온 양갈래 머리를 부드럽게 쓸어 주며 서국이 말했다.

"우리 공주님, 잘 놀고 있었어?"

"응!"

미유가 보람찬 얼굴로 고개를 끄덕였다.

"착하네."

머리를 쓰담쓰담 해 주는 커다란 손 아래에서 미유가 천사 같은 얼굴로 방싯거렸다. 지유는 옆에 선 채 미유의 그 얼굴을 미소를 지으며 내려다봤다.

천호와 명진이 아쉬운 얼굴로 걸어오고 있었다.

"더 놀고 와도 되는데. 일하고 아이 보느라 평소엔 제대로 데이트도 못 할 거 아니냐."

"어머님 아버님 덕분에 잘 놀았어요. 내일도 잘 부탁드릴게요."

지유가 미유와 닮은 예쁜 미소를 지으며 말했다.

"그래. 내일은 술도 한 잔 하고 천천히 놀다 와. 미유는 우리가 잘 보고 있을 테니 신경 쓰지 말고."

"네. 잘 부탁드릴게요."

"그럼 가 보겠습니다."

서국이 미유를 안아 올리며 지유 옆에 서서 인사했다.

"미유야, 내일 보자."

"할부지 할무이 낼 바."

작은 손으로 빠빠이 하는 미유를 천호가 미련이 줄줄 흐르는 눈으로 바라봤다.

"그래. 조심히 들어가고."

들어가라고 하면서 차가 있는 곳까지 따라 나온 천호와 명진은 그들이 출발한 차 뒤에서 한참 서 있었다.

그 모습을 사이드미러로 힐끔 쳐다본 지유가 작게 웃었다.

"저렇게 좋아해 주시니 참 다행이네요."

"좋아할 수밖에 없지."

뒷좌석에 나란히 앉은 서국이 미유를 무릎 위에 올려놓고서 근사한 얼굴로 지유를 쳐다봤다. 이 남자는 무슨 아이를 안고 있는 모습조차 무슨 모델 저리 가라 하는지. 자기 남편이지만 지유는 심장이 콩콩 뛰었다.

'아까의 격렬한 관계 때문인가……?'

슬쩍 붉어진 뺨으로 지유가 생각하고 있다가 푸르르 고개를 저었다. 나 좀 봐! 애 앞에서 무슨 여운에 빠져 있는 거람?

지유가 얼른 웃으며 미유에게 물었다.

"우리 미유 오늘 뭐 하고 놀았어요?"

"응. 할부지가……."

말을 꺼내던 미유가 갑자기 서국 가슴에 동그란 이마를 콩 박았다.

"미유야?"

갑자기 새근새근 잠이 든 미유를 지유가 눈을 깜빡이며 쳐다봤다. 서국과 시선을 마주치니 그가 입술을 휘어 올리며 낮게 말했다.

"피곤했나 봅니다."

"그런가 봐요."

지유도 입가에 미소를 매단 얼굴로 미유를 보며 귀엽게 자라난 앞머리를 쓸어 넘겨 줬다. 서국이 그 모습을 내려다보다가 말했다.

"내일 아침엔 내가 본가에 미유 데리고 다녀올 테니 푹 자고 일어나요. 당신도 피곤했을 테니."

"괜찮아요. 나도 같이……."

지유가 말하는데 그가 고개를 기울여 그녀의 귓가에 낮게 속삭였다.

"내일은 내가 당신을 오늘보다 더 괴롭힐 거 같아서 하는 말입니다."

"아……."

의미심장한 말과 진한 눈빛에 지유가 당황한 눈을 굴리다가 얼굴을 발갛게 물들였다.

"그, 그래야겠네요. 고마워요."

운전석의 상현을 힐끔거리며 말한 지유가 제 얼굴에 파닥거리며 손부채질 했다.

"벌써 더워지나."

"에어컨 틀어 드릴까요?"

"아, 괜찮아요. 금방 가니까요."

놀란 지유가 상현에게 빠르게 말했다. 그녀의 당황한 표정을 서국이 미소가 담긴 얼굴로 귀엽다는 듯 응시하고 있었다.

다음 날 지유가 일어나 보니 옆자리가 비어 있었다. 늦잠 자라더니 정말 서국이 혼자 미유를 맡기러 본가에 간 모양이었다.

"푹 자긴 했는데…… 응?"

나른하게 하품하던 지유의 시선에 침대 옆 테이블에 메모지가 들어왔다. 그녀가 그걸 얼른 집어 들었다.

차 비서 대기시켜 놨으니 준비되면 나와요. 오늘은 간편한 차림이 좋을 것 같습니다.

"간편한 차림? 공원이라도 가는 건가?"

고개를 갸웃거린 지유가 작은 돌고래가 프린트되어 있는 티셔츠에 청바지를 입고 운동화를 맞춰 신었다. 그대로 밖으로 나와 보니 대기하던 상현이 그녀를 보고 밖으로 나오고 있었다.

"좋은 아침입니다. 사모님."

"네. 안녕하세요."

상현에게 밝게 인사한 지유가 상현이 열어 준 문으로 뒷좌석에 올라탔다. 운전석으로 빠르게 돌아온 그가 벨트를 매며 말했다.

"회장님께서 기다리고 계시니 출발하겠습니다."

"그래요."

차창밖으로 쏟아지는 햇살을 보며 지유가 대답했다.

상현이 운전하는 차로 도착한 곳은 어제 왔던 영화관이 있는 건물이었다.

"어? 여긴 어제……."

지유가 의아한 얼굴로 보고 있는데 잽싸게 밖으로 나온 상현이 문을 열어 줬다.

"7층으로 올라가시면 됩니다."

"7층요?"

어제 갔던 VIP관은 10층이었다. 7층도 영화관이 맞긴 할 텐데……?

지유가 고개를 갸웃거리며 일단 엘리베이터에 올랐다. 7층으로 올라오니 주말이라 사람들이 무척 많았다. 북적북적한 사람들과 고소한 팝콘 냄새가 풍기는 모습을 지유가 의아하게 둘러봤다.

"서국 씨가 착각한 건가? 아닐 텐데, 그럼 상현 씨가?"

지유가 다시 엘리베이터로 몸을 돌리며 휴대폰을 꺼내려고 했다. 그때 누군가가 그녀의 허리를 커다란 손으로 감싸 왔다.

"꺅! 누구……어?!"

놀라 고개를 드니 키가 큰 모자 쓴 남자가 자신을 내려다보고 있었다. 남자의 얼굴을 본 지유의 눈이 뎅그레졌다.

"서국 씨??"

검은색 모자에 흰 셔츠, 그리고 청바지를 입은 남자는 뜻밖에도 서국이었다. 언뜻 대학생 정도로 보이는 남자가 그라는 걸 알고 지유는 놀란 얼굴을 감추지 못했다. 저도 모르게 입이 벌어져선 쳐다보고 있는데 서국이 미소 지으며 그녀의 손을 잡았다.

"같이 영화 봅시다."

"네? 아……."

지유의 손을 잡고서 서국이 성큼 걸어갔다. 당황한 표정을 짓고 있던 지유가 주변을 빠르게 훑었다.

도저히 이서국으로 보이지 않는 캐주얼한 차림과 깊이 눌러 쓴 모자로 그를 알아볼 수 있는 사람은 없을 것 같……았는데, 저 시선은 뭐지?

서국에게 쏠리는 여자들의 시선에 지유가 숨을 삼켰다.

"오늘은 어떤 걸 보는 게 좋겠습니까?"

그의 말에 지유의 시선이 다시 올라갔다.

"아, 오늘은……."

"저 남자 완전 잘생겼어."

"!"

뒤에 여학생들 목소리에 지유의 신경이 집중됐다.

"어디?"

"저기 모자 쓴 키 큰 남자. 언뜻 봐도 진짜 잘생겼어."

"와…… 맞네, 맞아."

……응? 알아본 게 아니라 잘생겨서 본 건가?

지유의 긴장했던 어깨 힘이 탁 풀렸다.

"지유?"

뒤에 신경을 집중하고 있던 지유가 얼른 서국에게 다시 시선을 향했다. 그가 의아한 눈으로 그녀를 쳐다보고 있었다. 아! 영화 뭐 볼 거냐고 물었지? 그의 질문을 상기시킨 그녀가 앞에 있는 화면을 가리켰다.

"이거 봐요, 이거."

"그러죠."

선뜻 대답한 서국이 그녀의 얼굴을 잠시 내려다봤다.

"……."

말없이 응시하는 시선에 생글거리던 지유의 얼굴에 의문이 어렸다. 서국이 입술을 비스듬히 기울이며 말했다.

"떨리는군요."

"네?"

서국이 그녀의 귓가에 입술을 가까이 가져가 낮게 말했다.

"오늘 당신이 너무 귀여워서."

"……아아."

지유가 포슬한 미소를 지었다. 그러고 보니 꼭 맞춰 입은 사람들처럼 흰 티셔츠에 청바지 차림이었다. 서로의 옷차림을 확인한 지유가 서국의 팔을 잡고 까치발을 하고서 그의 귓가에 속닥거렸다.

"당신도 멋져요. 청바지 입은 모습은 처음 보는데 이렇게 잘 어울릴 줄 몰랐어요."

영화 예고편 상영 중이라 시끄러운 공간에서 그에게만 들리게 말하자 서국이 그녀를 내려다봤다. 눈을 마주친 지유가 방긋 웃었다.

"……."

서국이 매혹적인 미소를 짓고 그녀의 입술에 가볍게 입을 맞췄다.

"어머."

지유가 토끼 눈을 뜨곤 제 입술을 손을 올려놓은 채 주변을 둘러봤다. 가뜩이나 시선을 끄는 외모 때문에 은밀히 쳐다보고 있던 여자들의 얼굴에 부러움이 잔뜩 어려 있었다.

"사, 사람들이 보잖아요."

화끈 붉어진 얼굴로 지유가 말했다. 서국은 그런 그녀를 귀엽다는 듯 내려다보며 뺨에도 베이비 키스를 했다.

"보라고 해요. 일단 표부터 삽시다."

"네."

지유는 작게 대답하고서 서국이 손을 잡고 이끄는 대로 사람들이 길게 줄을 선 곳으로 이동했다.

잠시 후, 그들은 팝콘과 음료를 사서 상영관 안으로 들어갔다. 맨 뒷줄로 올라가는 계단에서 서국이 한 손으로 팝콘과 음료가 담긴 트레이를 들고 다른 손으로 지유의 손을 잡고 올라갔다.

"어두우니 조심해요."

그가 지유를 살피며 맨 뒤로 올라갔다. 2좌석씩 떨어진 커플

석에 나란히 앉은 뒤 서국이 신기하다는 듯 중얼거렸다.

"이런 자리도 있군요."

"몰랐어요?"

지유가 의아한 얼굴로 서국을 바라봤다.

"영화관은 당신과 온 게 처음이었습니다."

"아, 그랬어요?"

생각해 보니 서국은 영화관에서 영화를 볼 여유가 없던 삶이었을 것 같았다. 지유가 짝사랑하던 시절을 떠올려 봐도 그는 온통 일에만 집중해 있었고, 그 외의 스케줄을 운동 외엔 업무적 행사 참여가 다였다.

잠시 생각하던 지유가 말했다.

"나도 부모님과 어릴 때 함께 가 본 거 외엔 계속 혼자 영화 보러 다녔어요."

"……."

서국이 그녀를 지그시 바라봤다. 순간 그의 눈이 가늘어졌다.

"그 미국의 옆집 남자들과는 안 갔습니까?"

"안 갔어요. 샘이랑 폴은 TV로 봐도 영화 취향이 너무 안맞더라고요."

지유가 고개를 절레절레 저었다. 온통 좀비니 전쟁물이니, 톱으로 썰고 선혈이 낭자한 영화만 좋아하는 그들의 취향을 지유는 절대 따라갈 수가 없었다.

그녀의 표정을 보고 있던 서국의 입술 끝이 휘어 올라갔다.

"다행이군요."

어둠 속에서 서국의 수려한 얼굴이 미소 짓고 있는 모습이 보였다. 그 얼굴을 빤히 보던 지유가 물었다.

"만약 갔다고 하면 질투했을 거예요?"

"많이 했을 겁니다."

지유가 통탄하듯 말했다.

"아! 그럼 갔다고 할걸. 서국 씨 질투하는 거 보고 싶……."

장난스럽게 말하는 지유의 턱을 그가 들어 올렸다.

"지금 봐. 이런 얼굴일 테니까."

아…….

서국의 뜨겁게 일렁이는 눈을 본 순간 지유가 숨을 들이켰다. 그녀의 시선을 포박한 서국이 고개를 기울였다. 그대로 입술을 삼킨 그가 말캉한 입술을 벌리고 들어갔다.

"음……."

서국이 그녀의 뺨을 한 손으로 감싸며 축축한 혀를 얽었다.

영화관 뒷좌석에서 야릇하게 키스하는 긴장에 지유의 손에 은밀히 땀이 배어났다.

영화를 보고 나온 뒤 서국이 지유에게 물었다.

"이제 뭘 하고 싶습니까?"

"서국 씨는요?"

그가 모자 아래에서 청량하게 웃었다.

"당신이 정해요. 당신 하고 싶은 걸로."

지유가 잠시 고민하다 말했다.

"음, 그럼…… 이대로 밖으로 나가요."

"그다음엔?"

궁금증이 담긴 시선에 지유가 맑게 웃어 보였다.

"그다음엔 그냥 서국 씨랑 손잡고 거리를 걸어 보고 싶어요. 아무 목적 없이요."

그녀의 해맑은 미소에 서국의 눈가에 보기 좋은 웃음이 잡혔다.

"좋습니다. 가죠."

서국이 그녀의 손을 잡은 채 엘리베이터로 향했다.

건물 밖으로 나온 그들은 거리를 구경했다. 아기자기한 상점이 많은 곳이라 손을 잡고 여기저기 다니며 구경하다 보니 시간이 무척 빠르게 흘러갔다. 문득 건물 2층을 올려다본 지유가 말했다.

"우리 저기서 간단히 맥주 한잔 할까요?"

캐주얼 다이닝바의 분위기 좋아 보이는 2층 야외석을 보며 지유가 눈을 빛냈다.

"좋습니다."

서국이 기꺼이 대답했다.

챙! 바람이 선선하게 불어오는 야외석에 마주 앉은 두 사람이 건배했다. 지유는 쏟아지는 햇살 아래에서 오가는 사람들이 내려다보이는 자리에 앉아 맥주를 한 모금 들이켰다.

"너무 좋네요."

지유가 생글생글 웃으며 말했다. 그녀를 마주 보는 서국의 얼굴에 미안함이 어렸다.

"그동안 많이 답답했던 것 같군요."

"아뇨. 그건 아닌데."

지유가 얼른 고개를 흔들고는 단호하게 말했다.
"항상 최고의 자리에서 둘만의 시간을 갖는데 답답할 리가 있겠어요? 절대 아니에요."
"……."
서국의 눈이 그녀에게 향해 있었다. 그 눈을 마주 보며 지유가 미소 지었다.
"그냥 가끔의 이벤트 같은 거 있잖아요. 종종 다른 분위기를 느껴 보고 싶을 때가 있으니까요."
"당신이 이런 분위기를 좋아한다면 더 자주 오늘 같은 시간을 만들겠습니다."
"정말요? 와, 좋아라!"
지유가 해맑게 웃다가 얼른 다시 덧붙였다.
"아! 그래도 정말 아주 가끔이면 좋겠어요. 자주는 필요 없을 거 같아요."
"왜입니까?"
서국이 묻는 말에 지유가 눈을 가늘게 뜨고 주변을 한번 쳐다봤다.
"사람들 많은데 나오니까 서국 씨 쳐다보는 사람이 너무 많아서 기분이 좀 나빠지거든요."
입술을 삐죽거리며 지유가 맥주잔을 들어 올렸다.
"아니 왜 모자를 썼는데도 저렇게 쳐다보는 거야? 하긴 모자로 가려질 인물이 아니긴 한데……어쨌든 나만 봐야겠어요. 가끔도 나오지 말아요, 우리."
투덜대며 맥주를 마시는 지유를 서국이 턱을 괴고 느른히 응시했다. 그 시선에 지유가 움찔거렸다.

"왜 그렇게 봐요? 내, 내가 질투하는 모습이 좀 추했어요?"

"아닙니다."

"그럼요?"

지유가 의심 어린 눈으로 묻는 말에 서국이 픽 웃었다.

"당신이 하는 말이 신기해서요. 나는 당신밖에 안 보이는데 당신은 다른 사람도 보이는 모양이니까."

지유의 뺨이 슬쩍 붉어졌다. 세상에, 사람 기분 좋게 해 주는 데는 도가 텄나 봐.

"그냥 주변에 보이니까…… 그렇죠."

발그레해진 뺨으로 지유가 맥주잔을 입술로 가져갔다. 민망한 표정을 맥주를 마시면서 숨기는 모습을 서국이 근사한 미소를 지으며 쳐다보고 있었다.

스위트룸에 들어서자마자 두 사람의 입술이 뜨겁게 엉켜들었다. 그녀의 허리를 단단히 붙잡아 끌어당겨 제 몸에 바짝 붙였다. 지유는 까치발을 하고 그의 목덜미에 팔을 두른 채 뜨겁게 쏟아지는 키스에 휩쓸렸다.

쓰고 있는 모자가 키스에 거슬려 서국이 벗어 낸 뒤 바닥으로 던졌다. 툭, 떨어진 모자는 신경도 쓰지 않고 두 사람의 입술이 서로를 바삐 탐했다.

"하, 하아!"

떨어진 입술에서 막힌 숨결과 함께 투명한 타액이 길게 늘어졌다. 머리를 한번 쓸어넘긴 서국이 그녀를 이글거리는 시선으로 내려다봤다. 모자를 쓰고 있었음에도 굴욕 없이 섹시하게 헝클어진 머리칼을 지유가 멍하니 바라봤다. 그녀의 젖은 입술을 한 번 더 빨아 내며 그가 탁해진 음성으로 말했다.

"숨결이 평소보다 뜨거운 거 같은데. 착각입니까?"

"흣……."

예민한 목덜미를 지분거리며 하는 말에 지유가 숨을 가쁘게 내뱉었다. 그녀의 하얀 티셔츠 안으로 손을 밀어 넣고서 말랑한 가슴을 주무르며 그가 채근했다.

"말해 봐요."

"으, 응, 마, 맞을 거예요…… 서국 씨 이런, 흣, 학생 같은 모습은…… 처음이라."

지유가 가쁜 숨을 몰아쉬며 말했다.

"학생 같습니까?"

그녀의 바짝 곤두선 젖꼭지를 두 손가락으로 잡아 비틀며 서국이 되물었다.

"이런, 차림으로 있으니까 어려 보여서……으응!"

"위험한 발언이군요. 학생과 이러면 안 될 텐데."

서국의 목소리가 잔뜩 낮아져 있었다. 커다란 손으로 가슴을 주무르며 바짝 맞붙인 하체를 느릿하게 움직이자 지유의 숨이 더 뜨거워졌다.

"아, 아니…… 이, 이상한 페티시가 있는 게 아니라 서국 씨한테만……아, 아응."

"그것도 위험한 발언인데."

서국이 허스키한 음성을 내뱉고 그녀의 티셔츠를 머리 위로 벗겨 올렸다.

"앗."

순식간에 브래지어와 청바지까지 벗겨진 지유가 팬티만 입은 채로 서국에게 달랑 안아 올려졌다.

"오늘 모습도 너무 내 취향이었지만, 역시 벗은 모습이 가장 아름답습니다."

이글거리는 시선을 똑바로 맞추고 하는 말에 그녀의 양 볼이 붉어졌다. 시선을 슬쩍 내리는 그녀를 안은 채 침대로 걸어간 그가 푹신한 침대 위에 그녀를 눕혔다.

달뜬 숨을 몰아쉬는 지유를 내려다보며 서국이 제 셔츠를 남성적으로 벗어 냈다. 탄탄한 근육질 몸이 드러날수록 지유의 다리 사이가 더 뜨거워졌다.

'매일 봐도 어쩜 저렇게 걸작이니…….'

보기만 해도 흥분이 되는 관능 어린 근육질 몸이 지유의 침을 바짝 마르게 했다. 옷을 벗어 낸 뒤 침대 위로 느릿하게 올라온 그가 그녀의 손바닥만 한 팬티를 벗겨 냈다.

"아, 앗."

완전히 맨몸만 남게 된 그녀의 위에 서국이 올라탔다.

"난 지금 이 순간까지 계속 흥분한 상태였습니다."

"아……."

그의 무섭게 치켜 올라간 페니스를 힐금거린 지유가 숨을 삼켰다. 그녀의 시선에 더욱 발기하며 끄덕이는 모습에 지유의 뺨이 더 붉어졌다.

"그런 얼굴 하면 너무 귀여운데."

고개를 내린 서국이 그녀의 입술을 더운 입술로 삼켰다.

"으음……."

그의 체온이 무척 높다는 게 느껴져 지유는 그가 얼마나 흥분한지 알았다.

"너무 귀여워서, 더 참기 어려워지잖아."

낮게 헐떡인 서국이 그녀의 몸을 강하게 움켜잡았다. 다리 사이를 벌리고 들어온 두꺼운 근육 덩어리가 그녀의 허벅지를 쿡 찔렀다. 흠칫거리는 지유의 목덜미를 빨며 그가 그녀의 다리를 넓게 벌렸다.

"하읏!"

단숨에 깊숙이 치밀어드는 욕망에 지유의 눈이 아찔하게 감겼다.

뜨겁게 휘몰아친 시간이 지나간 뒤, 서국이 지유의 땀에 젖은 몸을 끌어안고 숨을 몰아쉬고 있었다. 그녀의 빠르게 뛰고 있는 심장박동을 가슴으로 느끼며 그가 깊이 숨을 들이켰다.

"……점점 더 당신이 좋아져."

하아, 하아. 지유의 입술에서도 호흡이 어지럽게 흩어져 나왔다. 그녀를 더 단단히 끌어안으며 서국이 낮게 속삭였다.

"아이를 낳고 살다 보면 이런 행복에도 자연스레 익숙해질 줄 알았는데……."

서국이 그녀의 이마에 달라붙은 머리칼을 천천히 넘겨 주며 말했다.

"당신이 나날이 더 사랑스러워지는 바람에, 도저히 익숙해질

수가 없어.”

“…….”

“지유?”

대답이 없어 서국이 그녀의 얼굴을 내려다봤다.

코오-

어느 새 잠이 들어 있는 지유를 본 그의 눈이 살짝 커졌다.

“……오늘 힘들게 하긴 했나 보군.”

서국이 미소를 흘렸다. 잠이 든 지유를 내려다보던 그가 그녀의 손을 잡아 제 입술로 가져갔다. 촉, 손등에 살짝 입을 맞추고 사랑이 담긴 시선으로 응시했다.

한동안 보고만 있던 그가 그녀의 귓가에 입술을 가까이 댔다.

“사랑해. 정지유.”

낮게 속삭인 서국이 혼곤한 잠에 빠져 있는 지유의 동그란 이마에 입을 맞췄다.

◇ ◆ ◇

“그럼 다음 주에 뵐게요.”

잠든 미유를 안아 든 서국과 지유가 천호와 명진에게 인사했다.

“그래. 조심히 들어가고.”

“다음 주에도 이왕이면 이렇게 오래 데이트하고 왔으면 좋겠구만.”

다 들리게 중얼거리는 천호의 말에 지유가 작게 웃었다.

대기하던 차에 올라탄 뒤 지유가 서국에게 말했다.

"내가 안을까요?"

미유를 보며 하는 말에 그가 잔잔한 미소를 지었다.

"내가 안고 갈 테니 당신도 좀 더 자요. 피곤할 테니."

"괘, 괜찮아요. 아까 충분히 자서……."

호텔에서 쿨쿨 잤던 얘기를 상현 앞에서 하기가 부끄러워 지유가 슬쩍 목소리를 낮췄다. 서국이 그런 그녀의 얼굴을 미소로 내려다보며 말했다.

"그래도 쉬어요."

"……그럼 조금만 더 잘게요."

사실 어제 오늘 너무 무리한 탓인지 체력방전 상태였다. 지유가 서국의 어깨에 조심스레 머리를 기댔다. 동그란 머리를 기대자마자 미유처럼 새근새근 잠이 들었다.

"……."

서국이 지유의 얼굴을 가만히 내려다봤다.

코- 코오-

잠이 든 두 여자의 귀여운 숨소리를 들으며 그는 조용히 가슴이 벅차오르는 것을 느꼈다. 행복이란 것이 이렇게 손으로 잡힐 듯 가까이에서 느껴질 줄은 몰랐는데, 요즘은 매일이 그랬다. 받아들이기 버거울 만큼 가슴을 충만하게 만드는 행복에 두려울 정도였다.

후우.

가슴을 들썩이며 크게 숨을 들이켰다 내쉰 서국이 지유의 손을 가만히 잡았다. 그때 미유가 품 안에서 살짝 뒤척였다. 지유에게 향해 있던 그의 시선이 미유에게 잠시 향하는 사이 다시 도롱도롱 귀여운 숨소리가 작은 몸에서 들렸다.

미소가 진해진 서국의 눈이 지유에게 다시 닿았다.

그날 밤, 그들에게 또 하나의 소중한 행복이 지유의 배 속에 자리 잡게 됐다는 것을 서국은 아직 모르고 있었다.

The end

작가 후기

안녕하세요. 이서한입니다.

〈남장 비서〉, 〈나쁜 비서〉에 이어 세 번째 비서 시리즈인 〈남의 비서〉를 종이책으로 다시 인사드리게 되었어요.

종이책으로 수정하며 서국과 지유의 감정을 다시 따라가다 보니 웃음이 나오는 일도 있었고, 또 가슴이 먹먹해지는 일도 있었습니다. 마침내 행복해진 그들과 그 뒤의 짧은 이야기를 덧붙이며 저도 이제야 마음속에서 제대로 된 매듭을 짓게 된 것 같아요.

귀여우면서도 누구보다 단단한 마음을 가지고 있는 지유와 겉으론 드러나지 않지만 속으로는 누구보다 뜨거움을 안고 있는 서국과 함께하는 동안, 저도 무척 즐거운 시간을 보냈습니다.

부족한 글이지만 보시는 분들도 부디 그들과 함께 행복한 마음을 느끼셨으면 하는 바람입니다. 해가 저무는 추운 겨울에 조금이나마 따스한 감정을 느끼신다면 더없이 기쁘겠습니다.

항상 도와주시는 로크미디어 편집부에게도 감사를 드립니다.

늘 평안하시길.

_이서한 드림